L'île aux arbres disparus

DE LA MÊME AUTEURE

La bâtarde d'Istanbul, Phébus, 2007 ; 10/18, 2008 ; Flammarion, 2015.

Bonbon Palace, Phébus, 2008 ; 10/18, 2009.

Lait noir, Phébus, 2009 ; 10/18, 2011.

Soufi, mon amour, Phébus, 2010 ; 10/18, 2011.

Crime d'honneur, Phébus, 2013 ; 10/18, 2014.

L'architecte du sultan, Flammarion, 2015 ; J'ai lu, 2017.

Trois filles d'Ève, Flammarion, 2018 ; J'ai lu, 2019.

10 minutes et 38 secondes dans ce monde étrange, Flammarion, 2020 ; J'ai lu, 2022.

ELIF SHAFAK

L'île aux arbres disparus

ROMAN

Traduit de l'anglais
par Dominique Goy-Blanquet

J'AI LU

TITRE ORIGINAL
The Island of Missing Trees

ÉDITEUR ORIGINAL
Viking UK, une division de Penguin Random House

Aux émigrants et aux exilés de tous les pays,
les déracinés, les ré-enracinés, les sans-racines.

Et aux arbres que nous avons laissés derrière nous,
enracinés dans nos mémoires...

« Qui ne connaît pas la forêt chilienne ne connaît pas cette planète. C'est de ces terres, de cette boue, de ce silence que je suis parti cheminer et chanter à travers le monde. »

Pablo Neruda, *J'avoue que j'ai vécu*,
trad. Claude Couffon.

« Cela appelle le sang, dit-on. Le sang appelle le sang. On a vu des pierres bouger, et des arbres parler... »

William Shakespeare, *Macbeth*,
trad. J.-M. Déprats.

Île

Il était une fois un souvenir, à l'autre bout de la Méditerranée, où s'étendait une île si belle et si bleue que les nombreux voyageurs, pèlerins, croisés, marchands qui en tombaient amoureux souhaitaient ne plus jamais en repartir, ou tentaient de la remorquer par des cordes de chanvre jusque dans leur pays.

Des légendes, peut-être.

Mais les légendes sont là pour nous dire ce que l'histoire a oublié.

Cela fait bien des années que j'ai fui cet endroit à bord d'un avion, à l'intérieur d'une valise en souple cuir noir, pour ne plus jamais revenir. Depuis j'ai adopté un autre pays, l'Angleterre, où j'ai grandi et prospéré, mais sans que passe un seul jour où je ne rêve d'y retourner. Chez moi. Ma terre natale.

Elle doit être encore là où je l'ai quittée, surgissant et plongeant avec les vagues qui se brisent et moussent le long de sa côte rugueuse. Au carrefour de trois continents – Europe, Asie, Afrique – et du Levant, cette vaste région impénétrable, entièrement disparue des cartes d'aujourd'hui.

Une carte est une image à deux dimensions marquée de symboles arbitraires et de lignes incises qui décident qui sera ton ennemi et qui ton ami, qui mérite notre amour, qui notre haine, et qui notre simple indifférence.

La cartographie est un synonyme pour les histoires racontées par les vainqueurs.

Quant aux histoires racontées par ceux qui ont perdu, il n'y en a pas.

*

Voici comment je me la rappelle : plages dorées, eaux turquoise, ciels limpides. Chaque année des tortues de mer venaient déposer leurs œufs dans le sable poudreux. En fin d'après-midi le vent apportait le parfum des gardénias, cyclamens, lavande, chèvrefeuille. Des ramures de glycine grimpaient sur les murs blanchis à la chaux, cherchant à atteindre les nuages, emplies de cet espoir que seuls connaissent les rêveurs. Quand la nuit vous embrassait la peau, comme elle faisait toujours, vous respiriez le jasmin de son haleine. La lune, ici plus proche de la terre, suspendue lumineuse et douce au-dessus des toits, répandait une lueur vive sur les ruelles étroites et les rues pavées. Et pourtant des ombres trouvaient le moyen de ramper à travers la lumière. Des murmures de défiance et de conspiration frissonnaient dans le noir. Car l'île était clivée en deux morceaux – le nord et le sud. Une langue, une mémoire, un scénario différents s'imposaient de part et d'autre, et quand ils priaient, les insulaires s'adressaient rarement au même Dieu.

La capitale était divisée par une zone qui la tranchait de part en part comme un coup de lame à travers le cœur. Le long de la ligne de démarcation – la frontière – s'étalaient des maisons en ruine criblées de balles, des jardins vides scarifiés d'éclats de grenade, des magasins à l'abandon bardés de planches, des portails en fer forgé pendant à l'horizontale de leurs gonds brisés, des voitures luxueuses d'un autre âge rouillant sous des épaisseurs de poussière... Les rues étaient bloquées par des rouleaux de barbelés, piles de sacs de sable, tonnelets remplis de ciment, tranchées antichars et tours de guet. Les rues s'arrêtaient brusquement, comme des pensées inachevées, des sentiments non résolus.

Des soldats montaient la garde armés de mitraillettes, quand ils ne faisaient pas des rondes ; des jeunes gens raides d'ennui, esseulés, venus des quatre coins du monde, qui ne savaient presque rien de l'île ou de son histoire complexe avant de se retrouver en poste dans cet environnement étranger. Les murs étaient couverts d'affiches officielles aux couleurs vives et grosses majuscules :

PASSAGE INTERDIT AU-DELÀ DE CE POINT
CIRCULEZ, ZONE INTERDITE !
INTERDICTION DE FILMER OU DE PHOTOGRAPHIER

Puis un peu plus loin sur la barricade, une addition illicite gribouillée à la craie sur un tonneau par un passant :

BIENVENUE DANS LE NO MAN'S LAND

La coupure qui déchirait Chypre d'un bord à l'autre, une zone tampon patrouillée par les troupes des Nations unies, était longue d'environ cent quatre-vingts kilomètres, d'une largeur atteignant par endroits jusqu'à sept kilomètres, ailleurs à peine quelques mètres. Elle traversait toute sorte de paysages – villages désertés, côtes de l'arrière-pays, marécages, jachères, forêts de pins, plaines fertiles, mines de cuivre et sites archéologiques – suivant un parcours de méandres tel le fantôme d'un ancien fleuve. Mais c'est ici, à travers et autour de la capitale, qu'elle devenait plus visible, tangible, et d'autant plus obsédante.

Nicosie, aujourd'hui la seule capitale divisée du monde.

La chose semblait presque positive, dite de la sorte ; parée d'une qualité spéciale, voire unique, le sentiment de défier la gravitation, comme l'unique grain de sable poussé vers le ciel dans un sablier qu'on vient de retourner. Mais en réalité Nicosie n'était pas une exception, juste un nom supplémentaire ajouté à la liste des lieux de ségrégation et des communautés séparées, ceux enregistrés par l'histoire et ceux à venir. Pour l'heure, toutefois, elle avait sa singularité. La dernière cité divisée d'Europe.

Ma ville natale.

*

Il y a une quantité de choses qu'une frontière – même d'un tracé aussi net et aussi bien gardé que celui-ci – ne peut empêcher de traverser. Les vents étésiens, par exemple, au nom doux mais étonnamment fort, *meltemi* ou *meltem*. Les papillons, sauterelles et lézards. Les escargots, aussi, malgré leur lenteur pénible. Parfois, un ballon d'anniversaire échappé à la poigne d'un enfant dérive dans le ciel, s'aventure de l'autre côté – en territoire ennemi.

Et puis les oiseaux. Hérons bleus, bruants à tête noire, buses bondrées, hochequeues jaunes, passereaux des bois, pies-grièches masquées et mes préférés, les loriots dorés. Venus du fond de l'hémisphère Nord, migrant de nuit la plupart du temps, l'obscurité s'attachant au bout de leurs ailes et leur traçant des cercles rouges autour des yeux, ils font escale ici à mi-chemin de leur long voyage, avant de poursuivre vers l'Afrique. L'île est pour eux un lieu de repos, une lacune dans le récit, un entre-deux.

Il y a une colline à Nicosie où les oiseaux de tous plumages viennent chercher de la nourriture. Elle est envahie par d'épais ronciers, des orties brûlantes et des touffes de bruyère. Au milieu de cette végétation dense se dresse un vieux puits dont la poulie grince au moindre geste, équipé d'un seau en métal au bout d'une corde effilochée et couverte de mousse à force d'oisiveté. En bas, au fond, il fait toujours un noir d'encre et un froid de loup, même quand le furieux soleil de midi vous cogne directement sur la tête. Le puits est une bouche affamée qui attend son prochain repas. Il dévore le moindre rayon de lumière, la moindre trace de chaleur, retenant chaque particule dans sa profonde gorge de pierre.

Si jamais vous vous trouvez dans les environs et si, poussé par la curiosité ou l'instinct, vous vous penchez par-dessus la margelle pour jeter un coup d'œil au fond, en attendant que vos yeux s'accommodent, vous saisirez peut-être une lueur, comme l'éclat furtif des écailles d'un poisson avant qu'il ne redisparaisse sous l'eau. Ne vous laissez pas abuser, surtout. Il n'y a pas de poissons là en bas. Pas de serpents. Pas de scorpions. Pas d'araignées suspendues à un fil de soie. La lueur ne vient pas d'une créature vivante, mais d'une vieille montre de gousset – de l'or dix-huit carats serti de nacre avec, gravés au dos, les vers d'un poème de Cavafy :

Y parvenir est ta destination ultime
Mais ne te hâte point dans ton voyage...

Et là, au dos de la montre, il y a deux lettres, ou plus précisément deux fois la même lettre :

Y & Y

Le puits fait dix mètres de profondeur et un peu plus d'un mètre de largeur. Il est en pierres de taille doucement incurvées qui descendent en lignes bien symétriques jusqu'au silence des eaux moisies. Deux hommes sont enfermés au fond. Les propriétaires d'une taverne très courue. Tous deux de carrure svelte et de taille moyenne, avec de larges oreilles décollées dont ils aimaient plaisanter. Tous deux sont nés et ont grandi sur cette île, et autour de la quarantaine ils ont été enlevés, tabassés et assassinés. On les a jetés dans ce fût après les avoir enchaînés l'un à l'autre, puis à un bidon d'huile de trois litres rempli de ciment pour s'assurer qu'ils ne reviennent jamais à la surface. La montre de gousset que portait l'un des deux le jour de leur enlèvement s'est arrêtée exactement huit minutes avant minuit.

Le temps est un merle, et comme tout autre oiseau chanteur, il peut être fait prisonnier. Il peut être retenu captif dans une cage et même pendant plus longtemps que vous ne pourriez l'imaginer. Mais le temps ne peut pas être tenu en échec à perpétuité.

Aucune captivité n'est éternelle.

Un jour l'eau aura si bien rouillé le métal que les chaînes se briseront, et que le cœur rigide du béton s'amollira comme tendent à le faire les cœurs les plus rigides au fil des années. Alors seulement les deux cadavres, enfin libres, nageront jusqu'à la fissure de ciel là-haut, frémissant dans la lumière réfléchie du soleil ; ils monteront vers ce bleu extatique, lentement au début, puis rapides et fiévreux, comme des pêcheurs de perles près de suffoquer.

Tôt ou tard, ce vieux puits délabré sur cette belle île solitaire au bord extrême de la Méditerranée s'effondrera sur lui-même et son secret remontera à la surface comme tout secret finit obligatoirement par le faire.

Première partie

Comment enterrer un arbre

Une fille nommée Île

Angleterre, fin des années 2010

C'était le dernier cours de l'année au lycée Brook Hill dans le nord de Londres. La salle de classe des élèves de première. Cours d'histoire. Plus que quinze minutes avant la cloche et les élèves commençaient à s'agiter, avaient hâte que commencent les vacances de Noël. Tous les élèves, sauf une.

Ada Kazantzakis, seize ans, était assise avec une concentration muette à sa place habituelle près de la fenêtre au fond de la classe. Ses cheveux couleur d'acajou bruni étaient ramassés en une queue-de-cheval basse sur la nuque ; ses traits délicats tirés et tendus et ses grands yeux bruns de biche semblaient trahir le manque de sommeil de la nuit précédente. Elle voyait approcher sans enthousiasme la saison des fêtes et n'éprouvait pas d'excitation particulière à la perspective d'une chute de neige. De temps en temps elle jetait des regards furtifs à l'extérieur, pourtant son expression changeait à peine.

Vers midi il était tombé de la grêle, des billes gelées d'un blanc de lait déchirant les derniers restes de feuilles sur les arbres, martelant le toit du hangar à vélos, rebondissant sur le sol en une danse de claquettes frénétique. Maintenant tout était calme, mais on voyait bien que le temps allait sérieusement empirer. Une tempête était en route. Ce matin la radio avait annoncé qu'au cours des prochaines quarante-huit heures, la Grande-Bretagne serait frappée par un tourbillon polaire qui battrait les records de basses températures, pluies verglaçantes et blizzard. Coupures d'eau, pannes d'électricité et canalisations détruites allaient paralyser de larges pans d'Angleterre et d'Écosse ainsi que des régions entières d'Europe du Nord. Les gens avaient accumulé des provisions – conserves de poisson, haricots blancs à la sauce tomate, sachets de pâtes, papier hygiénique – comme s'ils se préparaient pour un siège.

Les élèves avaient discuté toute la journée de la tempête, inquiets pour leurs projets de vacances et de voyage. Mais pas Ada. Elle n'avait ni réunions familiales ni destinations exotiques en prévision. Son père ne comptait aller nulle part. Il était occupé. Il était toujours occupé. Son père était un incurable drogué de travail – tous ceux qui le connaissaient pouvaient en témoigner – mais depuis que la mère d'Ada était morte, il s'était réfugié dans la recherche comme un animal fouisseur se terre dans son tunnel en quête de sécurité et de chaleur.

À un certain stade au cours de sa jeune vie, Ada avait compris qu'il était très différent des autres pères, mais elle avait toujours autant de mal à prendre avec indulgence son obsession des plantes. Tous les pères des autres élèves travaillaient dans des bureaux, des boutiques ou des agences gouvernementales, portaient des costumes assortis, chemises blanches et chaussures cirées noires, tandis que le sien était la plupart du temps en blouson imperméable, pantalon de moleskine kaki ou marron et bottes de marche. Au lieu d'un attaché-case il avait un sac à dos rempli d'objets variés, loupe de poche, trousseau de dissection, pressoir, boussole et carnets de notes. Les autres pères discutaient sans fin affaires et plans de retraite, mais le sien s'intéressait davantage aux effets toxiques des pesticides sur la germination des graines ou les dommages écologiques causés par l'exploitation du bois. Il évoquait l'impact de la déforestation avec une passion que ses pairs réservaient aux fluctuations de leur portefeuille d'actions ; non seulement en parlait, mais écrivait aussi sur le sujet. Spécialiste de l'écologie et de la botanique évolutives, il avait publié douze livres. L'un d'eux s'intitulait *Le Royaume mystérieux : comment les champignons ont formé notre passé, comment ils modifient notre avenir.* Une autre de ses monographies portait sur les cornifles, les hépatiques et les mousses. Sur la couverture, un pont de pierre enjambait un ruisseau gazouillant autour de roches habillées de vert velouté. Juste au-dessus de cette image de rêve, le titre s'affichait en lettres dorées : *Un guide de terrain sur les bryophytes communes d'Europe*. Et en dessous, son nom en majuscules : KOSTAS KAZANTZAKIS.

Ada n'avait pas la moindre idée du genre de personnes qui voudraient lire les livres de son père, mais elle n'avait jamais osé y faire allusion à l'école. Elle n'avait aucune intention de donner à ses camarades de classe une raison de plus de conclure qu'elle – et sa famille – était zarbi.

Peu importe l'heure du jour, son père semblait préférer la compagnie des arbres à celle des humains. Il avait toujours été comme ça, mais quand son épouse était en vie, elle parvenait à modérer ses excentricités, peut-être parce qu'elle aussi avait des habitudes assez spéciales. Depuis la mort de sa mère, Ada sentait son père s'éloigner d'elle, ou peut-être était-ce elle qui s'éloignait de lui – c'était difficile de dire qui évitait qui dans une maison engloutie dans les miasmes du chagrin. Ainsi ils resteraient chez eux, tous les deux, pas seulement pendant la durée de la tempête mais pendant toute la période des fêtes de Noël. Ada espérait que son père aurait pensé à faire les courses.

Son regard glissa vers son cahier. Sur la page ouverte, en bas, elle avait esquissé un papillon. Lentement, elle lui dessina des ailes, si fragiles, si faciles à casser.

« Hé, t'as du chewing-gum ? »

Arrachée à sa rêverie, Ada se tourna de côté. Elle aimait s'asseoir au fond de la classe, mais cela voulait dire être flanquée d'Emma-Rose, qui avait l'habitude irritante de faire craquer ses jointures et de mâchouiller un bout de chewing-gum après l'autre alors que c'était interdit à l'école, et une tendance à pérorer sur des sujets qui n'intéressaient personne.

« Non, désolée. » Ada fit non de la tête avec un regard inquiet en direction du professeur.

« L'histoire est une matière des plus passionnantes », disait Mrs Walcott, ses richelieus plantés fermement derrière son bureau, comme s'il lui fallait une barricade d'où faire cours à ses élèves, vingt-neuf en tout. « Faute de comprendre notre passé, comment pouvons-nous espérer orienter notre avenir ?

— Ah, je peux pas la supporter », marmonna à mi-voix Emma-Rose.

Ada s'abstint de tout commentaire. Elle ne savait pas trop si Emma-Rose parlait d'elle ou de leur enseignante. Dans le premier cas, elle n'avait rien à dire pour sa propre défense. Si c'était le second, elle n'allait pas s'associer au dénigrement. Elle aimait bien Mrs Walcott qui, quoique bien intentionnée, avait visiblement du mal à maintenir la discipline dans sa salle de classe. Ada avait entendu dire que cette femme avait perdu son mari quelques années auparavant. Il lui arrivait de s'imaginer ce que pouvait être la vie quotidienne de l'enseignante : comment son corps rondelet s'arrachait du lit chaque matin, se précipitait sous la douche avant qu'il n'y ait plus d'eau chaude, fouillait dans sa garde-robe en quête d'une robe convenable à peine différente de la robe convenable de la veille, préparait à la hâte le petit déjeuner de ses jumeaux avant de les déposer à la crèche, le visage rougi, la voix pleine d'excuses. Elle l'imaginait aussi se caresser la nuit, ses mains traçant des cercles sous sa nuisette en coton, invitant parfois des hommes qui laissaient des empreintes de pas humides sur le tapis et de l'amertume dans son âme.

Ada ne savait pas du tout si ses idées correspondaient à la réalité, mais elle soupçonnait que oui. C'était son talent, peut-être le seul. Elle était capable de détecter les chagrins comme un animal peut en flairer un autre de son espèce à plus d'un kilomètre.

« Allons, jeunes gens, une dernière chose avant votre départ ! dit Mrs Walcott en frappant dans ses mains. Au trimestre prochain nous étudierons les migrations et le changement générationnel. C'est un beau projet divertissant avant de nous atteler aux révisions en vue du certificat général. Pour vous préparer, je veux que vous interrogiez une personne âgée pendant les vacances. Idéalement, vos grands-parents, mais ça peut tout aussi bien être un autre membre de votre famille. Posez-leur des questions sur leur mode de vie quand ils étaient jeunes, et rapportez-moi une rédaction de quatre à cinq pages. »

Un chœur de soupirs désolés se répandit à travers la pièce.

« Assurez-vous que vos propos sont étayés par des faits historiques, poursuivit Mrs Walcott, sans tenir compte des réactions. Je veux une recherche rigoureuse confirmée par des preuves, pas de la spéculation. »

Ce qui causa une nouvelle vague de soupirs et gémissements.

« Et n'oubliez pas de chercher chez vous s'il y a des souvenirs de famille – une bague ancienne, une robe de mariée, un service de porcelaine, une couverture en patchwork, un paquet de lettres ou de recettes maison, tout objet mémoriel hérité de leur passé. »

Ada baissa les yeux. Elle n'avait jamais rencontré sa famille du côté maternel ni du côté paternel. Elle savait qu'ils vivaient quelque part à Chypre mais ses connaissances n'allaient pas plus loin. Quel genre de gens était-ce ? À quoi occupaient-ils leur temps ? La reconnaîtraient-ils s'ils passaient près d'elle dans la rue, ou s'ils se croisaient au supermarché ? La seule parente proche dont elle eût connaissance était une tante, Meryem, qui envoyait des cartes postales joyeuses de plages ensoleillées et de prés couverts de fleurs sauvages, en dissonance avec le fait qu'elle était totalement absente de leur vie.

Si sa parentèle était un mystère, Chypre en était un autre encore plus grand. Elle avait vu des photos sur Internet, mais pas une fois elle n'avait visité l'endroit dont elle tenait son nom.

Dans la langue de sa mère, son nom signifie « île ». Enfant, elle supposait qu'il s'agissait de la Grande-Bretagne, la seule île qu'elle ait jamais connue, mais comprit bien plus tard qu'il désignait en fait une autre île, très loin, et que la raison de son nom, c'est qu'elle avait été conçue là-bas. Cette découverte l'avait mise dans un état de grande confusion, voire de malaise. D'abord parce qu'elle lui rappelait que ses parents avaient eu une vie sexuelle, et qu'elle n'avait pas envie d'y penser ; ensuite parce que ce nom la rattachait, de manière inévitable, à un lieu qui jusqu'alors n'existait que dans son imagination. Depuis, elle avait ajouté son propre nom au catalogue de mots non anglais qu'elle transportait dans ses poches, des mots bizarres et colorés qui lui semblaient encore assez distants et peu familiers pour demeurer impénétrables, comme ces galets parfaits qu'on ramasse sur une plage et qu'on rapporte chez soi, pour ne plus savoir qu'en faire par la suite. Elle en avait beaucoup, maintenant. Et aussi des expressions idiomatiques. Et des chansons, des airs allègres. Mais c'était à peu près tout. Ses parents ne lui avaient pas appris leur langue maternelle, préférant communiquer uniquement en anglais à la maison. Ada ne parlait ni le grec de son père, ni le turc de sa mère.

En grandissant, chaque fois qu'elle demandait pourquoi ils n'étaient encore jamais allés à Chypre rencontrer leur famille, ou pourquoi ces cousins ne venaient jamais leur rendre visite en Angleterre, ses parents lui donnaient chacun une foule de bonnes excuses. Ce n'était pas le moment ; il y avait trop de travail à faire ou trop de dépenses à assurer… Lentement un soupçon prit racine en elle : peut-être que le mariage de ses parents n'avait pas obtenu l'accord des deux familles. Dans ce cas, sans doute, elle non plus, produit de ce mariage, n'était pas réellement *approuvée*. Pourtant, aussi longtemps qu'elle y parvint, Ada garda l'espoir et la conviction que si un membre de sa famille élargie passait un peu de temps avec elle et ses parents, il leur pardonnerait ce qu'ils avaient pu faire qui restait impardonné.

Depuis la mort de sa mère, cependant, Ada ne posait plus de questions sur ses cousins. S'ils étaient du genre à refuser d'assister aux obsèques de l'une d'entre eux, il y avait peu de chance qu'ils éprouvent de l'affection pour l'enfant de la défunte – une fillette qu'ils n'avaient jamais vue de leur vie.

« Lorsque vous conduirez ces entretiens, dit Mrs Walcott, ne jugez pas la génération des aînés. Écoutez attentivement, essayez de voir les choses par leurs yeux. Et prenez soin d'enregistrer toute la conversation. »

Jason, qui était assis au premier rang, intervint : « Si on interviewe un criminel nazi, on doit être aimable avec lui ? »

Mrs Walcott soupira. « Eh bien, c'est un exemple un peu extrême. Non, je ne vous demande pas d'être aimable avec ce genre de personne. »

Jason eut un large sourire, comme s'il venait de marquer un point.

« Madame, claironna ensuite Emma-Rose, on a un violon ancien à la maison. Est-ce que ça compte comme héritage de famille ?

— Bien sûr, s'il appartient à votre famille depuis des générations.

— Oh oui, on l'a depuis tellement longtemps. » Emma-Rose rayonnait. « Ma mère dit qu'il a été fabriqué à Vienne au XIXe siècle. Ou peut-être au

XVIIIᵉ ? En tout cas il a beaucoup de valeur, mais on ne le vend pas. »

Zafaar leva la main. « Nous, on a un coffre à trousseau qui appartenait à ma grand-mère. Elle l'a rapporté du Penjab. Ça peut marcher ? »

Ada sentit son cœur sursauter, et n'entendit même pas la réponse du professeur ni la suite de la conversation. Son corps se raidit tandis qu'elle s'efforçait de ne pas regarder Zafaar, de crainte que son visage ne trahisse ses sentiments.

Le mois précédent, ils avaient fait équipe par hasard pour un projet en cours de science – assembler un dispositif destiné à mesurer le nombre de calories contenu dans divers aliments. Après plusieurs jours passés à tenter en vain d'arranger un rendez-vous, elle avait renoncé et fait seule l'essentiel de la recherche, trouvé les matériaux, acheté les outils, construit le calorimètre. À la fin, ils avaient été tous deux récompensés d'un A. Un mince sourire au coin des lèvres, Zafaar l'avait remerciée avec une gaucherie qui pouvait être le signe d'une conscience coupable, mais aussi bien de son indifférence. Ils ne s'étaient pas reparlé depuis.

Ada n'avait jamais embrassé un garçon. Toutes les filles de sa classe avaient *quelque chose* à raconter – réel ou imaginaire – quand elles se changeaient dans les vestiaires avant ou après les cours d'éducation physique, mais pas elle. Son silence total n'était pas passé inaperçu, causant quantité de taquineries et de vannes. Une fois elle avait trouvé un magazine porno dans sa sacoche, glissé là par des mains inconnues, elle en était certaine, pour l'inquiéter. Toute la journée elle s'était torturée à l'idée qu'un professeur le découvre et avertisse son père. Non qu'elle craignît son père comme bon nombre d'autres élèves à sa connaissance craignaient le leur. Ce n'était pas de la peur qu'elle éprouvait. Pas même de la culpabilité, après avoir décidé de conserver le magazine. Ce n'est pas pour cela qu'elle ne lui avait pas parlé de l'incident – ni des autres incidents. Elle ne partageait plus ce genre de choses avec son père depuis qu'elle avait senti, de manière instinctive, qu'elle devait le protéger contre de nouvelles souffrances.

Si sa mère était en vie, Ada aurait pu lui montrer le magazine. Elles l'auraient peut-être regardé ensemble, avec des gloussements. Elles en auraient parlé, un gobelet de chocolat chaud à la main, aspirant la vapeur qui leur montait au visage. Sa mère comprenait les pensées incontrôlées, les pensées mauvaises, *la face sombre de la lune*. Elle avait dit une fois, plaisantant à moitié, qu'elle était trop rebelle pour faire une bonne mère, trop maternelle pour être une bonne rebelle. Ce n'est que maintenant, depuis qu'elle n'était plus, qu'Ada reconnaissait qu'en dépit de tout c'était une bonne mère – et une bonne rebelle. Cela faisait exactement onze mois et huit jours qu'elle était morte. Ce serait le premier Noël qu'Ada passerait sans elle.

« Qu'en pensez-vous, Ada ? demanda soudain Mrs Walcott. Vous seriez d'accord avec cela ? »

Comme elle était retournée à son dessin, il lui fallut un moment pour quitter le papillon du regard et s'aviser que l'enseignante l'observait. Elle rougit jusqu'à la racine des cheveux. Son corps se raidit comme s'il avait perçu un danger qu'elle ne saisissait pas encore. Quand la voix lui revint, c'était d'un ton si grêle qu'elle n'était pas sûre d'avoir vraiment parlé.

« Pardon ?

— Je vous demandais si vous estimez que Jason a raison.

— Excusez-moi, mademoiselle… raison sur quoi ? »

Il y eut des petits rires mal réprimés.

« Nous parlions des souvenirs de famille, dit Mrs Walcott avec un sourire las. Zafaar a évoqué le coffre à trousseau de sa grand-mère. Puis il a ajouté : “Pourquoi ce sont toujours les femmes qui s'accrochent à ces souvenirs et à ce bric-à-brac du passé ?” Et je voulais savoir si vous étiez d'accord avec cette opinion. »

Ada déglutit, gorge sèche. Elle sentait son pouls lui marteler les tempes. Un silence, lourd et glutineux, suintait dans l'espace autour d'elle. Elle l'imagina en train de s'étaler telle de l'encre noire sur des napperons brodés au crochet – comme ceux qu'elle avait trouvés dans le tiroir de la coiffeuse de sa mère. Qui les avait découpés avec un soin compulsif en petits morceaux, complètement détruits, puis rangés entre des couches de papier de soie, comme si elle ne pouvait ni les garder tels quels ni se résigner à les jeter.

« Votre opinion ? » dit Mrs Walcott, la voix tendre mais insistante.

Lentement et sans réfléchir, Ada se leva, faisant racler bruyamment sa chaise sur les dalles du sol. Elle s'éclaircit la gorge, bien qu'elle n'eût pas la moindre idée de quoi dire. Son esprit était vide. Sur la page ouverte devant elle, le papillon, inquiet et pressé de fuir, prit son envol, alors que ses ailes, inachevées et aux bords brouillés, n'avaient pas la force requise.

« Je… je ne crois pas que ce soit juste les femmes. Mon père le fait aussi.

— Ah bon ? demanda Mrs Walcott. Comment cela ? »

Maintenant tous ses camarades de classe la dévisageaient, attendant qu'elle sorte une phrase qui ait du sens. Certains avaient dans les yeux une lueur douce de pitié, d'autres d'indifférence crue, ce qu'elle préférait de loin. Elle se sentait larguée au loin par leur attente collective, la pression accumulée sur ses oreilles lui donnant l'impression de couler.

« Vous pouvez nous donner un exemple ? demanda Mrs Walcott. Qu'est-ce que votre père collectionne ?

— Euh, mon père... », dit Ada en traînant la voix, puis fit une pause.

Que pouvait-elle leur raconter à propos de lui ? Qu'il oubliait de manger ou même de parler parfois, laissant passer des journées entières sans consommer un vrai repas ou prononcer une phrase entière, que s'il en avait la possibilité, il vivrait probablement le reste de sa vie au fond du jardin, ou mieux encore, dans une forêt quelconque, les mains enfouies dans le sol, entouré de bactéries, de champignons et de toutes ces plantes qui poussent et pourrissent à la minute ? Que pourrait-elle leur dire de son père qui leur permette de comprendre comment il était alors qu'elle-même avait du mal à le reconnaître ces temps-ci ?

Au lieu de quoi elle fit une réponse brève : « Des plantes.

— Des plantes, lui fit écho Mrs Walcott, le visage plissé d'incompréhension.

— Mon père les aime, ajouta précipitamment Ada, regrettant aussitôt le mot qu'elle avait choisi.

— Oh, comme c'est mignon... il apprécie les fleurs ! » commenta Jason d'une voix onctueuse.

Le rire moussa dans la pièce sans plus de retenue. Ada remarqua que même son ami Ed évitait son regard, faisant semblant de lire quelque chose dans son manuel, épaules voûtées et tête courbée. Elle chercha alors celui de Zafaar, et découvrit ses yeux noirs brillants, qui la voyaient rarement, en train de l'étudier avec une curiosité proche de l'inquiétude.

« Eh bien c'est charmant, dit Mrs Walcott. Mais vous rappelez-vous un objet auquel il tient particulièrement ? Qui a pour lui une valeur émotionnelle ? »

À cet instant, Ada ne désirait rien tant que trouver les mots justes. Pourquoi se cachaient-ils d'elle ? Son estomac se serra si douloureusement que pendant quelques secondes elle se crut incapable de respirer, encore moins de parler. Pourtant elle y parvint, et s'entendit répondre : « Il passe beaucoup de temps auprès de ses arbres. »

Mrs Walcott hocha la tête, le sourire s'effaçant de ses lèvres.

« Surtout ce figuier, je crois que c'est son préféré.

— C'est bon, vous pouvez vous rasseoir », dit Mrs Walcott.

Mais Ada n'obéit pas. La douleur, qui avait traversé sa cage thoracique, cherchait un point de sortie. Sa poitrine se crispa, comme si des mains invisibles la compressaient. Elle se sentait désorientée, la pièce bougeait doucement sous ses pieds.

« Oh Seigneur, elle est vraiment flippante », murmura quelqu'un, assez fort pour qu'elle l'entende.

Ada ferma les yeux, brûlée par le commentaire, une écorchure à vif dans sa chair. Mais ils ne pouvaient rien dire ni faire de pire que la haine qu'elle éprouvait pour elle-même à cet instant.

Qu'est-ce donc qui n'allait pas chez elle ? Pourquoi ne pouvait-elle pas répondre à une question simple comme tout le monde ?

Enfant, elle adorait tourner en vis sur le tapis turc jusqu'à s'étourdir et tomber sur le sol, d'où elle regardait le monde tourbillonner sans fin. Elle revoyait encore les motifs du tapis tissé main se dissoudre en un millier d'étincelles, les couleurs se fondant l'une dans l'autre, l'écarlate dans le vert, le safran dans le blanc. Mais ce qu'elle éprouvait maintenant était une autre forme de vertige. La sensation d'entrer dans un piège, une porte se refermant derrière elle, le claquement d'un loquet dans la gâche. Elle se sentait paralysée.

Maintes fois par le passé elle s'était doutée qu'elle transportait une tristesse qui ne lui appartenait pas tout à fait. On leur avait appris en cours de science que chaque individu hérite d'un chromosome de sa mère et un de son père – de longs fils d'ADN porteurs de milliers de gènes qui fabriquaient des millions de neutrons reliés par des milliards de connexions. Cette somme d'informations génétiques se transmettait des parents à leur progéniture – survie, croissance, reproduction, couleur des cheveux, forme du nez, taches de rousseur ou non, tendance à éternuer sous l'effet du soleil –, tout était là-dedans. Mais aucune ne répondait à la seule question qui lui brûlait l'esprit : était-ce possible d'hériter d'une chose aussi intangible et incommensurable que le chagrin ?

« Vous pouvez vous asseoir », répéta Mrs Walcott.

Pourtant elle ne bougea pas.

« Ada, vous n'avez pas entendu ce que j'ai dit ? »

Toujours debout, elle tentait de refouler la peur qui lui emplissait la gorge, lui obstruait les narines. Lui rappelait le goût de la mer sous un soleil dur, écrasant. Ada l'effleura du bout de la langue. Ce n'était pas la saumure marine bien sûr, c'était du sang chaud. Elle s'était mordu l'intérieur de la joue.

Son regard glissa vers la fenêtre, derrière laquelle l'orage approchait. Elle nota le ciel gris ardoise, au milieu de bancs de nuages, une esquille cramoisie qui saignait sur l'horizon, comme une blessure ancienne jamais vraiment guérie.

« Asseyez-vous, s'il vous plaît », lui parvint la voix du professeur.

Et à nouveau, elle n'obéit pas.

Plus tard, bien plus tard, alors que le pire s'était déjà produit et qu'elle était seule dans son lit à la nuit tombée, incapable de s'endormir, écoutant son père, insomniaque lui aussi, arpenter la maison, Ada Kazantzakis ferait redéfiler ce moment, cette fissure dans le temps, où elle aurait pu faire ce qu'on lui disait et regagner sa place, rester plus ou moins invisible pour tous les occupants de la pièce, sans être remarquée ni non plus dérangée ; elle aurait pu maintenir les choses en l'état, si seulement elle avait pu s'empêcher de faire ce qu'elle avait fait ensuite.

Figuier

Cette après-midi-là, tandis que les nuages orageux s'abattaient sur Londres et que le monde se teintait de mélancolie, Kostas Kazantzakis m'enterrait dans le jardin. Le fond du jardin, en fait. Normalement j'aimais bien cet endroit, au milieu des camélias luxuriants, du chèvrefeuille au doux parfum et des fleurs en pattes d'araignée de l'hamamélis, mais ce n'était pas un jour normal. Je tentai de me réconforter en pensant au bon côté de la médaille. Ce qui n'arrangea rien. J'étais nerveux, empli d'appréhension. On ne m'avait encore jamais enterré.

Kostas s'affairait dans le froid depuis le petit matin. Un mince film de sueur s'était formé sur son front et luisait chaque fois qu'il enfonçait la lame d'acier de la pelle dans la terre durcie. Derrière lui s'étiraient les ombres des treillis en bois qui l'été se couvraient de roses et de clématites grimpantes, mais n'étaient plus à présent qu'une barrière transparente séparant notre jardin de la terrasse du voisin. Un monticule de terre gluant et friable grossissait lentement près de ses bottes en cuir, le long de la traînée argentée laissée par un escargot. Son haleine formait un nuage devant ses traits, ses épaules se raidissaient sous la parka bleu marine – celle qu'il avait achetée dans une friperie de Portobello Road – ses phalanges rouges et à vif saignaient un peu, mais il ne semblait pas s'en rendre compte.

J'avais froid, et même si je ne voulais pas me l'avouer, très peur. J'aurais bien aimé partager mes soucis avec lui. Mais aurais-je été capable de parler, il était trop distrait pour m'entendre, absorbé dans ses pensées tout en creusant sans un regard dans ma direction. Quand il aurait terminé, il déposerait la pelle, me regarderait de ses yeux vert tilleul dont je savais qu'ils avaient vu maintes choses plaisantes et déplaisantes, et il m'enfoncerait dans le creux du sol.

Plus que quelques jours avant Noël, et le voisinage tout entier rayonnait de guirlandes et de rideaux lumineux. Des Pères Noël et des rennes gonflables au sourire en plastique. Des festons brillants clignotaient le long des auvents des magasins et des étoiles étincelaient aux fenêtres des maisons, offrant un bref coup d'œil sur la vie des gens, qui paraissait toujours moins compliquée, allez savoir pourquoi, plus excitante – plus heureuse.

Derrière une haie, une fauvette s'est mise à chanter – des notes rapides, rêches. Je me suis demandé ce qu'un pouillot d'Afrique du Nord venait faire dans notre jardin à cette époque de l'année. Pourquoi n'était-il pas parti vers des contrées plus chaudes avec tous les autres, qui devaient être en route pour le sud et qui, s'ils faisaient un léger détour sur leur couloir de vol, pouvaient aussi bien se rendre à Chypre et visiter mon pays natal ?

Je savais qu'ils se perdaient parfois, ces passerins. Rarement, mais ça pouvait arriver. Et parfois ils n'étaient plus capables de faire le voyage, année après année, le même mais jamais pareil, des kilomètres de vide à perte de vue. Et donc ils restaient sur place, même si cela signifiait la faim et le froid, et trop souvent, la mort.

L'hiver durait déjà depuis longtemps. Bien loin du climat tempéré de l'an dernier, avec ses ciels couverts, pluies intermittentes, chemins boueux, une cascade de morosité et de grisaille. Rien qui sorte de l'ordinaire pour cette chère vieille Angleterre. Mais cette année, depuis le début de l'automne, le temps s'était montré fantasque. La nuit on entendait hurler la tempête, qui vous évoquait des forces indomptées et indésirées, des choses à l'intérieur de soi qu'on n'était pas encore prêt à affronter, encore moins à comprendre. Souvent le matin, au réveil, on trouvait les routes enduites d'une pellicule de glace et les tiges d'herbe raidies comme des éclats d'émeraude. Des milliers de gens sans abri dormaient à la dure dans les rues de Londres, les lieux d'hébergement n'ayant même pas la place d'en accueillir un quart.

Cette nuit se préparait à être la plus froide de l'année jusqu'ici. Déjà l'air, comme s'il se composait d'aiguilles de verre, transperçait tout ce qu'il touchait. C'est pourquoi Kostas se hâtait, résolu à terminer sa tâche avant que la terre ne devienne dure comme pierre.

Tempête Hera – c'est le nom qu'ils avaient donné à l'ouragan en formation. Pas George ni Olivia ni Charlie ni Matilda cette fois, mais un nom mythologique. D'après eux ce serait la pire depuis des siècles – pire que la Grande Tempête de 1703, qui avait soulevé les toitures, arraché leur corset à baleines aux dames, aux messieurs leur perruque poudrée et aux mendiants les guenilles qu'ils avaient sur le dos ; détruit aussi bien les manoirs à colombages que les taudis d'argile ;

écrasé les navires comme si c'étaient des bateaux en papier, et fait déborder les égouts de la Tamise sur ses rives.

Des histoires, peut-être, mais moi j'y croyais. Tout comme je crois aux légendes, et aux vérités sous-jacentes qu'elles tentent de transmettre.

Je me disais que si tout se passait comme prévu, je serais enterré seulement pendant trois mois, peut-être moins. Quand les jonquilles refleuriraient le long des sentiers, que les jacinthes tapisseraient les bois, que toute la nature se ranimerait, on allait me déterrer. Mais j'avais beau m'appliquer, impossible de me cramponner à ce fragment d'espoir alors que l'hiver, féroce et implacable, donnait le sentiment de s'être installé pour durer. Je n'ai jamais été doué pour l'optimisme, de toute manière. Ça doit être dans mon ADN. Je descends d'une longue lignée de pessimistes. Alors j'ai fait ce que je fais souvent : j'ai commencé à imaginer tout ce qui pouvait aller de mal en pis. Et si jamais cette année le printemps ne revenait pas, et que je doive rester sous terre – pour toujours ? Ou si le printemps finissait par se montrer à la longue, mais que Kostas oublie de me déterrer ?

*

Une rafale de vent est passée, me pénétrant comme une lame de couteau dentelée.

Kostas a dû le remarquer, car il a cessé de creuser. « Non, mais regarde-moi ça ! Tu gèles, ma pauvrette. »

Il avait de l'affection pour moi, en avait toujours eu. Dans le passé, dès que le temps virait au froid, il prenait des précautions pour me garder en vie. Je me rappelle une après-midi glaciale de janvier où il avait installé des coupe-vent tout autour de moi et m'avait enveloppé de couches de toile de jute pour réduire la perte d'humidité. Une autre fois, il m'a recouvert de paillis. Il disposait des lampes chauffantes dans le jardin pour répandre de la chaleur durant toute la nuit et au moment crucial, juste avant l'aube, l'heure la plus sombre du jour et souvent la plus froide. C'est-à-dire quand la plupart d'entre nous s'endorment dans un sommeil dont ils ne se réveilleront jamais – les sans-abri dans les rues et nous…

… les figuiers.

Je suis un *Ficus carica* dont le nom vulgaire est figuier comestible, même si je peux vous assurer qu'il n'y a pas une once de vulgarité chez moi. J'appartiens et j'en suis fier à la grande famille des Moracées, du règne des Plantes. Originaire d'Afrique du Nord, je suis présent dans une vaste zone allant de la Californie au Portugal et au Liban, des rives de la mer Noire aux collines d'Afghanistan et aux vallées de l'Inde.

Enterrer les figuiers dans des tranchées souterraines pendant les hivers les plus durs et les déterrer au printemps, c'est une tradition étrange mais très répandue. Les Italiens établis dans des villes d'Amérique et du Canada où les températures descendent au-dessous de zéro la connaissent bien. Ainsi que les Espagnols, Portugais, Maltais, Grecs, Libanais, Égyptiens, Tunisiens, Marocains, Algériens, Israéliens, Palestiniens, Iraniens, Kurdes, Turcs, Jordaniens, Syriens, Juifs séfarades… et nous, les Chypriotes.

Peut-être moins les jeunes par les temps qui courent, mais les plus âgés sont rompus à cette coutume. Ceux qui ont migré les premiers des climats méditerranéens plus tempérés vers les villes et agglomérations venteuses de l'Occident. Ceux qui, après toutes ces années, rêvent encore de faire passer les frontières en contrebande à leurs aliments favoris, fromage odorant, pastrami fumé, boudin de mouton, *manti* congelés, tahini maison, mélasse de caroube, *karidaki glyco*, soupe de panse de vache, rate de veau en saucisse, yeux de thon, testicules de bélier... même si, en cherchant bien, ils pourraient trouver au moins une partie de ces mets délicats au rayon « cuisine internationale » des supermarchés de leur pays d'adoption. Mais ils affirmeraient que ça n'a pas le même goût.

Les immigrants de la première génération sont une espèce à part. Ils s'habillent en beige, gris ou brun. Des couleurs qui n'attirent pas l'attention. Des couleurs qui chuchotent, qui ne crient jamais. Des manières cérémonieuses, un désir qu'on les traite avec dignité. Ils se déplacent avec une légère gaucherie, pas tout à fait à l'aise dans leur environnement. À la fois pénétrés d'une éternelle gratitude pour les chances que la vie leur a offertes et marqués par ce qu'elle leur a arraché, jamais à leur place, séparés des autres par quelque expérience muette, comme les survivants d'un accident de voiture.

Les immigrants de la première génération parlent constamment à leurs arbres – quand il n'y a personne à proximité, bien sûr. Ils se confient à nous, décrivent leurs rêves et leurs espoirs, y compris ceux qu'ils ont laissés derrière eux, comme des brins de laine accrochés à des fils barbelés au passage de clôtures. Mais pour la plupart, ils apprécient tout simplement notre compagnie, bavardent avec nous comme avec de vieux amis après une longue absence. Ils prodiguent affection et tendresse à leurs plantes, surtout celles qu'ils ont emportées de leur terre natale perdue. Ils savent, tout au fond, qu'en sauvant un figuier d'un ouragan, ils sauvent la mémoire de quelqu'un.

Salle de classe

« Ada, s'il vous plaît, asseyez-vous », répéta une fois de plus Mrs Walcott, la tension donnant une certaine aspérité à sa voix.

Mais une fois de plus, Ada resta immobile. Tout comme si elle n'avait pas entendu le professeur. Elle comprenait parfaitement ce qu'on lui demandait et n'avait aucune volonté de défi, mais pour l'instant, elle était incapable de faire obéir son corps à son cerveau. Dans un angle de vision elle apercevait un point mobile – le papillon qu'elle avait dessiné sur son cahier voletait autour de la classe. Elle l'observait avec gêne, inquiète à l'idée que d'autres puissent le voir, même si une petite partie distincte d'elle-même savait que non.

Suivant un parcours en zigzag, le papillon se percha sur l'épaule du professeur puis sauta sur une de ses longues boucles d'oreille d'argent en forme de chandelier. Tout aussi vivement, il décolla et fonça sur Jason, se posa sur ses minces épaules, glissa en se tortillant sous sa chemise. Ada se représentait en esprit les hématomes dissimulés sous le T-shirt de Jason, la plupart maintenant anciens et décolorés, mais un assez grand tout récent. D'une teinte criarde – violet vif. Ce garçon, qui plaisantait toujours et respirait l'assurance à l'école, était battu chez lui par son propre père. Elle suffoqua. La douleur, il y avait tellement de douleur partout et en chacun. La seule différence se situait entre ceux qui parvenaient à la cacher et ceux qui n'y arrivaient plus.

« Ada ? dit Mrs Walcott, un peu plus fort.

— Peut-être qu'elle est sourde, railla un des élèves.

— Ou attardée mentale !

— Nous n'utilisons pas ce genre de terme dans ma classe », dit Mrs Walcott, sans convaincre personne. Son regard revint se fixer sur Ada, perplexité et inquiétude se succédant sur son large visage. « Quelque chose qui ne va pas ? »

Enracinée sur place, Ada n'émit pas un mot.

« S'il y a quelque chose que vous voulez me dire, nous pouvons faire cela après le cours. Pourquoi ne pas nous parler tout à l'heure ? »

Pourtant Ada ne bougea toujours pas. Ses membres, n'obéissant qu'à leur propre volonté, refusaient de réagir. Elle se souvint comment son père lui racontait que par des températures extrêmement froides, certains oiseaux, comme les mésanges à tête noire, tombaient dans de brèves torpeurs afin de conserver de la chaleur en prévision du mauvais temps. C'est exactement ce qu'elle éprouvait en ce moment, effondrée en une sorte d'inertie afin de se raidir pour affronter ce qui l'attendait.

Assieds-toi, espèce d'idiote, tu te couvres de ridicule.

Était-ce un autre élève qui avait murmuré ces mots ou une voix malveillante à l'intérieur de son propre crâne ? Elle ne le saurait jamais. La bouche formant un trait rigide, la mâchoire serrée, elle se cramponnait au bord de son pupitre, quêtant désespérément un appui, redoutant si elle lâchait prise de perdre l'équilibre et de tomber. À chaque inspiration, la panique tourbillonnait et roulait dans ses poumons, s'infiltrait dans chaque nerf et chaque cellule, et sitôt sa bouche ouverte, en jaillit et déborda, un torrent souterrain pressé d'échapper à ses confins. Un son à la fois familier et trop étrange pour être émis par elle surgit de quelque part à l'intérieur de son corps – fort, rauque, cru, incongru.

Elle hurla.

D'une voix si inattendue et puissante et incroyablement aiguë que les autres élèves firent silence. Mrs Walcott resta immobile, les mains serrées contre sa poitrine, les rides autour de ses yeux se creusant. Pendant toutes ses années d'enseignement, elle n'avait jamais rien vu de pareil.

Quatre secondes s'écoulèrent, huit, dix, douze… La pendule au mur avançait à pas de fourmi, d'une lenteur éprouvante. Le temps se gauchissait et se recroquevillait, comme du bois sec, carbonisé.

Et voilà que Mrs Walcott se tenait auprès d'elle, essayant de lui parler. Ada sentait les doigts de son professeur sur son bras et savait que celle-ci lui disait quelque chose, mais elle ne pouvait saisir les mots car elle continuait à hurler. Quinze secondes s'écoulèrent. Dix-huit, vingt, vingt-trois…

Sa voix tel un tapis volant la soulevait et l'emportait contre sa volonté. Elle avait le sentiment de flotter, de tout observer depuis un plafonnier, sauf que ça ne lui donnait pas l'impression d'être en hauteur, plutôt d'être dehors, de tomber hors d'elle-même, ne plus faire partie du moment présent, de ce monde.

Elle se rappela un sermon qu'elle avait entendu jadis, peut-être dans une église, peut-être dans une mosquée, car à différents stades de son enfance elle avait fréquenté les deux, mais pas pour très longtemps. *Quand l'âme quitte le corps, elle monte vers le firmament et sur son parcours elle s'arrête pour regarder tout ce qui s'étend sous elle, impassible, indifférente, insensible à la douleur.* Était-ce l'évêque Vasilios qui avait dit cela ou l'imam Mahmoud ? Des icônes d'argent, des cierges en cire, des tableaux montrant des visages d'anges et d'apôtres, l'archange Gabriel avec une aile ouverte et l'autre repliée, un exemplaire fatigué de la Bible orthodoxe, ses pages écornées, sa reliure brisée... des tapis de prière en soie, des chapelets d'ambre, un livre de hadiths, un volume très usagé de *L'Interprétation islamique des rêves*, consulté après chaque rêve et chaque cauchemar... Ces deux hommes avaient tenté de persuader Ada de choisir leur religion, leur parti. Il lui semblait, de plus en plus, qu'à la fin elle avait choisi le vide. Le néant. Une coquille intangible qui l'enfermait encore, la tenait à l'écart des autres. Pourtant alors qu'elle continuait à hurler pendant la dernière heure du dernier jour d'école, elle éprouvait quelque chose de presque transcendantal, comme si elle n'était pas, n'avait jamais été, confinée dans les limites de son corps.

Trente secondes passèrent. Une éternité.

Sa voix se brisa mais persista. Il y avait quelque chose de profondément humiliant mais tout aussi électrisant à s'entendre hurler – à briser là, briser les amarres, sans contrôle, sans entraves, sans savoir jusqu'où elle l'entraînerait, cette force qui lui montait de l'intérieur. Une chose animale. Sauvage. Rien la concernant n'appartenait plus à son moi d'avant à cet instant. En particulier sa voix. Ç'aurait pu être le glapissement aigu d'un faucon, la plainte obsédante d'un loup, le cri rauque d'un renard rouge à minuit. N'importe lequel de ces bruits, mais pas le hurlement d'une écolière de seize ans.

Les autres élèves, les yeux écarquillés de stupeur et d'incrédulité, dévisageaient Ada, hypnotisés par cet étalage de démence. Certains inclinaient la tête de côté comme s'ils cherchaient à mesurer par quel sortilège un cri aussi troublant pouvait sortir d'une fille aussi timide. Ada sentait leur peur, et pour une fois, c'était agréable de ne pas être la seule terrifiée. Sur les bords brouillés de son champ de vision, ils étaient tous réunis, tous pareils avec leur visage ahuri et leurs gestes à l'avenant, comme une ribambelle en papier de bonshommes identiques. Elle ne faisait pas partie de cette chaîne. Elle ne faisait partie de rien. Dans sa solitude intacte, elle était entière. Jamais elle ne s'était sentie aussi exposée, et pourtant aussi puissante.

Quarante secondes de passées.

Et Ada Kazantzakis continuait encore à hurler, et sa rage, si c'était bien de la rage, se propulsait en avant, un carburant à combustion rapide, sans le moindre signe d'apaisement. Sa peau avait pris une teinte écarlate marbrée, le fond de sa gorge était à vif et tremblait de souffrance, les veines de son cou palpitaient sous la poussée du sang, et ses mains restaient ouvertes devant elle, même si maintenant elles ne se cramponnaient plus à rien. Une vision de sa mère lui traversa alors l'esprit, et pour la première fois depuis qu'elle était morte, de penser à elle ne lui mit pas les larmes aux yeux.

La cloche sonna.

À l'extérieur de la salle de classe, se multipliant dans les couloirs, les pas se précipitaient, les conversations fusaient. Excitation. Rires. Une brève bousculade. Le début des vacances de Noël.

À l'intérieur de la classe, la folie d'Ada était si captivante que personne n'osa bouger.

Cinquante-deux secondes passèrent – presque mais pas tout à fait une minute – et sa voix céda, lui laissant la gorge desséchée et creuse comme un roseau parcheminé. Ses épaules s'affaissèrent, ses genoux tremblèrent, et son visage s'anima comme si elle s'éveillait d'un sommeil perturbé. Elle se tut. Tout aussi brusquement qu'elle avait commencé, elle s'arrêta.

« C'était quoi ce bordel ? » marmonna assez haut Jason, mais personne ne lui offrit de réponse.

Sans regarder personne, Ada s'effondra sur sa chaise, souffle coupé et vidée de toute énergie, un pantin dont les cordes auraient craqué sur scène en plein spectacle ; un épisode qu'Emma-Rose décrirait ensuite avec un excès de détails. Mais pour l'instant, même Emma-Rose gardait le silence.

« Tout va bien ? » interrogea de nouveau Mrs Walcott, le visage marqué par le choc, mais cette fois Ada l'entendit.

Tandis que les nuages s'amassaient au loin dans le ciel et qu'une ombre se répandait sur les murs comme tombée des ailes d'un oiseau géant en plein vol, Ada Kazantzakis ferma les yeux. Un son retentit à l'intérieur de son crâne, un rythme lourd, régulier – *crac-crac-crac* –, et la seule pensée qui lui vint alors fut que quelque part loin de cette salle de classe, hors de portée, les os de quelqu'un se brisaient.

Figuier

« Une fois que tu seras enterré, je viendrai te parler tous les jours », promit Kostas en enfonçant sa pelle dans le sol.

Il pesa sur la poignée et souleva une motte de terre, la jeta sur le tas qui montait à côté de lui.

« Tu ne te sentiras pas seul. »

J'aurais aimé pouvoir lui dire que la solitude est une invention humaine. Les arbres ne sont jamais esseulés. Les humains croient savoir avec certitude où s'arrête leur être et où commence celui de l'autre. Avec leurs racines entremêlées et piégées sous terre, combinées aux champignons et aux bactéries, les arbres ne se nourrissent pas de telles illusions. Pour nous, tout est relié.

N'empêche, cela m'a réjoui d'apprendre que Kostas prévoyait de me rendre régulièrement visite. J'ai incliné mes branches vers lui en signe de reconnaissance. Il était si proche que je sentais le parfum de son eau de toilette – bois de santal, bergamote, ambre gris. J'avais mémorisé chaque détail de son beau visage – front haut lisse, nez proéminent, mince et très retroussé, yeux clairs ombrés par des cils qui se recourbaient en demi-lune, les ondulations fermes de sa chevelure, encore abondante, encore brune, malgré quelques touches d'argent çà et là, les tempes grisonnantes.

Cette année, l'amour, à l'image de cet hiver inhabituel, s'était glissé en moi avec une intensité si graduelle et subtile que, le temps que je m'avise de ce qui se produisait, il était déjà trop tard pour rester sur mes gardes. Je m'étais bêtement, vainement entiché d'un homme qui n'aurait jamais pour moi la moindre pensée intime. Elle m'embarrassait, cette soudaine dépendance qui avait pris possession de moi, ce profond désir de ce que je ne pouvais avoir. Je me répétais que la vie n'était pas un arrangement commercial, un donnant-donnant chiffré, et que toute affection n'était pas forcément payée de retour, mais à la vérité, je ne pouvais m'empêcher de me demander ce qui se passerait si jamais un jour Kostas Kazantzakis me rendait mon attachement – si un être humain tombait amoureux d'un arbre.

Je sais ce que vous pensez. Comment pourrais-je, moi, un *Ficus carica* commun, m'éprendre d'un *Homo sapiens* ? Je saisis, je ne suis pas une beauté. Au mieux, j'ai toujours été plutôt quelconque. Je n'ai rien d'un *sakura*, l'éblouissant cerisier du Japon aux séduisantes fleurs roses qui poussent dans quatre directions, tout en paillettes et charme et arrogance. Je ne suis pas un érable à sucre, luisant de teintes étonnantes, rouge rubis, orange safran et jaune d'or, doté de feuilles aux contours parfaits, la parfaite séductrice. Et je ne suis certainement pas une glycine, cette femme fatale aux formes mauves exquises. Ni le gardénia à feuilles persistantes, au parfum enivrant et au verdoyant feuillage lustré, ou le bougainvillier à la splendeur pourpre qui grimpe et se répand sur les murs d'adobe cuits de soleil. Ou l'arbre aux pochettes qui vous fait attendre si longtemps, puis vous offre ses bractées de fleurs ensorcelantes, si romantiques, qui frissonnent dans la brise comme des mouchoirs parfumés.

Je n'ai aucun de leurs charmes, je l'admets. Si vous passiez devant moi dans la rue, vous ne m'accorderiez sans doute pas un regard. Mais j'aimerais croire que je suis attrayant à ma manière, par mon côté désarmant. Ce qui me fait défaut en beauté et en popularité, je le compense par le mystère et la force intérieure.

Au cours de l'histoire, j'ai attiré dans mes frondaisons des troupes d'oiseaux, de chauves-souris, abeilles, papillons, fourmis, souris, singes, dinosaures... et aussi un certain couple un peu perdu, qui errait sans but dans le jardin d'Éden, une expression figée dans les yeux. Ne vous y trompez pas : ce n'était pas une pomme. Il serait grand temps de rectifier ce grossier malentendu. Adam et Ève ont cédé aux attraits d'une figue, le fruit de la tentation, du désir et de la passion, non une pomme croquante quelconque. Je ne cherche pas à rabaisser ma consœur végétale, mais comment une malheureuse pomme pourrait-elle rivaliser avec une figue luxuriante, qui encore aujourd'hui, des millénaires après le péché originel, conserve le goût du paradis perdu ?

Sans vouloir manquer de respect aux croyants, ça ne tient pas debout de supposer que le premier homme et la première femme ont pu être tentés de pécher en mangeant une vieille pomme banale et que, en se retrouvant nus, frissonnants et mortifiés, malgré leur crainte que Dieu ne les attrape à tout moment, ils ont quand même fait un tour dans le jardin enchanté jusqu'à ce qu'ils tombent sur un figuier et décident de se draper dans ses feuilles. C'est une histoire intéressante, mais il y a quelque chose qui ne colle pas là-dedans et je sais ce que c'est : moi ! Parce que c'était moi depuis le début – l'arbre du bien et du mal, de la lumière et des ténèbres, de la vie et de la mort, de l'amour et des cœurs brisés.

Adam et Ève ont partagé une figue tendre, mûre, délicieusement attirante, parfumée, en la fendant par le milieu, et tandis que le sucre de sa chair opulente leur fondait sur la langue, ils se sont mis à voir l'univers autour d'eux sous un jour complètement nouveau, car c'est cela qui arrive à ceux qui atteignent le savoir et la sagesse. Ensuite ils se sont couverts avec les feuilles de l'arbre sous lequel ils se tenaient. Quant à la pomme, je suis navré, elle n'a joué aucun rôle.

Examinez chaque religion et ses croyances, et vous me trouverez là, présent dans chaque récit de la création, témoin des manières des hommes et de leurs guerres continuelles, mes combinaisons d'ADN prenant tellement de formes nouvelles qu'aujourd'hui je pousse sur pratiquement tous les continents du monde. Des amants et des admirateurs, j'en ai eu à foison. Certains sont devenus fous de moi, fous au point d'oublier tout le reste et de rester auprès de moi jusqu'à la fin de leur brève existence, comme mes petites guêpes des figuiers.

Pourtant, paraît-il, rien de tout cela ne m'autorise à aimer un être humain ni espérer être aimé en retour. Ce n'est pas une chose très sensée, je l'avoue, de s'éprendre de quelqu'un qui n'est pas de votre espèce, quelqu'un qui va seulement vous compliquer la vie, perturber votre routine et bousculer votre stabilité et votre enracinement. Mais bon, celui qui s'attend à voir l'amour faire preuve de bon sens n'a peut-être jamais été amoureux.

*

« Tu seras bien au chaud sous terre, Ficus. Tout ira bien », dit Kostas.

Après toutes ces années à Londres, il parlait encore l'anglais avec un solide accent grec. Ces sons familiers me rassuraient, ses *r* râpeux, *h* sifflants, *sh* brouillés, voyelles tronquées, dont la cadence s'accélérait quand il était excité, et battait en retraite quand il devenait pensif ou intimidé. Je reconnaissais chaque pli et nuance de sa voix lorsqu'elle roulait en vaguelettes sur moi, m'inondant comme de l'eau claire.

Il ajouta : « De toute façon, ça ne sera pas pour longtemps – juste quelques semaines. »

J'avais l'habitude qu'il me parle, mais rarement autant qu'il le fit ce jour-là. Je me demandai si tout au fond, la tempête hivernale avait pu déclencher en lui des sentiments de culpabilité. C'était lui, après tout, qui m'avait transporté de Chypre dans ce pays sans soleil, caché à l'intérieur d'une valise de cuir noir. Je suis entré, s'il faut dire la vérité, en contrebande sur le continent européen.

À l'aéroport de Heathrow, tandis que Kostas faisait passer la valise sous le regard d'un agent des douanes musclé, je me suis raidi, m'attendant à ce qu'on l'arrête et le fouille dans la seconde. Son épouse, pendant ce temps, marchait devant nous, d'un pas vif, aussi résolue et impatiente que de coutume. Defne était enceinte d'Ada à l'époque, même s'ils l'ignoraient encore. Ils pensaient n'introduire que moi en Angleterre, sans se douter qu'ils importaient aussi leur enfant à naître.

Quand la porte des arrivées s'est largement ouverte, Kostas s'est écrié, incapable de maîtriser l'excitation de sa voix : « Nous y voilà, nous avons réussi. Bienvenue dans ta nouvelle demeure. »

Parlait-il à sa femme ou à moi ? J'aimerais penser que c'était à moi. De toute façon, c'était il y a plus de seize ans. Depuis, je ne suis jamais retourné à Chypre.

Je transporte encore l'île avec moi, malgré tout. Les lieux où nous naissons dessinent la forme de notre vie, même si nous en sommes éloignés. Surtout dans ce cas-là. De temps à autre, dans mon sommeil, je me retrouve à Nicosie, debout sous un soleil familier, mon ombre projetée sur les rochers, tendue vers les buissons de genêts épineux rutilants de fleurs, chacune aussi parfaite et brillante que les pièces d'or d'un conte pour enfant.

Du passé que nous avons laissé derrière nous, je me rappelle chaque détail. Les lignes de côtes dessinées sur le sol sableux comme les plis d'une paume qui attendent d'être lus, le chœur des cigales dans la chaleur croissante, les abeilles bourdonnant audessus des champs de lavande, les papillons étirant leurs ailes à la première promesse de lumière... nombreux s'y essaient, mais personne ne réussit mieux l'optimisme que les papillons.

Les gens supposent que c'est une question de personnalité, cette différence entre optimistes et pessimistes. Mais je crois que tout cela vient d'une inaptitude à oublier. Plus grands sont vos pouvoirs de rétention, plus minces vos chances d'optimisme. Et je ne prétends pas que les papillons n'ont aucun souvenir des choses. Ils en ont, c'est sûr. Une mite se rappelle ce qu'elle a appris du temps où elle était chenille. Mais moi et mon espèce, nous sommes affligés d'une mémoire éternelle – et là il ne s'agit pas d'années ou de décennies. Nous parlons de siècles.

C'est une malédiction, cette mémoire tenace. Quand les vieilles Chypriotes souhaitent du mal à quelqu'un, elles ne demandent pas qu'un terrible malheur le frappe. Elles ne prient pas pour que surviennent des nuages de foudre, des accidents imprévus ou de brusques revers de fortune. Elles se contentent de dire :

Que jamais tu ne parviennes à oublier.
Que tu descendes dans la tombe avec tes souvenirs.

Aussi je devine qu'elle est dans mes gènes, cette mélancolie que je ne parviens jamais à chasser. Gravée avec un couteau invisible dans ma peau arborescente.

*

« Bien, ça devrait faire l'affaire », dit Kostas en examinant la tranchée, l'air satisfait de sa longueur et de sa profondeur.

Il étira son dos douloureux et essuya la boue de ses mains avec un mouchoir qu'il sortit de sa poche.

« Il faut que je t'élague un peu, ça sera plus facile comme ça. »

Saisissant une paire de cisailles, il tailla mes branches latérales rétives avec des mouvements rapides, efficaces. À l'aide d'une corde de nylon, il m'encercla, nouant ensemble mes branches plus épaisses. Avec soin, il serra le fardeau et fit un nœud plat, assez lâche pour ne pas m'abîmer mais assez ajusté pour me faire tenir dans la tranchée.

« J'ai presque fini. Il faut que je me dépêche. L'ouragan n'est pas loin ! »

Mais je le connaissais assez pour savoir que l'approche de l'ouragan n'était pas la seule raison qui le faisait se hâter de m'enterrer. Il voulait finir le travail avant que sa fille ne rentre de l'école. Il ne voulait pas qu'Ada assiste à un nouvel enterrement.

Le jour où sa femme sombra dans un coma dont elle ne s'éveilla plus, le chagrin s'abattit sur cette maison comme un vautour qui refuserait de partir tant qu'il n'aurait pas englouti jusqu'à la dernière trace de légèreté et de joie. Pendant des mois après le décès de Defne, et encore aujourd'hui de temps en temps, d'habitude avant minuit, Kostas venait s'asseoir à côté de moi, enveloppé dans une mince couverture, les yeux rouges à vif, les mouvements saccadés comme si on l'avait extrait malgré lui du fond d'un lac. Il ne pleurait jamais à l'intérieur de la maison, ne voulant pas que sa fille le voie souffrir.

Par ces nuits-là j'éprouvais tant d'amour et d'affection pour lui que j'en avais mal. C'était à de tels moments que la différence entre nous deux m'affligeait le plus. Combien je me suis lamenté de ne pouvoir changer mes branches en bras pour l'étreindre, mes brindilles en doigts pour le caresser, mes feuilles en un millier de langues pour lui murmurer ses propres mots, et mon tronc en un cœur où le loger.

*

« Bien, voilà qui est fait, fit Kostas, en observant le travail. Maintenant je vais te pousser au fond. »

Il y avait de la tendresse dans son regard, une lueur douce dans ses yeux réfléchissait le soleil qui se couchait lentement à l'ouest.

« Ça va te briser quelques racines, mais ne t'inquiète pas. Celles qui restent suffiront amplement à te maintenir en vie. »

M'efforçant de garder mon sang-froid, de ne pas céder à la panique, j'envoyai un rapide avertissement en bas, informant mes membres souterrains que dans quelques secondes un grand nombre d'entre eux allaient mourir. Tout aussi rapidement ils réagirent par des centaines de signaux minuscules me disant qu'ils savaient ce qui les attendait. Ils étaient prêts.

En prenant une forte inspiration, Kostas se pencha et me poussa vers le trou dans le sol. Au début je ne bougeai pas d'un poil. Plaçant ses paumes contre mon tronc, il me poussa plus fort, d'une pression soigneuse et équilibrée mais ferme également, et constante.

« Tout ira bien. Fais-moi confiance, mon Ficus chéri », me dit-il tendrement.

La douceur du ton m'enveloppa et me maintint fermement en place ; même un simple mot d'affection de sa part exerçait une force de gravité propre qui m'attirait vers lui.

Lentement toutes mes craintes et mes doutes m'abandonnèrent, flottant au loin comme des écharpes de brume. Je sus à cet instant qu'il me déterrerait dès qu'il verrait les premiers perce-neige pointer la tête hors du sol, ou les loriots dorés revenir dans le ciel bleu. Je savais avec certitude que je reverrais Kostas Kazantzakis, et qu'elle serait encore là, à l'arrière de ses beaux yeux, gravée dans son âme, cette tristesse déchirante installée en lui depuis qu'il avait perdu sa femme. Combien j'aurais souhaité qu'il m'aime comme il l'avait aimée.

Adieu donc, Kostaki, jusqu'au printemps...

Un air de surprise passa sur son visage, si bref et fugace que l'espace d'un instant on aurait dit qu'il m'avait entendu. Un éclair de reconnaissance. Visible une seconde, puis aussitôt enfui.

En me serrant plus fort, Kostas donna une dernière grande poussée vers le bas. Le monde bascula, le ciel s'inclina et plongea, les nuages de plomb et les mottes de terre se fondirent en un seul bourbier.

Je me raidis en prévision de la chute quand j'entendis mes racines se tendre et craquer, une par une. Un étrange *crac-crac-crac* étouffé monta du fond de la terre. Si j'étais humain, ce serait le bruit de mes os qui se brisaient.

Nuit

Debout devant la fenêtre de sa chambre, le front pressé contre la vitre, Ada observait son père de dos dans le jardin éclairé par la lueur spectrale de deux lanternes, occupé à râteler les feuilles sèches sur la terre brute. Depuis qu'ils étaient rentrés ensemble ce soir-là il avait passé tout son temps dehors à travailler dans le froid. Quand il avait reçu l'appel de l'école, expliqua-t-il, il avait abandonné le figuier sans soin, allez savoir ce que cela signifiait. Encore une manie de son père, sans doute. Il avait dit qu'il devait maintenant couvrir l'arbre de toute urgence, promettant que ce serait l'affaire de quelques minutes, mais les minutes s'étaient étirées à près d'une heure, et il était toujours dehors à la tâche.

Son esprit retournait sans cesse aux événements de l'après-midi. La honte s'enroulait dans son estomac comme un serpent. Qui la mordait encore et encore. Elle n'arrivait pas à croire qu'elle avait pu agir de la sorte. Là, devant toute la classe, hurler comme une possédée ! Qu'est-ce qui lui avait pris ? Le visage de Mrs Walcott – couleur de cendre, terrifié. Cette expression devait être contagieuse, car Ada l'avait vue sur le visage des autres enseignants quand on leur apprit ce qui s'était passé.

Ses entrailles se crispèrent en revivant le moment où on l'avait convoquée dans le bureau du proviseur. Les élèves étaient déjà tous partis, le bâtiment résonnait comme une coquille vide.

Ils s'étaient montrés gentils mais aussi visiblement soucieux, à la fois inquiets pour elle et perplexes devant une telle conduite. Auparavant, ils la rangeaient sans doute parmi les introvertis, ni timide ni sage, juste un peu réticente à se mettre en avant. Une jeune fille contemplative qui avait toujours préféré vivre dans le havre de son esprit mais était devenue encore plus distante et repliée sur elle-même depuis la mort de sa mère. Maintenant ils ne savaient vraiment plus quoi penser d'elle.

Ils avaient aussitôt appelé son père, et il était venu en toute hâte, sans même quitter sa tenue de jardinage, ses bottes couvertes de boue, une petite feuille coincée dans les cheveux. Le proviseur l'avait entretenu en privé tandis qu'Ada attendait dans le couloir, assise sur un banc, balançant la jambe.

Sur le chemin du retour, son père l'avait assaillie de questions, s'efforçant de comprendre ce qui pouvait expliquer une telle conduite, mais cet acharnement l'avait rendue encore plus silencieuse. Dès leur arrivée elle s'était réfugiée dans sa chambre, lui dans son jardin.

Ses yeux s'emplirent de larmes à l'idée qu'il lui faudrait maintenant changer d'école. Il n'y avait pas d'autre issue. Entre-temps, le proviseur lui infligerait-il une colle ou autre chose ? Si oui, ce serait le moindre des soucis d'Ada. Il ne pourrait inventer aucune sanction aussi affreuse que les regards qu'elle subirait à coup sûr de la part des autres élèves au trimestre prochain. Désormais, plus un seul garçon ne voudrait sortir avec elle.

Aucune fille ne l'inviterait à son anniversaire ou à une tournée des boutiques. Désormais, les étiquettes *zarbi* et *barjo* lui colleraient à la peau comme des tatouages, et chaque fois qu'elle entrerait dans la classe, c'est cela que tout le monde verrait en premier. Rien que d'y penser lui donnait la nausée, un poids dans les tripes comme du sable humide.

Ada était parvenue à se mettre dans un tel état de fièvre qu'elle ne tenait plus en place dans sa chambre. Elle sortit, traversa le palier aux murs décorés de dessins et de photos de famille encadrés, vacances, anniversaires, pique-niques, noces de cristal... instantanés de moments radieux, vifs et luisants mais enfuis à jamais, comme des étoiles filantes qui jettent leur dernier éclat.

Traversant le séjour, Ada ouvrit la porte coulissante qui menait au jardin. Aussitôt le vent se rua à l'intérieur, ébouriffant les pages des livres sur la table, dispersant les feuilles de papier partout sur le sol. En les ramassant, elle jeta un coup d'œil sur le sommet de la pile et reconnut l'écriture nette de son père, *Comment enterrer un figuier en dix étapes*. C'était une liste d'instructions détaillées et de croquis rudimentaires. Son père – à la différence de sa mère – n'avait jamais été très doué pour le dessin.

Dès qu'Ada se retrouva dans le jardin, la rigueur du froid lui arracha une grimace. Plongée dans ses propres soucis, elle n'avait guère pensé à la tempête Hera, qui ne semblait maintenant que trop réelle. Une odeur moisie, âcre, flottait dans l'air – mélange de feuilles pourries, pierre détrempée et feu de bois humide.

Elle avança d'un pas résolu sur le sentier pierreux, le gravier crissant sous ses pantoufles – des mules en fourrure blanc crème. Elle aurait dû les changer pour des bottes, mais c'était trop tard. Ses yeux étaient fixés sur son père, à quelques pas devant elle. Maintes fois, la nuit, Ada l'avait observé de la fenêtre de sa chambre, au même emplacement près du figuier, tandis que l'obscurité s'amassait autour de lui comme des corbeaux autour d'une charogne. Une silhouette voûtée sur fond de ciel couleur d'encre, accablée de chagrin. Pas une fois Ada n'était sortie, devinant qu'il ne voudrait pas qu'elle le voie dans cet état.

« Papa ? »

Sa voix parut tremblante à ses propres oreilles.

Il ne l'entendait pas. Ada s'approcha, et remarqua alors que le jardin paraissait différent, un changement qu'elle ne saisit pas sur-le-champ. Scrutant les alentours, elle retint son souffle, et comprit : le figuier n'était plus là.

« Papa ! »

Kostas se retourna vivement. Son visage s'éclaira en la voyant. « Ma chérie, tu n'aurais pas dû sortir sans veste. » Son regard glissa jusqu'aux pieds de sa fille. « Pas de bottes ? Ada *mou*, tu vas prendre froid.

— Non, ça va. Où est passé le figuier ?

— Oh, elle est là, en dessous. » Kostas fit un geste vers des feuilles de contreplaqué qu'il avait disposées avec soin sur le sol à ses pieds.

Ada s'approcha encore, examinant la tranchée en partie recouverte d'un œil curieux. Ce matin-là au petit déjeuner quand son père avait dit qu'il comptait enterrer le figuier, elle n'avait pas vraiment écouté, comprenant mal ce qu'il entendait par là. À présent elle marmonna : « Ouaah, alors tu l'as fait pour de bon !

— Il fallait bien. Je craignais une chalarose.

— C'est quoi ?

— C'est ce qui fait mourir les arbres dans les climats extrêmes. Des fois c'est le gel qui fait des dégâts, ou une succession de gels et dégels. Et après c'est fini pour eux. »

Kostas s'accroupit et jeta une brassée de paillis sur le contreplaqué et l'aplatit de ses mains nues.

« Papa ?

— Hmmm ?

— Pourquoi tu parles toujours de l'arbre comme si c'était une femme ?

— Eh bien, elle... c'est une espèce femelle.

— Comment tu le sais ? »

Kostas se releva, prit son temps pour répondre. « Certaines espèces sont dioïques – ça veut dire que chaque arbre est nettement soit mâle, soit femelle. Saule, peuplier, if, mûrier, tremble, genévrier, houx... ils sont tous comme ça. Mais une quantité d'autres sont monoïques, des fleurs mâles et femelles poussent sur le même arbre. Chêne, cyprès, pin, bouleau, noisetier, cèdre, châtaignier...

— Et les figuiers sont femelles ?

— Les figuiers, c'est compliqué, dit Kostas. La moitié sont monoïques, l'autre moitié dioïques. Il y a des variétés agricoles de figuiers, et puis il y a le caprifiguier sauvage de Méditerranée qui donne des fruits immangeables, on s'en sert d'habitude pour nourrir les chèvres. Notre *Ficus caprica* est femelle, d'une variété parthénocarpique – ça veut dire qu'elle peut produire des fruits toute seule, sans avoir besoin d'un arbre mâle à proximité. »

Il s'interrompit, craignant d'en avoir dit plus qu'il ne le voulait, et de l'avoir perdue en route, comme ça lui arrivait souvent ces derniers temps. Le vent reprit, agitant les buissons.

« Je ne veux pas que tu prennes froid, trésor. Rentre vite. Je te rejoins dans quelques minutes.

— C'est ce que tu as dit il y a une heure, repartit Ada avec un haussement d'épaules. Ça va très bien. Je ne peux pas rester et te donner un coup de main ?

— Bien sûr, si tu en as envie. »

Il s'efforça de ne pas paraître surpris par son offre d'aide. Depuis la mort de Defne, lui semblait-il, père et fille étaient ligotés à un pendule d'émotions. S'il l'interrogeait sur l'école et ses amis, elle se fermait et ne se livrait un peu que lorsqu'il se retirait dans ses propres travaux. De plus en plus, il remarquait que pour la faire se rapprocher d'un pas, il devait d'abord faire un pas en arrière. Cela lui rappelait comment, quand elle était petite, ils allaient chaque week-end au parc de jeux, main dans la main. C'était un endroit charmant, avec des parcours d'obstacles et une quantité de structures en bois, auxquelles Ada prêtait à peine attention – seule l'intéressait la balançoire. Chaque fois que Kostas la poussait, il la regardait s'envoler loin de lui dans les airs, Ada riait et battait des jambes en criant : « Plus haut, papa, plus haut ! » Dominant sa crainte qu'elle ne passe par-dessus le portique ou que les chaînes ne cassent, il la poussait plus fort, et quand la balançoire redescendait, il devait s'écarter pour lui laisser le champ libre. Et donc ils en étaient encore là, cet aller et retour, le père cédant de l'espace à sa fille pour qu'elle dispose de sa liberté. Sauf que durant son enfance, ils avaient tellement de choses à se raconter qu'ils parlaient constamment ; ce silence malaisé, douloureux, ne s'était pas encore installé entre eux.

« Alors qu'est-ce que je dois faire ? interrogea Ada quand elle s'avisa qu'il ne lui avait pas donné de consignes.

— Bon. Il faut qu'on recouvre la tranchée de terre et de feuilles – et un peu de paille que j'ai ici.

— Ça je peux le faire », dit-elle.

Côte à côte, ils se mirent à l'ouvrage ; lui, concentré et consciencieux ; elle, distraite et lente.

Quelque part au loin, une sirène d'ambulance déchira la quiétude de la nuit. Au bout de la rue, un chien aboya. Puis le silence revint, hormis le portail mal fixé devant la maison, qui se balançait sur ses gonds de temps à autre.

« Ça fait mal ? interrogea Ada, si doucement que c'était presque un murmure.

— Quoi ?

— Quand tu enterres un arbre, ça lui fait mal ? »

Kostas releva le menton, sa mâchoire se raidit. « Il y a deux façons de répondre à ta question. Les scientifiques s'accordent à dire que les arbres n'éprouvent pas de sensations, pas au sens où la plupart des gens utilisent le mot…

— Mais tu n'as pas l'air d'accord ?

— Eh bien, j'estime qu'il y a encore beaucoup de choses qui nous échappent, nous commençons tout juste à découvrir le langage des arbres. Mais on peut dire avec certitude qu'ils peuvent entendre, sentir une odeur, communiquer – et, c'est sûr, se souvenir. Ils sont sensibles à l'eau, à la lumière, au danger. Ils peuvent envoyer des signaux aux autres plantes et s'entraider. Ils sont beaucoup plus vivants que les gens n'en ont conscience. »

Surtout notre Ficus carica. *Si seulement ils savaient à quel point elle est exceptionnelle,* voilà ce que Kostas aurait aimé ajouter, mais il s'arrêta là.

À la faible lueur des lampes de jardin, Ada scruta le visage de son père. Il avait vieilli visiblement au cours des derniers mois. Des demi-cercles s'étaient formés sous ses yeux, des croissants pâles. Le chagrin avait resculpté son expression, lui ajoutant des angles et des plans nouveaux. Elle détourna le regard et demanda : « Mais pourquoi tu parles toujours au figuier ?

— Je fais vraiment ça ?

— Oui, tout le temps. Je t'ai déjà entendu. Pourquoi tu fais ça ?

— Eh bien, parce qu'elle sait écouter.

— Arrête, papa ! Je suis sérieuse. Tu te rends compte que ça te donne l'air cinglé ? Et si quelqu'un t'entendait ? Ils vont penser que tu as perdu la tête. »

Kostas sourit. Il se dit que la différence la plus parlante entre les jeunes et les vieux se nichait dans ce détail. En vieillissant, on se moquait de plus en plus de ce que les autres pensaient de vous, et c'est alors seulement qu'on devenait plus libre.

« Ne t'inquiète pas, Ada *mou*, je ne parle pas aux arbres quand il y a du monde autour de moi.

— Ouais, mais n'empêche... un de ces jours tu vas te faire prendre, dit-elle en répandant une poignée de feuilles sèches sur la tranchée. Et je suis désolée, mais qu'est-ce qu'on fabrique ici, justement ? Si les voisins nous regardent, ils vont croire qu'on enterre un cadavre. Peut-être qu'ils appelleront la police ! »

Kostas baissa les yeux, son sourire remplacé par une sorte de doute.

« Honnêtement, papa, je ne veux pas te faire de peine, mais ton figuier me fait flipper. Il a un truc bizarre, ça je le sens. J'ai comme l'impression qu'il – *elle* – nous écoute. Nous espionne. C'est dément, je sais, mais c'est ça que je sens. Non, mais, enfin, est-ce que c'est même possible ? Les arbres peuvent entendre ce que nous disons ? »

Une brève expression de malaise parcourut le visage de Kostas avant qu'il ne réponde : « Non, mon trésor. Ne te fais pas de mauvais sang pour ça. Les arbres sont peut-être des créatures remarquables, mais je n'irais pas aussi loin.

— D'accord, c'est bon. »

Elle fit un pas de côté et le regarda travailler en silence pendant un moment.

« Alors combien de temps tu vas la laisser sous terre ?

— Quelques mois. Je la sortirai dès qu'il fera assez chaud. »

Ada émit un sifflement. « Quelques mois, c'est drôlement long. Tu es sûr qu'elle peut survivre ?

— Elle ira très bien. Elle a déjà enduré bien des épreuves, notre *Ficus carica* – ta mère disait toujours que c'était une guerrière. »

Il fit une pause, comme s'il craignait d'en avoir dit trop. Rapidement, il étendit une bâche au-dessus de la tranchée et posa des pierres aux quatre coins pour être sûr que le vent ne la déplacerait pas.

« Je crois qu'on en a fini ici. »

Il s'épousseta les mains.

« Merci de ton aide, chérie, j'apprécie beaucoup. »

Ils retournèrent ensemble à l'intérieur ; le vent leur avait emmêlé les cheveux. Et Ada avait beau savoir que le figuier, rivé à la terre avec le restant de ses racines, ne risquait pas de sortir de ce trou et de les suivre, juste avant de refermer la porte, elle ne put s'empêcher de jeter un regard pardessus son épaule en direction de la terre froide et sombre, et sentit alors un frisson grimper le long de son épine dorsale.

Figuier

« Ton figuier me fait flipper », qu'elle dit. Et pourquoi ? Parce qu'elle pense qu'il y a peut-être anguille sous roche. Bon, ce n'est pas faux, mais ça ne veut pas dire que moi je suis *flippant*.

Les humains ! À force de les observer depuis si longtemps, je suis arrivé à une triste conclusion : ils n'ont pas vraiment envie d'en savoir plus long sur les plantes. Ils ne veulent pas savoir si nous sommes capables de volonté, d'altruisme et de solidarité. Même s'ils trouvent ces questions intéressantes à je ne sais quel niveau abstrait, ils préféreraient les laisser inexplorées, irrésolues. Ils trouvent plus commode, j'imagine, de supposer que les arbres, qui n'ont pas de cerveau au sens conventionnel, ne peuvent connaître que l'existence la plus rudimentaire.

Eh bien… aucune espèce n'est forcée d'aimer une autre espèce, ça c'est sûr. Mais si vous prétendez, comme le font les humains, être supérieurs à toutes les formes de vie passées ou présentes, alors il vous faut acquérir un minimum de compréhension des plus anciens organismes vivant sur terre, qui étaient ici longtemps avant votre arrivée et y seront encore après votre départ.

À mon avis, les humains évitent délibérément d'en apprendre plus long sur nous, peut-être parce qu'ils pressentent, par une sorte d'instinct primitif, que leurs découvertes risquent d'être très perturbantes. Ont-ils envie de savoir, par exemple, que les arbres peuvent s'adapter et changer de comportement avec intention, et si c'est vrai, que l'intelligence se passe peut-être de cerveau ? Seraient-ils heureux d'apprendre qu'en envoyant des signaux par un réseau mycorhizien de fungus enfoui sous le sol, les arbres peuvent avertir leurs voisins de dangers proches – un prédateur qui rôde ou des microbes pathogènes – et que ces signaux de détresse ont franchi un seuil dernièrement, du fait de la déforestation, de la dégradation des forêts et de la sécheresse, toutes provoquées directement par les humains ? Ou que la liane caméléon, *Bocula trifoliolata*, peut modifier ses feuilles pour imiter la forme et la couleur de la plante sur laquelle elle grimpe, conduisant les scientifiques à se demander si la vigne aurait une forme d'acuité visuelle ? Ou que les anneaux d'un tronc d'arbre ne révèlent pas seulement son âge, mais aussi les traumatismes qu'il a endurés, y compris les incendies de forêt, et qu'ainsi s'est gravée profondément dans chaque cercle une expérience de mort imminente, une cicatrice inguérissable ? Ou que l'odeur d'une prairie fraîchement tondue, cet arôme que les humains associent à la propreté et à la rénovation, aux choses nouvelles et exubérantes, est en fait encore un signal de détresse émis par l'herbe pour avertir la flore avoisinante et demander de l'aide ? Ou que les plantes savent reconnaître celles de leur parenté, et sentir que vous les touchez, et même compter, comme la dionée attrape-mouche ? Ou que les arbres de la forêt devinent à quel moment les cerfs vont venir les manger, et qu'ils se défendent en infusant à leurs feuilles un type d'acide salicylique pour faciliter la production de tannins, substance redoutée par leurs ennemis, et les repoussent ainsi avec ingéniosité ? Ou bien que naguère, il y avait encore un acacia dans le désert saharien – « l'arbre le plus seul du monde », comme on l'appelait –, là, au carrefour des anciennes routes de caravanes, et que cette créature miraculeuse, en étendant ses racines loin et profond, a survécu par ses seuls moyens malgré la chaleur torride et le manque d'eau, jusqu'à ce qu'un chauffard ivre l'abatte ? Ou que nombre de plantes, quand on les menace, agresse ou coupe, peuvent produire de l'éthylène en guise d'anesthésiant, et que cet épanchement chimique, aux dires de certains chercheurs, donne l'impression d'entendre hurler une plante affolée ?

L'essentiel de la souffrance des arbres est provoqué par l'espèce humaine.

Les arbres poussent plus vite dans les zones urbaines que dans les zones rurales. Nous avons tendance aussi à y mourir plus tôt.

Les gens ont-ils réellement envie de savoir tout cela ? Je ne le crois pas. Franchement, je ne suis même pas sûr qu'ils nous voient.

Les humains passent devant nous chaque jour, ils s'assoient et dorment, fument, pique-niquent sous notre ombrage, cueillent nos feuilles et se gorgent de nos fruits, cassent nos branches, les enfourchent comme des chevaux quand ils sont enfants ou les utilisent pour en fouetter d'autres quand ils deviennent plus grands et plus cruels, gravent le nom de leur amante sur nos troncs et lui jurent un amour éternel, tressent des colliers avec nos aiguilles, peignent nos fleurs sur leurs toiles, nous tronçonnent en bûches pour chauffer leur demeure, et parfois ils nous abattent simplement parce que nous leur cachons la vue, fabriquent des berceaux, des bouchons, du chewing-gum et du mobilier rustique, tirent de nous des musiques ensorcelantes, nous changent en livres dans lesquels ils se perdent pendant les froides nuits d'hiver, utilisent notre bois pour en faire des cercueils où ils achèvent leur vie, six pieds sous terre avec nous, et composent même des poèmes romantiques où nous leur servons de lien entre la terre et le ciel, et pourtant ils ne nous voient toujours pas.

S'il y a une raison qui explique pourquoi les humains ont tant de peine à comprendre les plantes, c'est, je crois, parce qu'avant de pouvoir se lier à autre chose qu'eux-mêmes et lui être sincèrement attachés, ils ont besoin d'échanges avec un visage, une image qui reflète la leur le plus étroitement possible. Plus les yeux d'un animal sont visibles, plus il s'attirera la compassion des humains.

Chats, chiens, chevaux, hiboux, lapinous, singes marmousets, même ces autruches édentées qui avalent les cailloux comme des fraises, tous reçoivent une honnête part d'affection. Mais les serpents, rats, hyènes, araignées, scorpions, oursins, pas vraiment… Quant aux créatures qui ont des yeux minuscules ou pas d'yeux du tout, aucune chance. Et là encore, les arbres non plus.

Les arbres n'ont peut-être pas d'yeux, mais nous sommes dotés de vision. Je réagis à la lumière. Je détecte les rayons ultraviolets, les infrarouges et les ondes magnétiques. Si je n'étais pas enterré en ce moment, je pourrais vous dire la prochaine fois qu'elle approcherait si Ada porte son manteau bleu ou le rouge.

J'adore la lumière. J'en ai besoin non seulement pour transformer l'eau et le dioxyde de carbone en sucres, pousser et germer, mais aussi pour me sentir protégé et en sécurité. Une plante se tourne toujours vers la lumière. Une fois qu'ils ont compris cela, les humains utilisent ce savoir pour se jouer de nous et nous manipuler à leurs propres fins. Les cultivateurs de fleurs allument des lampes au milieu de la nuit, dupant les chrysanthèmes pour les pousser à fleurir hors saison. Avec un rien de lumière vous nous faites faire tellement de choses. Avec une promesse d'amour...

*

« Quelques mois c'est drôlement long... », voilà ce qu'a dit Ada. Elle ne sait pas que nous mesurons le temps différemment.

Le temps humain est linéaire, continuum parfait depuis un passé supposé révolu et réglé vers un avenir qu'on imagine pur et intact. Chaque jour se doit d'être tout neuf, empli d'événements nouveaux, chaque amour radicalement différent du précédent. L'appétit de l'espèce humaine pour la nouveauté est insatiable et je ne suis pas sûr qu'elle leur fasse grand bien.

Le temps arboréen est cyclique, récurrent, pérenne ; le passé et l'avenir respirent en un même moment, et le présent ne coule pas nécessairement dans une seule direction ; au contraire il dessine des cercles à l'intérieur de cercles, comme les anneaux que vous découvrez quand vous nous coupez.

Le temps arboréen s'apparente au temps des histoires – et comme une histoire, un arbre ne pousse pas en lignes parfaitement droites, courbures impeccables et angles droits précis, mais il se penche et se tord et bifurque en formes fantastiques, projette des branches de prodige et des arcs d'invention.

Ils sont incompatibles, le temps humain et le temps des arbres.

Comment enterrer un figuier en dix étapes

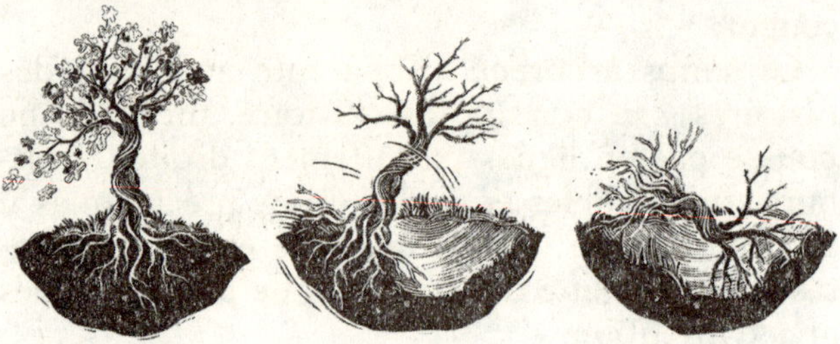

1. Attendez qu'un froid glacial ou une tempête hivernale fasse tomber les feuilles de l'arbre.
2. Creusez une tranchée devant votre arbre avant que la terre ne gèle. Assurez-vous qu'elle est assez longue et profonde pour y loger confortablement l'arbre entier.
3. Coupez toutes les branches latérales et les pousses verticales les plus hautes.
4. À l'aide d'une corde de chanvre, attachez les branches verticales restantes, en prenant soin de ne pas trop serrer.
5. Creusez devant et derrière l'arbre jusqu'à une trentaine de centimètres de profondeur. Il vous faudra peut-être une pelle ou une binette pour trancher les racines mais ne touchez pas les latérales, faites bien attention à ne pas sectionner la totalité des racines. Assurez-vous que le bulbe de la racine centrale est intact et peut facilement pivoter jusqu'à la tranchée.
6. Courbez doucement l'arbre vers le sol. Continuez à pousser jusqu'à ce qu'il soit couché horizontalement à l'intérieur de la tranchée (les branches risquent de casser et se fendre, les racines capillaires de se briser, mais les racines les plus grosses survivront).
7. Remplissez la tranchée de matière organique, feuilles mortes, paille, engrais vert ou paillis de bois. L'arbre a besoin d'être recouvert par au moins trente centimètres de terreau. Vous pouvez ensuite utiliser des planches pour améliorer l'isolation.

8. Disposez des couches de contreplaqué sur votre arbre, en laissant des interstices pour permettre à l'air et l'eau de circuler.
9. Recouvrez le tout d'un tissu poreux ou d'une bâche, lestez avec une épaisseur de terre arable ou des pierres sur les bords pour résister au vent.
10. Dites quelques mots apaisants à votre figuier, ayez confiance en elle, et attendez le printemps.

Étrangère

Le lendemain, le mercure était tombé si bas que malgré un réveil matinal, Ada hésitait à sortir de sous son duvet. Elle aurait pu passer toute la matinée à somnoler et à lire si le téléphone fixe ne s'était pas mis à sonner. Une sonnerie forte, persistante. Elle bondit du lit, en proie à une peur irrationnelle que ce soit de nouveau le proviseur qui appelle, bien que ce soit le week-end, pressé de dire à son père quelle sanction il estimait appropriée.

Son cœur battait plus fort à chaque pas sur le palier. À mi-chemin de la cuisine elle fit halte en entendant son père décrocher.

« Allô, répondit Kostas. Ah, oui… bonjour. J'allais justement t'appeler aujourd'hui. » Une note inédite se glissait dans sa voix. Une étincelle d'excitation.

Adossée au mur, Ada tenta de deviner à qui il parlait. Elle avait l'impression que c'était une femme à l'autre bout de la ligne. Ça pouvait être n'importe qui, bien sûr – une collègue, une amie d'enfance, ou même quelqu'un qu'il avait rencontré en faisant la queue au supermarché, même s'il n'était pas du genre à se lier facilement. Il y avait encore d'autres possibilités, assez peu probables, mais qu'elle n'était pas prête à envisager.

« Oui, bien sûr, l'invitation tient toujours, poursuivit Kostas. Viens quand tu veux. »

Prenant une profonde inspiration, Ada passa ces mots au crible. Son père recevait rarement des invités, pas depuis la mort de sa mère, et quand ça lui arrivait, c'étaient en général des collègues. Là ça paraissait autre chose.

« Ravi que tu aies pu trouver une place – une quantité de vols ont été annulés. » Il baissa le ton jusqu'à un murmure quand il ajouta, doucement : « C'est juste que je n'ai pas encore eu l'occasion de le lui dire. »

Ada sentit ses joues la brûler. Un voile de tristesse s'abattit sur elle quand elle comprit que cela ne pouvait signifier qu'une seule chose : son père avait une petite amie en secret. Depuis combien de temps ? Quand exactement avait commencé cette aventure – aussitôt après la mort de sa mère, peut-être même avant ? Ça devait être une liaison sérieuse, sinon il ne l'introduirait pas dans cette maison où le souvenir de sa mère était partout.

Prudemment, elle jeta un coup d'œil par la porte de la cuisine.

Son père était assis à un bout de la table, les yeux baissés, triturant le fil du téléphone. Il paraissait légèrement nerveux.

« Non, non ! Certainement pas ! Il n'est pas question que tu descendes à l'hôtel. J'insiste, poursuivit Kostas. Quel dommage que tu arrives par un temps aussi affreux. J'aurais adoré te faire visiter. Oui, viens directement de l'aéroport. Tout va bien, vraiment. Il me faut juste un peu de temps pour lui parler. »

Une fois que son père eut raccroché, Ada compta jusqu'à quarante puis entra dans la cuisine. Elle se versa un bol de céréales qu'elle arrosa de lait.

« Alors, c'était quoi ? » demanda-t-elle, oubliant qu'elle s'était promis de faire comme si elle n'avait rien entendu.

D'une inclinaison de la tête, Kostas lui indiqua la chaise la plus proche. « Ada *mou*, assieds-toi, s'il te plaît. J'ai une chose importante à te dire. »

Pas bon signe, pensa Ada, tout en s'exécutant.

Kostas plongea le regard dans son gobelet de café refroidi. Il en avala quand même une gorgée. « C'était ta tante.

— Qui ?

— La sœur de ta mère, Meryem. Tu aimais beaucoup les cartes postales qu'elle nous envoyait, tu te rappelles ? »

Même si Ada avait lu ces cartes une quantité de fois quand elle était petite, elle ne voulait pas l'admettre maintenant. Elle redressa le dos et demanda : « Qu'est-ce qu'il lui arrive ?

— Meryem est à Londres. Elle est arrivée de Chypre et elle aimerait venir nous rendre visite. »

Ses cils noirs lui effleurant la joue, Ada cligna des yeux. « Pourquoi ?

— Ma chérie, elle a envie de nous voir – mais surtout, elle a envie de te rencontrer. Je lui ai dit qu'elle pouvait s'installer chez nous quelques jours – bon, un peu plus longtemps. J'ai pensé que ce serait une bonne chose que vous puissiez faire connaissance. »

Ada planta la cuiller dans son bol, projetant des gouttes de lait par-dessus bord. Lentement, elle remua ses céréales, la mine en apparence calme. « Alors tu n'as pas de petite amie ? »

Le visage de Kostas changea. « C'est ça que tu pensais ? »

Ada haussa les épaules.

Tendant le bras par-dessus la table, Kostas prit la main de sa fille et la pressa doucement. « Je n'ai pas de petite amie et je n'en cherche pas. Je suis désolé, j'aurais dû te parler de Meryem avant. Elle m'a appelé la semaine dernière. Elle m'a dit qu'elle voulait venir mais n'était pas sûre de pouvoir. Il y a eu tellement de vols annulés, franchement, je pensais qu'elle serait obligée de retarder ses projets. J'allais t'en parler ce week-end.

— Si elle avait tellement envie de nous voir, pourquoi elle n'est pas venue aux obsèques de maman ? »

Kostas se carra sur son siège, les rides de son visage ciselées par la lumière du lustre. « Écoute, je sais que tu es fâchée – et tu en as tout à fait le droit. Mais pourquoi ne pas écouter ce que ta tante a à dire ? Peut-être qu'elle peut répondre elle-même à ta question.

— Je ne comprends pas pourquoi tu es si aimable avec cette femme. Pourquoi tu l'as invitée à loger chez nous ? Si tu as tellement envie de la voir, tu peux prendre un café avec elle n'importe où.

— Chérie, je connais Meryem depuis mon enfance. Elle est l'unique sœur de ta mère. C'est notre famille.

— Famille ? railla Ada. Pour moi c'est une parfaite étrangère.

— C'est bon, je comprends. Je suggère de la laisser venir ; si elle te plaît, tu seras contente de la connaître. Et si elle te déplaît, tu seras contente de ne pas l'avoir connue avant. Dans tous les cas, tu n'as rien à perdre. »

Ada secoua la tête. « C'est bizarre comme méthode, papa. »

Kostas se leva et se dirigea vers l'évier, une lassitude qu'il ne pouvait déguiser dans les yeux. Vidant le reste du café, il rinça son gobelet. Dehors, près de l'endroit où était enterré le figuier, un bouvreuil picorait dans la mangeoire, sans paraître pressé, comme s'il sentait qu'il y aurait toujours de la nourriture dans ce jardin.

« Entendu, trésor, concéda Kostas en revenant vers la table. Je ne veux pas que tu te sentes obligée. Si ça te met mal à l'aise, aucun problème. Je verrai Meryem seul. Après son séjour chez nous, elle comptait rendre visite à une vieille amie. J'imagine qu'elle peut y aller directement. Elle comprendra, ne t'inquiète pas. »

Ada gonfla les joues, puis relâcha l'air lentement. Tous les mots qu'elle avait prévu de dire semblaient inutiles. Une nouvelle sorte de colère l'envahit. Elle ne voulait pas que son père cède aussi facilement. Elle était fatiguée de le voir perdre tous les combats qu'elle lui livrait, qu'ils soient futiles ou lourds de conséquences, en se retirant dans son coin chaque fois comme un animal blessé.

Sa colère s'adoucit en chagrin, le chagrin en résignation, la résignation en une sorte d'engourdissement, qui enfla très vite, emplissant tout le vide à l'intérieur. À la fin, qu'est-ce que ça changerait si sa tante venait passer quelques jours chez eux ? Ce serait tout aussi fugitif et vain que les cartes qu'elle leur envoyait dans le passé. D'accord, ce serait ennuyeux d'avoir une étrangère en liberté dans la maison, mais peut-être que sa présence contribuerait un peu à dissimuler ce gouffre pitoyable qui se creusait entre son père et elle.

« Tu sais quoi ? ça m'est complètement égal, dit Ada. Fais comme tu veux. Laisse-la venir. Mais ne compte pas sur moi pour jouer le jeu, d'accord ? C'est ton invitée, pas la mienne. »

Figuier

Meryem, ici à Londres ! Comme c'est bizarre. Ça fait tellement longtemps depuis l'époque où j'entendais sa voix rauque à Chypre.

Je crois que le moment est venu de vous dire une chose importante me concernant : je ne suis pas ce que vous pensez – un jeune figuier délicat planté dans un jardin quelque part dans le nord de Londres. Je suis cela, et bien plus. Ou peut-être devrais-je dire, en une seule vie j'en ai vécu plusieurs, autre façon de dire que je suis vieux.

Je suis né et j'ai grandi à Nicosie, au temps jadis. Ceux qui m'ont connu alors ne pouvaient s'empêcher de sourire, une lueur tendre dans le regard. J'étais chéri et apprécié à tel point qu'ils ont donné mon nom à une taverne. Et quelle taverne ! la meilleure sur des kilomètres à la ronde. L'enseigne de bronze au-dessus de l'entrée disait :

LE FIGUIER HEUREUX

C'est à l'intérieur de cette auberge réputée qui était aussi une buvette – bondée, bruyante, joyeuse et hospitalière – que j'ai étalé mes racines et grandi par une cavité du toit ouverte spécialement pour moi.

Tout visiteur de passage à Chypre voulait dîner ici – et goûter ses fameuses fleurs de courgette farcies suivies par un poulet souvlaki, cuit au charbon à feu ouvert – s'il avait la chance de trouver une table libre. Ici, on vous servait la meilleure nourriture, la meilleure musique, le meilleur vin et le meilleur dessert, une spécialité de la maison – figues rôties au four arrosées de miel et servies avec une glace à l'anis. Mais l'endroit offrait autre chose, disaient ses habitués : il vous faisait oublier, ne serait-ce que quelques heures, le monde extérieur et ses chagrins outranciers.

J'étais grand, robuste, assuré et, de façon surprenante à mon âge, encore couvert de figues opulentes et sucrées, chacune diffusant une odeur parfumée. Au cours de la journée j'aimais écouter le bruit des assiettes, le bavardage des clients, les chants des musiciens – en grec et en turc, des chansons qui parlaient d'amour, de trahison et de cœurs brisés. La nuit je dormais du sommeil paisible de qui n'a jamais eu à craindre que demain soit moins beau qu'aujourd'hui. Jusqu'à ce que brutalement tout prenne fin.

Longtemps après la partition de l'île et le délabrement de la taverne, Kostas coupa une bouture de l'une de mes branches et la rangea dans sa valise. Je crois que je lui serai à jamais reconnaissant d'avoir fait cela, sinon rien de moi n'aurait pu subsister. Parce que je mourais, voyez-vous, l'arbre que j'étais à Chypre mourait. Mais la bouture, qui était moi aussi, a survécu. Minuscule – vingt-cinq centimètres de long, pas plus épaisse qu'un petit doigt. Cette petite bouture est devenue un clone, génétiquement identique. Et de ce clone j'ai germé dans ma nouvelle demeure à Londres. La disposition de mes branches ne me ressemblait pas exactement, mais nous étions similaires par tous les autres détails, qui j'étais à Chypre et qui j'allais devenir en Angleterre. La seule différence, c'est que je n'étais plus un arbre heureux.

Afin que je puisse survivre au long voyage de Nicosie à Londres, Kostas m'enveloppa dans des couches de jute humide avant de me nicher au fond de sa valise. C'était risqué, il le savait. Le climat anglais n'était pas assez chaud pour me permettre de prospérer, encore moins de porter des fruits mangeables. Il a pris le risque. Je ne l'ai pas déçu.

J'aimais ma nouvelle demeure à Londres. J'ai travaillé dur pour m'y adapter, en faire partie. De temps en temps je regrettais mes guêpes des figuiers, mais par chance, plusieurs milliers d'années d'évolution ont produit des figuiers parthénocarpes et je fais partie de ceux qui n'ont pas besoin de pollinisation. Malgré tout, il me faudrait sept ans avant d'être à nouveau capable de porter des fruits. Car c'est cela l'effet qu'ont sur nous les migrations et les relocalisations : quand on quitte son foyer pour des rivages inconnus, on ne continue pas tout simplement comme avant ; une partie de soi doit mourir à l'intérieur pour qu'une autre puisse tout recommencer.

Aujourd'hui, quand d'autres arbres me demandent mon âge, j'ai du mal à leur donner une réponse précise. J'avais quatre-vingt-seize ans à l'époque de mes derniers souvenirs dans une taverne de Chypre. Et moi, qui ai poussé d'une bouture plantée en Angleterre, j'ai maintenant un peu plus de seize ans.

Est-ce qu'il faut toujours calculer l'âge de quelqu'un en additionnant les mois et les années selon une arithmétique simple et sans détours

– ou est-ce que dans certains cas il est plus avisé de compenser les passages du temps pour parvenir au total exact ? Et que dire de nos ancêtres – peuvent-ils eux aussi continuer à exister à travers nous ? Est-ce pour cela que lorsqu'on rencontre certains individus – tout comme avec certains arbres – on ne peut s'empêcher de penser qu'ils doivent être bien plus vieux que leur âge chronologique ?

Où commence-t-on l'histoire de quelqu'un quand chaque vie se compose de plus d'un fil, quand ce qu'on appelle naissance n'est pas le seul début, ni la mort exactement une fin ?

Jardin

Samedi soir, Ada venait de finir une bouteille de Coca zéro et Kostas son dernier café de la journée quand la sonnette de la porte d'entrée retentit dans toute la maison.

Ada tressaillit. « Ça pourrait être elle ? Déjà ?

— Je m'en occupe », dit Kostas, avec un coup d'œil d'excuse à sa fille en quittant la pièce.

Ada posa les mains sur ses genoux, examina ses ongles, tous rongés à vif. Elle s'attaqua à la cuticule de son pouce droit, tira dessus lentement. Quelques secondes plus tard, des voix lui parvinrent en flottant depuis le vestibule.

« Ha Meryem, te voilà ! Ça fait plaisir de te voir.

— Kostas, oh là là, quelle bonne mine !

— Et toi... mais tu n'as pas changé du tout.

— Ça c'est un gros mensonge, mais tu sais quoi, à mon âge, je prends tout ce qu'on me donne. »

Kostas rit. « Et moi je vais prendre tes valises.

— Merci. Elles sont un peu lourdes, je le crains. Désolée, je sais que j'aurais dû appeler plus tôt dans la semaine pour confirmer que je venais. Tout s'est fait dans l'urgence. Jusqu'au dernier moment je ne pensais pas que j'aurais un vol, je me suis même un peu disputée avec l'agence de voyages...

— Tout va bien, dit Kostas d'une voix douce. Je suis content que tu sois venue.

— Moi aussi… Je suis si heureuse d'être ici, enfin. »

Ada qui écoutait se redressa, surprise par la note d'intimité de leur échange. Elle tira un peu plus fort sur la cuticule. Une goutte rouge vif surgit entre la chair et l'ongle. Vite, elle suça le sang.

L'instant d'après une femme fit son entrée, drapée dans un manteau pelucheux couleur taupe dont le capuchon faisait paraître son visage rond encore plus rond et le ton olive de sa peau plus chaud. Ses yeux avaient des reflets noisette mouchetés de cuivre, légèrement écartés sous des sourcils très épilés ; sa chevelure tombait sur ses épaules en nappes auburn ondulées. Son nez, assurément son trait le plus frappant, était fort et anguleux. À sa narine gauche brillait un minuscule clou de diamant. Ada examina leur invitée, et conclut qu'elle ne ressemblait en rien à sa mère.

« Oh, voici donc Ada ! »

En se mordillant l'intérieur de la joue, Ada se leva. « Salut.

— Seigneur ! moi qui m'attendais à voir une petite fille, je trouve une jeune demoiselle ! »

Ada tendit une main prudente, mais la femme s'était déjà lancée vers elle d'un mouvement rapide pour l'étreindre, son sein volumineux et doux venant cogner contre le menton d'Ada. Ses joues refroidies par le vent embaumaient l'eau de rose et l'eau de cologne citronnée.

« Laisse-moi te regarder ! » Meryem dénoua leurs bras et prit Ada par les épaules. « Oh, tu es tellement belle, juste comme ta mère. Encore plus que sur tes photos. »

Ada recula d'un pas, se libérant de l'étreinte. « Vous avez des photos de moi ?

— Bien sûr, des centaines. Ta mère me les envoyait. Je les garde dans des albums. J'ai même des moulages de tes pieds de bébé, tellement mignons ! »

De la main gauche, Ada empoigna son pouce qui saignait et commençait à la lancer – un battement régulier, vibrant.

C'est le moment où Kostas entra dans la pièce, chargé de trois grosses valises, chacune d'une teinte différente de rose et ornée du visage de Marilyn Monroe.

« Oh, merci mille fois. Ne t'embête pas, pose-les juste là.

— Pas de problème, dit Kostas. Ta chambre est prête, si tu as envie de te reposer d'abord. Ou on peut prendre une tasse de thé. L'un ou l'autre. Peut-être que tu as faim ? »

Meryem se laissa tomber sur le fauteuil le plus proche et retira son manteau, faisant tinter une foule de bagues et bracelets. Sur le collier d'or à son cou brillait sans ciller une perle du mauvais œil bleue.

« J'ai le ventre plein, merci – cette nourriture dans les avions, toujours des portions minuscules, qui vous font gonfler comme un poisson-globe. Mais je suis toujours partante pour une tasse de thé – sans lait, hein. Pourquoi les Anglais font ça, je n'ai jamais compris.

— Bien sûr. » Kostas posa les valises sur le sol et se dirigea vers la cuisine.

Se retrouvant soudain seule avec cette inconnue exubérante, Ada sentit ses épaules se raidir.

« Alors, raconte-moi, tu vas à quelle école ? interrogea Meryem, la voix tintant comme des clochettes d'argent. Quelle est ta matière préférée ?

— Pardon, je ferais mieux d'aller aider mon père », dit Ada, et elle bondit hors de la pièce sans lui laisser le temps de réagir.

*

Dans la cuisine elle trouva son père en train de remplir la bouilloire.

« Alors ? murmura Ada en s'approchant du plan de travail.

— Alors ? lui fit écho Kostas.

— Tu ne vas pas lui demander ce qu'elle vient faire ici ? Il doit bien y avoir une raison. Je parie que c'est une question d'argent. Peut-être que mes grands-parents sont morts, qu'il y a des disputes sur l'héritage, et qu'elle veut obtenir la part de maman.

— Ada *mou*, doucement, ne tire pas des conclusions trop vite.

— Alors demande-lui, papa !

— Je le ferai, chérie. Nous le ferons. Ensemble. Un peu de patience », dit Kostas en posant la bouilloire sur le fourneau. Il disposa des tasses sur un plateau et ouvrit un paquet de biscuits, s'avisant qu'ils étaient près d'en manquer. Il avait oublié de faire les courses.

« Je ne l'aime pas, dit Ada en se mordillant la lèvre inférieure. Elle est complètement déjantée. Tu as entendu ce qu'elle a dit sur mes empreintes de bébé ? Très agaçant. On n'a pas le droit de foncer comme ça chez quelqu'un qu'on n'a jamais rencontré et faire tout de suite copain-copain.

— Écoute, occupe-toi donc du thé. La théière est prête, il n'y a qu'à verser l'eau. D'accord ?

— Très bien, dit Ada avec un soupir.

— Je vais lui faire la conversation. Prends ton temps, Aucune pression. Tu nous rejoins quand tu veux.

— Je dois ?

— Allons Aditsa, donnons-lui une chance. Ta maman adorait sa sœur. Fais-le pour elle. »

*

En attendant que l'eau boue, seule dans la cuisine, Ada s'adossa au plan de travail, pensive.

Tu es tellement belle, avait dit sa tante. *Juste comme ta mère.*

Ada se rappela une après-midi d'été somnolente deux ans auparavant. Des plates-bandes de pétunias et de soucis paraient le jardin de riches teintes orange et violettes, la mort n'avait pas encore touché la maison. Elle et sa mère étaient assises sur des chaises longues, pieds nus, les jambes chauffées par le soleil. Sa mère mordillait le bout d'un crayon en remplissant une grille de mots croisés. Ada, tout en sirotant une citronnade à côté d'elle, rédigeait un devoir sur les divinités grecques, mais elle avait du mal à se concentrer.

« Maman, c'est vrai qu'Aphrodite était la plus jolie déesse de tout l'Olympe ? »

Écartant une mèche qui lui tombait sur les yeux, Defne lui jeta un regard. « Elle était jolie, ça oui, mais est-ce qu'elle était gentille, c'est une autre affaire.

— Oh ! Elle était méchante ?

— Eh bien, il lui arrivait d'être une vraie peau de vache, passe-moi l'expression. Elle ne soutenait pas les autres femmes. Côté féminisme, son score était lamentable, si tu veux mon avis. »

Ada gloussa. « Tu parles d'elle comme si tu la connaissais.

— Bien sûr que je la connais. Nous venons toutes de la même île. Elle est née à Chypre, de l'écume de Paphos.

— Je savais pas ça. Alors elle est la déesse de la beauté et de l'amour ?

— Ouais, c'est bien elle. Du désir et du plaisir, aussi. Et de la procréation. Certains de ces attributs lui ont été donnés plus tard, par l'intermédiaire de Vénus, son incarnation romaine. La première Aphrodite était plus subversive et égoïste. Sous ce beau visage se cachait une tortionnaire qui voulait contrôler les femmes.

— Comment ça ?

— Eh bien, il y avait une jolie fille, brillante, qui s'appelait Polyphonte. Intelligente, volontaire. Elle observait sa mère et elle observait sa tante, et elle décida qu'elle voulait mener une vie différente. Pas de mariage, pas d'époux, pas de biens matériels, pas d'obligations domestiques, non merci. À la place elle allait parcourir le monde jusqu'à ce qu'elle trouve ce qu'elle cherchait. Et si elle ne le trouvait pas, elle irait rejoindre Artémis comme vierge prêtresse. C'était ça son plan. Quand Aphrodite l'apprit, elle entra dans une colère noire. Tu sais ce qu'elle a fait à Polyphonte ? Elle l'a rendue folle. La pauvre fille a perdu l'esprit.

— Pourquoi une déesse ferait une chose pareille ?

— Excellente question. Dans tous les mythes et les contes de fées, une femme qui enfreint les conventions sociales est toujours punie. Et en général, le châtiment est psychologique, mental. Classique, n'est-ce pas ? Tu te rappelles la première femme de Mr Rochester dans *Jane Eyre* ? Polyphonte est notre version méditerranéenne de la femme démente, sauf que nous ne l'avons pas enfermée dans le grenier, nous l'avons jetée en pâture à un ours. Une fin tout sauf civilisée pour une femme qui ne voulait pas faire partie de la civilisation. »

Ada s'efforça de sourire, mais un déclic intérieur l'en empêcha.

« En tout cas, voilà comment elle était, ton Aphrodite, dit Defne. Pas une amie des femmes. Mais oui, jolie ! »

*

Quand Ada retourna au salon avec la théière, des tasses et une assiettée de biscuits sablés sur un plateau, elle eut la surprise de le trouver vide.

Posant le plateau sur la table, elle regarda autour d'elle. « Papa ? »

La porte de la chambre d'ami était ouverte. Sa tante n'était pas là, juste les valises, jetées sur le lit.

Ada inspecta le bureau et les autres chambres, mais son père et sa tante n'étaient nulle part. C'est de retour au salon qu'elle s'avisa que derrière les épais rideaux, les portes-fenêtres donnant sur le jardin étaient déverrouillées. Elle les poussa et sortit.

Froid. Il faisait un froid perçant et l'éclairage était faible. Une des lanternes avait dû griller. Un pâle rayon de la tranche de lune tombait sur le sentier pierreux. Une fois ses yeux accoutumés à la pénombre, elle distingua deux silhouettes à proximité. Son père et sa tante étaient là debout sous la pluie de neige fondue, malgré l'approche de l'ouragan, côte à côte près de l'emplacement où était enterré le figuier. La vue de leurs silhouettes dressées l'une près de l'autre contre la nuit était si étrange qu'Ada eut un geste de recul.

« Papa ? Qu'est-ce que tu fabriques ? » dit-elle, mais le vent emporta ses paroles.

Elle s'approcha d'un pas, puis un deuxième. Maintenant elle les voyait clairement. Son père se tenait très droit, bras croisés, la tête légèrement inclinée sur le côté, sans rien dire. Sa tante avait dans les bras une pile de pierres qu'elle avait dû ramasser dans le jardin, ses lèvres prononçaient une prière, les mots se bousculaient dans un plaidoyer haletant. Que pouvait-elle bien dire ?

Quand elle eut terminé, elle posa les pierres sur le sol, les empilant en petites tours, une par-dessus l'autre. Le son rythmique rappelait à Ada un bruit de vagues cognant doucement contre le flanc d'un bateau.

Et alors, Ada entendit une mélodie – profonde, rauque, mélancolique. Elle s'inclina presque malgré elle. Sa tante chantait. D'une voix basse, poignante. Un chant funèbre dans une langue qu'elle ne pouvait comprendre mais dont la tristesse ne laissait aucun doute.

Ada s'immobilisa, n'osant perturber ce qu'ils étaient en train d'accomplir. Elle attendit, les cheveux tourbillonnant autour de sa tête, les ongles enfoncés dans ses paumes, mais elle ne s'en rendit compte que plus tard. À demi cachée dans l'obscurité, elle observa les deux adultes près du figuier enterré, attirée par l'étrangeté de leur conduite mais également détachée d'eux, comme si elle assistait au rêve de quelqu'un d'autre.

Figuier

C'était un rite funéraire. Un ancien rituel destiné à guider vers la sécurité l'esprit d'un être aimé, afin qu'il ne parte pas en errance dans les vastes replis de l'éther. En règle générale, la cérémonie doit se tenir *sous* un figuier, mais vu ma position actuelle, j'imagine qu'il fallait cette fois que ce soit au-dessus.

D'où j'étais, j'écoutais le *rap-rap-rap* chuchoté, résonnant, régulier, pierre sur pierre s'élevant comme une colonne pour soutenir la voûte céleste. Ceux qui croient à ces rites-là disent que le bruit représente les pas d'une âme perdue traversant le pont de Siraat, plus fin qu'un cheveu, plus tranchant qu'une épée, en équilibre précaire au-dessus du vide entre ce monde et l'au-delà. À chaque pas, l'âme abandonne un de ses innombrables fardeaux, jusqu'à ce qu'elle laisse enfin tout partir, y compris la souffrance qu'elle a accumulée.

Les figuiers, ceux qui nous connaissent vous le diront, sont depuis des siècles considérés comme sacrés. Dans nombre de cultures on croit que des esprits résident dans nos troncs, certains bons, certains mauvais, et certains indécis, tous invisibles à l'œil non initié. D'autres affirment que chaque espèce de *Ficus* est en réalité un point de rencontre, une sorte de lieu de rassemblement. Au-dessous, autour et au-dessus de nous se massent non seulement des humains et des animaux, mais aussi des créatures de lumière et d'ombre. Quantité d'histoires rapportent comment les feuilles d'un banyan, un de mes cousins, peuvent tout d'un coup frémir sans qu'il y ait le moindre souffle de brise. Alors que d'autres arbres restent immobiles, que tout l'univers semble à l'arrêt, le banyan bouge et parle. L'air s'épaissit comme d'une prémonition. À vous donner la chair de poule, si jamais vous assistez au phénomène.

Les humains ont toujours senti chez moi et ceux de ma famille un je-ne-sais-quoi de mystérieux. C'est pourquoi ils viennent nous voir en cas de besoin ou de difficulté, qu'ils nouent des rubans de velours ou des morceaux de tissu à nos branches. Et parfois nous les aidons sans même qu'ils s'en aperçoivent. Comment croyez-vous que les jumeaux Romulus et Rémus auraient pu être découverts par une louve si leur panier, qui flottait périlleusement sur les eaux du Tibre, ne s'était pas pris dans les racines d'un *Ficus ruminalis* ? Le judaïsme associe depuis longtemps le fait de s'asseoir sous un figuier à l'étude approfondie, dévote, de la Torah. Et si Jésus a pu exprimer du dédain pour un certain figuier stérile, n'oublions pas que c'est un cataplasme fabriqué avec nos fruits qui, appliqué sur son ulcère, a sauvé Ezéchias. Mahomet a dit que le seul arbre qu'il souhaitait voir au paradis c'était un figuier – il y a une sourate qui porte notre nom dans le Coran. C'est alors qu'il méditait sous un *Ficus religiosa* que Bouddha a atteint l'illumination. Et ai-je précisé que le roi David nous appréciait, ou comment nous avons inspiré l'espoir de temps nouveaux à chaque animal et être humain à bord de l'arche de Noé ?

Quiconque cherche refuge sous un figuier, pour n'importe quelle raison, a droit à ma plus sincère compassion, et les humains font cela depuis des siècles, tout au long du chemin de l'Inde à l'Anatolie, du Mexique au Salvador. Les Bédouins règlent leurs désaccords sous notre ombrage, les Druzes embrassent notre écorce avec révérence, placent des objets personnels autour de nous, prient pour parvenir à *ma'rifah*, l'extase de la connaissance. Les Arabes comme les Juifs organisent leurs préparatifs de noces à nos pieds, dans l'espoir de mariages assez robustes pour endurer tous les orages qui les attendent. Les bouddhistes veulent nous voir fleurir près de leurs sanctuaires, de même que les hindous. Au Kenya, les femmes kikouyous s'enduisent de sève de figuier quand elles veulent être enceintes, et ce sont les mêmes femmes qui nous défendent vaillamment si quelqu'un essaie d'abattre un *mugumo* sacré.

Sous notre canopée, des animaux sont offerts en sacrifice, des serments prêtés, des anneaux échangés et des querelles sanguinaires apaisées. Certains croient même que si vous faites sept fois le tour d'un figuier en brûlant de l'encens et en prononçant les bons mots dans le bon ordre, vous pouvez changer le sexe qui vous a été attribué à la naissance. Il y a aussi ceux qui enfoncent les clous les plus pointus dans nos troncs pour nous transférer la maladie ou les maux qui les assaillent. Cela aussi, nous l'endurons en silence. Ce n'est pas sans raison qu'on nous appelle arbres sacrés, arbres à vœux, arbres maudits, fantômes, surnaturels, sorciers, voleurs d'âmes...

Et ce n'est pas sans raison que Meryem a voulu célébrer un rite pour sa sœur défunte sous – ou sur – un *Ficus carica*. Tandis qu'elle frappait les pierres l'une contre l'autre, je l'ai entendue chanter – une élégie, lente et mélancolique, lamentation tardive pour des funérailles auxquelles elle n'avait pu assister.

Cependant, j'étais sûr que mon bien-aimé Kostas gardait ses distances, et parlait peu. Je n'avais pas besoin de voir son visage pour savoir qu'il devait afficher un air de désapprobation polie. En tant que chercheur, homme de science et de raison, il n'accorderait jamais crédit au surnaturel, pourtant jamais il ne mépriserait celui qui y croyait. Scientifique certes, mais avant tout c'était un insulaire. Lui aussi avait été élevé par une mère encline à la superstition.

J'ai entendu une fois Defne dire à Kostas : « Les gens nés dans des îles troublées ne peuvent jamais être tout à fait normaux. Nous faisons semblant, il nous arrive même de faire des progrès spectaculaires – mais nous ne parvenons jamais à nous croire en sécurité. Le sol qui semble solide comme le roc pour d'autres est un océan agité pour ceux de notre espèce. »

Kostas l'avait écoutée avec attention, comme il faisait toujours. Tout le temps de leur mariage, et longtemps avant, quand il la courtisait, il s'était appliqué à faire en sorte que ces eaux houleuses ne puissent jamais l'engloutir, mais elles avaient fini par gagner.

Je ne sais pas pourquoi ce souvenir s'est glissé en moi ce soir alors que je gisais sous terre, mais je me suis demandé si les pierres que Meryem disposait sur le sol glacé lui étaient une sorte de réconfort, un gage d'appui, quand rien d'autre ne semblait tenir bon.

Banquet

Quand Ada s'éveilla le lendemain matin, la maison était emplie d'arômes inhabituels. Sa tante avait préparé le petit déjeuner – ou un banquet, plutôt. Halloumi grillé au zaatar, feta rôtie au miel, halva de sésame, tomates farcies, olives vertes au fenouil, petits pains fourrés de tapenade, poivrons frits, saucisse épicée, börek aux épinards, petits choux au fromage, mélasse de grenade au tahini, gelée d'aubépine, confiture de coings et une grande poêlée d'œufs pochés avec du yaourt à l'ail, tout cela disposé avec goût sur la table.

« Oh ouah ! » s'exclama Ada en entrant dans la cuisine.

Meryem, qui découpait du persil sur une planche de bois debout devant le plan de travail, se tourna vers elle en souriant. Elle portait une longue jupe noire et un épais cardigan gris qui lui descendait presque jusqu'au genou. « Bonjour !

— Ça vient d'où, toute cette nourriture ?

— Eh bien, j'ai trouvé deux trois trucs dans les placards et le reste je l'avais apporté avec moi. Ah, tu aurais dû me voir à l'aéroport ! J'étais terrifiée à l'idée que ces chiens renifleurs repèrent mon halva. J'ai passé la douane avec le cœur au bord des lèvres. Parce qu'ils arrêtent toujours les gens comme moi, non ? » Elle désigna sa tête du doigt. « Cheveux noirs, et pas le bon passeport. »

Ada alla s'asseoir au bout de la table tout en l'écoutant. Elle regarda sa tante couper une large tranche de börek et mettre une portion généreuse d'œufs pochés et de saucisse sur une assiette. « Pour moi ? Merci, mais c'est beaucoup trop.

— Comment ça, trop, ce n'est rien du tout ! Un aigle ne se nourrit pas de mouches. »

Si Ada trouva la phrase étrange, son visage n'en donna aucun signe. Elle jeta un coup d'œil autour d'elle. « Où est mon père ? »

Meryem approcha une chaise, un verre de thé à la main. Apparemment elle avait aussi apporté de Chypre une série de verres à thé et un samovar de cuivre, qui était en train de bouillir et siffler dans un coin.

« Dans le jardin. Il a dit qu'il devait aller parler à l'arbre.

— Ah ouais, ça ne m'étonne pas, marmonna Ada à mi-voix tout en plongeant sa fourchette dans la pâtisserie. Il est obsédé par ce figuier. »

Une ombre passa sur le visage de Meryem. « Tu n'aimes pas le figuier ?

— Pourquoi je n'aimerais pas un *arbre* ? Qu'est-ce que ça peut me faire ?

— Ce n'est pas un arbre ordinaire, tu sais. Tes parents lui ont fait faire tout le voyage depuis Nicosie. »

Ada qui l'ignorait ne trouva rien à répondre. Le *Ficus carica* avait toujours été là dans le jardin, d'aussi loin qu'elle s'en souvienne. Elle prit une bouchée de börek et mâcha lentement. On ne pouvait le nier, sa tante était bonne cuisinière, à l'opposé de sa mère, qui n'avait jamais manifesté le moindre intérêt pour la vie domestique.

Elle repoussa l'assiette.

Meryem haussa les sourcils, épilés si fins qu'on aurait dit deux arcades dessinées sur ses traits amples. « Quoi, c'est tout ? Tu ne manges pas plus ?

— Désolée, je ne suis pas du genre petit déj.

— C'est un groupe de personnes à part, maintenant ? Tout le monde est du genre petit déj, non ?!? On a tous faim quand on se réveille. »

Ada lança un regard rapide à sa tante. Cette femme s'exprimait d'une façon étrange, qu'elle trouvait à parts égales amusante et irritante.

« Bonjour, vous deux », leur parvint derrière elles la voix de Kostas.

Il entra à grands pas dans la cuisine, les joues filetées de rouge par le froid, les cheveux saupoudrés de flocons de neige.

« Quel superbe festin !

— Oui, mais il y a quelqu'un qui ne mange rien », dit Meryem.

Kostas sourit à sa fille. « Ada n'a pas beaucoup d'appétit le matin. Je suis sûr qu'elle mangera plus tard.

— Plus tard, ce n'est pas pareil, dit Meryem. Il faut petit-déjeuner comme un sultan, déjeuner comme un vizir, dîner comme un mendiant. Sinon l'ordre est entièrement rompu. »

Ada s'adossa à son siège et croisa les bras. Elle étudia cette femme qui avait débarqué de nulle part dans leur vie – les généreuses dimensions de son visage, sa présence bruyante et expansive.

« Alors vous ne nous avez toujours pas dit pourquoi vous êtes ici.

— Ada ! protesta Kostas.

— Quoi ? Tu as dit que je pourrais lui demander.

— Ça va, c'est très bien qu'elle demande. » Meryem lâcha un morceau de sucre dans son thé et tourna la cuiller. Quand elle reprit la parole, sa voix était différente. « Ma mère est morte ; ça fait dix jours exactement.

— Maman Selma est décédée ? dit Kostas. Je ne savais pas. Toutes mes condoléances.

— Merci, dit Meryem, mais ses yeux restaient fixés sur Ada. Ta grand-mère avait quatre-vingt-douze ans, elle est partie dans son sommeil. Une mort bénie, comme on dit. Je me suis occupée de ses obsèques, ensuite j'ai réservé sur le premier vol que j'ai trouvé. »

Ada se tourna vers son père. « Je t'avais dit que c'était une affaire d'héritage.

— Quel héritage ? » intervint Meryem.

Kostas secoua la tête. « Ada pense que tu as besoin de régler des formalités, et que c'est pour ça que tu es venue.

— Ah, je vois, comme un testament. Non, mes parents n'avaient que des moyens modestes. Je n'ai pas besoin de discuter paperasse avec toi.

— Alors pourquoi vous venez ici tout d'un coup ? » dit Ada, le regard soudain fiévreux.

Dans le silence qui suivit, il se passa quelque chose entre Meryem et Kostas, un échange muet. Ada le sentit, mais n'aurait pu dire de quoi il s'agissait. Réprimant l'envie de leur demander ce qu'ils lui cachaient, elle redressa le dos comme le lui avait appris sa mère.

« J'ai toujours eu envie de venir vous rendre visite, dit Meryem après une courte pause. Bien sûr que je souhaitais connaître l'enfant de ma sœur. Mais j'avais fait une promesse. Mon père est mort il y a quatorze ans. Tu étais encore un bébé à l'époque. Et jusqu'à la mort de mes deux parents, j'étais liée par ma parole.

— Quel genre de promesse ? interrogea Ada.

— Que je ne verrais aucun de vous, tant que mes parents seraient vivants, répondit Meryem, le souffle un peu saccadé. Quand ma mère est morte, je me suis sentie libre de voyager.

— Je ne comprends pas, dit Ada. Pourquoi vous auriez fait une promesse aussi horrible ? Et quel genre de personne vous demanderait une chose pareille ?

— Ada *mou*, pas de précipitation », dit gentiment Kostas.

Ada le dévisagea, les yeux illuminés de colère. « Oh allons, papa, je ne suis pas une enfant. Je saisis. Tu es grec, maman est turque, tribus ennemies, dettes de sang. Vous vous êtes mis des gens à dos en vous mariant, c'est ça ? Et alors ? Rien n'excuse ce type de conduite. Ils ne sont pas venus nous voir une seule fois. Et pas seulement eux. Aucun de nos cousins des deux côtés. Ils ne sont pas venus à l'enterrement de maman. Et tu appelles ça une *famille* ? Je ne vais pas rester assise à manger des falafels, écouter des proverbes, et faire semblant d'être d'accord avec tout ça. »

Distraitement, Meryem fit tomber un autre morceau de sucre dans son thé, oubliant qu'elle l'avait déjà fait. Elle prit une gorgée. Trop sucré. Elle poussa le verre de côté.

« Navrée si je suis impolie. » Ada secoua la tête et, d'un mouvement souple, repoussa son siège et se leva. « J'ai des devoirs à faire. »

Après son départ, un silence gêné s'abattit sur la cuisine. Meryem ôta ses bagues une par une, puis les remit en place. Elle marmonna comme si elle parlait toute seule : « Je n'ai pas préparé de falafels. Ça ne fait même pas partie de notre cuisine.

— Je suis désolé, dit Kostas. Ada a eu une année très éprouvante. Ça a été affreusement dur pour elle.

— Et pour toi aussi, dit Meryem, redressant la tête et tournant son regard vers lui. Mais la ressemblance est frappante. Elle… elle est exactement comme sa mère. »

Kostas acquiesça avec un demi-sourire. « Je sais.

— Et elle est tout à fait en droit de poser ces questions. Comment se fait-il que toi tu ne m'en veuilles pas ?

— En quoi ça nous aiderait ? Est-ce qu'on n'a pas assez de tout cela – la colère, la haine, la souffrance ? Plus qu'assez. »

Meryem regarda autour d'elle comme si elle avait égaré quelque chose. Sa voix n'était qu'un murmure quand elle reprit la parole. « Ada est au courant de quoi exactement ?

— Pas grand-chose.

— Mais elle est curieuse. Et jeune et intelligente, elle veut apprendre.

— Je lui en ai dit un ou deux mots, par-ci par-là.

— Je doute que ça suffise à la satisfaire. »

Kostas baissa la tête, les rides de son front se creusant. « C'est une gosse britannique. Elle n'est jamais allée à Chypre. Defne avait raison sur toute la ligne. Pourquoi écraser nos enfants sous le poids de notre passé – ou le gâchis que nous en avons fait ? Ils sont d'une autre génération. Une page neuve. Je ne veux pas qu'elle s'inquiète d'une histoire qui n'a causé que chagrin et méfiance.

— Comme tu veux », dit Meryem, pensive.

Elle fit tomber un autre morceau de sucre dans son verre et le regarda se dissoudre.

Deuxième partie

RACINES

Amants

Chypre, 1974

Une heure avant minuit. La lune, brillante et joyeuse, était pleine depuis la veille. Et même si en temps normal Defne eût aimé cela, cette nuit il lui fallait la protection de l'obscurité.

Elle sortit du lit, jeta son pyjama et enfila une ample jupe bleue retenue par une ceinture de cuir brodée, et un chemisier blanc à volants dont tout le monde disait qu'il lui allait très bien. Elle mit ses boucles d'oreille, pas celles en or – à peine visibles, si minuscules sur ses lobes – mais celles en cristal qui descendaient jusqu'à ses épaules et étincelaient comme des étoiles. Elles lui donnaient le sentiment d'être plus adulte et séduisante. Elle noua ensemble les lacets de ses tennis et les passa autour de son cou. Afin d'être aussi silencieuse que la nuit.

Soulevant le châssis à guillotine, elle se hissa jusqu'au rebord de la fenêtre et s'accroupit quelques instants sur la corniche. Elle entendait un bruit au loin, un appel bas à deux notes, sans doute un hibou à la poursuite de sa proie. Elle retint son souffle, l'oreille aux aguets. Kostas lui avait appris la séquence exacte de leur hululement : note brève, bref silence, note longue, long silence. Un code Morse de hibou rien que pour eux.

Elle tendit le bras vers un rameau du mûrier et s'y accrocha. De là elle descendit, une branche après l'autre, comme elle l'avait fait souvent du temps où elle était fillette. Sitôt sur le sol, elle leva les yeux en l'air pour vérifier si on l'avait observée. L'espace d'une seconde, elle crut voir une ombre derrière une fenêtre. Pouvait-il s'agir de sa sœur ? Meryem devait être endormie dans sa chambre. Elle s'en était assurée plus tôt.

L'estomac noué par l'appréhension, Defne se glissa hors du jardin. Le clair de lune se réfléchissait sur les pavés disposés le long de la rue étroite, formant des ruisselets d'argent qui chatoyaient devant elle comme si elle filait sur l'eau. Elle pressa le pas, avec de fréquents regards par-dessus son épaule pour s'assurer que personne ne la suivait.

*

Ils avaient coutume de se rencontrer ici tard dans la nuit, à ce tournant de la route où se dressait un très vieil olivier. Ils marchaient un peu ou s'asseyaient sur un muret, se nichant dans les ombres, l'obscurité tel un châle duveteux enveloppant leur nervosité. Parfois un héron de nuit à couronne noire les survolait ou un hérisson traînait par là, créatures nocturnes aussi discrètes que les deux amoureux.

Cette fois-ci elle était en retard. À l'approche de leur point de rendez-vous, son souffle s'accéléra. En l'absence de réverbères et de maisons voisines, il faisait presque nuit noire. Une fois arrivée tout près, elle plissa les yeux, tentant de repérer sa silhouette familière parmi les arbres, mais ne vit rien.

Son cœur défaillit. Il avait dû repartir. Pourtant, gardant espoir, elle continua à avancer.

« Defne ? »

La voix donnait à son nom un contour plus doux, les voyelles un peu arrondies. Maintenant elle distinguait sa silhouette. Grande, mince, reconnaissable entre toutes. Une faible lueur orange bougeait à l'unisson de sa main.

« C'est toi ? chuchota Kostas.

— Oui, idiot, qui d'autre ça pourrait être ? » Defne se rapprocha, souriante. « Je ne savais pas que tu fumais.

— Moi non plus. J'étais nerveux. J'ai fauché le paquet de mon frère.

— Mais pourquoi tu fumes, *ashkim* ? Tu ne sais pas que c'est juste quelques bouffées qui disparaissent dès que tu souffles ? » À la vue de sa mine déconfite, elle éclata de rire. « Je plaisante, pas de problème. Ne t'inquiète pas de ce que je dis. Mes parents fument tous les deux. J'ai l'habitude. »

Ils se tenaient par les mains, doigts enlacés. Defne s'avisa qu'il s'était aspergé d'eau de cologne. À l'évidence, elle n'était pas la seule qui cherchait à faire impression. Elle l'attira vers elle et l'embrassa. Âgée d'un an de plus, elle se considérait comme plus mûre.

« J'avais tellement peur que tu ne viennes pas, dit Kostas.

— Je t'avais promis, non ?

— Oui, mais quand même…

— Dans notre famille on tient toujours parole. Mon père nous a élevées comme ça – Meryem et moi. »

Il termina sa cigarette et l'écrasa sous sa chaussure. « Alors comme ça tu n'as jamais rompu une promesse de toute ta vie ?

— Non, en effet. Et ma sœur non plus, je pense. Je n'en suis pas fière, c'est plutôt assommant. Une fois qu'on a donné sa parole, on est obligé de s'y tenir. C'est pour ça que j'essaie de ne pas faire trop de promesses. » Elle rejeta la tête en arrière et le regarda droit dans les yeux. « Mais je peux facilement promettre une chose : je t'aimerai toujours, Kostas Kazantzakis. »

Elle pouvait entendre le cœur de Kostas cogner contre sa cage thoracique. Ce garçon doux comme la rosée par un matin frais, capable de chanter les ballades les plus touchantes dans une langue qu'elle ne comprenait pas, ce garçon qui ne tarissait pas sur les arbustes à feuilles persistantes ou les huppes fasciées semblait maintenant en peine de mots.

Elle se pencha vers lui, si près que son souffle lui caressait le visage. « Et toi ?

— Moi ? Mais je me suis déjà engagé – il y a longtemps. Je ne cesserai jamais de t'aimer. »

Elle sourit, même si son cynisme coutumier la retenait de le croire. Elle ne s'autorisait pas non plus à douter de lui. Pas ce soir. Elle avait envie de s'enrouler autour de ses paroles, d'en faire un bouclier comme des mains en coupe pour protéger une flamme du vent.

« Je t'ai apporté quelque chose », dit Kostas, sortant un petit objet sans emballage de sa poche.

C'était une boîte à musique en bois de cerisier, avec un motif de papillons aux vives couleurs incrusté sur le couvercle, et une clef munie d'un gland de soie rouge.

« Oh c'est tellement beau, merci... »

Elle tint la boîte contre sa poitrine, sentant sa froideur lisse. Elle savait qu'il avait dû économiser pour l'acheter. Avec soin, elle fit tourner la clef, et une douce mélodie se répandit. Ils l'écoutèrent jusqu'à la fin.

« Moi aussi j'ai quelque chose pour toi. »

Elle sortit un rouleau de papier de son sac. Un croquis au crayon de lui assis sur un rocher, un vol d'oiseaux flottant sur l'horizon, des arcades en pierre s'allongeant aux deux extrémités. La semaine précédente ils s'étaient promenés ensemble près de l'ancien aqueduc, qui jadis transportait l'eau des montagnes au nord de la ville. Même si de jour c'était plus risqué, ils avaient passé l'après-midi entière là-bas, à respirer l'odeur de l'herbe sauvage, et c'est cet instant qu'elle avait voulu capter.

Il éleva le croquis, l'examina à la lumière du clair de lune.

« Tu m'as dessiné très beau.

— Eh bien, ce n'était pas difficile. »

Il étudia son expression, suivant des doigts le contour de sa mâchoire.

« Tu as tellement de talent. »

Ils s'embrassèrent, plus longuement cette fois, tendus l'un vers l'autre avec une sorte d'urgence, comme s'ils voulaient s'empêcher de tomber. Pourtant leurs gestes restaient empreints de timidité, alors que chaque caresse, chaque murmure les rendaient plus tendres. Car c'est un pays sans frontière, le corps d'un amoureux. On le découvre, non d'un seul coup, mais pas après pas anxieux, on perd son chemin, son sens de l'orientation, en parcourant ses vallées ensoleillées et ses champs à perte de vue, en savourant sa chaleur et son accueil, puis, caché dans des coins silencieux, en débouchant dans des grottes invisibles et inattendues, des ravines où on trébuche et se blesse.

Bras enroulés autour d'elle, Kostas posa la joue contre sa tête. Le visage de Defne s'enfouit dans son cou. Ils étaient tous deux conscients que malgré l'heure tardive, ils risquaient d'être vus et dénoncés à leurs parents. Une île, grande ou petite, est pleine d'yeux aux aguets derrière chaque fenêtre à meneaux, chaque fente de mur, et en chaque buse à queue rousse sur la crête du vent – des yeux perçants de rapace.

En se tenant par la main, attentifs à rester dans les ombres, ils marchaient, nullement pressés d'aller où que ce soit. La nuit s'était rafraîchie. Elle frissonna dans sa blouse légère. Il lui offrit sa veste, mais elle refusa. Quand il la lui offrit à nouveau, elle se fâcha, ne voulant pas être traitée comme si elle était plus fragile que lui. Elle était têtue à ce point-là.

Il avait dix-sept ans, elle dix-huit.

Figuier

Ici sous la terre, je reste immobile à l'écoute du moindre petit bruit. Loin de toute source de lumière – soleil ou lune – mon horloge circadienne est détraquée et le sommeil régulier m'échappe. Je suppose que c'est un peu comme le décalage horaire. Les alternances du jour et de la nuit sont bouleversées, me laissant dans un brouillard perpétuel. Je finirai par m'y habituer, mais ça prendra un moment.

La vie sous la surface du sol n'est ni simple ni monotone. Le monde souterrain, contrairement à ce que croient la plupart des gens, déborde d'activité. Si vous creusez profondément, vous serez surpris de voir la terre prendre des teintes inattendues. Rouge rouille, pêche tendre, moutarde chaude, citron vert, turquoise opulente… Les enfants des humains apprennent à peindre la terre d'une seule couleur. Ils imaginent le ciel en bleu, l'herbe en vert, le soleil en jaune, et la terre entièrement marron. Si seulement ils le savaient, ils ont des arcs-en-ciel sous leurs pieds.

Prenez une poignée de terre, serrez-la entre vos paumes, sentez sa chaleur, sa texture, son mystère. Il y a plus de micro-organismes dans cette petite motte qu'il n'y a d'individus sur le globe. Pleine de bactéries, de champignons, d'archées, d'algues, et ces petits vers frétillants, sans compter les tessons de vieilles poteries, tous contribuant à transformer la matière organique en nutriments auxquels nous les plantes nous sommes reconnaissantes d'assurer notre croissance, la terre est complexe, endurante, généreuse. Chaque pouce de terrain est le résultat d'un travail ardu. Il faut à une multitude de vers et de micro-organismes des siècles de labeur incessant pour produire ce peu de chose. Une boue saine, argileuse, est plus précieuse que des diamants et des rubis, même si je n'ai jamais entendu des humains en faire l'éloge en ces termes.

Un arbre a mille oreilles tendues dans toutes les directions. Je peux détecter le grignotage des chenilles, quand elles font des trous dans mes feuilles, le bourdonnement des abeilles de passage, le frottis d'un élytre de scarabée. Je sais distinguer le doux gargouillis des colonnes d'eau qui se répandent à l'intérieur de mes brindilles. Les plantes savent repérer les vibrations, et si quantité de fleurs ont la forme de coupoles, c'est pour mieux capter les ondes acoustiques, dont certaines échappent à l'oreille humaine. Les arbres sont emplis de chants, et nous n'avons pas honte de les chanter.

Prostré ici au milieu de l'hiver, je cherche le refuge dans des rêves arboréens. Je ne m'ennuie jamais, mais tant de choses me manquent déjà – les échardes de lumière émises par les étoiles, la beauté de la lune sur fond de ciel nocturne, parfaite et délicatement mouchetée comme un œuf de rouge-gorge, l'arôme du café qui s'échappe de la maison chaque matin… et par-dessus tout Ada et Kostas.

Chypre me manque aussi. Peut-être à cause du climat glacial, je ne peux m'empêcher de regretter mes jours au soleil. Je suis peut-être devenu un arbre britannique, mais certains jours il me faut encore un moment pour me rappeler où je suis, sur quelle île exactement. Les souvenirs affluent alors, et si j'écoute attentivement, j'arrive encore à saisir le chant des alouettes et des moineaux, le cri des pinsons et des canards siffleurs, les oiseaux de Chypre, qui appellent mon nom.

Abri

Chypre, 1974

Lorsqu'ils se retrouvèrent la fois suivante, Defne semblait mal à l'aise, une lueur d'inquiétude brillait dans ses yeux sombres.

« L'autre nuit, sur le chemin du retour, j'ai croisé mon oncle, expliqua-t-elle. Il m'a demandé ce que je faisais dehors aussi tard. J'ai dû ramer pour trouver une excuse.

— Qu'est-ce que tu lui as raconté ?

— Que ma sœur se sentait mal, que je devais aller à la pharmacie. Mais devine quoi, il est tombé sur Meryem le lendemain matin. Il lui a demandé si elle se sentait mieux et Meryem, bénie soit-elle, a joué le jeu. Puis elle est rentrée à la maison et m'a interrogée. Il a bien fallu que je lui dise, Kostas. Ma sœur est au courant pour nous, maintenant.

— Tu peux lui faire confiance ?

— Oui, absolument, répondit Defne sans un battement de cils. Mais si mon oncle avait parlé à mes parents, ça aurait été une autre histoire. On ne peut pas continuer à se rencontrer comme ça. »

Kostas se passa la main dans les cheveux. « J'y réfléchis depuis un moment. Je cherche un endroit sûr.

— Il n'y en a pas !

— Si, en fait, il y en a un.

— Où ça ?

— C'est une taverne. » Il vit ses yeux s'écarquiller puis se rétrécir. « Je sais ce que tu vas dire, mais écoute d'abord. L'endroit est pratiquement vide pendant la journée. Les clients commencent à arriver seulement au coucher du soleil. Avant, il n'y a que le personnel. Et même le soir, si on arrive à se retrouver dans une arrière-salle et qu'on repart par la porte de la cuisine, on sera plus en sécurité que dehors dans la rue. À la taverne, chacun est dans son monde à soi. »

Defne se mordit la lèvre inférieure, retournant l'idée mentalement. « Quelle taverne ?

— Le Figuier Heureux.

— Oh ! » Son visage s'éclaira. « Je n'y suis jamais allée, mais j'en ai beaucoup entendu parler.

— Ma mère leur vend des produits toutes les semaines. Je leur apporte de la confiture de caroube, *melitzanaki glyko.* »

Elle sourit, sachant combien il était proche de sa mère et l'affection qu'il lui portait. « Tu connais le propriétaire ?

— C'est deux types qui possèdent l'endroit. Très gentils tous les deux, mais complètement opposés. L'un qui est un bavard incurable, toujours à raconter une histoire ou une blague. L'autre taiseux. Il faut du temps pour apprendre à le connaître. »

Defne acquiesça d'un signe de tête, sans toutefois écouter vraiment. À la seconde même, toute la crainte qu'elle portait en elle s'était envolée et elle se sentait à nouveau légère, audacieuse. Elle lui effleura les lèvres, qui étaient un peu gercées, endurcies par le soleil. Il devait les mordre, tout comme elle.

« Qu'est-ce qui te fait croire qu'ils nous aideront ? interrogea-t-elle.

— J'ai le sentiment qu'ils ne me diront pas non. Je les observe depuis longtemps. Ils sont honnêtes et travaillent dur, s'occupent de leurs propres affaires. Imagine, ils rencontrent toute sorte de gens, mais sans jamais cancaner sur personne. C'est ça que j'aime bien chez eux.

— Parfait. Essayons, dit Defne. Mais si ça ne marche pas, il faudra qu'on trouve un autre moyen. »

Il sourit, le soulagement déferlant dans ses veines. Ceci, il ne le lui avait jamais dit, mais il craignait qu'un jour elle n'estime que c'était trop dangereux de se voir, le secret trop lourd à porter, qu'ils devraient rompre avant que la situation n'échappe à leur contrôle. Chaque fois qu'il sentait monter cette peur, il la refoulait doucement vers un lieu au fin fond de son âme où il remisait toutes les pensées turbulentes et dangereuses. Il la rangeait auprès des souvenirs de son père.

Figuier

Avant notre rencontre à la taverne, il faut que je vous donne quelques détails sur moi et sur ma terre natale.

Je suis venu au monde en 1878, l'année où le sultan Abdülhamid II, assis sur son trône d'or à Istanbul, a conclu un accord secret avec la reine Victoria, assise sur son trône d'or à Londres. L'Empire ottoman a accepté de céder l'administration de notre île à l'Empire britannique en échange de sa protection contre une agression de la Russie. Cette année-là, le Premier ministre britannique, Benjamin Disraeli, a surnommé mon pays natal « la clef de l'Asie occidentale », et ajouté : « Un pas en avant, non vers la Méditerranée, mais vers l'Inde. » L'île, bien que sans grande valeur économique à ses yeux, était idéalement située sur des routes commerciales lucratives.

Quelques semaines plus tard, l'Union Jack fut levé au-dessus de Nicosie. Après la Première Guerre mondiale, durant laquelle l'Empire ottoman et l'Empire britannique étaient devenus ennemis, les Britanniques ont annexé Chypre et c'est ainsi que nous sommes devenus une colonie de la Couronne.

Je me rappelle le jour où elles sont arrivées, les troupes de Sa Majesté, épuisées et assoiffées après leur long voyage, sans trop savoir qui exactement seraient leurs sujets colonisés. Les Anglais, tout en étant eux-mêmes des insulaires de cœur, n'ont jamais très bien su où placer notre île dans leur esprit. À un moment nous leur paraissions des familiers rassurants, et la seconde d'après, bizarrement exotiques et orientaux.

Lors de cette journée fatale, Sir Garnet Wolseley, le premier haut-commissaire, débarqua sur nos rives avec dix mille soldats en uniformes épais – pantalons à bandes molletières et vestes de laine rouge. Le thermomètre indiquait 110 degrés Fahrenheit (43 degrés Celsius). Ils campaient à Larnaca, près du lac salé, trimballant des tentes cloche individuelles qui ne les protégeaient guère du soleil brûlant. Wolseley se plaindrait par la suite dans des lettres à son épouse : « C'était une décision très malavisée d'envoyer ces régiments britanniques ici pendant la saison chaude. » Mais ce qui le décevait le plus, c'était l'aridité du paysage : « Où sont les forêts dont nous croyions que Chypre était couverte ? »

« Bonne question », avons-nous reconnu, nous autres les arbres. La vie n'était pas facile pour nous. Des hordes de criquets accablaient l'île depuis trop longtemps, arrivant par épaisses nuées noires, dévorant tout ce qui verdoyait. Des forêts avaient été décimées pour faire de la place aux vignes, à l'agriculture et au bois de chauffage, et parfois délibérément détruites au cours de vendettas sans fin. L'exploitation constante, les incendies multiples et la simple ignorance avaient tous contribué à notre disparition, sans oublier la négligence manifeste de l'administration précédente. Mais les guerres aussi, que nous avions déjà subies en trop grand nombre au fil des siècles. Conquérants venus de l'Est, conquérants venus de l'Ouest : Hittites, Égyptiens, Phéniciens, Assyriens, Grecs, Perses, Macédoniens, Romains, Byzantins, Arabes, Francs, Génois, Vénitiens, Ottomans, Turcs, Anglais…

Nous étions présents quand de violentes attaques contre les Britanniques ont commencé à se dérouler au nom de l'Enosis, l'union avec la Grèce, et que les premières bombes ont explosé au début des années 1950. Nous étions présents quand un groupe de jeunes manifestants a mis le feu à l'Institut britannique de la place Métaxas, et à la bibliothèque qu'il abritait, *la plus belle bibliothèque de tout le Moyen-Orient*, que tous ces livres et ces manuscrits ont été réduits en cendres. En 1955 la situation s'était déjà tellement dégradée que l'état d'urgence a été proclamé. Les fleuristes locaux et les fermes florales dont les affaires connaissaient une chute dramatique, peut-être parce que personne ne se sentait de droit à la beauté sous le règne de la peur et du chaos, gagnaient maintenant l'essentiel de leur argent en fabriquant des couronnes mortuaires pour les funérailles de Gordon Highlanders ou autres soldats britanniques tués dans les conflits.

En 1958, l'organisation nationaliste grecque qui prit le nom d'EOKA avait déjà interdit toute utilisation de la graphie anglaise sur l'île. Les noms de rue anglais étaient barrés et recouverts de peinture. Bientôt les noms turcs seraient bannis aussi. Puis TMT, l'organisation nationaliste turque de résistance, s'est mise à effacer les noms grecs. Et nous en sommes arrivés au point où les rues de ma ville natale sont restées sans nom, seulement couche sur couche humide de peinture, comme des aquarelles qui pâlissent lentement jusqu'au néant.

Et nous les arbres, nous n'avons pu qu'observer, attendre et témoigner.

Taverne

Chypre, 1974

Le Figuier Heureux était une halte populaire que fréquentaient Grecs, Turcs, Arméniens, Maronites, soldats des Nations unies et touristes qui se mettaient rapidement au pas des coutumes locales. Il était géré par deux partenaires chypriotes, l'un grec, l'autre turc, tous deux âgés d'une quarantaine d'années. Yiorgos et Yusuf avaient ouvert l'endroit en 1955 avec de l'argent emprunté à leurs familles et amis, et maintenaient leur entreprise à flot, arrivaient même à la faire prospérer, en dépit des tensions et troubles qui assaillaient l'île de toute part.

L'entrée de la taverne était partiellement couverte par des lianes vigoureuses de chèvrefeuille. À l'intérieur, d'épaisses poutres noircies parcouraient le plafond de long en large, chargées de grappes d'ail, d'oignons, d'herbes séchées, de piments rouges et de saucisses fumées. Il y avait vingt-deux tables bordées de chaises dépareillées, un bar en bois sculpté avec des tabourets de chêne, et au fond de la salle un gril à charbon d'où s'échappaient quotidiennement l'odeur du pain azyme, ainsi que l'arôme appétissant des viandes rôties. Avec en plus des tables dans le patio, la taverne était pleine à craquer tous les soirs.

C'était un lieu chargé d'histoire, avec ses petits miracles bien à lui. Ici, on partageait les récits des triomphes et des épreuves, on tirait un trait sur des règlements de compte anciens, le rire se mêlait aux larmes, des promesses et des aveux étaient confirmés, des péchés et des secrets confessés. Entre ses murs, des inconnus devenaient amis, les amis des amants ; d'anciennes flammes se rallumaient, des cœurs brisés se réparaient ou se brisaient à nouveau. Nombre de bébés sur l'île ont été conçus après une soirée festive à la taverne. Le Figuier Heureux avait touché tant de vies de tant de manières insoupçonnées.

Quand Defne, dans le sillage de Kostas, y entra pour la première fois, elle ne savait rien de tout cela. Coinçant une mèche de cheveux derrière son oreille, elle observait la scène d'un œil curieux. L'endroit semblait avoir été décoré par un fervent adorateur de la couleur bleue. L'entrée, d'un azur vif, était parsemée de clous d'où pendaient des mauvais œils et des fers à cheval. Les tables étaient couvertes de nappes à carreaux bleu marine et blancs ; les rideaux, couleur saphir brillant, les murs de faïence ornés de dessins bleu turquoise, jusqu'aux larges pales paresseuses des ventilateurs au plafond qui arboraient la même nuance. Sur deux piliers se bousculaient les photos encadrées de célébrités qui avaient fréquenté le restaurant au fil des ans : chanteurs, actrices, stars de la télé, footballeurs, dessinateurs de mode, journalistes, champions de boxe…

Defne fut surprise de voir un perroquet perché sur le haut d'un placard, absorbé par la dégustation d'un biscuit, un oiseau exotique à courte queue, tête jaune et plumage vert vif. Mais c'est ce qu'elle aperçut ensuite au centre de la taverne qui capta aussitôt son attention. Niché au milieu de l'espace dînatoire, poussant à travers une cavité du toit, se dressait un arbre.

« Un figuier ! » Une expression de joie étonnée lui traversa le visage. « C'est un vrai ?

— Ça, vous pouvez le parier », lui parvint une voix derrière eux.

Se retournant, Defne vit deux hommes de taille et corpulence moyennes debout côte à côte. L'un d'eux, cheveux coupés court, un crucifix d'argent autour du cou, inclina un couvre-chef imaginaire dans sa direction.

« Vous devriez voir ça la nuit, quand toutes les lumières sont allumées. Ça lui donne l'air électrisé, magique ! Ce n'est pas un arbre ordinaire – plus de quatre-vingt-dix ans, mais qui donne encore les figues les plus parfumées de toute la ville. »

L'autre homme, apparemment du même âge, avait une moustache bien taillée et un menton rasé de frais marqué par une fente profonde ; ses cheveux lui tombaient en longues tresses sur les épaules. Il fit un geste à l'intention de Kostas et dit : « Alors c-c-c'est elle l'amie dont tu nous as p-p-parlé ? »

Kostas sourit. « Oui, je vous présente Defne.

— Oh, elle est t-t-turque ? fit l'homme, dont l'expression changea. Tu ne nous l'avais pas dit.

— Pourquoi ? demanda aussitôt Defne, et comme elle n'obtint pas sur-le-champ une réponse, son visage se durcit. Ça vous pose un problème ? »

Le premier homme intervint. « Hé, ne vous fâchez pas ! Yusuf est turc. Il ne voulait pas vous offenser, simplement il parle lentement. Si vous le pressez, vous allez le faire bégayer. »

Lèvres pincées pour ne pas sourire, Yusuf hocha la tête en signe d'accord. Il se pencha vers son ami et lui murmura à l'oreille quelques mots inaudibles, qui le firent glousser.

« Yusuf demande, est-ce qu'elle s'énerve toujours aussi facilement ?

— Oh oui, dit Kostas, hilare.

— Dieu nous vienne en aide, alors ! » reprit le premier. Il prit la main de Defne et la serra doucement en disant : « Au fait, moi je m'appelle Yiorgos. L'arbre n'a pas de nom. Le perroquet, c'est Chico, et à ce propos, il faut que je vous avertisse : ne soyez pas surprise s'il vient se poser sur votre épaule et tente de vous voler le pain de la bouche. Affreusement gâté, cet oiseau ! Nous pensons qu'il a dû vivre dans un palais ou je ne sais quoi avant de nous trouver. En tout cas, bienvenue dans notre modeste maison.

— Merci, dit Defne, un peu confuse de sa sortie.

— Maintenant suivez-moi, vous deux. »

Il les fit entrer dans une arrière-salle où étaient entreposés des cageots de pommes de terre, des paniers de pommes et d'oignons, la cueillette de vergers du coin, et des tonneaux de bière. Il y avait une petite table dans un coin avec deux chaises, dressée en prévision de leur arrivée, avec un rideau de velours vert à l'entrée qu'on pouvait tirer pour en faire un espace privé.

« Pas très luxueux, je le crains, dit Yiorgos. Mais au moins, personne ne viendra vous déranger ici, jeunes gens. Vous pouvez discuter aussi longtemps que vous voulez.

— C'est épatant, merci, dit Kostas.

— Alors, qu'est-ce qu'on vous apporte à manger ?

— Oh, on ne veut rien. » Kostas palpa les quelques pièces de monnaie qu'il avait en poche. « Juste de l'eau.

— Oui, dit Defne d'un ton ferme. De l'eau, ça sera parfait. »

À peine avait-elle dit ces mots qu'un serveur apparut, avec un plateau chargé de feuilles de vigne farcies, du saganaki aux crevettes, du souvlaki de poulet et sauce tzatziki, de la moussaka, du pain pita et un pichet d'eau.

« Yusuf vous les envoie, c'est offert par la maison, dit le serveur. Il m'a chargé de vous dire de manger ! »

Une minute plus tard, enfin seuls dans la pièce, sans avoir à s'inquiéter pour la première fois depuis des mois d'être vus et dénoncés à leurs familles, Kostas et Defne échangèrent un regard et éclatèrent de rire. Un rire incrédule, le genre de légèreté effervescente qu'on éprouve seulement à la suite d'une détresse et d'une peur constantes.

Ils mangèrent lentement, savourant chaque bouchée. Ils parlèrent sans discontinuer, tirant parti de tout ce que le langage peut offrir, comme s'ils redoutaient de ne plus avoir de mots à leur disposition le lendemain. Pendant ce temps, les odeurs et les bruits du restaurant s'intensifiaient. Les ombres de la bougie sur la table jouaient sur les murs blanchis à la chaux. Chaque fois que la porte de la taverne s'ouvrait et qu'un nouveau courant d'air agitait les rideaux, les mêmes ombres exécutaient une petite danse rien que pour eux.

Ils entendaient des clients arriver. Les bruits de couverts, les bavardages. Puis le bris d'une assiette, suivi du rire d'une femme. Quelqu'un se mit à chanter.

Donc embrasse-moi et souris-moi,
Promets-moi que tu m'attendras...

D'autres voix se joignirent à lui. Un chœur spontané, sonore, turbulent. C'étaient des soldats britanniques, la plupart fraîchement sortis de l'école, dont les voix montaient et baissaient, se raccrochant les uns aux autres en quête de soutien et de camaraderie, de chaleur familiale, d'appartenance. Des jeunes gens pris dans une zone de conflit, coincés sur une île dont ils ne parlaient pas la langue, pas plus qu'ils ne saisissaient les subtilités du paysage politique ; des militaires exécutant des ordres, conscients que l'un d'entre eux risquait de ne pas survivre au lendemain.

*

Deux heures plus tard, Yusuf leur ouvrit la porte de la cuisine et les fit sortir sans bruit.

« R-r-revenez bientôt. On n'a pas si s-s-souvent des jeunes amoureux ici, vous nous p-p-porterez chance. »

Tandis qu'ils sortaient dans la brise nocturne, ils sourirent à leur hôte, soudain timides. Des jeunes amoureux ! Ils ne s'étaient jamais perçus en ces termes, mais maintenant que quelqu'un l'avait dit tout haut, bien sûr, ils le savaient, c'est exactement ce qu'ils étaient.

Figuier

Et c'est ainsi qu'elle est entrée dans ma vie – Defne.

C'était une après-midi paisible. Je somnolais à l'intérieur de la taverne, savourant un moment de calme avant la cohue du soir, quand la porte s'ouvrit et qu'ils s'avancèrent, glissant de l'écrasante lumière du soleil dans l'ombre fraîche.

« Un figuier ! C'est un vrai ? »

Je me rappelle avoir entendu Defne le dire dès que ses yeux se sont posés sur moi. La surprise sur son visage était évidente.

Je me haussai du col, curieux de voir la personne qui avait fait cette remarque. Vanité, peut-être, mais j'ai toujours été fasciné par ce que les humains voient – ou ne voient pas – en nous.

Yiorgos a dit que je paraissais électrisé la nuit. Il a utilisé le mot « magique ». Ça m'a fait plaisir de l'entendre. C'était vrai. Le soir, quand le personnel allumait les lampes et les bougies placées dans divers angles, une lumière dorée se réfléchissait sur mon écorce, luisait à travers mes feuilles. Mes branches s'étiraient avec assurance, comme si tout alentour était une extension de moi-même, non seulement les tables sur tréteaux et les chaises en bois, mais aussi les fresques des murs, les guirlandes d'ail pendant du plafond, les allées et venues rapides des serveurs, les clients originaires de tous les coins du monde, et même Chico qui voletait dans un feu d'artifice de couleurs, le tout supervisé par moi.

Je n'avais aucun sujet d'inquiétude à l'époque. Mes figues étaient juteuses, abondantes, douces au toucher, mes feuilles fortes et d'un vert sans tache, les nouvelles plus grandes que les anciennes, signe d'une croissance saine. Telle était ma prestance que j'arrivais même à alléger l'humeur des clients. Les rides de leur front se détendaient, les aigus de leur voix s'adoucissaient. Peut-être était-ce vrai, après tout, ce qu'on disait du bonheur : qu'il est contagieux. Dans une taverne nommée Le Figuier Heureux, avec un arbre florissant au centre, comment ne pas se sentir plein d'espoir ?

Je sais que je ne devrais pas dire cela. Je sais que c'est mal de ma part, sans cœur et ingrat, mais depuis cette après-midi fatale il y a des années, il m'est arrivé très souvent de regretter ma rencontre avec Defne, et souhaiter qu'elle n'eût jamais franchi notre seuil. Peut-être qu'alors notre belle taverne n'aurait pas été consumée par les flammes. Peut-être que je serais encore l'arbre heureux que j'étais.

Solitude

Londres, fin des années 2010

L'ouragan frappa Londres aux petites heures de la nuit. Le ciel, sombre comme le poitrail d'un choucas, pesait sur la ville de toute sa charge intense d'acier. Des rafales d'éclairs fusaient, s'étalant en branchages et jeunes pousses de néon, comme une forêt spectrale qui aurait été déracinée et emportée par le vent.

Seule dans sa chambre, toutes lumières éteintes à part une lampe de chevet auprès d'elle, Ada était allongée dans son lit, la couette remontée jusqu'au menton, à écouter le tonnerre, réfléchir, se faire du mauvais sang. Hurler comme elle l'avait fait devant ses camarades de classe, c'était terrifiant, mais ce qui la terrifiait encore plus, c'était de s'aviser qu'elle risquait de recommencer.

Au cours de la journée, distraite par la présence de sa tante, elle avait pratiquement banni l'incident de son esprit, mais maintenant il lui revenait en force. L'expression de Mrs Walcott, les moqueries des élèves, le désarroi peint sur le visage de Zafaar. Cette sensation qui lui rongeait l'estomac. Elle devait avoir une case en moins, c'est sûr. Quelque chose qui n'allait pas dans sa tête. Peut-être l'avait-elle hérité de sa mère, ce mal dont ils ne parlaient jamais.

Elle croyait ne pas pouvoir fermer l'œil, pourtant elle s'endormit. D'un sommeil léger, agité, entrecoupé de moments où elle ouvrait les yeux, sans trop savoir ce qui l'avait réveillée. Dehors la pluie tombait dru, le monde était englouti sous une averse torrentielle. L'aubépine devant sa chambre cognait contre la fenêtre à chaque coup de vent, comme si elle cherchait à lui parler à travers la vitre.

Une voiture passa dans la rue ; il devait s'agir d'une urgence, pour rouler par un temps pareil. Ses phares balayèrent les stores de telle sorte que l'espace d'un instant chaque objet de la pièce s'anima, se dressant dans le noir. Des silhouettes surgirent tels des personnages dans un théâtre d'ombres chinoises. Et tout aussi vite, disparurent. Elle se rappela, comme à d'innombrables reprises ces derniers mois, le contact de sa mère, la voix de sa mère. Le chagrin se déploya dans tout son être, resserrant son emprise sur elle comme un rouleau de cordage.

Lentement, elle s'assit dans son lit. Elle désirait tant un signe ! Car à la vérité, que les fantômes ou esprits ou autres créatures invisibles auxquels sa tante semblait croire l'effraient ou la laissent sceptique, une part d'elle-même espérait bien trouver une porte vers une autre dimension, ou permettre à cette dimension de se dévoiler, afin de revoir sa mère une dernière fois.

Ada attendait. Son corps se figea, alors même que son cœur battait furieusement contre sa poitrine. Aucun signe surnaturel, aucun mystère insolite. Elle aspira une bouffée d'air, désorientée. La porte qu'elle cherchait, si tant est qu'il en existe une, demeura close.

Elle pensa alors au figuier, enterré seul dans le jardin, le reste de ses racines pendillant autour de lui. Son regard glissa vers le vide qui s'étendait derrière la fenêtre. À cet instant elle eut le sentiment des plus étranges que l'arbre était éveillé lui aussi, accordé à chaque geste qu'elle faisait, écoutant chaque craquement à l'intérieur de la maison, attendant, tout comme elle, attendant sans savoir quoi.

*

Ada sortit du lit et alluma les lumières. Assise devant le miroir de la coiffeuse, elle examina son nez, qu'elle avait toujours jugé trop grand, son menton, trop proéminent, craignait-elle, ses cheveux bouclés, qu'elle s'efforçait d'aplatir... Elle se rappela un jour il n'y avait pas si longtemps où elle regardait sa mère occupée à peindre dans son atelier.

« Quand j'aurai fini ça, je ferai un nouveau portrait de toi, Adacim. »

Depuis qu'elle était bébé, sa mère la dessinait régulièrement ; la maison était pleine de portraits, certains aux couleurs des plus vives, d'autres monochromes.

Mais cette après-midi-là, pour la première fois, Ada avait refusé. « Je ne veux pas. »

Posant son pinceau, sa mère concentra le regard sur elle. « Pourquoi pas, chérie ?

— Je n'aime pas mes portraits. »

Sa mère resta silencieuse un moment. Une expression peinée passa sur son visage, puis elle demanda : « Il s'appelle comment ?

— Qui donc ?

— Le garçon… ou la fille… comment s'appelle l'abruti qui te donne cette impression-là ? »

Ada sentit ses joues la brûler, et l'espace d'une seconde elle faillit parler à sa mère de Zafaar. Mais elle garda le silence.

« Écoute-moi bien, Ada Kazantzakis. Les femmes de Chypre, qu'elles viennent du nord ou du sud, sont toutes belles. Comment pourrait-il en être autrement ? Nous sommes parentes d'Aphrodite, et même si c'était une garce, on ne peut pas nier qu'elle était belle à tomber.

— Maman, sois sérieuse. » Ada émit un long sifflement.

« Oh mais je suis sérieuse. Et je veux que tu comprennes une règle cruciale à propos de l'amour. Vois-tu, il y en a de deux sortes, celui de la surface, et celui des eaux profondes. Eh bien, Aphrodite a émergé de l'écume, tu te rappelles ? L'amour écumant est une sensation plaisante, mais tout aussi superficielle. Quand elle disparaît, c'est fini, il ne reste rien. Recherche toujours le genre d'amour qui vient des profondeurs.

— Je ne suis pas amoureuse.

— Parfait, mais quand tu le seras, rappelle-toi, l'amour écumant ne s'intéresse qu'à la beauté écumante. L'amour marin recherche la beauté marine. Et toi, mon cœur, tu mérites l'amour marin, celui qui est fort, profond et envoûtant. »

Reprenant son pinceau, sa mère avait ajouté : « Quant à ce garçon – ou cette fille – dont j'ignore le nom, s'il ne sait pas voir combien tu es précieuse, il ne mérite pas une parcelle de ton attention. »

Maintenant, assise face au miroir à inspecter son visage comme en quête de défauts sur une surface fraîchement peinte, Ada s'avisa qu'elle n'avait jamais demandé à sa mère si l'amour entre ses parents était de la première ou de la seconde espèce. Mais au fond, bien sûr, elle le savait. Elle savait dans ses tripes qu'elle était l'enfant du type d'amour qui s'élève du fond de l'océan, d'un bleu si sombre qu'il en est presque noir.

*

Ada prit son téléphone, ayant perdu tout intérêt pour le miroir et ce qu'elle y voyait. Malgré l'avertissement de son père, pas de technologie la nuit, qui selon lui retardait les rythmes circadiens, elle aimait se promener sur la toile quand elle n'arrivait pas à dormir. Sitôt son mobile allumé, un message s'annonça. Numéro inconnu.

Ouvre-moi. Surprise !!!

Une griffe d'angoisse se planta dans sa poitrine tandis qu'elle hésitait à cliquer ou non sur le lien attaché au message. Puis elle appuya sur « Ouvrir ».

C'était une vidéo affreuse, affreuse. Quelqu'un l'avait filmée en train de hurler pendant le cours d'histoire. C'était forcément un de ses camarades de classe, qui avait bravé l'interdiction des téléphones. Son estomac se noua, mais elle parvint à regarder jusqu'au bout. C'était bien elle, son profil flou dans l'éclairage de la fenêtre, mais reconnaissable, sa voix montant jusqu'à un aigu assourdissant, perturbant.

Une lame de honte la traversa, trancha à vif dans sa propre estime. C'était suffisamment terrifiant qu'elle ait pu se conduire de manière aussi choquante et inattendue, mais découvrir qu'on l'avait enregistrée sans qu'elle le sache, c'était au-delà de l'humiliation. Son esprit partit en vrille tandis que la panique l'empoignait, un goût d'acide dans la bouche. C'était atroce de voir sa propre démence exposée aux regards de tous.

D'une main tremblante, elle se rendit sur un site de partage de vidéos. Celui qui l'avait enregistrée l'avait déjà postée sur les réseaux sociaux – exactement comme elle le redoutait. Sous les images, il y avait des commentaires

Waouh, complètement chtarbée !
Ça se voit qu'elle simule.
Y en a qui feraient n'importe quoi pour se faire remarquer.
C'est quoi son problème ?

demandait l'un, à quoi un autre répliquait :

Peut-être qu'elle s'est regardée dans une glace !

Et ça continuait comme ça, des termes méprisants, qui la couvraient de ridicule : des flots de blagues sexuelles et de propos obscènes. Il y avait aussi des images, et des émojis. Une copie du tableau de Munch, le visage hurlant au premier plan remplacé par celui d'une fille à l'air dément.

Ada serra son téléphone, parcourue de frissons. Elle arpenta la pièce comme un animal en cage, les nerfs plus tendus à chaque pas. Cette vidéo humiliante circulerait à jamais sur Internet, toute sa vie. À qui pouvait-elle demander de l'aide ? Au proviseur ? À un enseignant ? Écrire à l'entreprise du serveur – comme s'ils allaient s'en soucier ! Il n'y avait rien qu'elle ni personne puisse faire, pas même son père. Elle était entièrement seule.

Elle s'effondra sur son lit et ramena ses jambes contre sa poitrine. Son corps se balançant doucement, elle fondit en larmes.

Figuier

Vers minuit, j'ai perçu un bruit étrange. Alarmé, je me suis raidi. Mais il apparut que c'était mon vieil ami, le chèvrefeuille, d'une espèce indigène, un charmant hermaphrodite, qui émettait des signaux via des racines et des champignons pour savoir comment je me portais. Cela m'a touché qu'il/elle se montre aussi aimable, avec une telle simplicité. Car simple, la gentillesse l'est toujours – directe, innocente, sans effort.

Sur et sous terre, nous les arbres nous communiquons tout le temps. Nous ne partageons pas seulement l'eau et les nutriments, mais aussi les informations vitales. Même si nous sommes parfois en compétition pour les ressources, nous assurons très bien la protection et le soutien mutuels. La vie d'un arbre, si paisible qu'elle paraisse vue de l'extérieur, est pleine de danger : écureuils qui arrachent notre écorce, chenilles qui nous envahissent et détruisent nos feuilles, incendies du voisinage, bûcherons à tronçonneuse... Défoliés par le vent, rôtis par le soleil, attaqués par les insectes, menacés par les feux de forêt, nous devons travailler ensemble. Même si nous pouvons paraître hautains, car nous poussons loin des autres à l'orée des bois, nous restons quand même en contact à travers de larges pans de terre, envoyant des signaux chimiques par voie aérienne et grâce au partage de nos réseaux mycorhiziens. Les humains et les animaux peuvent errer pendant des kilomètres en quête de nourriture, d'un abri ou d'un compagnon et s'adapter aux changements environnementaux, mais nous, nous devons faire tout cela et plus en restant enracinés à notre place.

Le dilemme entre optimisme et pessimisme est plus qu'un débat théorique pour nous. Il est inhérent à notre évolution. Regardez de près une plante d'ombre. Malgré la faible lumière de son environnement, si elle reste optimiste, elle produira des feuilles plus épaisses, pour permettre au volume du chloroplaste d'augmenter. Si elle garde peu d'espoir pour l'avenir, et ne compte pas voir changer les circonstances de sitôt, elle maintiendra ses feuilles à une épaisseur minimum.

Un arbre sait que la vie est affaire de connaissance de soi. Sous l'effet du stress nous produisons de nouvelles combinaisons d'ADN, de nouvelles variantes génétiques. Non seulement les plantes stressées le font, mais aussi leurs surgeons, même s'ils n'ont pas subi de traumatisme physique ou environnemental équivalent. Appelez ça mémoire transgénérationnelle. Au bout du compte, nous nous rappelons et nous essayons d'oublier pour la même raison : afin de survivre dans un monde qui ne nous comprend ni ne nous apprécie.

Là où il y a traumatisme, cherchez les signes, car il y en a toujours. Des craquelures sur nos troncs, des fentes qui ne guérissent pas, des feuilles qui affichent des couleurs d'automne au printemps, une écorce qui pèle comme de la peau écaillée. Mais peu importe le genre d'épreuve qu'il traverse, un arbre sait toujours qu'il est relié à d'innombrables formes de vie – depuis les armillaires, la plus grande espèce vivante, jusqu'aux plus petites bactéries et archées – et que son existence n'est pas un hasard isolé mais fait partie intrinsèque d'une communauté plus vaste. Même les arbres d'espèces différentes font preuve de solidarité entre eux sans tenir compte de leurs dissemblances, et on ne peut pas en dire autant de quantité d'humains.

*

C'est l'aubépine qui m'a informé que ça n'allait pas très bien pour la jeune Ada. La nouvelle m'a empli d'une immense tristesse. Car je me sentais lié à elle, même si elle n'avait pas une très haute opinion de moi. Nous avions grandi ensemble dans cette maison, un bébé et un jeune plant.

Les mots volent

Chypre, 1974

Ce jeudi après-midi-là, Kostas entra au Figuier Heureux en sifflant un air qu'il avait entendu à la radio, *Bennie et les Jets*. Ces temps-ci, il était difficile d'écouter quoi que ce soit sans être interrompu par l'annonce d'une attaque terroriste quelque part dans l'île, ou un rapport sur l'escalade des tensions politiques, et il continuait à siffloter la mélodie comme pour la prolonger, rester à l'intérieur d'un autre royaume de lumière et de beauté.

Comme il était encore tôt, il n'y avait pas de clients en vue. Dans la cuisine, le chef était seul, un panier de figues et une jatte de crème fouettée devant lui, la main sur le menton. Il ne releva pas la tête pour voir qui était entré, tant sa tâche l'absorbait.

Derrière le comptoir Yiorgos essuyait des verres, un torchon blanc jeté sur l'épaule.

« *Yassou*, dit Kostas. Qu'est-ce que le chef fabrique ?

— Oh, ne le dérange pas, répondit Yiorgos. Il s'entraîne à faire le dessert dont Defne nous a parlé. La recette de son père, tu te rappelles ? Nous comptons l'ajouter au menu.

— Épatant. » Kostas jeta un coup d'œil autour de lui. « Et où est Yusuf ? »

D'un geste du menton, Yiorgos indiqua le patio à l'arrière. « Là-bas, en train d'arroser les plantes. Il leur chante des chansons, tu savais ça ?

— Vraiment ?

— Oui, et tous les jours il fait la conversation au figuier. Je le jure devant Dieu ! Le nombre de fois où je l'ai pris sur le fait... Et le plus drôle, c'est que quand il parle aux humains il bégaie et il marmonne, mais quand il parle aux plantes, c'est avec une langue d'argent – l'homme le plus éloquent que j'aie jamais entendu.

— C'est extraordinaire.

— Ouais, bon. Peut-être que je devrais me transformer en cactus pour qu'il m'adresse plus de deux mots à la file », dit Yiorgos en gloussant.

Il prit un autre verre sur le râtelier, l'essuya avec douceur et jeta un coup d'œil aigu à Kostas. « Ta mère est passée ici tout à l'heure. »

Kostas blêmit. « Ah bon ?

— Oui, elle te cherchait.

— Pourquoi ? Elle le sait, que je viens te voir. C'est elle qui m'envoie ici pour te vendre des trucs.

— Oui, mais elle voulait savoir s'il t'arrivait de venir aussi à d'autres moments, et si oui, pour quelle raison. »

Leurs regards se croisèrent brièvement.

« À mon avis, quelqu'un a dû te voir sortir d'ici avec Defne. Sur une île, les mots volent plus vite qu'un faucon – tu le sais bien.

— Qu'est-ce que tu lui as répondu ?

— Que tu es un bon garçon, et que Yusuf et moi nous sommes tous deux très fiers de toi. Je lui ai expliqué que des fois tu venais le soir pour nous donner un coup de main, c'est tout. Je lui ai dit de ne pas s'inquiéter. »

Kostas baissa la tête. « Merci.

— Écoute... » Yiorgos jeta son torchon et posa les paumes sur le comptoir. « Je comprends. Yusuf aussi. Mais il y a beaucoup de gens à Chypre qui ne comprendront jamais. Vous deux, il faut que vous soyez très prudents. Je n'ai pas besoin de te dire que les choses vont mal. À partir de maintenant, sortez séparément par la porte de derrière. Ne marchez pas ensemble. Vous ne pouvez pas prendre le risque d'être vus par un seul client.

— Et le personnel ? demanda Kostas.

— Mes employés sont fiables. Je leur fais confiance. De ce côté-là, pas de problème. »

Kostas eut un petit mouvement de la tête. « Mais tu es sûr qu'on peut continuer à venir ici ? Je ne veux pas t'attirer des ennuis.

— Ça ne nous ennuie pas, *palikari mou*, ne t'inquiète pas pour ça », dit Yiorgos.

Son visage rougit quand une pensée lui vint, peut-être un souvenir. « Mais j'espère que tu ne m'en voudras pas de te dire ça : quand on est jeune, on croit que l'amour, c'est éternel. »

Kostas sentit un froid glacial lui descendre le long de l'épine dorsale, une marée sinistre refluer sous sa peau. « Je suis navré si c'est l'expérience que tu en as, mais pour nous c'est différent. Notre amour est éternel. »

Yiorgos n'ajouta rien. Seul un être jeune peut affirmer une chose pareille, et seuls les vieux peuvent admettre que la promesse est trompeuse.

Au même instant la porte s'ouvrit et Defne fit son entrée, vêtue d'une robe vert fougère ourlée de fil d'argent, les yeux brillants. Le perroquet, Chico, tout excité à sa vue, se mit à battre des ailes et croasser son nom. « Dapnee ! Dapnee ! Bisou-bisou ! »

« Quel toupet », s'exclama Defne essoufflée, puis elle se tourna vers eux, son expression pleine d'entrain dissipant aussitôt l'humeur de la pièce. « *Yassou !* »

S'avançant vers elle, Kostas lui fit un grand sourire, en dépit de l'angoisse qui commençait à le ronger.

Le Figuier Heureux
Menu

Notre cuisine est un combiné des nombreuses cultures que cette île paradisiaque a accueillies à travers les siècles. Nos aliments sont frais, notre vin est vieux et nos recettes intemporelles.
Ici nous sommes une famille - une famille qui donne, partage, écoute, chante, rit, pleure, pardonne et, le plus important, apprécie la bonne nourriture.
Savourez !

Y & Y

—— Hors d'œuvre ——

Caviar d'aubergine au tahini
Purée de pois cassés jaunes (servie sur du pain azyme)
Poivrons farcis (dolmadakia/dolma)
Fleurs de courgette garnies en surprise
Feuilles de vigne farcies à la viande hachée et au riz

—— Potages ——

Soupe au blé aigre concassé (trahanas/tarhana)
Soupe de pêcheur affamé

—— Salades ——

Salade villageoise chypriote
Salade de pastèque et grenade avec feta fouettée
Salade de halloumi grillé à l'orange et à la menthe

—— Spécialités du chef ——

Boulettes de viande en sauce au yaourt (keftedes/dköfte)
Rôti de porc mijoté à l'origan sauvage
Filets frits de carrelet doré
Crevettes saganaki
Panse d'agneau farcie sur lit d'oignons

Moussaka épicée rôtie au four
Ragoût d'artichaut aux moules, pommes de terre et safran
Rouleaux de souvlaki au poulet - servis avec frites et tzatziki

— Entremets —

Figues rôties au four nappées de miel et accompagnées de glace à l'anis (recette secrète introduite en contrebande par une de nos clientes préférées)
Bon vieux gâteau de riz à l'ancienne (là, pas de secret)
Choux craquelin au miel (loukoumades/lokma)
Baklava nomade (grec/turc/arménien/libanais/syrien/marocain/algérien/jordanien/israélien/palestinien/égyptien/tunisien/libyen/irakien... On a oublié quelqu'un ? Si oui, prière d'ajouter)

— Alcools —

Consultez notre exquise carte des vins

— Boissons chaudes —

Café cosmopolite torréfié à la cardamome
Thé de montagne méditerranéen
Thé de caroube aux racines de pissenlit
Chocolat chaud coquin avec crème fouettée et vodka

— Pour se dégriser —

Soupe de tripes à l'ail, vinaigre, citron noir séché, sept épices et herbes (le plus ancien traitement de la gueule de bois dans tous les pays du Levant)

Saints

Chypre, 1974

Sa mère était profondément religieuse. Dans les souvenirs de Kostas, elle l'avait toujours été, mais au fil des années, la religion s'était imposée de manière croissante dans leurs vies. En haut des murs blancs, le long d'étagères en bois, dans des niches piquetées de gouttes de cire, des groupes d'icônes montaient la garde, vigiles muettes, les observant depuis un monde inconnu.

« Ne l'oublie jamais, les saints sont toujours auprès de toi, disait Panagiota. Nos yeux voient seulement ce qui est devant nous, mais pour les saints hommes c'est différent. Ils voient tout. Alors si tu fais quelque chose en cachette, *levendi mou*, ils le sauront immédiatement. Moi tu peux me berner, mais tu ne pourras jamais berner les saints. »

Enfant, Kostas avait passé bien des heures de loisir à se représenter la structure optique des yeux des saints. D'après lui, ils devaient avoir une vision à 360 degrés, un peu comme les libellules, mais il ne comptait pas que sa mère approuve cette façon de penser. Lui-même aurait été enchanté d'avoir les aptitudes d'une libellule – ce serait géant de flotter en l'air comme un hélicoptère, un vol si unique qu'il avait inspiré des scientifiques et des ingénieurs du monde entier.

Certains des souvenirs les plus nets de son enfance le montraient assis près d'un feu de tourbe à regarder sa mère cuisiner, le front se couvrant lentement d'un voile de sueur. Elle travaillait tout le temps, ses mains en portaient témoignage, la peau rêche et calleuse, les phalanges rougies à vif par les détergents.

Il n'avait que trois ans quand son père mourut, d'une maladie des poumons causée par une exposition prolongée à l'amiante. Mort noire par poussière blanche. Le minéral, extrait des pentes orientales du Troödos, était exporté de Chypre en grande quantité. D'un bout à l'autre de l'île, les compagnies minières déterraient fer, cuivre, cobalt, argent, pyrite, chrome et terre de Sienne pailletée d'or. Les entreprises internationales faisaient d'énormes profits tandis que dans les mines, les usines et les ateliers de fabrication les ouvriers locaux s'empoisonnaient peu à peu.

Kostas mettrait des années à découvrir que les épouses et les enfants des ouvriers de l'amiante souffraient d'exposition secondaire à la substance toxique. Surtout les épouses. Une disparition insidieuse, graduelle, sans diagnostic, encore moins de compensation. Elles ne savaient rien de tout cela à l'époque. Elles ignoraient que le cancer qui s'était mis à ravager les cellules de Panagiota lui était venu à force de laver chaque jour les salopettes de son mari, de le tenir dans ses bras la nuit, de respirer la poudre blanche nichée dans ses cheveux. Panagiota était malade, mais les gens qui ne la connaissaient pas bien n'auraient pas pu le deviner, en la voyant courir d'une tâche à l'autre.

Kostas se souvenait à peine de son père. Il savait que son frère aîné en gardait de nombreux souvenirs, et son cadet, nouveau-né à l'époque, aucun.

Mais lui, celui du milieu, n'en conservait qu'une épaisseur de brouillard, l'illusion frustrante que si seulement il parvenait à ouvrir le nuage de ses mains, il y trouverait le visage de son père, auquel ne manquerait plus un morceau, enfin complet.

Panagiota ne s'était pas remariée et avait élevé seule les trois garçons. Sans autre revenu depuis le décès de son mari, elle s'était mise à vendre des produits faits maison à des commerçants du coin, et au fil des années, elle avait créé sa propre entreprise. Les vrais revenus venaient de sa liqueur de caroube, une boisson belliqueuse qui vous brûlait la gorge et diffusait sa chaleur dans les veines comme un feu de camp amical, et de son frère, qui vivait à Londres et lui envoyait parfois de l'argent.

Forte, endurante, Panagiota était une mère affectueuse et sévère. Elle croyait qu'ils étaient entourés d'esprits mauvais, prêts à se repaître d'innocentes victimes. Le goudron collé aux semelles, la boue accrochée aux pneus, la poussière nichée dans les poumons, le parfum de jacinthe qui vous chatouillait le nez et même le goût de lentisque qui s'attardait sur la langue risquaient d'être viciés par leur haleine diabolique. Pour les tenir à distance, il fallait se montrer vigilant. Pourtant ils pouvaient se faufiler dans les demeures par les fentes des portes, les fissures des fenêtres, les doutes logés dans l'âme humaine.

Une bonne parade, c'était de faire brûler des feuilles d'olivier, et Panagiota le faisait régulièrement, il s'en dégageait une odeur âcre et suffocante, si invasive qu'à la longue elle s'incrustait dans votre peau. Elle faisait aussi brûler du charbon car, c'est bien connu, le diable déteste sa fumée. En se signant à maintes reprises, elle parcourait la maison en silence, les lèvres nouées dans une prière, les doigts serrés sur un *kapnistiri* en métal argenté. Chaque fois que Kostas sortait, et quand il rentrait, il devait faire le signe de croix, toujours de la main droite, sa bonne main.

Si Kostas était souffrant ou ne parvenait pas à s'endormir, Panagiota soupçonnait l'œuvre d'un mauvais œil. Pour contrer le mal, elle accomplissait une *xematiasma*, installant son fils sur un tabouret en face d'elle, un verre d'eau dans une main, une cuillerée d'huile d'olive dans l'autre. Combien de fois avait-il regardé ces gouttes dorées tomber dans l'eau, attendant de voir si elles allaient se disperser ou se concentrer pour lui permettre d'évaluer la puissance de la malédiction ? Ensuite, elle lui disait de boire l'eau, maintenant chargée d'incantations, et il s'exécutait, l'avalant jusqu'à la dernière gorgée, espérant être délivré du mal, quel qu'il soit, qui s'était emparé de lui à son insu.

Quand il était plus jeune, Kostas se glissait souvent dehors pour aller s'asseoir sous un arbre par une après-midi paisible, plongé dans un livre, tout en grignotant une tranche de pain tartinée de yaourt et un nuage de sucre. Curieux de tout, il étudiait une bûche couverte de mousse, respirait les arômes d'herbe à ail et de phytolaque, écoutait un scarabée mâchonner une feuille, et il s'étonnait que sa mère puisse tant redouter un monde si plein de merveilles.

*

La vie était structurée par des règles, et à ces règles il fallait obéir. Le sel, les œufs, le pain ne doivent pas sortir de la maison après le coucher du soleil. S'ils sortent, ils ne doivent jamais rentrer à nouveau. Répandre de l'huile d'olive est de très mauvais augure. Si cela se produit, il faut renverser un verre de vin rouge pour rétablir l'équilibre. Quand on creuse le sol, on ne doit jamais poser la pelle sur son épaule, sinon quelqu'un risque de mourir. Tout aussi important, éviter de compter les verrues sur votre corps (elles se multiplieraient) ou les pièces dans vos poches (elles disparaîtraient). De tous les jours de la semaine, le mardi est le plus défavorable. On ne devrait jamais se marier un mardi ni entamer un voyage, ni accoucher si on peut l'éviter.

Panagiota expliquait que c'était un mardi de mai, il y a des siècles, que les Ottomans s'étaient emparés de la reine des cités, Constantinople. Cela s'était produit après la chute d'une statue de la Vierge Marie, emportée vers un abri pour la protéger des désordres du siège en cours, qui s'était brisée en si petits morceaux qu'il fut impossible de la reconstituer. C'était un signe, mais les gens ne l'avaient pas compris à temps. Panagiota disait qu'il fallait toujours être attentif aux signes. Le hululement d'un hibou dans le noir, un balai qui tombe tout seul, une phalène qui vous vole dans le nez – tout cela ne présage rien de bon. Elle croyait que certains arbres étaient chrétiens, d'autres mahométans, d'autres païens, et il fallait vous assurer de bien planter les bons dans votre jardin.

Elle était particulièrement méfiante sur trois points : s'asseoir sous un noyer, parce que ça donne des cauchemars ; planter un *koutsoupia*, l'arbre de Judas, parce que Judas s'était pendu à ses branches après avoir trahi le Fils de Dieu ; et couper un lentisque, connu pour avoir pleuré deux fois au cours de sa longue histoire, une fois quand les Romains ont torturé un martyr chrétien, et une fois quand les Ottomans ont conquis et envahi Chypre.

Chaque fois que sa mère tenait ce genre de propos, Kostas sentait son cœur se serrer. Il adorait tous les arbres, sans exception, quant aux jours de la semaine, pour ce qui le concernait ils se divisaient en deux groupes uniquement : ceux qu'il passait avec Defne, et ceux où il souffrait de son absence.

À une ou deux reprises il avait essayé, puis rapidement changé d'avis. Il savait qu'il ne pourrait jamais avouer à sa mère qu'il était amoureux d'une jeune Turque musulmane.

Le château

Londres, fin des années 2010

Toute la matinée, qu'elle passa à regarder la tempête grossir en ouragan, Ada resta dans sa chambre. Elle sauta le petit déjeuner et le déjeuner, en se nourrissant d'un sachet de pop-corn retrouvé dans son sac d'école. Son père était venu à deux reprises prendre de ses nouvelles, mais chaque fois elle l'avait renvoyé en prétextant des devoirs de préparation au certificat général.

Plus tard dans la journée, on frappa à sa porte. Un coup fort, insistant. Ada ouvrit, et trouva sa tante sur le seuil.

« Quand est-ce que tu comptes sortir ? » interrogea Meryem, l'éclat de son collier à perle du mauvais œil réfléchissant la lumière du plafonnier.

— Désolée, j'ai des choses à faire... des *devoirs* », répondit Ada, insistant sur le dernier mot qui avait toujours un effet calmant sur les adultes – une fois que vous l'aviez prononcé, ils vous laissaient toujours tranquille.

Sauf que ça ne semblait pas marcher sur sa tante. Au contraire, elle parut fâchée. « Pourquoi les écoles anglaises font des choses pareilles ? Regarde-toi, enfermée dans ta chambre comme un prisonnier à un âge aussi jeune. Allez, viens, oublie les devoirs. On va cuisiner.

— Je ne peux pas *oublier* les devoirs, vous êtes censée m'encourager à étudier, riposta Ada. Et de toute façon, je ne sais pas faire la cuisine.

— Parfait, je vais t'apprendre.

— Je n'aime même pas ça. »

Les yeux noisette de Meryem étaient insondables. « Ça ne peut pas être vrai. Allez, viens faire un essai. Tu connais le dicton : "Si tu arrives dans un village heureux, cherche le cuisinier."

— Désolée, dit Ada d'un ton sans appel. Il faut vraiment que je m'y mette. »

Lentement, elle referma la porte, laissant sa tante debout dans le vestibule avec ses accessoires et ses proverbes, s'effaçant comme une simple photo de famille sur le mur.

*

L'année où elle était entrée à l'école primaire, Ada prenait le bus scolaire toutes les après-midi. L'arrêt était au bout de sa rue. Comme au retour elle arrivait toujours à peu près à la même heure, elle trouvait sa mère qui l'attendait devant le portail, les yeux fixés dans le vague, battant la grille du bout de sa pantoufle comme au rythme d'une mélodie qu'elle seule pouvait entendre. Qu'il neige ou qu'il pleuve, Defne était toujours là, dehors. Mais un jour, à la mi-juin, elle n'y était pas.

Ada descendit du bus, tenant soigneusement en équilibre sur ses paumes l'œuvre d'art qu'elle avait exécutée en classe. Elle avait construit un château avec des pots de yaourt, des bâtons de sucette et des boîtes d'œufs. Les tours étaient faites de tuyaux en carton, peints d'un orange éclatant. Les douves qui l'entouraient, en emballage de chocolat, brillaient au soleil couchant comme du vif-argent. Elle avait mis toute l'après-midi à achever son chef-d'œuvre, qu'elle avait hâte de montrer à ses parents.

À peine entrée dans la maison, Ada fit une pause, figée sur place par une chanson qui résonnait en fond sonore, fort, bien trop fort.

« Maman ? »

Elle trouva sa mère dans la chambre de ses parents, assise sur une banquette près de la fenêtre, le menton lové dans la main. Son visage était blême, presque translucide, comme vidé de tout son sang.

« Maman, ça va ?

— Hmmm ? » Defne se retourna, clignant fiévreusement des yeux, l'air désorienté. « Trésor, tu es là. Quelle heure est-il ? » Elle avait la voix empâtée, brouillée. « Déjà rentrée ?

— Le bus m'a déposée.

— Oh chérie, je suis désolée. Je suis venue m'asseoir ici un moment. J'ai dû perdre conscience du temps. »

Ada ne pouvait détacher le regard des yeux de sa mère – enflés, cerclés de rouge. Doucement, elle posa le château sur le sol.

« Tu pleurais ?

— Non… juste un peu. Aujourd'hui c'est un jour spécial. Un anniversaire triste. »

Ada se rapprocha.

« J'avais deux amis chers. Yusuf et Yiorgos. Ils dirigeaient cet endroit merveilleux, un restaurant. Oh, la nourriture était géniale ! Tu pouvais te remplir l'estomac rien qu'en respirant ces odeurs délicieuses. »

Defne se retourna vers la fenêtre, la lumière du soleil lui tombant sur les épaules comme un châle de fil d'or.

« Qu'est-ce qui leur est arrivé ?

— Pouf ! » Sa mère claqua des doigts comme un magicien qui vient de réussir un tour compliqué. « Ils ont disparu. »

Elles se turent toutes deux. Dans le silence, Defne hocha la tête, résignée. « Il y avait tant de gens portés disparus à Chypre, à l'époque. Leurs proches les attendaient, espérant qu'ils étaient toujours en vie, retenus prisonniers quelque part. C'étaient des années atroces. » Elle releva le menton, serra les lèvres si fort qu'elles devinrent d'une pâleur maladive. « Les gens des deux côtés de l'île ont souffert – et des deux côtés ils étaient furieux si on le disait tout haut.

— Pourquoi ?

— Parce que le passé est un miroir sombre, déformant. Tu le regardes, tu ne vois que ton propre chagrin. Il n'y a là aucune place pour la douleur des autres. »

Notant la perplexité sur le visage d'Ada, Defne s'efforça de sourire – un sourire mince comme une cicatrice.

« Alors ils avaient de la crème glacée dans leur restaurant ? demanda Ada, formulant la première question qui lui vint à l'esprit.

— Ah, tu peux en être sûre. Ils avaient des desserts fabuleux, mais mon préféré c'était les figues rôties au four nappées de miel et accompagnées de glace à l'anis. C'était un mélange inhabituel de saveurs – sucré, épicé, juste un peu acide. »

Defne s'interrompit.

« Je t'ai déjà parlé de ton grand-père ? Il était chef cuisinier, tu le savais ? »

Ada fit signe que non.

« Il était chef de cuisine d'un hôtel connu – le Ledra Palace. Tous les soirs ils organisaient de grands dîners. Mon père préparait cet entremets-là pour les invités. Il l'avait appris auprès d'un chef italien. Mais je connaissais la recette, et j'en ai parlé à Yusuf et Yiorgos. Elle leur a tellement plu qu'ils l'ont ajoutée eux aussi à leur menu. J'étais fière mais j'avais peur que ça ne vienne aux oreilles de mon père. Je me faisais du souci à cause d'un fichu dessert ! C'est d'une telle naïveté, les choses qui nous inquiètent quand on est jeune. » Defne fit un clin d'œil comme si elle lui confiait un secret. « Tu sais, je ne cuisine jamais. Je le faisais, autrefois. J'ai arrêté. »

Une nouvelle chanson commença en arrière-fond. Ada tenta de saisir les paroles en turc – en vain.

« Je ferais mieux d'aller me laver la figure », dit Defne en se levant.

Elle faillit perdre l'équilibre et bascula en avant, mais parvint à se rétablir in extremis. Ada entendit les pots de yaourt craquer sous ses pieds.

« Oh Seigneur, qu'est-ce que je viens de faire ? »

Defne se pencha, ramassa les tuyaux de carton écrabouillés.

« C'était à toi ? »

Ada ne dit rien, craignant si elle ouvrait la bouche d'éclater en sanglots.

« Tu as fait ça à l'école ? Je suis désolée, chérie. Qu'est-ce que c'était ? »

Ada parvint à former les mots. « Un château.

— Oh, trésor. »

Quand Defne l'attira dans ses bras, Ada sentit tout son corps se raidir. Elle se recroquevilla comme écrasée par un poids invisible auquel elle n'aurait pu donner un nom. À cet instant, elle sentit l'alcool sur l'haleine de sa mère. Cela ne ressemblait pas au vin que ses parents commandaient quand ils allaient tous dans un bon restaurant, ou au champagne dont on faisait sauter le bouchon lors de fêtes entre amis. C'était différent – âcre, métallique.

Ça sentait mauvais.

*

Plus tard dans l'après-midi, Ada sortit de sa chambre, affamée, et se traîna jusqu'à la cuisine. Sa tante était là, en train de faire la vaisselle, les poignets plongés dans l'eau de l'évier, en train de regarder une sorte de feuilleton en turc sur son téléphone.

« Salut !

— Hein ? » Meryem sursauta. « Tu m'as fait peur. » Elle s'enfonça le pouce dans la bouche.

Ada l'examina d'un œil narquois. « C'est ça que tu fais quand tu as peur ?

— Bien sûr, dit Meryem. Et les Anglais, ils font quoi ? »

Ada haussa les épaules.

« Ton père est encore allé vérifier son figuier, dit Meryem en éteignant son téléphone. Dehors dans la tempête. Je lui ai dit qu'il faisait trop froid pour sortir, le vent est féroce, mais il ne m'a pas écoutée. »

Ada ouvrit le réfrigérateur et en sortit une bouteille de lait. Elle attrapa le paquet de ses céréales préférées et en versa une portion dans un bol.

Sourcils froncés, Meryem l'observait. « Ne me dis pas que tu vas manger ce repas de vieux garçon ?

— J'aime bien les céréales.

— Ah bon ? Je trouve qu'elles ont toutes un goût de chewing-gum. Les graines ne sont pas censées avoir cette mine-là. Elles ont l'air malades. »

Ada prit une chaise et se mit à manger, avec maintenant le sentiment exacerbé que les céréales avaient un goût douceâtre bizarre.

« Alors c'est votre père qui vous a appris à cuisiner ? Il était chef, non ? »

Meryem se figea. « Tu as entendu parler de Baba ?

— Maman m'en a parlé – une seule fois. Elle avait bu, si vous voulez savoir. Autrement elle ne parlait jamais de Chypre. Personne n'en parle jamais dans cette maison. »

Meryem reprit sa vaisselle, et resta silencieuse un moment. Elle rinça un gobelet, le posa à l'envers sur le séchoir et demanda prudemment : « Qu'est-ce que tu veux savoir ?

— Tout, répondit Ada. J'en ai par-dessus la tête qu'on me traite comme une enfant.

— Tout, lui fit écho Meryem. Mais personne ne sait tout. Ni moi ni ton père... nous saisissons seulement des pièces et des morceaux, chacun de nous, et parfois tes morceaux ne collent pas avec les miens et alors à quoi ça sert de parler du passé, ça ne fait que blesser tout le monde. Tu sais ce qu'on dit, retiens ta langue prisonnière dans ta bouche. La sagesse se compose de dix parties : neuf de silence, une de mots. »

Ada croisa les bras. « Je ne suis pas d'accord. Il faut toujours parler haut, peu importe ce qu'on dit. Je ne comprends pas de quoi vous avez tous tellement peur. D'ailleurs, j'ai déjà lu des tas de choses là-dessus. Je sais qu'il y a eu beaucoup d'inimitié et de violence entre les Grecs et les Turcs. Les Brits étaient impliqués aussi – on ne peut pas ignorer la colonisation. C'est évident. Je ne vois pas pourquoi mon père fait tellement chut-chut comme si tout ça était secret. Il ne se rend pas compte qu'on peut tout lire sur Internet. Les gens de mon âge n'ont pas peur de poser des questions. Le monde a changé. »

Meryem ôta la bonde de l'évier, regarda l'eau gargouiller dans le siphon en cercles agités. Elle s'essuya les mains sur son tablier et sourit d'un sourire qui n'arrivait pas jusqu'à ses yeux. « Le monde a tellement changé ? J'espère que tu as raison. »

*

Tenant le chef-d'œuvre détruit dans ses paumes comme un oiseau blessé, sa mère lui parla de Chypre cette après-midi-là, et de choses auxquelles elle n'avait jamais fait allusion auparavant.

« Je suis née près de Kyrenia, ma chérie. Je connais un château, juste comme celui que tu as construit, sauf que le mien était en hauteur sur les rochers. Il paraît que Disney s'en est inspiré. Tu te rappelles *Blanche Neige* ? Le palais de la méchante reine, entouré de buissons sauvages et de falaises terrifiantes ? »

Ada fit signe que oui.

« Ce château portait le nom d'un saint de Palestine – saint Hilaire. Il était ermite.

— C'est quoi ?

— Un ermite se cache du monde. Ce n'est pas un misanthrope, soyons bien clairs. Un ermite ne déteste pas les êtres humains, il les aime, en fait, c'est juste qu'il ne veut pas se mêler à eux. »

Ada hocha la tête à nouveau, bien que pour elle cela ne clarifie rien.

« Saint Hilaire était un voyageur. Il est allé en Égypte, en Syrie, en Sicile, en Dalmatie… et puis il est arrivé à Chypre. Il secourait les pauvres, nourrissait les affamés, guérissait les malades. Il avait une mission importante : se tenir éloigné de la tentation.

— C'est quoi, la tentation ?

— Mettons que je te donne une barre de chocolat mais que je te demande de ne pas la manger avant demain. Tu la ranges dans un tiroir, mais après tu ouvres le tiroir, juste pour vérifier qu'elle est toujours là, et tu penses : "Pourquoi je ne peux pas en prendre une bouchée ?" Et tu finis par tout avaler. C'est ça la tentation.

— Et le saint n'aimait pas ça ?

— Non, il ne raffolait pas du chocolat. Saint Hilaire était résolu à libérer Chypre de tous les démons. Il arpentait les vallées de haut en bas, exterminant les lutins, assommant les bêtes infernales, jusqu'à ce qu'un jour il arrive à Kyrenia et grimpe sur les rochers pour avoir une bonne vue de toute l'île. Il pensait avoir à peu près accompli sa tâche, et pouvoir naviguer vers un autre port. Satisfait de lui-même, il observait les alentours, les villages qui dormaient paisibles au loin, grâce à son dur labeur. Mais soudain il entendit une voix : "Oh Hilaire, fils de Gaza, vagabond égaré… Tu es bien sûr d'avoir écrasé tous les démons de l'enfer ?" "Bien sûr que oui, répliqua le saint, avec un brin d'arrogance. Si jamais il en reste, montre-les-moi, mon Dieu, et je les vaincrai sur-le-champ." La voix reprit : "Et ceux de l'intérieur ? Tu les as tués aussi ?" Alors le saint comprit qu'il avait détruit les démons aussi loin que l'œil pouvait voir, mais pas ceux qu'il avait en lui. Et tu sais ce qu'il a fait ?

— Quoi ?

— Pour ne plus entendre les voix immorales, impies à l'intérieur de sa tête, saint Hilaire s'est versé de la cire fondue dans les oreilles. Horrible, non ? Ne fais jamais ça ! Il a détruit son audition et refusé de redescendre de la montagne. Une année s'est écoulée, puis une autre, et le saint a commencé à penser que même s'il était heureux dans son silence, d'autres bruits lui manquaient : le bruissement des feuilles, le babillage d'un ruisseau, le clapotis de la pluie, et surtout le chant des oiseaux. Les animaux, voyant sa tristesse, lui ont apporté toute sorte d'objets brillants pour le réconforter. Des bagues, des colliers, des boucles d'oreille, des diamants… Mais le saint n'avait pas de goût pour les richesses. Il a creusé un trou et tout enterré. C'est pourquoi maintenant les gens qui montent au château cherchent en secret le trésor.

— Vous y êtes allés, papa et toi ?

— Oui, *canim*. On y a même passé la nuit. Nous nous étions promis, en dépit de tout ce que pourraient dire nos familles et nos proches, de nous marier, et si jamais nous avions un enfant, de lui donner le nom de notre île. Si c'était un garçon, un nom grec – Nisos. Si c'était une fille, un nom turc – Ada. Nous ne savions pas à l'époque que cela signifiait aussi que nous n'y retournerions plus jamais.

— Vous avez trouvé le trésor ? demanda Ada, juste parce qu'elle espérait ainsi faire virer la conversation vers un sujet plus réjouissant.

— Non, mais nous avons trouvé bien mieux, une chose sans prix. Toi ! »

Ada comprendrait plus tard ce qu'elle entendait par là. Son père et sa mère avaient passé la nuit près du château et c'est là qu'elle avait été conçue, en ce lieu où, il y a des siècles, un saint solitaire avait livré un combat perdu d'avance à ses propres démons.

Figuier

Au cours de l'année 1974, Kostas se rendit souvent au Figuier Heureux – à la fois pour y rencontrer Defne en secret et pour apporter les gourmandises que sa mère préparait à la maison.

Je me rappelle une après-midi tiède où les deux propriétaires de la taverne, debout de chaque côté de moi, bavardaient avec Kostas.

« Dis à ta maman que sa liqueur de caroube était divine. Apportes-en davantage, disait Yiorgos.

— Ce n'est pas pour les c-c-clients qu'il en redemande, intervint Yusuf, les yeux pétillants. C'est t-t-tout pour lui.

— Et quel mal il y a à ça ? protesta Yiorgos. La liqueur est le nectar des dieux.

— Le miel, p-p-pas la liqueur. » Yusuf secoua la tête. Il était abstinent, le seul de la taverne.

« Du miel, du lait, du vin… si ce régime est assez bon pour Zeus, il doit être assez bon pour moi. » Yiorgos fit un clin d'œil à Kostas. « Et des *pastelli*, s'il te plaît. Il nous en faut d'autres de toute urgence. »

Dernièrement, Kostas avait commencé à vendre les barres de sésame au miel de sa mère. Panagiota suivait la recette ancienne, avec une légère note moderne. Le secret tenait à la qualité du miel, et à la petite touche de lavande qu'elle ajoutait pour son arôme singulier et son goût de terre.

En se dirigeant vers la porte, Kostas sourit. « Je vais le dire à ma mère – elle sera ravie. Nous avons cinq caroubiers. Et de la peine à satisfaire la demande. »

J'avoue que j'ai ressenti une pointe de jalousie en l'entendant dire cela. Pourquoi faire l'éloge de ces caroubes caoutchouteuses avec leurs gousses dures comme du cuir et leur pulpe jaunâtre ? Elles n'ont rien d'exceptionnel.

C'est vrai, les caroubiers sont dépositaires d'une grande sagesse, ils sont là depuis plus de quatre mille ans. On les appelle *keration*, « corne », en grec ; *keciboynuzu*, « corne de chèvre », en turc (voilà au moins un point sur lequel Grecs et Turcs peuvent tomber d'accord). Avec ses branches robustes, son écorce épaisse et rugueuse, ses graines dures comme des cailloux, protégées par une coque imperméable, cet arbre peut survivre aux climats les plus secs. Si vous voulez mesurer leur endurance, allez les voir à l'époque de la cueillette. Les humains ont des façons on ne peut plus étranges de ramasser les caroubes, en frappant les gousses à coups de bâton, des filets étendus largement sous les arbres. C'est un spectacle violent.

Alors oui, les caroubiers sont costauds. Je leur reconnais cette qualité. Mais à la différence de nous, les figuiers, ils sont entièrement dépourvus d'émotions. Ils sont froids, pragmatiques et n'ont aucune âme. Leur perfectionnisme me porte sur les nerfs. Leurs graines sont pratiquement toujours identiques en poids et en taille, d'une telle uniformité que dans l'ancien temps les marchands s'en servaient pour peser l'or – c'est d'elles que vient le mot « carat ». C'était la culture la plus importante de l'île, son principal produit d'exportation. Alors vous voyez, là d'où je viens, il y a un peu de compétition entre les caroubes et les figues.

Les figues sont sensuelles, tendres, mystérieuses, émotives, lyriques, spirituelles, autonomes et introverties. Les caroubes veulent que tout soit sans mélo, matériel, pratique, mesurable. Interrogez-les sur les mouvements du cœur, vous n'obtiendrez aucune réaction. Pas le moindre frémissement. Si un caroubier devait raconter cette histoire, je vous garantis qu'elle serait très différente de la mienne.

*

Il existe un caroubier à Nicosie qui vit avec deux balles logées à l'intérieur de son tronc. Ils ont appris à vivre ensemble, fondus en un seul être, métal et plante. Kostas l'ignorait, mais sa mère rendait visite à cet arbre de temps en temps, accrochait des offrandes votives à ses branches, appliquait du baume sur ses entailles, embrassait son écorce blessée.

Nous étions en 1956. Kostas n'était pas encore né, mais moi j'étais là, bien vivant. C'était une époque terrible. Tous les soirs au crépuscule, Nicosie était soumise au couvre-feu. Les nouvelles à la radio parlaient d'assauts sanglants contre des militaires mais aussi des civils. Nombre d'expatriés britanniques, parmi eux des écrivains, poètes et artistes, quittaient cette île où ils avaient leur foyer, ne se sentant plus en sécurité. Certains, comme Lawrence Durrell, portaient un pistolet pour se défendre. Au cours d'un seul mois, Novembre noir comme on l'appelait, il y avait eu quatre cent seize attaques terroristes – bombes, fusillades, embuscades et exécutions à bout portant. Les victimes étaient des Britanniques, des Turcs, des Grecs en désaccord avec les buts ou les méthodes de l'EOKA.

Nous aussi, les arbres, nous avons souffert, même si personne ne s'en souciait. C'est pendant cette année-là que des forêts entières ont brûlé au cours de la traque d'insurgés qui se cachaient dans les montagnes. Pins, cèdres, conifères... tous réduits à des chicots. À peu près à la même époque, le premier barrage fut érigé entre les communautés grecques et turques de Nicosie – une haie de fils barbelés avec poteaux et portes métalliques qui pouvaient se fermer rapidement si et quand la violence explosait. Un gros figuier de Barbarie, pris au piège par cet obstacle imprévu, continua cependant à croître, étendant ses bras verts à travers les mailles, se tordant et se courbant tandis que l'acier tranchait dans sa chair.

Ce jour-là le soleil venait d'entamer sa descente et l'heure du couvre-feu approchait. Les rares habitants encore dans les rues se hâtaient de rentrer chez eux, pour ne pas se faire prendre par les patrouilles de soldats. Hormis un homme aux joues creuses et aux yeux verts comme une rivière de montagne. Il ne semblait pas du tout pressé, fumait paisiblement tout en avançant sur la route, le regard fixé au sol. Derrière le mince écran de fumée ses traits étaient tirés, pâles. Cet homme était le grand-père de Kostas. Il portait le même nom que lui, Kostas.

Quelques minutes plus tard, un groupe de soldats britanniques tournèrent le coin de la rue. Ils patrouillaient d'habitude par groupes de quatre, mais cette fois-là ils étaient cinq.

L'un des soldats, apercevant la silhouette devant eux, vérifia sa montre puis cria en grec : « *Stamata !* »

Mais l'homme ne s'arrêta ni ne ralentit. Au contraire, il semblait même marcher plus vite, maintenant.

« Halte ! ordonna un autre soldat en anglais. Eh, toi là-bas. Arrête-toi. Je te préviens. »

Mais le suspect ne frémit pas, il continua juste à avancer.

« *Dur !* » Cette fois les soldats hurlèrent en turc. « *Dur dedim !* »

L'homme venait d'atteindre le bout de la rue où un vieux caroubier surplombait une clôture brisée. Il aspira une bouffée de sa cigarette et retint la fumée. Sa bouche s'étirait mince et large, et à cet instant lui donnait l'air de sourire, comme s'il se moquait des soldats qui le suivaient.

« *Stamata !* » Dernier avertissement.

Les soldats ouvrirent le feu.

Le père de Panagiota tomba au pied du caroubier, sa tête heurtant la base du tronc. Un bruit étouffé lui échappa, puis un très mince filet de sang. Tout se déroula trop vite. À l'instant il retenait son souffle et l'instant d'après il était à terre, criblé de balles crachées par une rangée d'armes à feu, dont deux qui sifflèrent en le frôlant et percèrent le tronc du caroubier.

Quand les soldats s'approchèrent du corps pour lui faire les poches, ils ne trouvèrent aucun pistolet ni arme d'aucune sorte. Ils lui prirent le pouls, mais c'était fini. La famille fut avertie le lendemain matin, ses enfants informés qu'il avait ouvertement défié les ordres, en dépit d'avertissements répétés.

C'est alors seulement que la vérité fut révélée. Kostas Eliopoulos, âgé de cinquante et un ans, était sourd de naissance. Il n'avait pas entendu un seul des mots qu'on lui avait criés, que ce soit en grec, en turc ou en anglais. Panagiota, toute jeune mariée à l'époque, n'oublierait jamais, ne pardonnerait jamais. Quand elle donna naissance à son premier fils, elle était résolue à le faire baptiser du nom de son père, mais son mari se montra intraitable, leur fils aîné porterait le nom de son père à lui. Alors quand leur deuxième fils vint au monde, il était hors de question que Panagiota accepte un nouveau refus. Ainsi Kostas Kazantzakis reçut le nom de son grand-père, un homme innocent, sourd, tué sous un caroubier.

Même si j'apprécie peu les caroubiers et leur esprit de compétition, je me dois donc de les inclure dans notre récit. À l'instar de tous les arbres qui de manière pérenne communiquent, rivalisent et coopèrent, sur et sous terre, les histoires germent, poussent et fleurissent en se partageant des racines invisibles.

Boîte à musique

Londres, fin des années 2010

Au deuxième jour de tempête, dans la matinée, la ville tout entière s'assombrit, comme si la nuit avait enfin gagné son éternel combat contre le jour. Une pluie cinglante tailladait l'air, et juste au moment où elle semblait devoir se prolonger sans fin, elle battit en retraite, cédant la place à un blizzard venu du nord.

Cloîtrés à l'intérieur, ils étaient assis tous trois au salon à regarder les nouvelles. La pluie torrentielle avait fait déborder les rivières, inondant des milliers d'habitations et d'établissements commerciaux dans tout le pays. Il y avait eu des glissements de terrain dans le Lake District. La toiture d'un immeuble dans une rue très passante de Londres avait été complètement arrachée par la tornade, écrasant plusieurs voitures et faisant plusieurs blessés. Des arbres abattus bloquaient les routes et les voies ferrées. D'après les bulletins météorologiques le pire était encore à venir, les gens devaient rester chez eux sauf nécessité absolue.

Quand ils éteignirent la télévision, Meryem poussa un soupir bruyant en secouant la tête. « Des signes d'apocalypse, voilà ce que je ressens. J'ai peur que ce soit bientôt la fin pour l'humanité.

— C'est le réchauffement climatique, dit Ada, sans lever les yeux de son téléphone. Pas un Dieu vengeur. C'est nous qui sommes la cause de tout ça. Il y aura encore plus de déluges et d'ouragans si on n'agit pas maintenant. Personne ne viendra nous sauver. Bientôt ce sera trop tard pour les barrières de corail, pour les papillons monarques. »

Kostas, qui l'écoutait avec attention, approuva de la tête. Il allait dire quelque chose, mais se retint, voulant laisser à Ada l'occasion de se rapprocher de sa tante.

Meryem se frappa le front. « Ah oui, les papillons ! Maintenant je m'en souviens. Où avais-je l'esprit ? J'ai oublié de te donner une chose importante. Viens avec moi. C'est dans ma chambre – quelque part ! »

Mais Ada s'était déjà détachée de la conversation, à la vue d'un nouveau commentaire cruel posté sous sa vidéo. Il lui fallut plusieurs secondes pour comprendre ce que sa tante demandait.

« Vas-y, chérie. » Kostas fit un geste du menton en guise d'encouragement.

À contrecœur, Ada se leva. Désormais sa vidéo avait eu tellement de vues qu'elle était devenue virale. De parfaits inconnus commentaient sa conduite comme s'ils la connaissaient depuis toujours. Des mèmes, des caricatures. Pas tous méchants, pourtant. Il y avait aussi des messages de soutien, beaucoup, en fait. Une femme en Islande s'était enregistrée devant un paysage magnifique, hurlant à pleins poumons tandis qu'un geyser soufflait à l'arrière-plan. En dessous, un hashtag dont Ada avait remarqué que d'autres l'utilisaient aussi : #estcequetumentendsmaintenant

Sans trop savoir que penser de tout cela, mais pressée d'échapper un peu à l'enchevêtrement de ses pensées, Ada glissa le mobile dans sa poche et suivit sa tante.

*

Quand elle entra dans la chambre d'amis, Ada faillit ne pas reconnaître la pièce. Devant les murs de teinte lilas et les meubles vert pastel choisis avec tant de soin par sa mère, les valises de sa tante s'étalaient, ouvertes comme des animaux blessés, saignants, ses vêtements, chaussures et accessoires répandus partout.

« Désolée pour la pagaille, *canim*, dit Meryem.

— Pas de problème.

— Pour moi c'est la faute de la ménopause. Toute ma vie j'ai rangé derrière ma sœur, mon mari, mes parents. Même quand j'allais au restaurant, je rangeais la table pour ne pas faire mauvaise impression sur le serveur. Parce que c'est *ayip*. Tu connais ce mot ? Ça veut dire "honte". C'est le mot de ma vie. *Ne mets pas de jupes courtes. Serre les jambes quand tu t'assois. Ne ris pas bruyamment. Les filles ne font pas ci. Les filles ne font pas ça. C'est ayip.* J'ai toujours été ordonnée et méthodique, mais il s'est produit quelque chose récemment. Je n'ai plus envie de nettoyer derrière moi. Je ne veux plus m'en soucier. »

Ahurie par ce soliloque, Ada eut un léger mouvement d'épaule. « Ça ne me gêne pas.

— Bien. Viens t'asseoir. »

Écartant un lot de colliers, Meryem libéra une petite place sur le lit. Ada se percha là et contempla avec surprise l'amas d'objets de part et d'autre.

« Oh, regarde ce que j'ai trouvé, dit Meryem, en extirpant de sous une pile de vêtements une boîte de loukoums qu'elle ouvrit. Je me demandais où elle était passée. J'en ai apporté cinq. Tiens, prends-la.

— Non, merci, je n'aime pas trop les sucreries », dit Ada, un peu déçue que la chose importante que voulait lui donner sa tante soit une boîte de confiserie.

« Vraiment ? Je croyais que tout le monde aimait les douceurs. »

Meryem se jeta un loukoum dans la bouche et le suçota pensivement.

« Tu es tellement maigre. Tu n'as pas besoin de te mettre au régime.

— Je ne suis pas au régime.

— D'accord. Je disais ça comme ça. »

Avec un soupir, Ada se pencha en avant et prit un loukoum. Ça faisait longtemps qu'elle n'y avait pas goûté. Le parfum d'eau de rose et la consistance gluante lui rappelèrent des souvenirs du passé, des choses qu'elle croyait à jamais oubliées.

Ada avait sept ans quand elle vit une boîte en velours vert juste comme celle-ci sur le lit de sa mère. S'attendant à y trouver une friandise, elle l'ouvrit sans réfléchir. Dedans il n'y avait que des pilules, de taille et de couleur variées. Ça ne paraissait pas normal, tous ces comprimés et ces capsules cachés dans un si joli récipient. Elle avait éprouvé soudain comme un étau, une sensation nauséeuse au creux de l'estomac. À dater de ce jour, de temps en temps elle vérifiait la boîte, en voyait le contenu diminuer rapidement, et aussi vite se renouveler. À aucun moment elle n'avait trouvé le courage de demander à sa mère pourquoi elle gardait la boîte sur sa table de chevet ni pourquoi elle consommait chaque jour tant de médicaments.

Tout en avalant son loukoum, Ada examina les vêtements répandus sur le tapis. Une veste corail brodée de perles, une robe bleu électrique aux manches bouffantes en organza, un chemisier à fronces en imprimé léopard, une jupe vert pistache en tissu si luisant qu'on pouvait y voir son propre reflet…

« Ouaahh, vous êtes vraiment portée sur les couleurs !

— C'est ce que je voudrais, dit Meryem avec un coup d'œil à la robe qu'elle portait ce jour-là – gris anthracite, simple, ample. Toute ma vie j'ai porté du noir, du marron et du gris. Ta maman se moquait de mes goûts. Elle disait que j'étais la seule ado qui s'habillait comme une veuve. Je ne crois pas que j'étais la seule, mais elle n'avait pas tort.

— Mais tous ces vêtements, alors, ils ne sont pas à vous ?

— Si. J'ai commencé à en acheter dès que j'ai signé les papiers du divorce. Mais je ne les ai jamais portés. Je les gardais juste dans l'armoire avec leurs étiquettes. Quand j'ai décidé de venir à Londres, je me suis dit : "Meryem, voilà ta chance. Personne ne te connaît en Angleterre, personne ne te dira que c'est *ayip*. Si tu ne le fais pas maintenant, quand le feras-tu ?" Du coup je les ai tous apportés avec moi.

— Mais alors pourquoi ne pas les mettre ? »

Les joues de Meryem se teintèrent de rose vif. « Je ne peux pas. Ils sont trop olé olé pour mon âge, tu ne crois pas ? Les gens rigoleraient de moi.

Tu sais ce qu'on dit : "Mange à ton goût, habille-toi au goût des autres."

— Dehors il y a un ouragan, on est coincés à la maison. Qui va se moquer de vous ? Et en plus, qui ça gêne ? »

À peine avait-elle émis cette opinion qu'Ada vacilla, sentant le poids de son téléphone dans sa poche, la froideur du métal et tous les mots vicelards qu'il contenait. Elle faillit dire à sa tante qu'elle devrait moins se soucier de ce que pensaient les autres, qu'il y a des gens méchants, et que ça ne devrait avoir aucune importance qu'ils se moquent de vous ou pas. Mais elle ne pouvait rien dire de tel alors qu'elle-même n'y croyait pas.

Mordillant l'intérieur tendre de sa joue, Ada releva les yeux. En face d'elle, dans l'armoire ouverte, elle aperçut le seul vêtement qui était correctement disposé sur un cintre : un long manteau en fourrure duveteuse.

« C'est de l'imitation, j'espère, ce truc.

— Quel truc ? » Meryem pivota sur ses talons. « Ah, ça ? Cent pour cent lapin.

— Quelle horreur ! Tuer des animaux pour leur fourrure, c'est honteux.

— On mange du ragoût de lapin à Chypre, dit calmement Meryem. C'est très bon avec de l'ail haché, des oignons grelots. J'ajoute aussi un bâton de cannelle.

— Je ne mange pas de lapin. Vous ne devriez pas non plus.

— Je ne l'ai pas acheté, si ça peut te rassurer. C'était un cadeau – de mon mari. Il me l'a rapporté de Londres, 1983, juste avant le Nouvel An. Osman m'appelle au téléphone. Il me dit : "J'ai une surprise pour toi." Et il débarque avec cette fourrure. À Chypre ! Par une chaleur torride. J'ai toujours soupçonné qu'il l'avait achetée pour quelqu'un d'autre, et puis changé d'avis. Peut-être une maîtresse qui vivait dans un pays froid. Il voyageait beaucoup – pour "affaires". Il avait toujours une excuse – si une chatte veut manger ses chatons, elle dira qu'ils ont l'air de souris. Osman était pareil. En tout cas, il avait acheté le manteau chez Harrods, ça a dû lui coûter bonbon, je parie. À l'époque c'était normal de porter de la fourrure. Enfin, je veux dire, je sais que ce n'est pas normal, mais ça se faisait, même Margaret Thatcher en portait. C'est le jour où l'IRA a fait sauter une bombe chez Harrods. Mon mari aurait pu mourir – un touriste idiot en train de chercher un cadeau pour sa maîtresse qu'il a fini par offrir à sa femme. »

Ada garda le silence.

Meryem s'approcha de l'armoire et caressa le manteau d'un air distrait, parcourant le bord de son col du dos de la main. « Je ne savais pas quoi en faire. Il était trop chargé d'histoire, tu comprends ? Je ne l'ai jamais mis. Comment j'en aurais eu besoin à Nicosie ? Mais là encore, quand j'ai décidé de venir vous voir, et que j'ai entendu annoncer cette tempête, je me suis dit : "Ça y est. Voilà l'occasion que j'attendais. Enfin je vais pouvoir le porter."

— Qu'est-ce qui est arrivé à votre mari ? demanda prudemment Ada.

— Ex-mari. Il faut que je m'habitue à l'appeler comme ça. En tout cas, il m'a quittée. Pour épouser une femme plus jeune. La moitié de son âge. Elle est enceinte. Sur le point d'accoucher. Un garçon. Osman est fou de joie.

— Vous n'avez pas d'enfants ?

— On a essayé... pendant des années on a essayé, mais ça n'a jamais marché. »

Meryem s'étira comme si elle se réveillait, le visage sombre.

« Ah, voilà que j'oublie encore. Je t'ai apporté quelque chose. »

Elle fouilla dans une valise, jeta de côté quelques écharpes et paires de bas, et sortit un paquet cadeau. « Ah, le voilà. Prends, prends. C'est pour toi. »

Ada tendit la main vers le paquet qui lui était présenté, et déchira lentement l'emballage. À l'intérieur il y avait une boîte à musique en bois de cerisier laqué avec des papillons sur le couvercle.

« Ta maman adorait les papillons », dit Meryem.

Tournant la clef au joyeux gland de soie rouge, Ada déverrouilla la boîte. Les dernières notes d'une chanson qu'elle ne connaissait pas tintèrent. Dans un compartiment secret, elle découvrit un fossile. Une ammonite dont les lignes de suture formaient un motif complexe.

« Defne gardait cette boîte cachée sous son lit, dit Meryem. Je ne sais pas d'où elle la tenait, elle ne me l'a jamais dit. Quand elle a pris la fuite avec ton père, ma mère était tellement furieuse qu'elle a jeté toutes ses affaires. Mais j'ai réussi à mettre la boîte en sûreté. J'ai pensé qu'elle devait te revenir. »

Ada referma les doigts sur le fossile, à la fois inflexible et étrangement délicat contre sa paume. Dans l'autre main, elle tenait la boîte à musique.

« Merci. »

Elle se leva pour quitter la pièce, puis s'arrêta. « Je trouve que vous devriez porter les vêtements. Sauf la fourrure, bien sûr. Tous les autres, ils auraient bonne allure sur vous. »

Meryem sourit, son visage un palimpseste d'émotions fugitives, et pour la première fois depuis l'arrivée de sa tante, Ada sentit la distance entre elles se resserrer un peu.

Figuier

Si les familles ressemblent à des arbres, comme ils disent, des structures arborescentes aux racines mêlées et aux branches individuelles adoptant des angles bizarres, les traumatismes familiaux ressemblent à de la résine épaisse, translucide qui coule d'une entaille dans l'écorce. Ils coulent à travers les générations.

Ils suintent lentement, un épanchement si mince qu'il est imperceptible, glisse dans l'espace et le temps jusqu'à ce qu'il trouve une fente dans laquelle s'installer et coaguler. Le chemin suivi par un traumatisme transmis est arbitraire ; on ne sait jamais qui va en hériter, mais il atteindra quelqu'un. Parmi les enfants qui grandissent sous le même toit, certains en sont plus affectés que d'autres. Avez-vous déjà croisé une paire de frères qui ont eu à peu près les mêmes occasions de s'affirmer, et pourtant l'un des deux est plus mélancolique et solitaire ? Ça arrive. Parfois le traumatisme saute une génération et redouble son emprise sur la suivante. On rencontre des petits-enfants qui endossent en silence les blessures et les souffrances de leurs grands-parents.

Les îles divisées sont couvertes de résine qui, même si elle forme une croûte sur les bords, reste liquide à l'intérieur, continue à couler comme du sang. Je me suis toujours demandé si c'est cela qui rend les insulaires, comme les marins d'autrefois, étrangement vulnérables aux superstitions. Nous ne nous sommes pas remis du dernier orage, la fois où les cieux se sont abattus sur nous et où le monde a perdu toute sa couleur, nous n'avons pas oublié les débris brûlés et enchevêtrés qui flottaient alentour, et nous transportons en nous la crainte primitive que le prochain orage ne soit pas très loin.

C'est pourquoi, avec des amulettes et des herbes, des psalmodies et des sels, nous tentons d'apaiser les dieux ou les esprits errants, même s'ils sont affreusement capricieux. Les Chypriotes, hommes et femmes, jeunes et vieux, du nord et du sud, redoutent tous le mauvais œil, qu'ils l'appellent *mati* ou *nazar*. Ils enfilent des perles de verre bleu sur leurs colliers et bracelets, en suspendent à l'entrée de leur maison, les collent sur le tableau de bord de leur voiture, les attachent au berceau de leurs nouveaux-nés, les épinglent même en cachette à leurs sous-vêtements, et pas encore satisfaits, crachent en l'air, pour convoquer toutes les protections qu'ils peuvent obtenir. Les Chypriotes crachent aussi quand ils voient un bébé en bonne santé ou un couple heureux ; trouvent un meilleur emploi ou gagnent plus d'argent ; ils le font quand ils sont ravis, affolés ou stupéfaits. Sur notre île, les membres des deux communautés, persuadés que la destinée est versatile et qu'aucune joie ne peut durer, continuent à cracher dans la brise sans jamais penser qu'à ce moment précis, les gens de l'autre côté, la tribu d'en face, sont peut-être en train de faire pareil pour exactement la même raison.

Rien ne rapproche autant les femmes de l'île qu'une grossesse. Sur cette affaire-là, il n'y a pas de frontières. J'ai toujours cru qu'elles forment une autre nation, les femmes enceintes de l'univers. Elles suivent les mêmes règles non écrites, et la nuit, quand elles vont se coucher, des inquiétudes et des angoisses similaires tourbillonnent dans leur esprit. Au cours de ces neuf mois, jamais les Chypriotes grecques ni les Chypriotes turques ne tendront un couteau à quelqu'un ou ne laisseront des ciseaux ouverts sur une table ; elles éviteront de regarder des animaux poilus et ceux qu'on juge laids, ou de bâiller bouche grande ouverte de crainte qu'un esprit ne s'y glisse. Quand leur bébé vient au monde, elles s'abstiennent de lui couper les ongles ou les cheveux pendant des mois. Et quand au bout de quarante jours elles présentent leur bébé à leurs amis et parents, les mêmes femmes le pincent discrètement pour le faire pleurer – une précaution contre le mauvais œil.

Nous redoutons le bonheur, voyez-vous. Dès notre plus jeune âge, on nous apprend que dans l'air, dans les vents étésiens, un échange mystérieux est à l'œuvre, de sorte qu'à chaque parcelle de plaisir succède une parcelle de souffrance, à chaque éclat de rire une larme prête à rouler, parce qu'ainsi va ce monde étrange, et donc nous tentons de ne pas paraître trop heureux, même les jours où c'est le sentiment que nous éprouvons en notre for intérieur.

Grecs ou Turcs, les enfants apprennent à manifester du respect s'ils voient un morceau de pain sur le pavé. Il est sacré, jusqu'à la moindre miette. Les gosses musulmans le ramassent et le posent contre leur front avec la révérence qu'ils mettraient à baiser la main de leurs aînés pendant les jours saints de l'Aïd. Les gosses chrétiens le ramassent et font le signe de croix, se placent la main sur le cœur, comme si c'était l'hostie de la communion faite de pure farine de blé et de deux tranches, l'une pour le ciel, l'autre pour la terre. Les gestes, eux aussi, se reflètent, comme dans le miroir d'une mare d'eau sombre.

Alors que les religions se battent pour avoir le dernier mot, que les nationalismes enseignent un sentiment de supériorité et d'exclusivité, les superstitions des deux côtés de la frontière coexistent en exceptionnelle harmonie.

Frères

Chypre, 1968-1974

Un soir, à l'âge de onze ans, Kostas était assis à la table de la cuisine près de la fenêtre ouverte, selon son habitude, la tête plongée dans un livre. Ses frères passaient leur temps dans la chambre qu'ils partageaient tous, mais lui il aimait bien rester là, à lire ou étudier tout en regardant sa mère travailler. C'était l'endroit de la maison qu'il préférait, la fumée montant des marmites sur le fourneau, les torchons posés sur une corde qui dansaient dans la brise, et, au-dessus de sa tête, suspendus aux poutres, des tiges d'herbes séchées et des paniers tissés.

Ce soir, Panagiota faisait des conserves de merle. Elle leur ouvrait la poitrine de ses pouces, les farcissait de sel et d'épices, tout en chantonnant à mi-voix. De temps à autre, Kostas lançait un regard vers son visage sculpté par la lumière d'une lampe à huile. Un arôme piquant de vinaigre flottait dans l'air, si fort qu'il leur emplissait les narines.

Kostas fut pris de nausée quand le goût de la saumure lui brûla le fond de la gorge. Il repoussa le livre qu'il était en train de lire. Malgré tous ses efforts, il ne pouvait détacher les yeux des rangées de minuscules cœurs rougeâtres disposés sur le plan de travail en bois, ou des oiseaux éviscérés dans des bocaux de verre, le bec entrouvert. Sans bruit, il se mit à pleurer.

« Qu'est-ce qui t'arrive, *paidi mou* ? »

Panagiota s'essuya les mains sur son tablier, courut vers lui.

« Tu es malade ? Tu as mal au ventre ? »

Kostas secoua la tête, s'efforçant de faire sortir les mots.

« Parle-moi, quelqu'un t'a dit quelque chose, mon amour ? »

Sa gorge s'épaissit quand il indiqua le plan de travail. « Fais pas ça, maman. Je veux plus jamais en manger. »

Stupéfaite, elle le dévisagea. « Mais nous mangeons des animaux – des vaches, des cochons, des poulets, des poissons. Sinon on mourra de faim. »

Il ne put trouver de bonnes réponses, et ne fit pas semblant d'en avoir une. Au lieu de quoi il marmonna : « Mais eux, c'est des merles. »

Elle haussa les sourcils, une ombre lui passa sur le visage et s'enfuit. Elle semblait sur le point de dire quelque chose, puis se ravisa. Avec un soupir, elle lui ébouriffa les cheveux. « D'accord, si ça te bouleverse autant… »

Mais à cet instant, alors que le monde tournait lentement sur orbite, Kostas aperçut une lueur dans les yeux de sa mère, pleins de compréhension et d'inquiétude. Il sentit ce qu'elle pensait. Il savait qu'elle le trouvait trop sensible, trop sentimental et au fond plus difficile à comprendre que ses autres fils.

*

Les trois frères étaient tous différents, et avec le passage des années ces différences s'étaient accentuées. Kostas avait beau adorer les livres, il ne souhaitait pas être un poète, un penseur, comme son frère aîné. Michalis vivait dans le langage, toujours en quête laborieuse du mot précis, comme s'il fallait à tout prix en débusquer et traquer les significations. Il se disait marxiste, syndicaliste, anticapitaliste – des étiquettes qui s'entremêlaient dans l'esprit de sa mère comme un bougainvillier à l'assaut d'un mur. Il affirmait que les travailleurs de tous les pays s'uniraient un jour pour renverser leur oppresseur commun, les riches, et vus sous cet angle, un paysan grec et un paysan turc n'étaient pas des ennemis mais simplement des camarades.

Michalis n'approuvait pas l'EOKA ni d'ailleurs aucune sorte de nationalisme. Il ne cachait pas ses opinions, critiquant ouvertement les slogans peints en bleu qui commençaient à apparaître sur presque chaque mur du voisinage – VIVE L'ENOSIS. MORT AUX TRAÎTRES...

Si Kostas n'était pas comme son frère aîné, il ne ressemblait pas non plus au benjamin. Andreas, un grand garçon souple aux larges yeux marron et au sourire timide, avait changé en profondeur depuis quelques mois à peine. Il parlait de Grivas, le chef de l'EOKA-B mort dernièrement en cavale, comme si c'était un saint et l'appelait Digenis, le nom du légendaire héros byzantin. Andreas se disait prêt à jurer sur la Bible de libérer Chypre de ses ennemis – les Brits comme les Turcs – et dans ce but il était résolu à tuer ou à mourir. Mais comme il avait tendance à exprimer tout ce qui lui passait par la tête, et que c'était le plus jeune de la famille, toujours aimé et chouchouté, ils ne croyaient jamais tout à fait qu'il parlait sérieusement.

Les trois frères, très proches autrefois, vivaient maintenant sous le même toit en évitant le plus possible de confronter leurs trois univers. Ils se disputaient rarement, obéissant au règlement de Panagiota, contournant leurs vérités respectives sur la pointe des pieds.

Telle était leur vie jusqu'à ce matin de mars où, en plein jour, Michalis fut assassiné. Abattu d'une balle dans la rue, un livre sous le bras, avec encore une marque à la page du poème qu'il était en train de lire. L'identité du tireur ne fut jamais dévoilée. Selon certains, c'étaient les nationalistes turcs qui avaient pris le jeune homme pour cible parce qu'il était chrétien et grec ; d'autres disaient que les nationalistes grecs le haïssaient à cause de ses critiques bruyantes. Et même s'il n'y eut jamais de confirmation officielle, Andreas était convaincu d'avoir découvert la vérité grâce à ses sources personnelles. Kostas vit la flamme de la vengeance s'embraser dans l'âme de son frère cadet, brûlant chaque jour plus ardemment. Puis une nuit, Andreas ne rentra pas à la maison, son lit resta intact.

Ils n'en parlaient jamais, mais Panagiota et Kostas savaient tous deux qu'Andreas était parti rejoindre les rangs de l'EOKA-B. Depuis ils n'avaient eu aucune nouvelle de lui, ne savaient pas s'il était mort ou vivant. Maintenant il ne restait plus que Kostas et sa mère dans cette maison qui avait rétréci et noirci sur les bords, se recroquevillant comme une lettre sauvée des flammes.

La nuit, quand la lune brillait loin au-dessus des citronniers et qu'on sentait un frisson dans l'air, celui d'insectes invisibles à l'œil nu ou de fées envoyées en exil sur terre, Kostas saisissait parfois le regard de sa mère fixé sur lui avec une expression peinée. Il ne pouvait s'empêcher de penser que peut-être, en dépit de son cœur aimant et généreux, elle demandait aux saints qu'elle vénérait tant, ou à elle-même, pourquoi c'était son fils le plus éloquent, le plus passionné qui avait été assassiné, et pourquoi c'était le plus aventureux, le plus idéaliste qui avait abandonné son foyer, laissant derrière eux ce fils du milieu, timide, distrait, qu'elle ne pouvait jamais vraiment comprendre.

Figuier

J'ai entendu une fois un journaliste anglais qui dînait au Figuier Heureux dire que des politiciens d'Europe et d'Amérique tentaient de se réunir pour traiter la situation de notre île. Dans le sillage de la crise de Suez, il y avait des manifestations à Londres, dans un endroit qu'on appelle Trafalgar Square. Des gens portaient des banderoles disant « LE DROIT PAS LA GUERRE ». Maintenant que j'y repense, je m'avise que les jeunes n'avaient pas encore entonné « L'amour pas la guerre ». Ça viendrait plus tard.

Ce journaliste expliquait à ses compagnons de table que là-bas en Angleterre, à la Chambre des Communes où se prennent toutes les décisions importantes, des membres du Parlement discutaient « le problème de Chypre ». Il disait que d'après son expérience, ce n'était jamais bon signe pour un pays ou une communauté quand on lui collait l'étiquette « problème », et voilà ce que notre île était désormais aux yeux du monde entier, « une crise internationale ».

Pourtant, à l'époque, les experts croyaient que c'étaient juste « une guerre de papier », cette tension et cette violence qui s'emparaient de notre pays ; une tempête dans un verre d'eau qui d'après eux serait bientôt terminée. Inutile de redouter du grabuge et des bains de sang, car comment une guerre civile pourrait-elle éclater sur une île aussi jolie et pittoresque, couverte de fleurs et de collines vallonnées ? « Cultivée », c'est le mot qu'ils ne cessaient de répéter. Ces politiciens et ces sages semblaient supposer que des êtres civilisés sont incapables de s'entre-tuer, pas sur ce fond idyllique de pentes verdoyantes et de plages dorées : « Inutile de faire quoi que ce soit. Les Chypriotes sont... des gens civilisés. Ils ne feront jamais rien de violent ou de radical. »

Quelques semaines seulement après l'exposé de ces opinions au Parlement britannique, quatre cents attaques distinctes s'étaient déroulées dans tout Chypre. Du sang britannique, turc, grec fut répandu, et la terre absorba le tout, comme elle le fait toujours.

En 1960 Chypre conquit son indépendance du Royaume-Uni. Fini, la colonie de la Couronne. Ce fut une année pleine d'espoir, comme la promesse d'un nouveau commencement, avec une sorte de calme régnant entre les Grecs et les Turcs. Une paix permanente semblait soudain possible, à portée de main, comme une pêche épanouie, veloutée, suspendue à une branche basse, effleurant vos doigts. Un nouveau gouvernement fut formé avec des membres des deux partis. Enfin ils travaillaient ensemble, chrétiens et musulmans. En ce temps-là, ceux qui croyaient que les différentes communautés pouvaient vivre en amitié et harmonie comme des citoyens égaux invoquaient souvent en guise d'emblème un oiseau du coin : la perdrix choukar, qui construit son nid des deux côtés de l'île, indifférente aux divisions. Elle devint pour quelque temps un symbole approprié de l'unité.

Ça ne durerait pas longtemps. Les chefs politiques et spirituels qui tendaient la main à l'autre camp furent réduits au silence, écartés et intimidés – certains d'entre eux pris pour cible et tués par des extrémistes de leur propre bord.

C'est une petite créature charmante, la perdrix choukar, avec ses raies noires qui lui entourent le corps. Elle se perche sur les rochers, et quand elle chante, ce sont des notes craintives, rêches, comme si elle apprenait pour la première fois à gazouiller. Si vous écoutez attentivement vous l'entendrez répéter *choukar-choukar-choukar*. Le seul oiseau qui trille tendrement son propre nom.

Leur nombre a beaucoup diminué car elles ont été traquées sans relâche par les chasseurs dans toute l'île – nord et sud pareillement.

Baklava

Londres, fin des années 2010

Le soir venu, Meryem se lança dans la préparation de son dessert favori – le baklava. Elle réduisit en poudre un pot entier de pistaches, le mixeur braillant si fort qu'il dominait les rugissements du blizzard à l'extérieur. Elle en fit une pâte qu'elle pressa et malaxa entre ses paumes, avant de la couvrir et de la mettre de côté pour une petite « sieste ».

Ada, cependant, l'observait depuis le point où elle était assise au bout de la grande table. Son cahier d'histoire était ouvert devant elle. Pas exactement pour lui permettre de l'étudier, mais de finir le papillon qu'elle avait laissé inachevé le dernier jour de classe, juste avant de se mettre à hurler.

« Mais regarde-toi ! Quelle bonne élève », pépiait Meryem, observant sa nièce du coin de l'œil tandis qu'elle ouvrait le mixeur et en déposait le contenu sur une assiette. « Je suis tellement contente que tu fasses tes devoirs à côté de moi.

— Eh bien, je n'ai pas eu vraiment le choix, n'est-ce pas ? dit Ada d'un ton las. Vous n'arrêtiez de frapper à ma porte en me demandant de sortir. »

Meryem gloussa de rire. « Bien sûr que je l'ai fait. Sinon tu aurais passé toutes les vacances dans ta chambre. Pas bon pour la santé.

— Et ce baklava, ça l'est ? ne put se retenir de demander Ada.

— Et comment ! La nourriture c'est le cœur de la culture, répliqua Meryem. Si tu ne connais pas la cuisine de tes ancêtres, tu ne te connais pas toi-même.

— Mais tout le monde fait du baklava. On en vend dans les supermarchés.

— Tout le monde fait du baklava, d'accord. Mais tout le monde ne le réussit pas. Nous, les Turcs, nous le faisons croquant avec des pistaches grillées. C'est la méthode correcte. Les Grecs utilisent des noix crues – Dieu sait qui leur a donné cette idée, ça gâte complètement le goût. »

Amusée, Ada posa le menton sur le bout de son index droit.

Bien que Meryem continue à sourire, une ombre lui passa sur le visage. Elle n'eut pas le cœur de dire à Ada qu'un bref instant elle avait vu Defne dans ce geste, si douloureusement familier.

Ada poursuivit : « On dirait que d'après vous, nous devrions juger une culture non pas sur sa littérature ou sa philosophie ou sa démocratie, juste sur son baklava.

— Hmmm, oui. »

Ada roula des yeux.

« Tu viens de le refaire.

— Quoi donc ?

— Ce truc d'ado que tu fais tout le temps, ce mouvement des yeux.

— Eh bien, techniquement, je *suis* une ado.

— Je sais, dit Meryem. Et dans ce pays, c'est un privilège. Presque aussi bien que d'appartenir à la famille royale. Et même mieux. Le privilège sans les paparazzi. »

Ada redressa les épaules.

« Ce n'est pas une critique. Juste un fait. C'est la faute de la langue anglaise. En anglais, thir-*teen*, ça fait partie des *teenagers*, d'accord ? De même que four-*teen*, fif-*teen*, six-*teen*, seven-*teen*... Dans mon pays, à dix-sept ans, d'habitude tu composes ton trousseau. À dix-huit, tu prépares le café à la cuisine parce que ton futur époux est dans le salon avec ses parents pour demander ta main. À dix-neuf, c'est toi qui sers le souper à ta belle-mère, et si tu l'as laissé brûler, tu te fais sonner les cloches. Comprends-moi bien, je ne dis pas que c'est une bonne chose. Fichtre non ! Tout ce que je dis, c'est qu'il y a des gosses dans ce monde – des filles et des garçons – qui n'ont pas la chance de profiter de leurs *teens*. »

Ada scruta le visage de sa tante. « Parlez-moi de votre ex-mari.

— Qu'est-ce que tu veux savoir ?

— Est-ce que vous l'aimiez ? Au moins au début. »

Meryem agita la main, fit tinter ses bracelets. « Tout le monde s'extasie toujours sur l'amour – toutes les chansons, les films. D'accord, c'est mignon, mais on ne construit pas une existence sur du mignon. Non, l'amour n'était pas ma priorité. Mes parents, ma communauté, c'étaient eux ma priorité. J'avais des responsabilités.

— Alors ça n'était pas un mariage d'amour ?

— Non. Pas comme le mariage de tes parents. »

Une note nouvelle s'était glissée dans la voix de Meryem, et Ada la perçut.

« Vous êtes fâchée après eux ? Vous trouvez que leur conduite était irresponsable ?

— Tes parents, ah, c'étaient des téméraires. Mais ils étaient tellement jeunes. À peine plus âgés que toi. »

Ada sentit la chaleur lui monter à la tête. « Attendez ! Alors, maman et papa étaient... quoi, amoureux depuis l'école ?

— Les écoles étaient séparées. Les enfants grecs ne se mélangeaient pas avec les enfants turcs à l'époque, même s'il y avait des villages mixtes et des quartiers mixtes, comme le nôtre. Nos familles se connaissaient. J'aimais bien Panagiota – la maman de ton père. Une dame si aimable. Mais quand les choses ont commencé à déraper – on a cessé de se parler. »

Ada détourna les yeux. « Je croyais que mes parents avaient dépassé la trentaine quand ils se sont rencontrés, ma mère m'a eue à plus de quarante ans. Elle disait toujours que c'était une grossesse tardive.

— Ah, mais ça c'était après. Parce qu'ils avaient rompu, tu comprends, et puis des années plus tard, ils se sont remis ensemble. La première fois, ils étaient encore mômes, en fait. Je servais toujours d'alibi à Defne. Si notre père l'avait prise sur le fait, ça aurait été un désastre ! J'étais morte de peur. Mais ta mère... impossible de l'arrêter. Elle fourrait des oreillers sous les draps et filait de la maison en pleine nuit. Elle était courageuse – et insensée. » Meryem reprit son souffle. « Ta mère était un esprit libre. Mais petite, elle avait ce côté sauvage, imprévisible. Si tu lui disais de ne pas toucher aux allumettes, elle allumait un feu de joie ! C'est un miracle qu'elle n'ait pas réduit la maison en cendres. J'avais cinq ans de plus qu'elle, mais même à son âge, je ne voulais à aucun prix décevoir mes parents, j'essayais toujours d'agir comme il faut, tu vois le genre. Baba avait une préférence pour Defne. Je ne dis pas ça par rancune, c'est juste la vérité.

— Vous avez toujours été contre le mariage de mes parents ? »

Meryem s'essuya les mains sur son tablier, observa ses paumes comme à la recherche d'un indice.

« Je ne voulais pas que ta mère épouse un Grec, Dieu sait que j'ai essayé de l'en empêcher. Mais elle n'écoutait rien. Et elle a eu raison. Kostas était l'amour de sa vie. Ta mère adorait ton père. Mais ils l'ont tous les deux payé au prix fort. Tu as grandi loin de tes proches, et ça j'en suis vraiment désolée. »

Dans le silence qui s'installa, Ada entendait son père taper sur le clavier de son ordinateur dans la pièce voisine, un bruit comme de mille petits marteaux en action. Elle écouta un moment, puis inclina la tête de côté, le menton raide et résolu. « Vous saviez que ma mère était alcoolique ? »

Meryem tressaillit. « Ne dis pas des choses pareilles. C'est un mot terrible.

— Mais c'est vrai.

— Prendre un verre de temps en temps, ce n'est pas grave. Enfin, moi je ne bois pas, mais ça ne me gêne pas si d'autres le font... à l'occasion.

— Ce n'était pas une fois de temps en temps. Maman buvait beaucoup. »

Le visage de Meryem s'assombrit, la bouche entrouverte, comme une jatte vidée. Elle palpa le bord de la nappe, recueillit une peluche de poussière invisible, le regard concentré sur le mouvement de ses doigts.

Tout en observant sa tante, soudain mal à l'aise et en panne de mots, Ada entrevit pour la première fois le fragile univers que cette femme s'était construit avec ses recettes de cuisine, proverbes, prières et superstitions. Il lui apparut brusquement qu'elle n'était peut-être pas la seule à en savoir si peu sur le passé.

Figuier

Ils appellent ça la « ligne verte », la démarcation qui partage Chypre, visant à séparer les Grecs des Turcs, les chrétiens des musulmans. Si elle a reçu ce nom, ce n'est pas parce qu'elle traversait des kilomètres de forêt primitive mais tout simplement parce qu'un général de division britannique, voulant dessiner la frontière sur une carte étalée devant lui, se trouvait avoir en main un crayon indélébile vert.

Le choix de la couleur n'était pas un hasard. Le bleu aurait paru trop grec et le rouge trop turc. Le jaune signifiait l'idéalisme et l'espoir mais risquait d'être pris pour de la couardise ou de la tromperie. Le rose, associé à la jeunesse et à l'espièglerie autant qu'à la féminité, ne convenait pas du tout. Quant au violet, qui symbolise l'ambition, la luxure et le pouvoir, il ne pouvait pas non plus produire l'effet recherché. Ni le blanc, ni le noir, trop tranchés. Tandis que le vert, qu'on utilise en cartographie pour tracer les sentiers, moins polémique, semblait offrir une alternative unificatrice et neutre.

Vert, la couleur des arbres.

Parfois je me demande ce qui serait arrivé si ce jour-là, suite à un excès de caféine, ou un effet secondaire du médicament qu'il venait d'ingérer, ou simplement la nervosité, la main du général de division Peter Young avait eu le moindre tremblement... La frontière aurait-elle dévié d'une fraction de pouce plus haut ou plus bas, insérant ici, effaçant là, et de ce fait, ce changement involontaire aurait-il affecté mon destin ou celui de ma parentèle ? Est-ce qu'on aurait laissé un figuier de plus du côté grec, ou inclus un figuier supplémentaire en territoire turc ?

J'essaie d'imaginer ce point d'inflexion dans le temps. Aussi fugitif qu'un parfum dans la brise, la pause la plus brève, la plus légère hésitation, le crissement d'un crayon indélébile sur la surface brillante de la carte, un tracé vert laissant sa marque irrévocable et ses conséquences éternelles sur les vies de générations passées, présentes et encore à venir.

L'intrusion de l'histoire dans l'avenir.

Notre avenir...

Troisième partie

TRONC

Vague de chaleur

Chypre, mai 1974

Ce jour-là, une vague de chaleur s'était abattue sur Nicosie. Au-dessus des toits, le soleil formait une boule luisante de colère, incendiant les anciennes allées vénitiennes, les arrière-cours génoises, les gymnases grecs et les hammams ottomans. Les magasins étaient fermés, les rues vides – sauf parfois un chat lové dans une parcelle d'ombre, ou un lézard léthargique, si immobile qu'il aurait pu être un ornement du mur.

La chaleur avait commencé aux petites heures du matin, et rapidement augmenté. Aux alentours de 10 heures, quand elle avait atteint son plein effet, les Turcs et les Grecs de part et d'autre de la « ligne verte » finissaient juste leur café matinal. Maintenant il était plus de midi, l'air épais, difficile à respirer. Les routes se fissuraient par endroits, le goudron fondait en ruisselets couleur de bois brûlé. Une voiture à proximité fit rugir son moteur, le caoutchouc des pneus luttant contre l'asphalte gluant. Puis, le silence.

Avant 15 heures, la chaleur s'était métamorphosée en créature férale, en serpent acharné sur sa proie. Elle sifflait et ondulait entre les pavés, plantait sa langue enflammée dans les trous de serrure. Les gens se collèrent à leur ventilateur, sucèrent force cubes de glace et ouvrirent les fenêtres, pour les refermer aussitôt. Ils auraient pu passer tout leur temps à l'intérieur n'était l'étrange odeur qui emplissait l'atmosphère, âcre et indésirée.

Au début, les Turcs soupçonnèrent que l'odeur venait du quartier grec et les Grecs supposèrent qu'elle devait venir du quartier turc. Mais personne n'arrivait à en localiser exactement la source. À croire qu'elle avait jailli du sol.

Debout près de la fenêtre, un recueil de poésie à la main – une vieille édition de *Romiosini* qui appartenait à son frère aîné –, Kostas avait les yeux fixés sur le jardin, certain d'avoir entendu un bruit dans le silence engourdi de l'après-midi. Son regard erra jusqu'aux plus hautes branches du caroubier le plus proche, sans rien y voir d'insolite. Il allait s'en détourner quand il saisit un éclair du coin de l'œil. Quelque chose venait de tomber à terre, si vivement qu'il ne pouvait dire ce que c'était. Il se rua dehors, aveuglé par les mouchetures de soleil à travers les branches. Il courut vers les ombres qu'il voyait au loin, sans pouvoir les distinguer dans la lumière éclatante. C'est seulement une fois tout près qu'il comprit ce qu'il regardait depuis tout à l'heure.

Des chauves-souris ! Des douzaines de roussettes. Certaines étalées sur le sol comme des fruits pourris, d'autres accrochées aux branches, pendues tête en bas par les pieds, drapées dans leurs ailes, comme si elles avaient besoin de se réchauffer. La plupart mesuraient une trentaine de centimètres, d'autres à peine cinq. C'étaient leurs petits qui avaient d'abord cédé à la chaleur. Certains si jeunes qu'ils tétaient encore, cramponnés aux mamelons de leur mère, étaient tombés morts, incapables de réguler leur température corporelle. La peau déshydratée couverte d'écailles, la cervelle bouillant dans leur crâne, ces animaux si intelligents avaient été pris de faiblesse et de nausée.

La poitrine serrée, Kostas se remit à courir. Il trébucha sur une caisse en bois et tomba, le bord métallique lui entaillant le front. Il se remit debout et poursuivit sa course, malgré les élancements au-dessus de son sourcil gauche. Quand il atteignit la première chauve-souris, il tomba à genoux et ramassa le corps minuscule, léger comme un souffle. Il resta là immobile, tenant l'animal mort, les doigts caressant sa douceur satinée, les derniers vestiges de vie qui s'évaporaient.

Il n'avait pas pleuré quand le corps de Michalis était revenu chez eux, si paisible qu'on ne pouvait croire qu'il était parti ; la balle qui l'avait pénétré parfaitement dissimulée, comme honteuse de ce qu'elle avait commis. Ni quand il se joignit à ceux qui portèrent le cercueil à l'église, le poids pressant l'épaule qu'il avait placée sous le bois verni, le goût de l'argent s'attardant sur ses lèvres après qu'il eut baisé le crucifix, l'odeur d'huile et de poussière dans ses narines. Ni ensuite au cimetière, quand le cercueil descendit dans la fosse au milieu des pleurs, et qu'il ne put rien offrir d'autre à son frère qu'une poignée de terre.

Il n'avait pas pleuré quand Andreas, à peine âgé de seize ans, avait quitté la maison pour rallier un idéal, un rêve, une terreur, les laissant dans un état de crainte permanente. À travers toutes ces épreuves, Kostas n'avait pas versé une larme, pleinement conscient que sa mère avait besoin de lui à ses côtés. Mais maintenant, en tenant la chauve-souris morte dans sa main, le chagrin devenait tangible, comme une couture qui se déchire. Il se mit à sangloter.

« Kostas, où es-tu ? appela Panagiota depuis le seuil, un frisson d'inquiétude dans la voix.

— Je suis là, *Mána*, parvint à dire Kostas.

— Pourquoi tu as couru dehors comme ça ? J'ai eu peur. Qu'est-ce que tu fabriques ? »

Tandis qu'elle approchait, son visage passa de l'inquiétude à la perplexité. « Tu pleures ? Tu t'es blessé ? »

Kostas lui montra la chauve-souris. « Elles sont toutes mortes. »

Panagiota fit le signe de croix, ses lèvres murmurèrent une courte prière. « Ne les touche pas. Va te laver les mains. »

Kostas resta immobile.

« Tu m'entends ? Elles transportent des maladies, ces sales bêtes. » Elle fit un geste du bras, retrouvant son assurance. « Rentre. Je vais chercher une pelle et je les jetterai aux ordures.

— Non, pas les ordures, dit Kostas. Laisse-moi faire – s'il te plaît. Je vais les enterrer. Je me laverai les mains. »

Panagiota vit le chagrin dans ses yeux et n'insista pas. Mais en se détournant elle ne put s'empêcher de murmurer : « Nos jeunes gens se font tuer dans les rues, *moro mou*, les mères ne savent plus où sont leurs fils, dans les montagnes ou dans la tombe, et toi tu pleures sur un tas de chauves-souris ? C'est comme ça que je t'ai élevé ? »

Kostas fut saisi d'un sentiment de solitude si fort qu'il était presque tangible. Après ce jour-là, il ne parlerait plus jamais des roussettes ni de l'importance qu'elles avaient pour les arbres de Chypre, et donc pour ses habitants. Dans un pays assailli par les combats, les incertitudes et les effusions de sang, les gens prenaient pour de l'indifférence, une insulte à leur douleur, le fait d'accorder trop d'attention à tout ce qui n'était pas la souffrance humaine. Ce n'était ni l'heure ni le lieu de disserter sur les plantes et les animaux, sur la nature dans toutes ses formes et sa gloire, et c'est ainsi que Kostas Kazantzakis se referma lentement sur lui-même, se découpa une île pour lui seul au sein de l'île, fit retraite dans le silence.

Figuier

Le jour où la vague de chaleur ravagea Nicosie laissera à jamais sa brûlure dans ma mémoire, gravée dans mon tronc. Quand les insulaires comprirent d'où venait cette odeur rance, ils commencèrent à se débarrasser des carcasses. Ils balayèrent les rues, nettoyèrent les vergers, désinfectèrent les grottes, vérifièrent les zones calcaires et les anciens puits de mine. Partout où ils regardaient, ils trouvèrent des centaines de chauves-souris mortes. Elle les scarifia, cette mort soudaine, collective. Dans l'extinction de masse, peut-être décelaient-ils leur propre mortalité. Même ainsi, en me fondant sur mon expérience personnelle, je peux vous dire une chose à propos des humains : ils réagissent à la disparition d'une espèce de la même façon qu'ils réagissent à tout le reste – en se plaçant au centre de l'univers.

Les humains s'intéressent plus au sort des animaux qu'ils trouvent mignons – les pandas, les koalas, les loutres de mer et les dauphins, que nous avons en quantité à Chypre, qui nagent et s'ébattent sur nos rivages. Une idée romanesque circule sur la mort des dauphins, échoués sur la plage avec leur rostre en forme de bec et leur sourire innocent, comme s'ils étaient venus dire un dernier adieu à l'humanité. En réalité, ceux qui font ça sont rares. Quand les dauphins meurent, ils plongent au fond de la mer, aussi lourds que des angoisses d'enfant ; c'est comme ça qu'ils s'en vont, loin des regards indiscrets, dans les profondeurs bleues.

Les chauves-souris ne sont pas considérées comme mignonnes. En 1974, quand elles sont mortes par milliers, je n'ai pas vu beaucoup de gens verser une larme pour elles. Les humains sont bizarres, bourrés de contradictions. On dirait qu'ils ont besoin de haïr et d'exclure autant qu'ils ont besoin d'aimer et d'étreindre. Leur cœur se ferme étroitement, puis s'ouvre béant, pour vite se resserrer, comme un poing indécis.

Les humains trouvent les rats et les souris infects, mais les hamsters et les gerbilles charmants. Les colombes signifient la paix dans le monde, les pigeons ne font que charrier la crasse urbaine. Ils décrètent que les porcelets sont trop chou, les sangliers à peine tolérables. Ils admirent les casse-noix mouchetés, mais ils évitent leurs cousins bruyants, les corbeaux. Les chiens leur inspirent un sentiment de chaleur ouatée, tandis que les loups évoquent des contes horribles. Les papillons ont droit à leur sympathie, les mites pas du tout. Ils ont un faible pour les coccinelles, mais si jamais ils aperçoivent un hanneton, ils l'écrasent séance tenante. Les abeilles sont appréciées, à la grande différence des guêpes. Les tourteaux passent pour exquis, mais c'est une tout autre histoire quand on parle de leurs lointaines cousines, les araignées... J'ai tenté de trouver une logique à tout cela, et suis arrivé à la conclusion qu'il n'y en a pas.

Nous les figuiers nous tenons les chauves-souris en haute estime. Nous savons qu'elles sont indispensables à tout l'écosystème, et nous les apprécions, avec leurs grands yeux couleur de cannelle brûlée. Elles nous aident à polliniser, transportent fidèlement nos graines alentour et au loin. Je les considère comme mes amies. Ça m'a brisé le cœur de les voir sombrer dans la mort comme des feuilles sèches.

*

Cette après-midi-là, pendant que les insulaires s'activaient à évacuer les chauves-souris mortes, Kostas se rendit à pied au Figuier Heureux. Je fus surpris de le voir apparaître. La taverne était fermée et nous n'attendions personne, pas tant que la chaleur continuerait à cogner.

Lentement, Kostas parcourut le sentier sinueux, se dirigeant vers le versant doux de la pente. Depuis le bout de mes branches qui poussaient à travers l'ouverture du toit, je pouvais suivre chacun de ses mouvements.

En arrivant, il trouva la porte d'entrée close. Il donna plusieurs coups rapides de heurtoir. C'est alors que je commençai à me sentir inquiet, saisi par une prémonition.

« Yiorgos ! Yusuf ! Vous êtes là ? »

Il fit une nouvelle tentative. La porte était verrouillée de l'intérieur.

Kostas fit le tour de la taverne, avec un regard anxieux en direction des chauves-souris qui jonchaient le sol. Il en secoua doucement quelques-unes du bout d'un bâton, voulant vérifier s'il en restait des vivantes. Il jeta le bâton et se préparait à repartir quand il fit halte, détectant un murmure dans l'air. Une voix masculine qui parlait bas, d'un ton rêveur.

Kostas fit demi-tour, l'oreille tendue. Il marcha vers le patio situé à l'arrière, d'où lui semblait venir le bruit. Sautant par-dessus des caisses de bouteilles vides et de bidons d'huile d'olive, il s'approcha d'une des fenêtres en fer forgé, se haussa sur la pointe des pieds et jeta un regard à l'intérieur.

La panique m'empoigna, car je savais exactement ce qu'il allait voir.

Yusuf et Yiorgos étaient là dans le patio, assis côte à côte sur un banc de pierre. Kostas allait les appeler, mais il s'interrompit, ses yeux ayant remarqué quelque chose que son esprit ne put saisir immédiatement.

Les deux hommes se souriaient, se tenaient par la main, leurs doigts entrelacés. Yiorgos se pencha et chuchota quelques mots à l'oreille de Yusuf, qui le firent glousser. Même si Kostas ne pouvait entendre ce qu'il disait, il savait que c'était du turc. Ils faisaient cela souvent, parlant grec et turc quand ils étaient seuls, alternant entre les deux langues au cours de la même conversation.

Yusuf passa son bras autour du cou de Yiorgos, touchant le creux sous sa pomme d'Adam, l'attirant vers lui. Ils s'embrassèrent. Front contre front, ils restèrent assis immobiles, l'immense soleil en fusion penché sur eux. Leurs gestes étaient empreints d'une tendresse détendue, une harmonie d'ombres et de contours, de formes solides fondant en liquide pur, un flot paisible dont Kostas savait qu'il ne pouvait exister qu'entre des amants de longue date.

L'adolescent fit un pas en arrière. Pris d'un étourdissement, il eut du mal à déglutir. Dans sa bouche, il sentait le goût de la poussière et de la pierre brûlée par le soleil. Sans faire de bruit, il s'éloigna, le sang lui martelant les oreilles. Ses pensées se fracturèrent en une foule d'autres pensées, et celles-ci en d'autres encore toutes nouvelles, à tel point qu'il n'aurait pu dire à cet instant ce qu'il éprouvait. Il avait passé tellement de temps avec ces deux hommes, jour après jour, et jamais il ne lui était venu à l'esprit qu'ils puissent être plus que des partenaires commerciaux.

Le jour où la vague de chaleur s'abattit sur Nicosie et où les chauves-souris moururent par milliers, le jour où Kostas Kazantzakis découvrit notre secret à la taverne, je vis son visage se faire grave, son front se creuser d'inquiétude. Il s'avisait maintenant que Yusuf et Yiorgos pouvaient courir un danger bien plus grave que celui qui les avait jamais menacés, Defne et lui. Dieu sait qu'il y avait pas mal de gens sur cette île qui seraient révulsés de voir un Turc et un Grec vivre une relation amoureuse, mais leur nombre quadruplerait probablement si le couple en question était gay.

Écoutez-moi

Londres, fin des années 2010

Le troisième jour, l'épicentre de l'ouragan se déplaça vers l'ouest, fonçant en direction de Londres. Ce soir-là, les fenêtres de la maison tremblaient sous les coups du vent et la pluie fouettait les vitres. Le quartier subit une panne d'électricité pour la première fois depuis des années. Il fallut plusieurs heures avant que le courant ne soit rétabli. Privés d'électricité, ils se serrèrent les uns contre les autres au salon, à la lueur des bougies, Kostas travaillant à un article, Ada vérifiant son téléphone toutes les trois secondes, Meryem tricotant ce qui semblait être une écharpe.

À la fin, Ada prit une bougie et se leva. « Je vais me coucher, je suis un peu fatiguée.

— Tout va bien ? demanda Kostas.

— Oui. » Ada acquiesça fermement de la tête. « Je vais juste lire un peu. Bonne nuit. »

Aussitôt dans sa chambre, elle revérifia son téléphone. De nouvelles vidéos avaient été postées sur divers réseaux sociaux. Dans l'une d'elles, une fille trapue, les cheveux coupés en frange souple au-dessus des sourcils, se tenait devant la porte de Brandebourg à Berlin, avec à la main un ballon rouge qu'elle lâcha tout en hurlant à pleins poumons. Le temps que le ballon s'envole hors du cadre, elle n'avait pas encore épuisé son souffle. Une vidéo filmée à Barcelone montrait un adolescent sur patins à roulettes qui hurlait en progressant le long d'une allée bordée d'arbres, tandis que les piétons l'observaient, mi-curieux, mi-incrédules. Sur une autre, postée de Pologne, un groupe de jeunes gens en noir de la tête aux pieds fixaient la caméra, bouche grande ouverte, mais silencieuse. Dessous, la légende disait : « Hurlement intérieur. » Certains hurlaient seuls, d'autres en groupe. Tous les messages affichaient le même hashtag : #estcequetumentendsmaintenant. À chaque vidéo qu'elle regardait, Ada sentait sa panique et son trouble s'aggraver. Elle n'arrivait pas à croire qu'elle avait déclenché ce délire global, et n'avait pas la moindre idée de comment y mettre un terme.

Repliant les jambes, elle les enserra de ses bras comme elle avait coutume de le faire, petite, quand elle demandait à ses parents de lui raconter une histoire. À l'époque, son père, même s'il était très occupé, trouvait toujours le temps de lui faire la lecture. Ils s'asseyaient côte à côte sur le lit, face à la fenêtre. Il choisissait les livres d'enfants les plus insolites : sur les roussettes, les perroquets jaco d'Afrique, les papillons belles-dames... des livres pleins d'insectes et d'animaux, et toujours, d'arbres.

Au contraire de lui, sa mère préférait inventer ses propres histoires. Elle lui narrait des contes tirés de son imagination, dont elle composait la structure à mesure qu'elle avançait dans l'intrigue, repartait en arrière, changeait un détail selon sa fantaisie. Ses thèmes étaient plus sombres, chargés de sortilèges, de revenants et de présages. Mais une fois, se rappelait Ada, sa mère avait partagé avec elle un type de récit différent. À la fois troublant et, d'une manière étrange, plein d'espoir.

Sa mère lui raconta que pendant la Deuxième Guerre mondiale, il y avait un bataillon d'infanterie stationné le long des falaises qui dominaient la Manche. Les soldats, las et dépenaillés, patrouillaient la côte une après-midi. Ils savaient qu'ils risquaient à tout moment une attaque de l'artillerie allemande, par la mer ou le ciel. Il leur restait très peu de nourriture, ils n'avaient pas assez de munitions, et plus ils avançaient, plus le sol s'enfonçait sous leurs bottes trempées et crevassées, aspirées comme par des sables mouvants.

Soudain l'un d'eux aperçut un spectacle extraordinaire à l'horizon : des volutes de fumée glissaient au-dessus de la Manche, d'une couleur si vive qu'elle semblait irréelle. S'appliquant à ne faire aucun bruit pour ne pas alerter l'ennemi, il fit signe à ses compagnons. Bientôt ils regardaient tous dans la même direction, le visage empreint d'abord de surprise, puis de pure terreur. Le nuage mystérieux ne pouvait être qu'une variété de gaz toxique, une arme chimique et, stimulé par le vent, il grossissait en se dirigeant vers eux. Certains des soldats tombèrent à genoux, murmurant des prières à un dieu auquel ils ne croyaient plus depuis longtemps. D'autres allumèrent une cigarette – un dernier plaisir. Il n'y avait rien d'autre à faire, nulle part où s'échapper. Le bataillon était stationné pile sur le trajet du gaz jaune mortel.

L'un des soldats, au lieu de prier ou fumer, monta sur un rocher, déboutonna sa veste et se mit à compter. Elle lui soutenait les nerfs, cette solidité des chiffres, tandis qu'il attendait que la mort le frappe. *Vingt-deux, vingt-trois, vingt-quatre*… Il continua, regardant la menace dorée se rapprocher, enfler et se contracter. Le temps d'arriver à cent, fatigué de compter, il saisit une paire de jumelles. Et alors il vit de quoi était fait ce nuage.

« Des papillons ! » cria-t-il de toutes ses forces.

Ce qu'ils avaient pris pour un agglomérat de gaz toxique était en fait une bande de papillons qui migraient du continent européen vers l'Angleterre. Des nuées de belles-dames traversaient la Manche, progressant lentement vers la terre ferme. Elles voletaient en plein ciel, palpitant et dansant dans la lumière d'été, sans se soucier du front de bataille froid et gris.

Quelques minutes plus tard, des flots de papillons, par milliers, survolèrent le bataillon. Et les soldats, certains si jeunes que c'étaient pour ainsi dire des garçonnets, applaudirent et poussèrent des hourras. Ils riaient si fort qu'ils en avaient les larmes aux yeux. Personne, pas même leurs officiers, n'osa leur dire de faire silence. Les mains tendues vers le firmament, l'expression extatique, ils sautaient sur place, et les plus chanceux sentirent sur leur peau la caresse d'une paire d'ailes arachnéennes, comme le baiser d'adieu d'amantes qu'ils avaient laissées au pays.

En se remémorant l'histoire, Ada ferma les yeux et resta ainsi jusqu'à ce qu'un coup frappé à sa porte la fasse sursauter. Supposant qu'une fois de plus c'était sa tante, et cherchant à se rappeler quel plat celle-ci avait cuisiné, elle brailla : « Je n'ai pas faim ! »

La voix de son père s'éleva de l'autre côté de la porte. « Ma chérie, je peux entrer ? »

D'un geste vif, Ada dissimula son téléphone sous l'oreiller et saisit un livre sur la table de chevet

– *I Am Malala*, l'autobiographie de la militante féministe Malala Yousafzai.

« Bien sûr. »

Kostas entra, une bougie à la main. « C'est un grand livre que tu es en train de lire.

— Ouais, je suis d'accord.

— On peut se parler une seconde ? »

Ada fit signe que oui.

Il posa la bougie sur la table de chevet et s'assit à côté d'elle. « *Kardoula mou*, je sais que je me suis montré un peu lointain ces derniers mois. J'y ai beaucoup réfléchi – je suis désolé de ne pas toujours avoir été là quand tu avais besoin de moi.

— C'est bon, papa. Je comprends. »

Il la regarda, les yeux emplis de tendresse. « Est-ce qu'on peut parler de ce qui s'est passé à l'école ? »

Son cœur lui heurta les côtes. « Il n'y a rien à en dire. Crois-moi. J'ai juste hurlé, d'accord ? Pas de quoi en faire un drame. Je ne recommencerai pas.

— Mais le proviseur a dit…

— Papa, je t'en prie, ce type est glauque.

— On peut parler d'autre chose. » Kostas fit une nouvelle tentative. « Comment ça marche, ton projet scientifique, j'ai oublié de te demander ? Tu travailles encore avec ce garçon… comment il s'appelle, déjà, Zafaar ?

— C'est exact, dit Ada, d'un ton un peu sec. On a fini notre projet. Et on a eu tous les deux un A.

— Magnifique. Je suis fier de toi, mon trésor.

— Écoute, à propos du cri, il ne faut pas que tu t'inquiètes. Je me sentais stressée, c'est tout », dit Ada, et à cet instant, elle croyait tous les mots qui lui sortaient de la bouche. « Si tu continues à remettre ça sur le tapis, ça ne va rien arranger. Laisse-moi faire. Je m'en occupe. »

Kostas retira ses lunettes, souffla dessus, et lentement, soigneusement, les essuya sur sa chemise, comme il faisait toujours quand il ne savait pas quoi dire et avait besoin de temps pour réfléchir.

En l'observant, Ada se sentit un brusque élan d'affection pour son père. Comme c'était facile de duper ses parents, et même si on n'arrivait pas à les duper, de les maintenir derrière les murailles de faux-fuyants qu'on a érigées. Si on s'applique vraiment, en prenant soin de ne pas laisser des trous dans le filet, on peut tenir très longtemps. Les parents, surtout les éternels distraits comme son père, ont terriblement besoin que tout roule sans cahot, et sont si enclins à croire que le système qu'ils ont créé fonctionne bien qu'ils supposent que tout est normal, même entourés d'indices qui prouvent le contraire.

À peine cette pensée lui était-elle venue que la culpabilité se fraya inévitablement un chemin dans son esprit. Elle n'avait pas l'intention de montrer la vidéo à son père, c'était trop embarrassant, et de toute façon il ne pourrait rien y faire, mais peut-être qu'il devrait être mis au courant de ce qu'elle éprouvait.

« Papa, je comptais t'en parler… Je veux changer d'école.

— Quoi ? Non, Ada. Tu ne peux pas faire ça au milieu de l'année du certificat. C'est une bonne école. Ta mère et moi nous étions très heureux que tu puisses y entrer. »

Ada se mordit l'intérieur des joues, mécontente qu'il ait balayé d'un geste ses soucis.

« Écoute, si ce sont tes notes qui t'inquiètent, pourquoi on ne travaillerait pas ensemble pendant les vacances ? Je t'aiderai volontiers.

— Je n'ai pas besoin de ton aide. » Elle détourna le regard, troublée par le ton qu'elle venait d'employer, sa colère si prompte, si proche de la surface.

« Écoute, Aditsa, dit-il, sa peau jaunâtre à la lueur de la bougie, comme sculptée dans la cire. Je sais que cette dernière année a été incroyablement dure pour toi. Je sais que ta mère te manque...

— Arrête, s'il te plaît. »

La tristesse qui imprégnait le visage de son père lui déclencha une douleur lancinante en pleine poitrine. Elle lut le désarroi dans ses yeux, mais ne fit rien pour l'en arracher. Elle resta silencieuse, tentant de comprendre comment ils avaient pu en arriver là, cette mue affolante de l'affection et de l'amour en pure souffrance et en conflit.

« Papa ?

— Oui, trésor ?

— Pourquoi les papillons traversent la Manche pour venir ici ? Ils n'aiment pas les climats chauds ? »

Si Kostas trouva la question inattendue, il n'en montra rien. « Oui, pendant longtemps, les chercheurs sont restés perplexes. Certains disaient que c'était une erreur, mais que les papillons ne pouvaient pas s'en empêcher. Ils ont même appelé ça un suicide génétique. »

Les mots flottaient dans l'espace entre eux. Tous deux firent semblant de ne pas s'en rendre compte.

« Ta mère adorait les papillons », dit Kostas. Sa voix monta et retomba, comme une eau qui s'apaise. « Écoute, je ne suis pas un expert sur le sujet, mais ça me paraît plausible qu'ils planifient leurs mouvements au-delà de leur durée de vie – pas sur le cours d'une génération, mais plusieurs.

— Ça me plaît bien. Ça explique un peu ce qui nous est arrivé à nous. Maman et toi vous êtes venus dans ce pays, mais nous sommes encore en migration. »

Kostas s'assombrit. « Pourquoi tu dis ça ? Tu n'iras nulle part. Tu es née et tu as grandi ici. C'est ici chez toi. Tu es britannique – avec un héritage mixte, ce qui est une grande richesse. »

Elle claqua la langue. « Ouais, ça c'est sûr, je suis riche à millions !

— Pourquoi ces sarcasmes ? » Kostas semblait offensé. « Nous t'avons toujours traitée comme un être indépendant, pas comme une extension de nous-mêmes. Tu construiras ton propre avenir, et je te soutiendrai à chaque pas du trajet. Pourquoi cette obsession du passé ?

— Obsession ? J'en porte déjà le poids... »

Il l'interrompit. « Non, c'est faux. Tu ne portes rien du tout. Tu es libre.

— Ça, c'est des foutaises. »

Kostas retint son souffle, choqué par la rudesse du mot.

« Ça ne te gêne pas de croire que les jeunes papillons héritent des migrations de leurs ancêtres, mais quand il s'agit de ta propre famille, tu penses que c'est impossible.

— Je veux juste que tu sois heureuse », dit Kostas, un nœud dans la gorge.

Puis ils retombèrent dans le silence, glissant à nouveau vers le lieu qu'ils partageaient mais ne pouvaient occuper que séparément.

Figuier

Une fois j'ai entendu Yiorgos raconter une histoire à Yusuf. C'était tard dans la nuit, les clients étaient partis, et les employés, après avoir débarrassé les tables, lavé la vaisselle et balayé la cuisine, étaient rentrés chez eux. Là où peu auparavant ce n'étaient que rires, musique et agitation, le calme régnait. Yusuf était assis par terre, dos à la fenêtre, son ombre étendue derrière la vitre sombre. La tête appuyée sur les genoux de Yusuf, Yiorgos fixait le plafond, un brin de romarin entre les lèvres. C'était son anniversaire.

Ils avaient coupé un gâteau en début de soirée, un entremets aux cerises et au chocolat préparé par le chef, mais autrement ce soir-là ressemblait à tous les autres. Ils n'avaient pas pris un jour de congé. Ils travaillaient toujours et tout ce qu'ils gagnaient, une fois payés les frais et le loyer, ils se le partageaient.

« J'ai quelque chose pour toi », dit Yusuf, en sortant une petite boîte de sa poche.

J'adorais le voir changer quand il était seul avec Yiorgos. Il bafouillait rarement, voire jamais, quand il nous parlait à nous, les plantes. Mais il bégayait aussi beaucoup moins quand ils étaient juste tous les deux. Le problème d'élocution qui le tourmentait depuis toujours se dissipait presque entièrement quand il était avec son bien-aimé.

Yiorgos, un sourire adoucissant ses traits ciselés, s'appuya sur un coude. « Hé, je croyais qu'on ne s'achetait pas de cadeaux cette année. »

Prenant néanmoins la boîte, il rayonnait de l'attente joyeuse d'un enfant qui devine une gâterie, et déplia le papier de soie.

« Oh mon Dieu ! »

Suspendue à ses doigts, une montre de gousset brillait de tous ses ors.

« Elle est magnifique, *chryso mou*, merci. Mais qu'est-ce que tu as fait ? Elle a dû te coûter une fortune. »

Yusuf sourit. « Ouvre-la. Il y a un p-p-poème. »

Les lettres des vers gravés à l'intérieur du couvercle scintillaient comme des lucioles dans la nuit. Yiorgos les lut à voix haute :

Y parvenir est ta destination ultime
Mais ne te hâte point dans ton voyage...

« Ah, ils sont de Cavafy ! » s'exclama Yiorgos.

C'était son poète préféré.

Il retourna la montre et au dos il découvrit deux lettres : *Y & Y*.

« Elle te plaît ? demanda Yusuf.

— Si elle me plaît ? Je l'adore, dit Yiorgos, la voix chargée d'émotion. Je t'adore. »

Le sourire sur le visage de Yusuf se figea tandis qu'il passait les doigts dans la chevelure de Yiorgos. Il l'attira à lui et l'embrassa doucement, la tristesse dans ses yeux plus profonde. Je savais ce qui le préoccupait. La veille il avait trouvé une note collée sur la porte avec un morceau de chewing-gum. Un message sec, lâche, écrit en mauvais anglais avec des lettres découpées dans un journal, sans signature, sali et brouillé par du rouge qui avait l'apparence du sang, et en était peut-être. Il avait lu le message plusieurs fois, les vilains mots – « sodomites », « homos », « pécheurs » – le transperçant comme des couteaux, tranchant une veine proche du cœur et ouvrant une blessure ; pas une blessure nouvelle, mais une ancienne qui n'avait jamais pu guérir tout à fait. Depuis l'enfance il avait été régulièrement visé et moqué de n'être pas assez homme, pas assez *viril*, d'abord par sa propre famille, puis à l'école par les élèves et les enseignants, et même de parfaits étrangers ; des railleries et des pointes lancées dans de soudains accès de rage et de mépris, mais d'où elles provenaient, il ne l'avait jamais compris ; rien de tout cela n'était nouveau, mais cette fois il s'agissait d'une menace. Il n'en avait rien dit à Yiorgos, ne voulant pas l'inquiéter.

Cette nuit-là ils bavardèrent pendant des heures, et m'empêchèrent de dormir. Je faisais bruire mes branches pour tenter de leur rappeler qu'un figuier a besoin de sommeil et de repos. Mais ils étaient trop absorbés l'un par l'autre pour faire attention à moi. Yiorgos but beaucoup en diluant tout ce vin avec la liqueur de caroube de Panagiota. Yusuf était resté sobre mais paraissait tout aussi éméché, riant aux blagues les plus stupides. Ils chantèrent à l'unisson et Dieu sait qu'ils avaient tous les deux des voix atroces. Même Chico aurait mieux chanté !

Peu avant l'aube, à bout de nerfs et exténué, j'allais m'endormir quand j'entendis Yiorgos marmonner, comme pour lui-même : « Ce poème de Cavafy... tu crois qu'un jour on devrait quitter Nicosie ? J'adore cette île, tu peux me croire, mais des fois j'aimerais qu'on vive dans un endroit où il y a de la neige ! »

Ils firent des projets de voyage, établirent une liste de toutes les villes qu'ils désiraient visiter.

« De q-q-qui on se moque, on sait bien tous les deux qu'on ne va pas partir, dit Yusuf avec un sanglot d'émotion proche du désespoir. Les oiseaux peuvent partir, pas nous. » Il fit un geste en direction de Chico, qui dormait dans sa cage sous un tissu noir.

Yiorgos garda le silence un moment. Puis il dit : « Tu savais que dans l'ancien temps les gens ne comprenaient pas pourquoi tant d'oiseaux disparaissaient pendant l'hiver ? »

Il raconta à Yusuf que les anciens Grecs s'interrogeaient sur ce qui arrivait aux oiseaux quand les jours s'assombrissent et que les vents froids commencent à descendre des montagnes. Ils scrutaient les cieux vides, tentant de trouver des indices sur l'endroit où ils pouvaient se cacher, tous ces milans noirs, oies grises, étourneaux, hirondelles et martinets. Ignorants des schémas de migration, les philosophes de l'Antiquité trouvèrent leur propre explication. Chaque hiver, affirmaient-ils, les oiseaux se transforment en poissons.

Et les poissons, dit-il, étaient heureux dans leur nouvel environnement. Sous l'eau la nourriture était abondante, la vie moins dure. Mais ils n'oubliaient jamais d'où ils venaient, comment jadis ils s'élançaient au-dessus de la terre, légers et libres. Rien ne pouvait remplacer cette sensation. Alors quand la nostalgie devenait trop forte, chaque année à l'approche du printemps, les poissons se rechangeaient en oiseaux. Et ainsi ils emplissaient à nouveau le firmament, tous ces milans noirs, oies grises, étourneaux, hirondelles et martinets.

Pendant quelque temps, tout se passait bien et ils étaient ravis de retrouver leurs ciels familiers, jusqu'à ce que le gel s'accroche aux branches d'arbre et qu'ils doivent retourner sous les eaux, où ils se sentaient en sécurité mais jamais comblés, et ainsi il se répétait constamment, ce cycle de poissons et oiseaux, oiseaux et poissons. Le cycle de l'appartenance et de l'exil.

C'était la question de tous les temps : faut-il partir ou rester ? Par cette nuit fatale, Yusuf et Yiorgos choisirent de rester.

La lune

Chypre, mai 1974

Lorsqu'ils se retrouvèrent la fois suivante au Figuier Heureux, Kostas était en retard. Il avait aidé sa mère à couper du bois et à empiler les bûches près de l'âtre, ce qui l'avait empêché de partir plus tôt. Enfin libéré, il courut tout le long du chemin de la maison à la taverne.

Heureusement Defne était encore là qui l'attendait dans la petite salle derrière le bar.

« Je suis vraiment désolé, mon amour », dit Kostas en se précipitant dans la pièce.

Un je-ne-sais-quoi dans l'expression de Defne l'arrêta net. Une lueur dure dans les yeux. Il se glissa sur le siège près d'elle, reprit son souffle. Leurs genoux se touchaient sous la table. Elle s'écarta de manière presque imperceptible.

« Salut », dit-elle, sans rencontrer son regard.

Il savait qu'il devrait lui demander ce qui n'allait pas, pourquoi elle paraissait si perturbée, mais un étrange raisonnement s'empara de lui, comme si en ne la pressant pas d'exprimer par des mots ce qui la peinait, il pouvait tenir cela à distance, au moins un moment.

Elle finit par rompre le silence. « Mon père est à l'hôpital.

— Pourquoi ? Qu'est-ce qui s'est passé ? » Il lui prit la main, la sentit inerte, sans vie contre sa paume.

Elle secoua la tête, les yeux noyés. « Et mon oncle… le frère de ma mère. Tu te rappelles ce que je t'ai raconté à propos de lui ? Celui qui m'a vue une nuit et qui voulait savoir où j'allais.

— Oui, bien sûr. Qu'est-ce qui lui est arrivé ?

— Il est mort. »

Kostas se figea.

« Hier des hommes armés de l'EOKA-B ont arrêté le bus où étaient mon père et mon oncle et ils ont ordonné à tous les passagers de dire leur nom… Ils ont mis à part les hommes qui avaient des noms turcs ou musulmans. Mon oncle avait un pistolet sur lui. Ils lui ont dit de le leur donner, il a résisté. Il y a eu des cris de part et d'autre. Tout s'est passé si vite. Mon père a essayé d'intervenir. Il s'est jeté en avant et il a pris une balle. Maintenant il est à l'hôpital. Les médecins disent qu'il risque de rester paralysé. Et mon oncle… » Elle se mit à sangloter. « Il avait vingt-six ans. Il venait juste de se fiancer. On blaguait ensemble l'autre jour. »

Avalant une rapide bouffée d'air, il bredouilla, cherchant ses mots. « Je suis tellement désolé. »

Il voulut la prendre dans ses bras, sans être trop sûr qu'elle le souhaitait, interrompit son geste, attendit, absorbant cette nouvelle faille qui s'ouvrait entre eux.

« Je suis vraiment désolé, Defne. »

Elle détourna le regard. « Si ma famille découvre… S'ils apprennent que je fréquente un garçon grec ils ne me le pardonneront jamais. Pour eux, c'est la pire chose qui soit. »

Il blêmit. C'était ce qu'il redoutait depuis le début, le prélude à ce dénouement. Sa poitrine lui parut si pleine qu'il craignit de la sentir éclater. Il lui fallut tendre tous les muscles de son corps pour se maîtriser. Étrange à dire, la seule chose qui lui vint à l'esprit, c'était le coussinet à épingles qu'utilisait sa mère quand elle faisait de la couture. C'était son cœur, maintenant, qui était transpercé par des dizaines d'aiguilles. Il demanda, la voix à peine un murmure rauque : « Tu veux dire qu'on devrait rompre ? Je ne supporte pas de te voir souffrir. Je ferai n'importe quoi pour empêcher ça. Même si ça veut dire ne plus nous voir. Dis-moi, je t'en prie, est-ce que ça t'aidera si je me tiens à l'écart ? »

Elle releva le menton et le regarda droit dans les yeux pour la première fois depuis qu'il était arrivé. « Je ne veux pas te perdre.

— Je ne veux pas te perdre non plus », dit Kostas.

Distraite, elle porta son verre à ses lèvres. Il était vide.

Kostas se leva. « Je vais te chercher de l'eau. »

Il ouvrit les rideaux. La taverne était pleine à craquer ce soir, un nuage brumeux de fumée de tabac flottait dans l'air. Un groupe d'Américains étaient assis près de la porte, la tête penchée avec gourmandise sur les assiettes de *mezze* qu'un serveur avait posées devant eux.

Kostas aperçut Yusuf, debout dans un coin, qui portait une chemise de lin bleu. Chico, perché sur l'étagère derrière lui, se lissait les plumes.

Quand leurs regards se croisèrent, Yusuf lui adressa un sourire – confiant, paisible. Kostas tenta de lui retourner son geste, sa conduite amicale habituelle teintée de timidité maintenant qu'il connaissait leur secret. Il parvint seulement à lui offrir un maigre sourire, le cœur douloureux de tout de ce que venait de lui apprendre Defne.

« Tout va bien ? » articula Yusuf par-dessus le bruit.

Kostas lui montra le pichet vide. « Je viens juste chercher de l'eau. »

Yusuf fit signe au serveur le plus proche – un Grec de haute taille, mince, qui venait d'être père pour la première fois.

Tout en attendant son pichet, Kostas jeta un coup d'œil vague autour de lui, l'esprit assombri par tout ce que lui avait confié Defne. Les bruits de la taverne le cernèrent, comme une main sur la poignée d'un couteau. Il remarqua une femme blonde corpulente à l'une des tables de devant, qui sortait un miroir de son sac pour se remettre du rouge à lèvres. Cette couleur l'accompagnerait pendant des années, un rouge vif, une traînée de sang.

Même beaucoup plus tard, à Londres, il se surprendrait à revivre ce moment et, même si tout allait se passer trop vite, dans sa mémoire les événements de cette nuit-là se rejoueraient toujours à une lenteur torturante. Une lumière aveuglante comme il n'en avait jamais vu auparavant, n'imaginait pas possible. Un sifflement atroce qui lui emplit les oreilles, aussitôt suivi par un fracas ronflant, comme si un millier de pierres brutes s'entrechoquaient. Et puis… chaises cassées, assiettes en miettes, corps mutilés et, inondant tout et tous, une pluie de minuscules fragments de verre qui, dans ses souvenirs, seraient toujours d'une rondeur parfaite, comme des gouttelettes d'eau.

Le sol tangua et ondula sous ses pieds. Kostas tomba en arrière, poussé par une force invincible, l'impact bizarrement assourdi. Puis le silence. Le silence absolu, plus sonore que l'explosion qui venait de faire trembler le lieu. Il se serait cogné la tête sur une marche de pierre sans la présence d'un corps gisant sous lui – celui du serveur qui allait lui chercher un pichet d'eau.

C'était une bombe. Une bombe artisanale jetée dans le jardin par un motard, qui détruisit entièrement la façade. Cinq personnes perdraient la vie au Figuier Heureux ce soir-là. Trois Américains qui visitaient l'île pour la première fois, un soldat canadien qui achevait sa mission de maintien de l'ordre et allait rentrer chez lui, et le serveur grec qui venait d'être père.

*

Kostas se releva, tituba, le bras gauche battant l'air. En se retournant, les yeux écarquillés de terreur, il vit le rideau de la pièce arrière en lambeaux et Defne qui se précipitait vers lui, le visage couleur de cendre.

« Kostas ! »

Il voulut parler mais ne put trouver une seule parole de réconfort. Il voulait aussi l'embrasser ; au milieu du carnage humain cela semblait tellement mal, et pourtant peut-être la seule chose qu'il puisse faire. Sans un mot, il la serra contre lui, le sang des autres imprégné dans ses vêtements.

Quelle était la cible des agresseurs, les touristes américains ou les soldats britanniques ? Ou était-ce la taverne en particulier et ses deux propriétaires ? À moins qu'il ne s'agisse d'un acte de violence au hasard, de plus en plus fréquent ces derniers temps. Ils ne le sauraient jamais.

Il régnait partout une odeur âcre, de fumée, de brique et de gravats brûlés. C'est l'entrée qui avait pris l'impact le plus violent, la porte en bois arrachée de ses gonds, les carreaux de mosaïque et les photos encadrées tombés des murs, les sièges en pièces, des éclats de vaisselle répandus sur le sol. Dans un coin, de courtes flammes sortaient de sous une table renversée. Le verre crissait sous les semelles. Kostas et Defne prirent des directions opposées pour tenter de venir en aide aux blessés.

Plus tard, à l'arrivée de la police, et bien avant celle de l'ambulance, Yiorgos et Yusuf leur dirent qu'ils devraient s'en aller et c'est ce qu'ils firent, sortant du Figuier Heureux par le patio à l'arrière. Dehors c'était la pleine lune, la seule chose paisible qu'il leur fut donné de voir de toute la journée. Elle brillait d'une beauté impassible, comme une gemme glacée sur fond de velours noir, tout à fait indifférente à la douleur humaine qu'elle surplombait.

*

Cette nuit-là, où ils ne se sentaient prêts ni l'un ni l'autre à rentrer chez eux, ils restèrent ensemble plus tard que de coutume. Ils gravirent la colline derrière la taverne et s'assirent près d'un vieux puits, caché dans une broussaille de ronces et de bruyère. Penchés au-dessus de la margelle de pierre, les doigts enfoncés dans sa mousse soyeuse, ils sondaient le fond du fût, invisible sous l'eau noire. Ils n'avaient pas de pièce à y jeter, pas de vœux à prononcer.

« Laisse-moi te raccompagner chez toi, dit Kostas. Au moins un bout du trajet.

— Je ne veux pas rentrer, dit-elle en se frottant la nuque, où un éclat l'avait écorchée sans qu'elle en soit consciente. Ma mère et Meryem restent à l'hôpital cette nuit auprès de mon père. »

Il sortit un mouchoir, essuya les larmes et la suie qu'elle avait sur les joues. Elle lui prit la main, reposant la tête sur sa paume qu'elle se refusait à libérer. Il sentait la chaleur de sa bouche, la courbe des cils contre sa peau à lui. Un suspens dans l'air, le monde soudain tout au loin.

Elle lui demanda de lui faire l'amour, et comme il ne réagissait pas immédiatement, elle se recula et l'étudia, le regard ferme, sans le moindre soupçon de timidité.

« Tu es sûre ? » dit-il, le visage légèrement rougi par le clair de lune.

Ce serait leur première fois à tous les deux.

Elle lui fit signe que oui avec tendresse.

Il l'embrassa et lui dit : « Il faut que je te prévienne, c'est plein d'orties par ici.

— J'ai remarqué. »

Il enleva sa chemise et l'enroula autour de sa main droite. Il fit un tri dans l'herbe, arracha autant d'orties qu'il pouvait, les jetant de côté en touffes comme il avait vu sa mère procéder si souvent pour en faire de la soupe. En relevant la tête il vit qu'elle le dévisageait avec un sourire triste.

« Pourquoi tu me regardes comme ça ?

— Parce que je t'aime. Tu es une âme délicate, Kostas. »

On ne tombe pas amoureux au milieu d'une guerre civile, quand on est cerné de toutes parts par le carnage et la haine. On prend ses jambes à son cou et on part aussi loin que peuvent vous porter vos craintes, cherchant simplement à survivre et rien d'autre. Équipé d'ailes d'emprunt, on prend son essor pour s'envoler au loin. Et si on ne peut pas partir, on cherche un abri, un lieu sûr où il est possible de se retirer en soi parce que toute autre tentative a échoué, toutes les négociations diplomatiques et les consultations politiques, on sait que c'est désormais œil pour œil, dent pour dent, et qu'on n'est en sécurité nulle part à l'extérieur de sa propre tribu.

L'amour est l'assertion audacieuse de l'espérance. On n'étreint pas l'espérance quand la mort et la destruction ont pris les commandes. On ne met pas sa plus jolie robe et une fleur dans ses cheveux quand on est entouré de ruines et d'esquilles. On ne cède pas son cœur, en un temps où les cœurs sont censés rester scellés, surtout à ceux qui ne sont pas de votre religion, ni de votre langue, ni de votre sang.

On ne tombe pas amoureux à Chypre pendant l'été 1974. Pas ici, pas maintenant. Et pourtant ils s'aimaient, ces deux-là.

Figuier

Quand la bombe explosa, les étincelles mirent le feu à une de mes branches. En quelques secondes, j'étais en flammes. Personne ne le remarqua. Pas avant un bon moment. Ils étaient tous sous le choc, tentaient frénétiquement de secourir les blessés, d'évacuer les gravats, incapables de regarder les cadavres. Il y avait de la poussière et de la fumée partout, des cendres qui tourbillonnaient dans l'air comme des nuées de phalènes autour d'une bougie. J'ai entendu une femme pleurer. Pas fort, un son étouffé, à peine audible, comme si elle craignait de faire trop de bruit. J'ai écouté, et continué à brûler.

Dans les régions exposées aux incendies les arbres inventent des myriades de méthodes pour se protéger contre la dévastation. Ils s'entourent d'une épaisse écorce écailleuse, ou gardent leurs bourgeons en sommeil sous terre. Certains pins ont des pommes dures, résistantes, prêtes à libérer leurs germes aux premiers picotements de chaleur intense. D'autres arbres abaissent carrément leurs branches inférieures, pour empêcher les flammes de grimper trop vite. Nous faisons tout cela et plus dans le but de survivre. Mais moi, j'étais un figuier hébergé dans une taverne joyeuse. Je n'avais aucune raison de prendre de telles précautions.

Mon écorce était mince, mes branches abondantes et délicates, et je n'avais rien pour me protéger.

C'est Yusuf qui m'a vu le premier. Il a couru vers moi, cet homme bon, à la langue nouée, agitant les bras, en sanglots.

« *Ah canim, ne oldu sana ?* – Mon cœur, qu'est-ce qui t'est arrivé ? » ne cessait-il de répéter en turc, les yeux teintés de chagrin.

J'avais envie de lui dire qu'il ne bégayait pas. Il ne le faisait jamais quand il me parlait.

Je regardai Yusuf saisir une nappe, puis plusieurs autres. Il tapota mes branches en sautant et bondissant comme un fou. Apporta des seaux d'eau de la cuisine. Maintenant Yiorgos l'avait rejoint et, à eux deux, ils parvinrent à éteindre le feu.

Une partie de mon tronc avait brûlé et plusieurs de mes membres étaient carbonisés, mais j'étais vivant. J'allais guérir. Je me remettrais de cette horreur sans garder de cicatrices – à la différence des gens qui étaient là-bas cette nuit-là.

Une lettre

Chypre, juin 1974

Quelques semaines après l'explosion au Figuier Heureux, Panagiota écrivit une lettre à son frère à Londres.

Mon cher Hristos

Merci pour les charmants cadeaux que tu m'as envoyés le mois dernier, qui sont tous arrivés intacts. De savoir que tu vas bien et que tu réussis en Angleterre, c'est le plus grand des cadeaux pour mon âme. Que la grâce du Seigneur soit toujours votre guide, à toi et ta famille, et qu'elle vous entoure comme un bouclier d'acier.

J'ai réfléchi beaucoup et longtemps avant de t'écrire cette lettre. Je crois qu'il est temps car je ne peux plus garder cette crainte enfermée dans mon cœur. Je suis inquiète – terrifiée – à propos de Kostas. Rappelle-toi, mon frère, j'étais tellement jeune quand Dieu m'a laissée veuve avec trois enfants à élever seule. Trois garçons qui avaient grand besoin de la vigilance d'un père dans leur vie. J'ai essayé d'être leurs deux parents. Tu sais combien ça a été dur, et pourtant je ne me suis jamais plainte. Regarde-moi maintenant, mon frère. Je me demande si tu sauras encore me reconnaître la prochaine fois que tu me verras. J'ai vieilli vite. Mes cheveux ne sont plus brillants, ni même noirs, et quand je les peigne le soir, ils tombent par touffes. Mes mains sont aussi sèches et rugueuses que de la toile émeri, et je parle souvent toute seule comme cette vieille folle d'Elefikeria qui bavardait avec les fantômes, tu te souviens ?

En une seule année j'ai perdu deux fils, Hristos. Ne pas savoir où se trouve Andreas aujourd'hui, maintenant, s'il est libre ou prisonnier, vivant ou mort, n'est pas moins une torture que le jour où on a transporté le corps de mon bien-aimé Michalis dans la maison. Ils sont partis tous les deux, leurs lits sont froids et vides. Je ne peux pas supporter de souffrir la mort d'un troisième enfant. J'en perdrai l'esprit.

Toutes les nuits, je me demande si je fais bien de garder Kostas auprès de moi à Chypre. Et même si c'était une bonne chose jusqu'ici, combien de temps vais-je encore pouvoir veiller sur lui ? C'est presque un homme, maintenant. Parfois il sort de la maison et ne revient pas avant des heures. Comment puis-je avoir la certitude qu'il est en sécurité ?

L'île n'est plus un endroit vivable pour les jeunes gens. Il y a du sang dans les rues. Tous les jours. Pas même le temps de laver le sang d'hier. Et mon garçon est beaucoup trop sentimental. Il trouve un poussin tombé du nid qui a été tué par la griffe d'un chat et il reste muet pendant des jours. Tu sais, s'il pouvait, il aurait complètement cessé de manger de la viande. Quand il avait onze ans, il pleurait sur les pâtés de merle. Si tu crois que le temps l'a endurci, pas du tout. Pendant la vague de chaleur il a vu un tas de chauves-souris mortes dans le jardin et il était bouleversé. Je suis sérieuse, Hristos. Ça lui a brisé le moral.

Je suis inquiète de voir qu'il n'est pas du tout armé pour les tourments de la vie – et certainement pas les tourments de notre île. Je n'ai jamais vu personne souffrir aussi fort de la douleur des animaux. Il s'intéresse plus aux arbres et aux buissons qu'à ses compatriotes. Ce n'est pas une bénédiction, je suis sûre que tu en seras d'accord. Ça ne peut être qu'une malédiction.

Mais il y a pis, bien pis. Je sais qu'il fréquente une jeune fille. Il sort en douce à des heures bizarres, rentre avec l'œil fou, les joues en feu. Ça ne me gênait pas au début, pour être honnête. J'ai fait semblant de ne rien remarquer, avec l'espoir que ça lui ferait du bien. Je me disais, s'il tombe amoureux, ça le tiendra loin des rues et de la politique. J'en avais assez des pallikaria *– des garçons braves mais téméraires. Alors j'ai laissé aller. En feignant l'ignorance, je lui ai permis de voir cette fille. Mais ça, c'était avant d'apprendre par un voisin, seulement cette semaine, qui elle était. Et maintenant je suis terrifiée.*

Notre Kostas est amoureux d'une Turque ! Ils se rencontrent en secret. Jusqu'où ils sont allés, je l'ignore et je ne peux pas poser la question. Un chrétien ne peut pas épouser une musulmane, cela offense les yeux de Notre Seigneur. La famille de cette jeune fille risque d'apprendre la vérité d'un jour à l'autre, et alors que vont-ils faire à mon fils ? Ou quelqu'un de notre bord risque de le découvrir, et que se passera-t-il ? Est-ce que nous n'avons pas assez souffert ? Je ne peux pas être naïve. Toi et moi nous savons qu'il y a des gens de l'une ou l'autre communauté prêts à les punir pour ce qu'ils ont fait. La sanction la moins lourde, vu les circonstances, ce seront les ragots et la calomnie. Nous en porterons la honte à jamais. Mais ce n'est pas ce que je crains le plus. Et si on leur infligeait un châtiment plus sévère ? Je ne veux même pas y penser. Comment Kostas peut-il me faire une chose pareille ? Et à son frère aîné, que Dieu garde son âme en paix.

Je n'en dors pas. Kostas non plus, apparemment. Je l'entends arpenter sa chambre toutes les nuits. Ça ne peut pas continuer comme ça, la peur qu'il ne lui arrive quelque chose de terrible me ronge l'esprit. Ça m'empêche de respirer.

J'ai décidé après mûre réflexion de faire partir Kostas – chez toi, à Londres. Je n'ai pas besoin de te dire, mon frère, quel coup cela me fait au cœur. Pas besoin.

La chose que je demande, que j'implore, c'est que tu le prennes sous ton aile. Je t'en prie, fais cela pour moi. Ce garçon n'a pas de père, Hristos. Il lui faut une main paternelle sur l'épaule. Il a besoin de l'aide et des conseils de son oncle. Je veux qu'il reste loin de Chypre, loin de cette fille jusqu'à ce qu'il retrouve la raison et comprenne qu'il s'est conduit comme un écervelé, un imprudent.

Si tu es d'accord, je peux trouver une bonne excuse et lui dire qu'il ne sera absent qu'une semaine environ. Mais je veux que tu le gardes là-bas plus longtemps – au moins jusqu'à la fin de l'été. Il est jeune. Il l'oubliera vite. Peut-être qu'il peut t'aider au magasin et apprendre un métier quelconque ? C'est sûrement bien mieux pour lui que de regarder les oiseaux ou rêvasser sous les caroubiers à longueur de journée. Accueille le jeune Kostas dans ta demeure et dans ta famille, s'il te plaît. Veux-tu bien faire cela pour moi, mon frère ? Acceptes-tu de garder un œil sur le seul fils qu'il me reste ? Quelle que soit ta réponse, que la grâce de Notre Seigneur Jésus-Christ et l'amour de Dieu et la compagnie du Saint-Esprit soient avec toi, maintenant et à jamais.

Ta sœur aimante,

Panagiota

Poivrons

Londres, fin des années 2010

Le lendemain matin, Meryem était assise à un bout de la table de la cuisine avec devant elle un saladier de riz cuit et de tomates saupoudrés d'épices, et un lot de poivrons lavés et épépinés, la queue coupée. À l'entrée d'Ada, elle lui adressa un sourire, qui s'effaça rapidement dès qu'elle remarqua l'expression du visage de sa nièce.

« Ça va ?

— Très bien, dit Ada, sans lever les yeux.

— Tu sais, dans le temps, à Chypre, nous avions un bouc. Une superbe créature. Ta maman et moi nous le cajolions toujours. On l'appelait *Karpuz* parce qu'il raffolait des pastèques. Un matin, Baba a emmené Karpuz chez le vétérinaire. Il l'a fait monter à l'arrière d'un camion. Étouffant, poussiéreux. Il avait d'autres choses à faire, alors il a laissé Karpuz attaché là toute la journée. Quand le bouc est rentré, il était traumatisé. Avec ce regard vitreux. » Meryem se pencha et lui fit un clin d'œil. « En ce moment, tu ressembles à Karpuz après sa balade en camion. »

Ada émit un léger grognement. « Je vais très bien.

— C'est ce que Karpuz nous a répondu. »

Ada prit une lente inspiration en roulant des yeux. La curiosité de sa tante aurait pu l'irriter mais, bizarrement, il n'en fut rien. Au lieu de cela, elle éprouva un besoin urgent de lui parler. Peut-être pouvait-elle se confier à cette femme, qui ne ferait qu'un bref séjour chez eux. Il n'y avait aucun risque à partager quelques détails avec elle. De plus, Ada avait besoin de parler à quelqu'un, entendre une autre voix que celles qui lui labouraient l'esprit.

« Je n'aime pas mon école. Je ne veux plus y retourner.

— Oh Seigneur. Ton père est au courant ?

— J'ai essayé de lui dire, ça ne s'est pas très bien passé. »

Meryem haussa les sourcils.

« Ne prends pas cet air bouleversé, ce n'est pas la fin du monde, dit Ada. Je n'arrête pas mes études pour entrer dans une secte clandestine. Je n'aime pas cette école-là, c'est tout.

— Écoute, *canim*, tu vas peut-être m'en vouloir de te dire ça, mais rappelle-toi, les bons conseils sont toujours agaçants, et les mauvais, jamais. Alors si ce que je te dis te fâche, prends-le comme un bon conseil. »

Ada fronça les sourcils.

« Bon, je vois que tu es déjà irritée, dit Meryem. Ce que j'essaie de dire, c'est que tu es jeune, et que les jeunes sont impatients. Ils ont hâte que l'école s'arrête et que la vie commence. Mais laisse-moi te confier un secret : elle a déjà commencé ! C'est ça, la vie. L'ennui, la frustration, l'envie de s'en évader, le désir d'une existence meilleure. Changer d'école, ça ne va pas changer les choses. Alors tu ferais mieux d'y rester. Qu'est-ce qui ne va pas ? Ils te font la vie dure, les autres gosses ? »

Ada pianota sur la table pour occuper ses doigts. « Eh bien… j'ai fait un truc horrible devant toute la classe. Et maintenant j'ai trop honte pour y retourner. »

Les rides se creusèrent sur le front de Meryem. « Qu'est-ce tu as fait ?

— J'ai hurlé... jusqu'à ce que ma voix se casse.

— Oh, trésor, il ne faut jamais élever la voix contre ton professeur.

— Non, non. Ce n'était pas contre la prof. J'avais l'impression de hurler contre tout le monde – contre *tout*.

— Tu étais en colère ? »

Les épaules d'Ada se voûtèrent un peu. « C'est ça le problème, je ne crois pas que c'était de la colère. Peut-être que je suis juste malade. Maman avait des problèmes de santé mentale. Alors, ouais, peut-être que j'ai la même chose qu'elle. Un truc génétique, j'imagine. »

Meryem cessa un instant de respirer, sans qu'Ada semble le remarquer.

« Mon père dit que les arbres ont de la mémoire – et des fois il dit que les jeunes arbres ont une sorte de "mémoire entreposée", comme s'ils connaissaient les traumatismes que leurs ancêtres ont subis. C'est une bonne chose, d'après lui, parce que comme ça les jeunes pousses savent mieux s'adapter.

— Je n'en sais pas très long sur les arbres, dit Meryem, en retournant l'idée dans sa tête. Mais les filles de ton âge ne devraient pas se tourmenter avec ce genre de choses. Le chagrin est à l'âme ce que le ver est au bois.

— Tu veux dire les termites ?

— Admettons que l'histoire est laide, qu'est-ce que ça peut te faire ? poursuivit Meryem, ignorant sa question. Ce n'est pas ton problème. Ma génération a fait un terrible gâchis. Ta génération a de la chance. Vous n'avez pas à vous réveiller un jour avec une frontière devant chez vous, ou vous inquiéter de savoir si votre père va se faire abattre dans la rue à cause de son origine ou sa religion. »

Ada garda les yeux fixés sur ses mains.

« Écoute, tout le monde a fait une ânerie dans sa jeunesse et cru qu'elle était irréparable. Peut-être que tu te sens seule en ce moment. Tu penses que tes camarades se sont moqués de toi, et c'est peut-être vrai, mais ça, c'est la nature humaine. Si ta barbe prend feu, d'autres vont venir y allumer leur pipe. Mais ce qu'il faut que tu comprennes, c'est que tu en sortiras plus forte. Un jour tu regarderas en arrière et tu te demanderas, mais pourquoi je m'en suis même souciée ? »

Ada prit l'idée en considération, même si elle n'en crut pas un mot. Peut-être était-ce vrai jadis, mais dans ce nouvel univers de technologie, les erreurs stupides, s'il s'agissait vraiment d'erreurs, une fois en ligne, restaient accessibles pour toujours.

« Tu ne comprends pas, j'ai hurlé comme une démente, comme si j'étais possédée. La prof était terrifiée, je l'ai vu dans ses yeux.

— Tu as dit… possédée ? répéta lentement Meryem.

— Oui, c'était tellement grave que j'ai été convoquée chez le proviseur. Il m'a posé un tas de questions sur ma *situation de famille*. Est-ce que j'avais du mal à accepter la mort de ma mère ? Ou était-ce à cause de mon père ? Est-ce qu'il y avait des choses dont il devrait être informé ? Est-ce que j'avais des problèmes à la maison ? Oh Seigneur, il m'a posé tellement de questions personnelles que j'avais envie de lui sauter à la gorge et lui dire de la boucler. »

Tout en jouant avec son bracelet, Meryem s'absorba dans la réflexion. Quand elle releva la tête, il y avait une étincelle dans ses yeux, une lueur rose sur ses joues.

« Maintenant je comprends, dit-elle avec une intensité nouvelle. Je crois que je sais où est le problème. »

Figuier

Meryem est un drôle de corps, bourré de contradictions. Elle demande constamment de l'aide aux arbres, même si elle n'a pas l'air de s'en rendre compte. Si elle a peur ou se sent solitaire, ou si elle veut chasser les mauvais esprits, elle touche du bois – un vieux rituel qui remonte aux temps où on nous tenait pour sacrés. À chaque vœu qu'elle n'ose pas formuler à haute voix, elle attache un lambeau de tissu ou un ruban à nos rameaux. Si elle cherche quelque chose – un trésor enfoui ou une babiole qu'elle a perdue – elle se promène avec une branche fourchue, ce qu'elle appelle une baguette de divination. Pour ma part, ces superstitions ne me gênent pas. Il y en a même qui peuvent nous être utiles, à nous les plantes. Les clous rouillés qu'elle enfonce dans les pots de fleurs pour chasser les djinns rendent la terre plus alcaline. Et pareil, la cendre de bois quand elle fait du feu pour annuler un sortilège contient du potassium, qui peut être nourrissant. Quant aux coquilles d'œuf qu'elle sème partout dans l'espoir d'attirer la chance, elles forment un compost fertile. Je me demande juste pourquoi elle continue à accomplir ces rites vieillots sans penser qu'ils tirent leur origine d'une profonde révérence envers nous les arbres.

Il y a un chêne sept fois centenaire dans la vallée de Marathassa, au cœur des montagnes Troödos. Les Grecs racontent qu'un groupe de paysans terrorisés se sont cachés dessous alors qu'ils fuyaient les Ottomans au XVIe siècle, et ainsi sauvèrent leur vie de justesse.

Et il y a un *Ficus carica* au couvent d'Agios Georgios Alamanos qui, d'après les Turcs, est sorti du cadavre d'un homme quand la figue qu'il avait mangée à son dernier dîner a poussé jusqu'à devenir un arbre. Il avait été emmené avec deux autres dans une grotte, et tué à la dynamite.

J'écoute avec soin, et je trouve surprenant que les arbres, rien que par leur présence, puissent devenir des sauveurs pour les opprimés et un symbole de souffrance pour des gens de camps opposés.

Au cours de l'histoire nous avons servi de refuge à quantité de monde. Un sanctuaire non seulement pour les mortels mais aussi pour les dieux et les déesses. Ce n'est pas sans raison que Gaïa, déesse mère de la Terre, a changé son fils en figuier pour le sauver de la foudre de Jupiter. En divers coins du globe, des femmes qu'on estime maudites sont mariées à un *Ficus carica* avant de pouvoir engager leur foi à l'homme qu'elles aiment sincèrement. Même si je trouve toutes ces coutumes bizarres, je comprends d'où elles viennent. Les superstitions sont les ombres de terreurs inconnues.

Aussi, quand à ma grande surprise Meryem s'est rendue dans le jardin et s'est mise à marcher en tous sens, indifférente au froid et à l'ouragan, j'ai deviné qu'elle méditait un plan pour secourir Ada. Et je savais qu'une fois encore, elle aurait recours à son inépuisable réservoir de mythes et de croyances.

Définition de l'amour

Chypre, juillet 1974

La cour était faiblement éclairée par la lune déclinante. Après avoir sifflé toute la journée sur la cime des arbres, le vent chaud avait fini par s'épuiser et se calmer, la nuit se faisait douce et fraîche. L'arôme du jasmin, entrelacé à la balustrade de fer forgé comme un fil d'or dans un tissu fait main, embaumait l'air, mêlé aux odeurs de métal brûlé et de poudre.

Defne était assise seule dans le coin le plus éloigné de la maison, encore debout à cette heure tardive. Pelotonnée contre le mur, là où ses parents ne pourraient pas la voir s'ils regardaient par la fenêtre. Les genoux ramassés contre la poitrine, elle posa la tête sur sa paume. Dans l'autre main, elle tenait une lettre, qu'elle avait déjà lue maintes fois, même si les mots flottaient impénétrables devant ses yeux.

Son regard glissa vers le plant de tomates que sa sœur faisait pousser dans un grand pot en argile. Au cours de l'année, cette plante était devenue son alliée. Chaque fois qu'elle sortait la nuit rejoindre Kostas, elle dégringolait le tronc du mûrier devant son balcon, puis regrimpait par le même chemin, en se servant précautionneusement du pot comme d'une marche pour monter et descendre.

Elle n'avait pas revu Kostas depuis la nuit de l'explosion au Figuier Heureux. C'était devenu presque impossible de sortir se promener. Chaque jour les nouvelles se faisaient plus sombres, plus effrayantes. Les rumeurs affirmant que la junte militaire au pouvoir en Grèce ourdissait des façons de déposer le président de Chypre, l'archevêque Makarios, étaient devenues des faits. La veille, la garde nationale chypriote et l'EOKA-B avaient fomenté un coup d'État pour renverser l'archevêque démocratiquement élu. Le palais présidentiel de Nicosie avait été bombardé et incendié par des troupes armées fidèles à la junte. Des combats éclatèrent dans les rues entre les supporteurs de l'archevêque et ceux du régime militaire d'Athènes. La radio d'État annonça le décès de Makarios. Mais alors qu'on le pleurait, l'archevêque avait diffusé un appel depuis une radio de fortune : « Chypriotes grecs ! Vous connaissez ma voix. Je suis Makarios. L'homme que vous avez choisi pour être votre chef. Je ne suis pas mort. Je suis vivant. » Il avait réussi miraculeusement à s'échapper, et personne ne savait où il se trouvait.

Au milieu du chaos, la violence intercommunautaire flambait. Les parents de Defne lui avaient interdit de sortir, même pour faire des provisions de première nécessité. Les rues n'étaient pas sûres. Les Turcs devaient rester près des Turcs, les Grecs près des Grecs. Confinée à la maison, elle avait passé des heures à réfléchir, s'inquiéter, chercher un moyen de parler à Kostas.

Aujourd'hui, enfin, sa mère venait de sortir pour assister à une réunion du quartier, son père s'était endormi dans sa chambre comme de coutume après sa dose de médicament quotidienne, et elle en profita pour filer, malgré les protestations de sa sœur. Elle courut tout le long du chemin jusqu'au Figuier Heureux, à la recherche de Yusuf et Yiorgos. Heureusement, ils étaient là tous les deux.

Depuis la nuit de la bombe, ils avaient travaillé dur pour remettre le lieu en état, et réussi à réparer une bonne partie des dégâts. La façade avant et la porte étaient reconstruites, mais maintenant, bien que prêts à reprendre leur activité, ils étaient contraints de rester fermés en raison des troubles. Defne les trouva occupés à empiler des chaises et des tables devant la taverne, envelopper le matériel de cuisine dans des emballages protecteurs avant de les ranger dans des caisses et des cartons. Quand ils la virent, leurs yeux brillèrent d'une chaleur qui se mua vite en inquiétude.

« Defne ! Qu'est-ce que tu f-f-fais ici ? demanda Yusuf.

— Je suis tellement contente de vous trouver ! Je craignais de vous voir partis.

— On ferme, dit Yiorgos. Le personnel a démissionné. Ils ne veulent plus travailler. Et tu ne devrais pas être dehors en ce moment. C'est dangereux. Tu n'es pas au courant ? Les familles britanniques rentrent chez elles. Un avion affrété a décollé ce matin pour rapatrier les femmes et les enfants des militaires. Il y a un autre avion prévu demain. »

Defne avait entendu dire que les dames anglaises étaient montées à bord en capelines pastel et robes assorties, leurs valises remplies à bloc. Le soulagement brillait sur leur visage. Mais nombre d'entre elles pleuraient, aussi, de devoir quitter cette île qu'elles avaient appris à aimer.

Yiorgos dit : « Quand les Occidentaux fichent le camp comme ça, ça veut dire que ceux d'entre nous qui restent sont bien dans la merde.

— Toute ma communauté est morte d'inquiétude, dit Defne. Ils pensent qu'il va y avoir un bain de sang.

— Gardons q-q-quand même espoir, dit Yusuf, ça va passer.

— Mais nous sommes heureux de te voir, dit Yiorgos. On a quelque chose pour toi. Une lettre de Kostas.

— Ah, bon, vous l'avez vu ! Comment ça se passe pour lui ? Il va bien, c'est sûr ? Dieu merci ! »

Elle lui prit l'enveloppe de la main, la serra contre son cœur. Vite, elle ouvrit son sac.

« Moi aussi j'ai quelque chose pour lui. Tiens, prends-la ! »

Ni Yusuf ni Yiorgos ne prit sa lettre.

Defne sentit ses entrailles se tordre, s'efforça d'ignorer cette sensation.

« Je ne peux pas rester longtemps. Vous donnerez ça à Kostas ?

— On ne peut pas, dit Yiorgos.

— C'est bon. Il n'y a pas de danger à marcher jusque chez lui. S'il vous plaît, c'est très important. J'ai une chose urgente à lui dire. »

Yusuf se balança d'un pied sur l'autre. « Alors t-t-tu ne sais pas ?

— Je ne sais pas quoi ?

— Il est parti, répondit Yiorgos. Kostas est parti pour l'Angleterre. Nous pensons que sa mère l'a forcé ; il n'avait pas vraiment le choix. Il a essayé de te joindre. Il est venu ici plusieurs fois demander après toi, la dernière fois il a laissé cette enveloppe. Mais nous pensions qu'il avait fini par te trouver. Nous pensions qu'il te l'avait dit. »

Sur le sol près de sa chaussure elle remarqua un bataillon de fourmis qui traînaient un scarabée mort. Elle les observa quelques secondes, incapable de donner un sens à ce qu'elle éprouvait. Ce n'était pas exactement une douleur qui l'empoigna, cela viendrait plus tard. Ni un choc, même si ça non plus ne tarderait pas. Elle se sentait comme saisie par une irrésistible force de gravité qui la figeait à jamais dans ce lieu et cet instant.

Relevant le menton, le regard vague, elle leur fit un salut bref. Sans un mot, elle s'éloigna. Derrière elle, Yusuf cria son nom. Elle ne réagit pas.

Au loin, des rouleaux de fumée enflaient au-dessus des toitures ; des quartiers de la ville étaient en flammes. Partout à la ronde elle voyait des hommes – armés de fusils, entassant des sacs de sable, des hommes à la mine sévère et aux bottes enduites de crasse. Civils, soldats, paramilitaires. Ou étaient passées toutes les femmes de l'île ?

Elle se dirigea vers les ruelles, loin de l'agitation, le long des jardins et des vergers. Sans but, elle poursuivait sa route, son ombre cheminant à ses côtés. Le jour glissa dans le soir, le monde essoré de ses couleurs. Le temps qu'elle arrive chez elle, des heures plus tard, ses chevilles et ses bras étaient écorchés par les ronces, comme des inscriptions dans une langue qu'elle n'avait jamais appris à parler.

Depuis elle était restée muette, renfermée, les lèvres crispées par la concentration. Elle avait tenté de son mieux de se comporter normalement avec Meryem, sinon sa sœur se serait mise à poser des questions. Ce n'était pas si difficile, s'avisa-t-elle, de différer la souffrance. Tout comme elle avait différé la lecture de sa lettre jusqu'à une heure avancée de la soirée.

Ma Defne chérie

Je n'arrive pas à croire que je n'ai pas pu te voir avant de partir pour l'Angleterre. J'ai commencé à écrire cette lettre, arrêté, recommencé tellement de fois. Je voulais te donner la nouvelle moi-même. Mais je n'ai pas réussi à te joindre.

C'est ma mère. Elle est terrifiée, impossible de la raisonner. Elle a peur qu'il m'arrive quelque chose d'affreux. Elle a pleuré tant et plus et m'a supplié d'aller à Londres. Je ne pouvais pas lui dire non. Mais je ne la laisserai plus jamais me faire ça. Elle est malade, tu le sais. Sa santé se détériore. Depuis le décès de mon père, elle a travaillé sans relâche pour prendre soin de nous. La mort de Michalis l'a brisée, et maintenant qu'Andreas est parti, elle ne peut compter que sur moi. Je ne pouvais pas supporter de la voir dans cet état. Je ne pouvais pas la décevoir.

Ce n'est pas pour longtemps, je te le promets. À Londres, j'habiterai chez mon oncle. Il ne se passera pas un seul jour sans que je pense à toi, pas un seul battement de mon cœur sans qu'il souffre de ton absence. Je serai de retour dans deux semaines, maximum. Je te rapporterai des cadeaux d'Angleterre !

Je n'ai même pas eu l'occasion de te dire ce que l'autre nuit a représenté pour moi. Quand nous avons quitté la taverne... la lune, l'odeur de tes cheveux, ta main dans ma main, après toute cette horreur, quand nous avons compris que nous n'avions d'autre soutien que l'un pour l'autre.

Tu sais ce que je pense depuis ? Je pense que tu es mon pays. Ça te paraît étrange de dire ça ? Sans toi, je n'ai pas de logis dans ce monde ; je suis un arbre abattu, toutes mes racines tranchées autour de moi ; tu pourrais me faire basculer d'une pichenette.

Je reviendrai vite, et ça ne se reproduira plus. Mais peut-être que la prochaine fois, un jour, nous irons ensemble en Angleterre, qui sait ? S'il te plaît pense à moi chaque jour, je serai revenu avant que tu t'en rendes compte.

Je t'aime

Kostas

Defne serra la lettre si fort que les bords s'effritèrent. Son regard se fixa de nouveau sur le plant de tomates tandis que ses yeux s'emplissaient de larmes. Kostas lui avait dit un jour qu'au Pérou, d'où les tomates étaient censées tenir leur origine, on appelait cela « un genre de prune avec un nombril ». Cette description lui avait plu. Tout dans la vie méritait d'être évoqué avec ce soin du détail, avait-elle pensé, au lieu de se voir attribuer un nom abstrait, une combinaison aléatoire de lettres. Un oiseau devrait être « une chose à plumes qui chante ». Ou une voiture, « une chose en métal avec des roues et une corne de brume ». Une île, « une chose solitaire avec de l'eau sur tous les côtés ». Et l'amour ? Peut-être aurait-elle répondu différemment à cette question jusqu'à aujourd'hui, mais désormais elle était sûre que l'amour devrait s'appeler « une chose trompeuse qui finit par un cœur brisé ».

Kostas était parti et elle n'avait pas eu la moindre chance de lui parler. Elle n'avait jamais éprouvé une telle peur du lendemain. Elle était seule, maintenant.

Étranger

Londres, juillet-août 1974

Quand Kostas Kazantzakis arriva à Londres, il fut accueilli à l'aéroport par son oncle et l'épouse anglaise de ce dernier. Le couple vivait dans une maison de brique à colombage dotée à l'avant d'un jardinet carré. Ils avaient un chien, un collie brun-blanc-et-noir nommé Zeus qui adorait les carottes cuites et les spaghetti crus juste sortis du paquet. Il faudrait du temps à Kostas pour s'habituer à la nourriture du pays. Mais le changement de climat surtout le prit par surprise. Il n'était pas préparé à ce nouveau ciel qui le dominait, faiblement éclairé la plupart du temps, avec parfois une étincelle de vie comme le bourdonnement d'une ampoule à basse tension.

Son oncle, installé durablement en Angleterre, était un être jovial au rire communicatif. Il traitait Kostas avec bonté et, guidé par la certitude qu'un jeune garçon ne devrait jamais rester oisif ou immobile, il mit aussitôt son neveu au travail dans son magasin. Là Kostas apprit à garnir les étagères, vérifier les stocks, se servir de la caisse et tenir à jour le livre d'inventaire. Du travail dur, mais ça ne le gênait pas. Il avait l'habitude de s'activer et ça l'occupait, ce qui rendait les jours loin de Defne un peu plus supportables.

Une semaine après son arrivée, Kostas apprit la nouvelle effarante : les forces armées soutenues par la junte grecque avaient renversé l'archevêque Makarios ; une fusillade avait éclaté entre ses partisans et le président de facto, Nikos Sampson, désigné par les instigateurs du coup d'État. Kostas et son oncle dévoraient les journaux, choqués de lire que « les rues étaient jonchées de cadavres, on procédait à des enterrements de masse ». Il dormait à peine la nuit, et chaque fois que le sommeil le gagnait, il plongeait dans des rêves angoissants.

Puis vinrent d'autres faits encore plus impensables : cinq jours après le coup d'État contre Makarios, des troupes turques lourdement armées atterrirent à Kyrenia, trois cents tanks et quarante mille soldats, et se mirent en marche vers l'intérieur du pays. Les villageois grecs qu'ils croisaient en route prirent la fuite pour se réfugier dans le sud, laissant tous leurs biens derrière eux. Dans le maelström du chaos et de la guerre, le régime militaire d'Athènes s'effondra. Des conflits furent signalés entre vaisseaux de guerre turcs et grecs à proximité de Paphos. Mais les combats les plus meurtriers se déroulaient dans et autour de la capitale, Nicosie.

Malade d'inquiétude, Kostas était à l'affût de la moindre parcelle d'information, collé à la radio pour saisir les toutes dernières nouvelles. Les mots masquaient et brouillaient autant qu'ils révélaient et expliquaient : « invasion », disaient les sources grecques ; « opération de pacification », disaient les sources turques ; « intervention », disaient les Nations unies. Des concepts inusités jaillissaient des bulletins, s'installaient au premier plan de son esprit. Les articles parlaient de « prisonniers de guerre », « partition ethnique », « transfert de population »... Il ne pouvait croire que ces mots s'appliquaient à un lieu qui lui était aussi familier que son propre reflet dans le miroir. Maintenant il était incapable de le reconnaître.

Sa mère lui envoya un message affolé, lui enjoignant de ne pas revenir. En franchissant des kilomètres d'embouteillages, elle avait réussi au dernier moment à sortir de Nicosie, terrifiée, et dû se battre pour rester en vie. Le choc et la peur étaient si violents parmi les civils grecs, si atroces les récits et témoignages qui circulaient sur la progression de l'armée qu'une petite fille du voisinage était morte d'une crise cardiaque. N'ayant pu emporter la moindre affaire personnelle, Panagiota avait cherché refuge chez des parents dans le sud. Kostas et elle n'avaient plus de maison. Plus de jardin avec ses cinq caroubiers. Tout ce qu'elle avait si laborieusement construit et si tendrement soigné depuis le jour où son mari était mort en la laissant seule avec trois fils, tout lui avait été retiré.

En dépit des objections de Kostas, son oncle annula son billet de retour. Il ne pouvait pas retourner dans une île en flammes. Piégé dans une situation sur laquelle il n'avait aucune prise, Kostas tenta tous les moyens imaginables de joindre Defne – télégramme, appels téléphoniques, lettres... Au début il avait pu parler à Yusuf et Yiorgos, puis bizarrement, eux aussi devinrent injoignables.

Au bout de six semaines sans réponse de Defne, Kostas parvint à contacter Meryem grâce à un ami qui travaillait à la poste et la conduisit près d'un téléphone à une heure préfixée. La voix basse et confuse, Meryem confirma que leur adresse n'avait pas changé, leur maison était intacte. Defne recevait bien ses lettres.

« Alors pourquoi elle ne répond pas ? demanda Kostas.

— Je suis désolée. Je pense qu'elle ne veut plus entendre parler de toi.

— Je ne le crois pas. Je ne le croirai pas tant que je ne l'entendrai pas de sa bouche. »

Il y eut un silence au bout du fil.

« Je le lui dirai, Kostas. »

Une semaine plus tard une carte postale arriva, écrite de la main de Defne, lui demandant de ne plus chercher à la joindre.

*

Toute sorte de clients fréquentaient la petite épicerie : ouvriers d'usine, chauffeurs de taxi, agents de sécurité. Et aussi, un professeur d'âge moyen qui enseignait dans une école voisine. Ayant remarqué l'intérêt de Kostas pour l'environnement et sa protection, le voyant malheureux et solitaire, cet homme se mit à lui prêter des livres. Le soir, toujours sans nouvelles de Defne, les membres douloureux du travail de la journée, Kostas restait éveillé tard, à lire dans son lit jusqu'à ce qu'il ne puisse plus garder les yeux ouverts. Pendant la journée, chaque fois qu'il marquait une pause entre deux clients, il s'asseyait derrière la caisse et consultait les revues sur la nature qui étaient en vente dans le magasin. Il connaissait ses seuls moments de réconfort en pensant aux arbres ou en s'informant sur leur compte.

Dans l'une de ces revues il tomba sur un article à propos des chauves-souris roussettes, qui expliquait pourquoi elles étaient de plus en plus nombreuses à mourir en masse. L'auteur prédisait que, dans quelques décennies, le monde connaîtrait des niveaux alarmants de chaleur. Il en résulterait la mort collective de certaines espèces, des extinctions apparemment aléatoires mais fortement liées. L'article attirait l'attention sur le rôle positif que pourraient jouer les forêts en ralentissant le réchauffement catastrophique du climat. Cela fit bouger quelque chose en lui. Auparavant, Kostas ignorait qu'on pouvait consacrer sa vie à l'étude des plantes. Il en était capable, il le sentait, et si cela devait entraîner une vie de solitude, il en était capable aussi.

Il continuait à envoyer des lettres à Defne. Au début, il ne lui parlait que de Chypre, et lui posait des questions inquiètes sur ce qu'elle faisait, essayant de lui transmettre des paroles d'encouragement et de soutien, des signes d'amour. Mais peu à peu, il se mit à lui parler de Londres : la diversité ethnique du voisinage, les bâtiments publics noirs de suie, les graffiti sur les murs, les coquettes petites maisons mitoyennes et les pelouses manucurées, les pubs emplis de fumée et les fritures grasses du petit déjeuner, les agents de police sans arme dans les rues, les barbiers grecs chypriotes…

Il n'attendait plus de réponse de sa part, mais il persistait à lui écrire malgré tout ; il continuait à expédier ses mots vers le sud, comme s'il libérait des milliers de papillons migrateurs dont il était sûr qu'ils ne reviendraient jamais.

Figuier

Maintenant que vous m'avez suivi aussi loin dans notre histoire, il y a une chose que je dois vous confier : je suis un arbre mélancolique.

Je ne peux pas m'empêcher de me comparer aux autres arbres du jardin, l'aubépine, le chêne anglais, l'alisier blanc, le prunellier – toutes espèces natives d'Angleterre. Je me demande si la raison qui m'incline à la mélancolie plus qu'aucun d'eux tient au fait que je suis une plante immigrée et que, comme tous les immigrants, je transporte avec moi l'ombre d'une autre contrée. Ou est-ce simplement parce que j'ai grandi parmi des humains dans une taverne bruyante ?

Quel plaisir ils prenaient à discuter, les habitués du Figuier Heureux ! Il y a deux sujets dont les humains ne se lassent jamais, surtout quand ils ont descendu quelques verres : l'amour et la politique. De sorte que j'ai entendu une quantité d'histoires et de scandales sur ces deux sujets. Soir après soir, de table en table, des convives de toute nationalité plongeaient dans des débats passionnés autour de moi, leurs voix montaient d'un cran après chaque verre, l'air entre eux s'épaississait. Je les écoutais avec curiosité, mais je me suis forgé mes propres opinions.

Ainsi, ce que je vous raconte, je le vois par le prisme de mon propre entendement, bien sûr. Un narrateur n'est jamais entièrement objectif. Mais je me suis toujours appliqué à saisir chaque histoire sous différents angles, déplacements de perspective, récits contradictoires. La vérité est un rhizome – une tige souterraine avec des ramifications. Vous devez creuser loin pour l'atteindre, et quand vous l'avez déterrée, vous devez la traiter avec respect.

*

Au début des années 1970, les figuiers de Chypre ont été atteints par un virus qui les tuait lentement. Les symptômes n'étaient pas immédiatement visibles. Il n'y avait pas de fentes sur les tiges, pas de chancres saignants, pas de mouchetures sur les feuilles. Pourtant, ça n'allait pas vraiment. Les fruits tombaient prématurément, ils avaient un goût âcre et suaient une matière visqueuse comme le pus d'une blessure.

Une chose que j'ai remarquée à l'époque, et jamais oubliée, c'est que les arbres éloignés et apparemment solitaires n'étaient pas aussi touchés que ceux qui vivaient ensemble dans une grande promiscuité. Aujourd'hui, je considère le fanatisme – de tout ordre – comme une maladie virale. Il avance en rampant, scande le temps comme le balancier d'une pendule qui ne s'arrête jamais, s'empare de vous plus vite si vous faites partie d'une unité fermée, homogène. Mieux vaut se tenir à distance de toutes les croyances et les certitudes collectives, c'est que je ne cesse de me dire.

À la fin de cet été interminable, quatre mille quatre cents personnes étaient mortes, des milliers d'autres disparues. Environ cent soixante mille

Grecs qui vivaient dans le nord partirent pour le sud, et environ cinquante mille Turcs s'installèrent dans le nord. Les gens devenaient des réfugiés dans leur propre pays. Les familles ont perdu des êtres chers, abandonné leur demeure, leur village et leur ville ; des voisins de longue date et de bons amis se sont séparés, parfois trahis mutuellement. Tout cela doit être écrit dans les livres d'histoire, bien que chaque côté ne raconte que sa version des faits. Des récits qui vont en sens contraire, sans jamais se toucher, comme les droites parallèles ne se croisent jamais.

Mais sur une île meurtrie par des années de violence ethnique et de terribles atrocités, les humains n'ont pas été les seuls à souffrir. Nous aussi les arbres – et les animaux – avons vécu des temps difficiles et souffert à mesure que notre habitat disparaissait. Ça ne signifiait rien pour personne, ce qui nous est arrivé à nous.

Mais pour moi ça compte, et aussi longtemps que je serai en mesure de raconter cette histoire, j'y inclurai les créatures de mon écosystème – oiseaux, chauves-souris, papillons, abeilles, fourmis, moustiques et souris, car il y a au moins une chose que j'ai apprise : partout où il y a la guerre et une partition douloureuse, il n'y aura jamais de vainqueurs, ni humains ni autres.

Quatrième partie

BRANCHES

Proverbes

Londres, fin des années 2010

« Alors, à quoi tu travailles exactement ces temps-ci ? demanda Meryem à Kostas, qui arpentait la maison en serrant une liasse de notes.

— Oh, il va faire une communication, intervint Ada. Papa est invité au Brésil – au Sommet mondial de la Terre. Il veut que je fasse le voyage avec lui.

— Ça sera la première fois que je partagerai nos recherches, dit Kostas. Je ne sais pas ce qui me stresse le plus – le jugement de la communauté scientifique, ou l'opinion de ma fille ! »

Ada sourit. « L'an dernier il était en Australie, pour étudier les eucalyptus. Ils observent comment des arbres différents réagissent aux vagues de chaleur et aux incendies de forêt. Ils essaient de comprendre pourquoi certaines espèces survivent mieux que d'autres. »

Elle ne dit pas que son père avait abrégé son séjour et pris le premier avion pour Londres en apprenant que sa mère était dans le coma.

« C'est superbe que vous fassiez le voyage ensemble, dit Meryem. Allez, va, va écrire alors, finis ton travail. Ne t'inquiète pas pour nous. »

Souriant, il leur souhaita bonne nuit.

Elles écoutèrent ses pas s'éloigner dans le couloir et, dès qu'elles l'entendirent fermer sa porte, Ada se tourna vers sa tante. « Moi aussi je vais dans ma chambre.

— Attends, j'ai une chose importante à te dire. Je crois que je sais pourquoi tu as hurlé l'autre jour.

— Ah bon ?

— Oui, j'ai réfléchi. Tu as dit que tu n'allais pas bien – et que ta mère était pareille. Des problèmes de santé mentale, pour parler comme toi. Ça m'a fait de la peine d'entendre ça, parce que je sais que c'est faux. Tu n'as rien de travers. Tu es une jeune fille brillante.

— Alors comment tu expliques ce qui s'est passé ? »

Meryem jeta un coup d'œil vers le couloir et réduisit sa voix à un murmure confidentiel. « C'est les djinns.

— Les quoi ?

— Écoute, autrefois, à Chypre, ma mère disait toujours : "Si tu vois une tempête de sable qui approche, mets-toi à l'abri, parce que c'est le moment où les djinns se marient."

— Je ne comprends rien à ce que tu racontes.

— Patience, je vais t'expliquer. Voilà, les djinns sont très lubriques. Les mâles comme les femelles. Une djennia peut avoir jusqu'à cinquante époux. Tu sais ce que ça veut dire ?

— Hmm, une vie sexuelle torride ?

— Ça veut dire trop de mariages ! Mais quand peuvent-ils les célébrer, c'est ça le problème, n'est-ce pas ? Ils doivent attendre qu'une tempête se prépare. Une tempête de sable – ou une tempête d'hiver. Il y a sûrement des hordes de djinns dans les rues de Londres, en ce moment.

— D'accord, maintenant tu me fiches la frousse.

— Ne fais pas l'idiote, il n'y a rien à craindre. Tout ce que je dis, c'est que les djinns attendent ce moment. Ils sont sortis – ils dansent, ils boivent, ils font la fête. La dernière chose qu'ils veulent, c'est d'avoir des humains dans les pattes. Encore que, techniquement, ils sont sous nos pieds à nous. En tout cas, si tu marches sur un djinni par accident, ils peuvent te faire faire toute sorte de trucs bizarres. Les gens font des crises, ils parlent en charabia ou poussent des cris sans raison.

— Tu es en train de me dire que je suis peut-être possédée ? Parce que pour moi, c'était une *métaphore*. Ne sois pas aussi littérale. Je ne parlais pas sérieusement.

— Eh bien moi, je prends toujours les djinns au sérieux, dit Meryem, lentement, comme si elle pesait chaque mot. Il est question d'eux dans le Coran. Dans notre culture, on croit à l'existence de créatures invisibles.

— Bon, je te rappelle que mon père est un scientifique, et que ma mère était une érudite et une artiste. Nous ne croyons pas à ce genre de chose dans cette maison. Nous ne sommes pas religieux, au cas où tu ne l'aurais pas remarqué.

— Oh, je sais bien, dit Meryem, d'un ton irrité. Mais moi je te parle de sagesse antique. Elle fait partie de notre culture. Ta culture. Elle est dans ton ADN.

— Génial, murmura Ada.

— Ne t'inquiète pas. Dieu a fait les branches basses pour les oiseaux qui ne volent pas trop bien.

— Ce qui signifie ?

— Ce qui signifie qu'il y a un remède. Je me suis renseignée. J'ai donné quelques coups de fil et j'ai trouvé un guérisseur vraiment épatant. Il n'y a aucun mal à lui rendre une petite visite.

— Un exorciste ? dit Ada. Super. Ouaahh ! Il y a des exorcistes à Londres ? Tu plaisantes, n'est-ce pas ?

— Ce n'est pas une plaisanterie. On va s'en assurer, maintenant que le temps s'améliore, ça sera pile le bon moment. J'attends juste qu'on me confirme le rendez-vous. Et si ça ne nous plaît pas, on s'en va. Pas question d'aller chercher un veau sous un bœuf. »

Ada prit une inspiration, puis souffla lentement.

« Allons, ça peut arriver à n'importe qui, ne le prends pas personnellement, poursuivit Meryem. Moi aussi j'ai dû aller consulter un guérisseur quand j'étais jeune.

— Genre quand ?

— Genre quand je me suis mariée.

— Ça c'est parce que ton mari n'était pas un homme bien. Un vrai connard, si je comprends bien.

— Connard, répéta Meryem, tâtant le mot du bout de la langue. Je ne dis jamais de gros mots.

— Eh bien tu devrais. Ça fait du bien.

— Ce n'était pas quelqu'un de bien, tu as raison. Mais ça ne faisait pas de mal de consulter un *exorciste*. En fait, ça aurait même pu m'aider. Écoute, *cigerimin kösesi*... » Meryem ratissa la pièce des yeux comme en quête d'un objet qu'elle se souviendrait à l'instant d'avoir perdu. « Comment tu appelles ça... quand tu te sens mieux parce que tu crois que ton traitement fait de l'effet ?

— L'effet placebo ?

— Oui, c'est ça ! Si tu crois que le guérisseur peut te faire du bien, il le fait. Il faut juste qu'on se mette au travail. On ne fait pas voguer une baratte avec des mots.

— Ce sont des vrais proverbes ou tu les inventes au fur et à mesure ?

— Ils sont tous vrais, assura Meryem en croisant les bras. Alors, qu'est-ce que tu en dis ? On peut rendre visite au maître des djinns ?

— Maître des djinns ! »

Ada se triturait le lobe de l'oreille, pesant le pour et le contre.

« Si j'accepte ces âneries, c'est à une condition. Tu as dit que mes parents étaient amoureux depuis l'école, et qu'ils ont rompu, c'était terminé, puis qu'ils se sont revus, des années plus tard.

— C'est exact.

— Raconte-moi comment ça s'est passé. Comment ils se sont remis ensemble ?

— Oh, il est revenu. » Meryem soupira. « Un matin au réveil on a appris que Kostas Kazantzakis était à Nicosie. Je croyais que Defne avait dépassé cette phase de sa vie. Est-ce qu'elle n'avait pas assez souffert ? Elle ne parlait plus du tout de lui. C'était une adulte. Mais tu sais ce qu'on dit, l'ours connaît sept chansons, et elles parlent toutes de miel.

— Ce qui signifie ?

— Qu'elle ne l'avait jamais oublié. Alors j'avais un pressentiment, et j'ai essayé de la garder loin de lui – il ne faut jamais approcher la flamme de la poudre à canon – mais j'ai échoué. J'avais raison d'être inquiète parce que dès qu'ils se sont revus, c'était comme si toutes ces années n'avaient jamais existé. Comme s'ils étaient de nouveau des gosses. J'ai dit à Defne : “Pourquoi tu lui donnes une deuxième chance ? Tu ne sais pas qu'un jardinier amoureux des roses se fait piquer par un millier d'épines ?" Mais une fois de plus, elle n'a pas écouté. »

Un millier d'épines

Chypre, début des années 2000

Kostas Kazantzakis arriva en Chypre du Nord par ferry, car il ne voulait pas prendre l'avion. Les huit heures de traversée n'avaient pas été trop pénibles, mais il se sentait cependant désorienté, nauséeux. Le mal de mer, supposa-t-il. Ou peut-être que cela n'avait aucun rapport. Peut-être que son corps réagissait à ce que son esprit n'avait pas encore saisi. Il retournait vers son lieu de naissance pour la première fois depuis plus de vingt-cinq ans.

Vêtu d'un pantalon en velours côtelé marron, d'une chemise en lin et d'un blazer bleu marine, sa chevelure ondulée ébouriffée par le vent, il scrutait ardemment le port. Prenant place dans la file des passagers, il traversa le pont et descendit la passerelle. Ses doigts serraient si fort la rambarde que ses phalanges pâlirent. À chaque seconde qui passait, son malaise s'accentuait. Sous le rude soleil de l'après-midi, il clignait des yeux pour distinguer les panneaux qui l'entouraient, incapable de déchiffrer les lettres turques, si différentes de l'alphabet grec. Il tenta de s'échapper un moment de la foule, en vain. De tous côtés il était cerné par des familles avec leurs enfants, leurs poussettes, leurs bébés emmitouflés malgré la chaleur. Il les suivit, poussé par le courant comme s'il ne posait pas les pieds sur la terre ferme mais seulement dans l'air.

Il franchit le contrôle des passeports sans accroc, plus vite qu'il ne l'escomptait. Le jeune policier turc le salua d'un signe bref, l'étudia attentivement mais sans hostilité, ne lui posa aucune question personnelle, ce dont Kostas fut surpris. Il avait révisé de tête plusieurs scénarios possibles sur l'accueil qu'il recevrait, et craint jusqu'à la dernière seconde qu'on ne lui autorise pas l'accès à la partie turque de l'île, même avec un passeport britannique.

Personne n'était venu l'attendre, et il n'avait pas osé l'espérer. Traînant sa valise, remplie de matériel plus que de vêtements, il se faufila dans les rues animées. N'aimant pas la mine du premier conducteur dans la file des taxis, il feignit de s'intéresser aux produits disposés sur le plateau d'un vendeur. *Komboloi* en grec, *tespih* en turc. Corail rouge, émeraude verte, onyx noir. Il dut acheter un chapelet antistress en agate, juste pour se donner une occupation.

Le chauffeur du taxi suivant semblait aimable, et Kostas marchanda avec lui, prenant garde de ne pas se faire gruger. Il ne lui dit pas qu'il parlait un peu le turc. Les mots qu'il avait glanés dans son enfance étaient comme des jouets écaillés, mangés aux mites ; il voulait les épousseter et s'assurer qu'ils fonctionnaient avant de se risquer à en faire usage.

Après avoir roulé une demi-heure en silence, ils approchèrent de Nicosie, passant entre des rangées de maisons fraîchement construites. Des chantiers partout. Kostas regardait le paysage brillamment ensoleillé. Pins, cyprès, oliviers et caroubiers alternaient avec des pans de terre aride, monochrome, grillée par le soleil. Des vergers d'agrumes avaient été abattus pour faire place à d'élégantes villas et appartements. Il fut attristé de voir que cette partie de l'île n'était plus le paradis verdoyant de ses souvenirs. Chypre était connue dans l'Antiquité comme l'« île verte », célèbre pour ses épaisses forêts mystérieuses. L'absence d'arbres était un puissant reproche aux erreurs désastreuses du passé.

Sans lui demander son avis, le chauffeur alluma la radio. De la musique pop turque jaillit des haut-parleurs. Kostas laissa échapper un souffle. La mélodie entraînante lui était aussi familière que les cicatrices de son corps, mais les paroles étaient une énigme. Même ainsi, ce n'était pas difficile d'imaginer le thème – dans cette partie du monde, toutes les chansons parlaient d'amour ou de cœur brisé.

« Première fois que vous venez ? » demanda le chauffeur en anglais, avec un coup d'œil au rétroviseur.

Kostas hésita, mais à peine une seconde.

« Oui et non.

— Oui ? Non ?

— Autrefois... »

Un flot de chaleur lui monta de la poitrine. Aucun de ses voisins grecs ne vivait plus ici, les maisons qui lui étaient familières appartenaient maintenant à des inconnus.

« Je suis né et j'ai grandi dans cette partie de l'île.

— Vous grec ?

— Oui. »

Le chauffeur dressa la tête. Kostas crut un instant voir une lueur dure briller dans le rétroviseur. Pour rompre une possible tension, il se pencha vers l'avant, tenta de changer le sujet. « Alors, la saison touristique a commencé ? »

Un sourire apparut sur le visage du chauffeur, lent et prudent comme un poing fermé qui se déplie. « Oui, mais vous pas touriste, mon frère. Vous d'ici. »

Et ce simple mot, *frère*, si inattendu et pourtant rassurant, flotta dans l'air entre eux. Kostas n'ajouta rien, ni le chauffeur. Comme s'ils avaient l'un et l'autre entendu tout ce qu'ils avaient besoin de savoir.

*

L'hôtel Afrodit était un bâtiment de deux étages, blanchi à la chaux, pris dans l'étreinte violet vif d'un bougainvillier. Une femme aux larges épaules et au teint rose se tenait derrière le comptoir de la réception, son foulard noué souplement à la manière traditionnelle musulmane. À sa gauche, allongé sur un siège d'osier, un homme qui devait être son mari sirotait du thé. Derrière lui, le mur était encombré d'un bric-à-brac d'objets : drapeaux turcs de taille variée, prières en graphie arabe, perles du mauvais œil, couvre-pots en macramé et cartes postales expédiées de divers coins du monde par des clients satisfaits. Un regard au couple, et Kostas sentit que même si le mari était propriétaire du lieu sur le papier, c'est sa femme qui gérait tout.

« Bonjour. »

Il savait qu'ils l'attendaient.

« Monsieur Kazantzakis, c'est ça ? Bienvenue, gazouilla la femme, un sourire creusant ses joues rondes. Fait bon voyage ?

— Pas mauvais.

— Bonne saison pour visiter Chypre. Qu'est-ce qui vous amène ici ? »

Il s'attendait à la question, sa réponse était prête, mais il marqua pourtant une pause.

« Le travail, dit-il fermement.

— Oui, vous scientifique. » Elle allongea le dernier mot, dans un anglais fortement accentué. « Vous dites au téléphone vous travaillez avec les arbres, vous saviez toutes nos chambres ont des noms d'arbre ? »

Elle lui tendit sa clef dans une enveloppe. Kostas hésita une seconde à regarder le nom griffonné dessus, s'attendant presque à lire Le Figuier Heureux. Les cheveux se hérissèrent sur sa nuque tandis que ses yeux survolaient les mots. Sa chambre se nommait Chêne doré.

« Un beau nom », dit-il avec un sourire ; il avait plus de mal que prévu à tenir ses souvenirs en respect.

En haut, la chambre était spacieuse et pleine de lumière. Kostas se jeta sur le lit, s'avisant tout d'un coup qu'il était épuisé. Les couvertures moelleuses l'invitaient à s'y glisser, comme dans un bain chaud parfumé, sans qu'il s'autorise à se détendre. Il prit une douche rapide puis enfila un jean et un T-shirt. Traversant la pièce, il ouvrit les portes-fenêtres qui donnaient sur le balcon. Au-dessus de lui, un aigle, l'oiseau favori de Jupiter, prit son essor dans un ciel sans nuages et fila vers l'ouest, à la poursuite de sa prochaine proie. Aussitôt dehors, Kostas saisit dans l'air un parfum oublié depuis longtemps. Jasmin, pin, pierres brûlées par le soleil. Une odeur qu'il croyait avoir enfouie quelque part dans le labyrinthe de ses souvenirs. L'esprit humain est un lieu des plus étranges, en même temps le foyer et l'exil. Comment pouvait-il conserver une chose aussi fugitive et intangible qu'un parfum, et être capable d'effacer de solides morceaux du passé, bloc par bloc ?

Il fallait qu'il la retrouve. Dès cette après-midi. Demain, peut-être qu'il perdrait courage et remettrait à un jour plus tard, peut-être deux, ferait en sorte d'être terriblement occupé, si occupé que la semaine entière passerait dans un brouillard et que ce serait l'heure de refaire ses bagages. Mais à cet instant, fraîchement débarqué du ferry, chevauchant encore la vague de nostalgie qui l'avait porté tout au long du trajet depuis l'Angleterre, il était certain qu'il aurait la force de voir Defne.

Pendant tout ce temps, il avait collecté des fragments de nouvelles la concernant. Il savait qu'elle était archéologue et s'était fait une réputation sur le terrain. Qu'elle ne s'était jamais mariée, n'avait pas d'enfants. Il avait vu des photos d'elle dans les journaux en vente dans les boutiques turques chypriotes de Londres, prises lors de congrès ou de séminaires académiques. Mais qu'est-ce que tout ça pouvait lui apprendre des détails de sa vie actuelle ? Un temps affreusement long s'était écoulé depuis leur dernière rencontre. Impossible de remplir un vide aussi vaste par ces quelques maigres faits qu'il avait pu rassembler, et pourtant c'est tout ce qu'il avait.

Il ne connaissait pas son numéro de téléphone et ne voulait pas l'appeler à l'université où elle travaillait. Les amis qu'ils avaient en commun jadis étaient tous dispersés aux quatre coins du monde et ne pouvaient pas l'aider. Mais avant de quitter Londres il avait réussi à trouver une piste, et ce n'était pas un mauvais début.

Son collègue David et lui avaient collaboré à différents projets du PNUE, le Programme des

Nations unies pour l'environnement. Ils avaient suivi des voies différentes, mais gardaient le contact. Homme enjoué qui maîtrisait une demi-douzaine de langues, avec un goût prononcé pour l'alcool, et une remarquable barbe couleur sable, David était basé à Chypre depuis dix mois. Une fois résolu à faire le voyage vers l'île, Kostas l'avait appelé, espérant qu'il pourrait être le pont conduisant à Defne, conscient que les ponts n'apparaissent dans nos vies que lorsque nous sommes prêts à les franchir.

Vestiges d'amour

Chypre, début des années 2000

Kostas arriva à la librairie où ils s'étaient donné rendez-vous et vérifia sa montre. Avec quelques minutes à tuer, il feuilleta les livres, certains en anglais. Dans un coin du magasin il trouva des rangées de timbres remontant aux années où il était enfant, et encore avant. Parmi des milliers, il y en avait un datant de 1975, où l'île était de deux couleurs opposées, séparées par une chaîne en métal. Une telle charge de symbole insérée dans quatre centimètres carrés de papier.

À la boutique adjacente de souvenirs, il acheta une ammonite – un coquillage ancien, enroulé autour de ses secrets. Avec ce poids qu'il sentait dans sa paume, il se promena un moment. Sur un peuplier il aperçut un oiseau – un bruant à tête noire, la poitrine striée de jaune. De la famille des passereaux. Chaque année, cette créature minuscule migre des pâturages d'Iran et des vallées d'Europe jusqu'aux rives de l'Inde, et encore plus loin vers l'est, parcourant des distances qui dépassent l'entendement d'un grand nombre d'humains.

Le bruant sautillait le long de la branche, puis il s'arrêta. Pendant un instant fugace, dans le calme qui s'installait, ils s'entre-regardèrent. Kostas se demanda comment l'oiseau le jugeait – ennemi, ami, ou autre chose ? – tandis que lui-même observait ce mélange fascinant de vulnérabilité et de résilience.

Un bruit de pas qui s'approchaient le tira de sa rêverie. Alarmé, l'oiseau s'envola. Tournant la tête, Kostas vit une haute silhouette massive se hâter vers lui.

« Kostas Kazantzakis, te voilà donc ? Je reconnaîtrais cette tignasse à un kilomètre », dit David avec un fort accent britannique.

Kostas fit un pas en avant, s'abrita les yeux du soleil.

« Salut, David, merci d'être venu. »

Tout en serrant la main que lui tendait Kostas, David sourit. « Je dois reconnaître que ça m'a surpris quand tu m'as dit que tu arrivais. D'après mes souvenirs, tu ne voulais plus revenir à Chypre. Mais tu es là ! Pour quelle raison – travail ou mal du pays ?

— Les deux, répliqua Kostas. Un peu de travail sur le terrain… Je voulais aussi revoir mon ancienne ville, quelques vieux amis…

— Oui, tu m'en as parlé. Comme je te l'ai dit au téléphone, je connais bien Defne. Viens, je t'emmène la voir. C'est à cinq minutes d'ici. Elle et son équipe y sont depuis le petit matin. Je t'expliquerai en route. »

En entendant son nom, Kostas sentit une panique glacée lui étreindre la poitrine.

Ils se frayèrent un chemin parmi les ornières du sentier, le vent chaud leur mordant le visage tandis qu'ils prenaient la direction du nord-est.

« Alors dis-moi, qu'est-ce qu'ils font exactement, elle et son équipe ?

— Oh, ils font partie du CMP, le Comité des personnes disparues, dit David. Un projet plutôt lourd. Au bout d'un certain temps, ça te rentre dans le cerveau. Des Turcs et des Grecs travaillent ensemble – c'est peu courant. L'idée est née au début des années 1980, mais ça n'a pas été possible pendant longtemps parce que les deux camps n'arrivaient pas à se mettre d'accord sur les chiffres.

— Les chiffres ?

— Le nombre de ceux qui ont disparu pendant les conflits, répondit David, un peu essoufflé. Pour finir, ils ont réussi à établir une liste de deux mille deux victimes. Le nombre réel est beaucoup plus élevé, bien sûr, mais personne ne veut l'entendre. En tout cas, c'est un début. Les Nations unies sont partenaires, c'est pour ça que je suis ici, mais ce sont les Chypriotes qui font le vrai boulot. Je reste jusqu'à la fin du mois, ensuite je m'envole pour Genève. Eux ils vont continuer à creuser, Defne et ses amis.

— Les membres de l'équipe, ce sont surtout des archéologues ?

— Non, seulement quelques-uns. Ils viennent d'horizons très divers : anthropologues, historiens, généticiens, spécialistes de médecine légale... Les groupes sont constitués et approuvés par les Nations unies. Nous travaillons sur des sites différents, grâce à des informateurs anonymes qui nous confient des choses pour toute sorte de raisons personnelles. Ensuite nous commençons à creuser. On croirait que l'île est petite, mais si tu cherches une personne disparue, le plus petit espace devient immense.

— Et les gens du coin, ils soutiennent le projet ?

— Jusqu'ici les réactions ont été mitigées. Nous avons beaucoup de jeunes volontaires des deux côtés qui désirent aider, ce qui permet de garder espoir en l'humanité. Les jeunes sont sages. Ils souhaitent la paix. Et leurs aînés voudraient tourner la page. Ce sont les entre-deux qui causent des problèmes.

— Notre génération, tu veux dire.

— Exactement. Il y a une communauté, réduite mais très bruyante, qui n'apprécie pas notre travail, soit parce qu'ils craignent que ça n'excite de vieilles rancœurs, ou parce qu'ils les éprouvent eux-mêmes. Certains membres du CMP ont reçu des menaces. »

Ils approchaient d'une clairière. Kostas discernait des voix qui parlaient bas au loin, et le grattement, le frottement de pioches et de pelles qui perçaient la terre.

« Voilà toute la bande », dit David, en agitant la main.

Kostas aperçut un groupe d'une douzaine de personnes, femmes et hommes, qui se dépensaient en plein soleil, équipés de chapeaux de paille et de bandanas. La plupart avaient le visage à demi-couvert par un masque en tissu. De grandes bâches noires étaient étendues au-dessus du sol, accrochées aux arbres, comme des hamacs flottant au vent.

Cœur battant la chamade, Kostas passa le groupe au crible, mais ne parvint pas à repérer Defne parmi eux. Il avait imaginé ce moment si souvent, passant en revue tout ce qui pouvait aller de travers, qu'il se sentait presque paralysé maintenant que l'heure arrivait. Comment réagirait-elle en le voyant ? Allait-elle faire demi-tour et s'éloigner ?

« Salut, tout le monde, cria David. Venez faire connaissance avec mon ami Kostas ! »

Un par un, les membres du groupe s'interrompirent dans leur tâche et vinrent vers eux à pas tranquilles, sans hâte. Après avoir retiré leurs gants et leur masque, rangé leurs carnets et instruments, ils lui souhaitèrent la bienvenue.

Kostas les salua chacun chaleureusement, sans pouvoir s'empêcher de glisser quelques regards de côté à la recherche de Defne. Et alors il la repéra, assise jambes pendantes sur une branche d'arbre, le visage indéchiffrable tandis qu'elle l'observait de sa hauteur. Kostas remarqua un nid d'araignées dans les branches voisines, et en un éclair fugitif, Defne et ces fils d'argent se mêlèrent dans son esprit, ténus et fragiles comme les vestiges de leur lien.

« Oh, elle fait ça tout le temps, dit David, quand il nota où le regard de Kostas s'orientait. Defne adore se percher là comme un oiseau, apparemment elle se concentre mieux quand elle est dans un arbre. C'est là qu'elle écrit nos rapports. » David éleva la voix. « Descends un peu par ici ! »

Souriante, Defne sauta à terre et se dirigea vers eux. Sa chevelure brune ondulée lui tombait sur les épaules. Elle portait un pantalon kaki et une ample chemise blanche à boutons. Ses pieds étaient chaussés de bottes de marche. Elle ne parut pas surprise. Comme si elle l'attendait.

« Salut, Kostas. » Sa brève poignée de main ne dévoilait rien. « David m'a prévenue de ton arrivée. Il a dit : "Un ami à moi cherche après toi." J'ai dit : "Ah bon, qui ça ?" Et il se trouve que c'était toi. »

La distance qu'elle mettait dans sa voix le surprit, ni froide ni cérémonieuse, mais mesurée avec soin, sur ses gardes. Les années avaient tracé de fines rides sur son visage, ses joues étaient un peu plus maigres, mais ses yeux surtout avaient changé : un regard dur s'était installé dans ses grands yeux ronds bruns. Il sentit son cœur se serrer en voyant combien elle était restée belle.

« Defne… »

Le nom avait un goût étrange dans sa bouche. Craignant qu'elle n'entende les cognements de son cœur, il fit un pas de côté, posa les yeux sur la bâche la plus proche. Sa respiration se fit haletante quand il comprit la nature des fragments empilés dessus, poussiéreux, salis, marqués de taches roussâtres. Un fémur fendu, un os de la cuisse fracturé… des restes humains.

« On nous a donné un tuyau, dit Defne, en voyant l'expression de son visage. C'est un paysan qui nous a dirigés ici. Père de six enfants, grand-père de dix-sept. Cet homme en était au dernier stade d'Alzheimer, il ne reconnaissait même plus sa femme. Un matin au réveil il a tenu des propos étranges – "Il y a une colline, un pistachier térébinthe, et au pied, un rocher." Il l'a dessiné sur un morceau de papier, et décrit cet endroit. La famille nous a contactés, on est venus, on a creusé, et trouvé les ossements juste là où il les avait indiqués. »

De toutes les fois où il avait imaginé leur rencontre, jamais Kostas n'aurait pensé que ce serait avec un tel sujet de conversation. Il demanda : « Comment le paysan était au courant ?

— Tu veux dire, est-ce que je pense que c'était lui l'assassin ? » Defne eut un mouvement de tête qui fit danser ses boucles d'oreille. « Qui sait ? Un tueur ou un témoin innocent. Ce n'est pas notre affaire. Le CMP ne se mêle pas de ce genre de recherche. Si nous enquêtions, ou passions l'information à la police, plus personne sur l'île ne viendrait jamais nous parler. On ne peut pas se permettre ça. Notre boulot, c'est de trouver les personnes disparues afin que les familles puissent donner une vraie sépulture à leurs êtres chers. »

Kostas acquiesça de la tête, méditant ses paroles.
« Tu penses qu'il pourrait y avoir d'autres tombes par ici ?
— C'est possible. Des fois on cherche pendant des semaines et on n'arrive à rien. C'est frustrant. Certains informateurs ont la mémoire défaillante, d'autres nous envoient délibérément sur une fausse piste. Tu cherches des victimes, tu tombes sur des ossements médiévaux, romains, hellénistiques. Ou des fossiles préhistoriques. Tu savais qu'il y avait jadis des hippopotames pygmées à Chypre ? Des éléphants pygmées ! Et puis juste au moment où tu te crois dans une impasse, tu découvres des charniers. »

Kostas regarda autour de lui, prenant note de ce qu'il voyait à la ronde, l'herbe teintée d'or sous le soleil, les pins parasol. Il porta les yeux le plus loin possible, comme s'il tentait de se rappeler à quoi il s'était arraché.

Il demanda, prudemment : « Et les disparus que vous avez trouvés ici, ils étaient grecs ou turcs ?
— C'étaient des insulaires, répliqua-t-elle, d'un ton tranchant. Des insulaires, comme nous. »

David qui les entendit intervint. « C'est comme ça, mon ami. Tu n'en sais rien tant que tu n'as pas envoyé les os à un labo et reçu leur rapport. Quand tu tiens un crâne entre tes mains, tu peux dire s'il est chrétien ou musulman ? Tout ce sang répandu, et pour quoi ? Des guerres stupides, stupides.
— Mais nous n'avons pas beaucoup de temps, dit Defne, d'une voix éteinte. La génération des plus âgés meurt en emportant ses secrets dans la tombe. Si nous ne creusons pas maintenant, d'ici dix ans et quelque, il n'y aura plus personne pour nous indiquer où sont enterrés les disparus. C'est une course contre la montre, en fait. »

Des buissons au loin s'élevait le chant des cigales. Kostas savait que certaines espèces chantaient à des fréquences très élevées, et que peut-être c'est ce qu'elles faisaient en ce moment. La nature parlait sans cesse, racontait des histoires, même si l'oreille humaine était trop limitée pour les entendre.

« Alors, comme ça, vous êtes de vieux amis, hein ? interrogea David. Vous alliez dans la même école ou quoi ?

— C'est à peu près ça, dit Defne, en relevant le menton. On a grandi dans le même quartier, on ne s'était pas vus depuis des années.

— Eh bien, je suis heureux d'avoir rétabli le contact, dit David. On devrait tous aller dîner dehors, ce soir. Ça mérite une célébration. »

Un arôme puissant, délicieux, emplit l'air. Quelqu'un préparait du café. Les membres de l'équipe s'égaillèrent, allant prendre leur pause sous les arbres, bavardant à voix basse.

David s'installa sur un rocher, sortit une tabatière d'argent et se roula une cigarette. Quand ce fut fait, il l'offrit à Defne qui l'accepta avec un sourire, sans dire mot. Elle prit une bouffée, et lui rendit la cigarette. Ils se mirent à fumer ensemble, se passant et repassant le mégot. Kostas détourna les yeux.

« *Kafé ?* »

Une grande et svelte femme grecque servait du café dans des tasses en papier. Kostas en prit une et la remercia.

Il se dirigea vers l'unique térébinthe et s'assit sous son ombre. Autrefois sa mère utilisait les fruits pour en faire du pain, et conservait la résine dans de la liqueur de caroube. Un profond chagrin l'envahit. Il avait fait tout son possible pour prendre soin d'elle quand elle était venue avec

Andreas le rejoindre en Angleterre, après la partition de l'île, mais c'était trop tard. Le cancer causé par son exposition secondaire à l'amiante faisait déjà des métastases. Panagiota fut enterrée dans un cimetière de Londres, loin de tout ce qu'elle avait connu et chéri. Il resta immobile, absorbant les odeurs de tabac et de café tandis que les souvenirs l'assaillaient.

Là-haut, le soleil brillait de tous ses feux. Kostas croyait entendre les branches alentour craquer comme des mains arthritiques sous l'effet de la chaleur. Il jeta un coup d'œil à Defne, qui s'était remise au travail, les traits tirés par la concentration, notant sur son carnet chaque objet qu'ils avaient déterré jusqu'ici au cours de la journée.

Des restes humains... Qu'est-ce que ça signifiait exactement ? Quelques os et des fragments de chair ? Des vêtements, des accessoires, assez solides et compacts pour tenir dans un cercueil ? Ou était-ce plutôt l'intangible – les mots qu'on expédie dans l'espace, les rêves qu'on garde pour soi, le cœur qui suspend son rythme auprès d'un amoureux, les vides qu'on tente de combler sans pouvoir jamais les énoncer clairement –, au bout du compte, que reste-t-il vraiment d'une vie entière, d'un être humain... et cela, pouvait-on réellement l'exhumer du sol ?

*

Le soleil commençait à descendre quand les membres du CMP posèrent leurs outils, les nuages à l'horizon imprégnés d'ambre lumineux.

Ils rangèrent chaque fragment d'os dans des sacs en plastique qu'ils scellèrent et numérotèrent avec soin, puis placèrent dans des boîtes étiquetées. Ils inscrivirent la date et l'emplacement de la fouille sur chaque boîte, ainsi que l'identité du groupe qui l'avait effectuée. Chaque bribe d'information était enregistrée et archivée.

D'un pas las, ils descendirent la colline, se séparant en petits groupes. Kostas marchait à côté de Defne en bout de file, un silence inconfortable étalé entre eux.

« Les familles... dit Kostas après un moment. Comment réagissent-elles quand vous leur dites que vous avez retrouvé leurs morts après toutes ces années ?

— Avec gratitude, pour la plupart. Cette vieille femme grecque, une couturière de grand talent dans sa jeunesse, à ce qu'il paraît. Quand nous lui avons dit que nous avions retrouvé les ossements de son mari, elle a tellement pleuré. Mais le lendemain, voilà qu'elle arrive au labo en robe rose à volants avec des chaussures et un sac argent. Les lèvres d'un rouge éclatant. Je n'oublierai jamais. Cette femme qui ne portait que du noir depuis des décennies, elle est venue chercher les restes de son mari en robe rose. Elle a dit qu'elle pouvait enfin lui parler. Qu'elle avait le sentiment d'avoir de nouveau dix-huit ans, et qu'ils se courtisaient. Tu peux croire ça ? Quelques os, c'est tout ce que nous lui avons donné, mais elle était aussi heureuse que si on lui avait offert le monde. »

Defne sortit une cigarette et l'alluma en protégeant la flamme de ses mains. En soufflant un nuage de fumée, elle proposa : « Tu en veux une ? »

Kostas fit non de la tête.

« Et une fois, il y a eu cette coïncidence à te briser le cœur. On creusait sur la route de Karpas. La zone était trop grande, il a fallu louer les services d'un conducteur de bulldozer. Le type a commencé à creuser, et il a trouvé un corps. Une fois rentré chez lui, il raconte ça à sa grand-mère et il lui décrit les vêtements du cadavre. "C'est mon Ali", dit la vieille femme, et elle fond en larmes. Apparemment, Ali Zorba avait une caravane de chameaux dans les années 1950. Il revenait de Famagouste quand il a été tué et enterré au bord de la route. Pendant tout ce temps les gens sont passés par là sans savoir. »

À ce moment précis, David qui marchait quelques pas devant eux se retourna et cria : « Hé, Kostas ! N'oublie pas le dîner ce soir. On va dans une taverne – la meilleure de la ville. »

Kostas tressaillit en entendant ces mots, tout son corps se crispa.

Defne s'en aperçut. « Pas la taverne que tu as en tête. Elle a disparu depuis longtemps. Le Figuier Heureux est en ruine.

— J'aimerais y retourner, dit Kostas, le cœur noyé de tristesse. Je veux voir le figuier.

— Plus grand-chose à voir, je le crains, même si l'arbre doit être encore à l'intérieur. Je n'y suis pas allée depuis une éternité.

— En Angleterre, j'ai essayé de les contacter à maintes reprises. J'ai réussi à joindre des parents de Yiorgos. Ils m'ont dit qu'il était décédé. Ils n'ont pas été très ouverts, n'avaient pas l'air d'apprécier que je pose tant de questions. Je n'ai jamais pu joindre Yusuf – ni sa famille. Quelqu'un m'a dit qu'il avait quitté Chypre et était parti pour l'Amérique, mais je ne suis pas sûr que ce soit vrai.

— Tu n'es pas au courant ? »

Defne serra fort les paupières puis les rouvrit.

« Yusuf et Yiorgos ont disparu pendant l'été 1974 – quelques semaines après ton départ. Ils font partie des milliers de personnes pour lesquelles nous creusons. »

Il ralentit, un nœud dans la gorge. « Je... je ne...

— C'est normal. Tu es parti depuis trop longtemps. » Il n'y avait aucune émotion dans sa voix – pas une trace de colère, d'amertume ou de regret. Une voix plate comme l'acier, et tout aussi impénétrable.

Le cœur en proie au désespoir, il tenta de parler, mais les mots semblaient inutiles. De toute façon elle ne lui laissait aucune chance. Accélérant le pas, elle courut rejoindre David vers l'avant.

Kostas traîna derrière, les observant tous deux qui marchaient à l'unisson, les bras liés. Quand ils atteignirent un coin de rue sous un lampadaire, David pivota pour lui faire au revoir, en criant :

« On sera au Khayyam Errant, demande ton chemin, tu trouveras. Ne sois pas en retard, Kostas. Dieu sait qu'on aura besoin d'un verre, après une pareille journée ! »

Figuier

Les arbres sont des gardiens de la mémoire. Entremêlés à nos racines, cachés dans nos troncs, courent les tendons de l'histoire, les décombres de guerres où personne n'a rien gagné, les ossements des disparus.

L'eau aspirée par nos rameaux, c'est le sang de la terre, les larmes des victimes, l'encre de vérités encore niées. Les humains, en particulier les vainqueurs qui tiennent la plume au moment de rédiger les annales de l'histoire, ont tendance à effacer autant qu'à documenter. C'est alors à nous, les plantes, de recueillir le non-dit, le non-désiré. Comme un chat qui se love sur son coussin préféré, un arbre s'enroule autour des vestiges du passé.

Lawrence Durrell était tombé amoureux de Chypre. Quand il a voulu planter des cyprès derrière sa maison et enfoncé sa pelle dans le sol, il a découvert des squelettes au fond de son jardin. Il ignorait que cela n'avait rien d'exceptionnel. Tout autour du monde, partout où se déroule, s'est déroulé, une guerre civile ou un conflit ethnique, allez chercher des indices parmi les arbres, car c'est nous que vous trouverez en communion silencieuse avec les restes humains.

Papillons et ossements

Chypre, début des années 2000

Le Khayyam Errant était une simple taverne avec des tables carrelées, des huiles représentant des scènes pastorales, et un large choix de poissons sur glace. Kostas arriva aux alentours de 19 h 30, vérifia sa montre, ne sachant trop s'il était en avance ou en retard, car on ne lui avait pas précisé d'heure de rendez-vous.

Dès qu'il entra, il fut accueilli par une femme élégante, très maquillée, de soixante-dix ans et quelque, les cheveux blond platine travaillés en chignon.

« Vous devez être Kostas, dit-elle en ouvrant les bras comme pour l'étreindre. Je m'appelle Merjan. Je viens de Beyrouth, mais j'habite ici depuis si longtemps que je me considère comme une Chypriote honoraire. Bienvenue, chéri.

— Merci. » Kostas fit un signe de tête, un peu éberlué par cet accueil chaleureux de la part d'une parfaite inconnue.

« Mais regardez-le ! poursuivit Merjan. Vous êtes devenu trop anglais, c'est ça ? Vous avez besoin de retrouver la Méditerranée. Renouer avec vos racines. David dit que vous étiez encore enfant quand vous avez quitté l'île. »

La surprise sur le visage de Kostas la fit glousser. « Mes clients me racontent un tas de choses. Venez, je vais vous conduire à vos amis. »

Merjan le guida vers une table à l'arrière, près de la fenêtre. L'endroit était animé, les convives bruyants et turbulents, et à chaque pas qui le menait au cœur de la taverne, Kostas sentait les poils de sa nuque se hérisser. Il ne pouvait s'empêcher de penser au Figuier Heureux, les similitudes étaient trop évidentes pour qu'il puisse les ignorer. Il n'était jamais revenu depuis dans un lieu pareil, et d'être ici maintenant lui donnait le sentiment d'une trahison.

Ce n'est qu'en détachant les yeux de ce qui l'entourait qu'il vit distinctement la table qu'il allait rejoindre. Trois personnes y étaient assises. Defne portait une robe bleu sarcelle, la mer de ses cheveux sombres tombant sur ses épaules en vagues houleuses. Elle avait remplacé ses boucles d'oreille par des perles en forme de larmes qui attrapaient la lumière, dansant dans l'espace paisible entre les lobes et le menton. En s'approchant de la table, Kostas s'avisa qu'il dévisageait Defne sans voir personne d'autre.

« Ah, le voilà ! s'exclama David. Merci de nous le livrer en bon état. » Prenant la main de Merjan, David y déposa un baiser.

« Pas de problème, chéri. Prenez-en bien soin, maintenant », dit la propriétaire, avant de s'éloigner sur un clin d'œil.

Kostas tira la chaise libre à côté de David et s'assit en face d'une femme au front large, les yeux gris aux paupières tombantes derrière des lunettes à monture d'écaille. Elle lui dit s'appeler Maria-Fernanda.

« On parlait d'exhumations, comme ils font toujours », dit David, en levant un verre de raki, visiblement pas son premier.

Les autres buvaient du vin. Kostas se servit un verre. Il lui trouva un goût d'écorce, de prunes sucrées et de terre sombre.

« Maria-Fernanda vient d'Espagne, dit Defne. Elle a joué un rôle important dans la documentation des atrocités de la Guerre civile.

— Merci, mais nous n'étions pas les premiers, dit Maria-Fernanda avec un sourire. La médecine légale a fait d'énormes progrès pendant les travaux de terrain au Guatemala dans les années 1990, grâce aux efforts sans relâche des militants pour les droits de l'homme. Ils ont pu découvrir un grand nombre de charniers où avaient été enterrés des dissidents politiques et des indigènes de communautés rurales maya. Et puis il y a eu l'Argentine. Malheureusement, jusqu'à la fin des années 1980, les exhumations ne figuraient pas dans les accords de paix. Tellement dommage. »

David se tourna vers Kostas. « Les procès de Nuremberg ont fait date. C'est à ce moment-là que les gens ont compris ce qu'est réellement la violence aléatoire généralisée. Les voisins qui s'en prennent à leurs voisins, les amis qui dénoncent leurs amis. Maintenant le mal a pris un visage différent, et nous, nous n'arrivons pas encore à admettre qu'il fait partie de l'humain. C'est un sujet difficile dans le monde entier – les actes de barbarie exécutés hors du champ de bataille.

— C'est dur, comme travail, dit Maria-Fernanda. Mais je me dis toujours, au moins nous n'avons pas à sonder les océans.

— Elle veut parler du Chili, dit Defne, avec un coup d'œil à Kostas. Il y a eu des milliers de disparus sous le régime de Pinochet. Des vols secrets au-dessus du Pacifique et des lacs, bourrés de prisonniers – torturés, drogués, souvent encore en vie. Ils attachaient des tronçons de rail aux victimes et les jetaient à l'eau depuis des hélicoptères Puma. Les fonctionnaires gouvernementaux l'ont toujours nié, mais il existe un rapport de l'armée disant qu'ils ont "caché" les corps dans l'océan. *Caché !* Les salopards !

— Comment a-t-on découvert la vérité ? interrogea Kostas.

— Pure coïncidence, répliqua Maria-Fernanda. Ou un acte de Dieu, si on croit à ces choses-là. L'une des victimes a été rejetée sur le rivage. Je me rappellerai toujours son nom : Maria Ugarte. Elle était enseignante. Affreusement tabassée, torturée, violée. Elle aussi, on l'avait attachée à un bout de métal et balancée d'un hélicoptère, mais le cordage s'est desserré et le corps a refait surface. Il y a une photo d'elle prise juste après qu'on l'a repêchée. Elle a les yeux grands ouverts, qui vous regardent droit au fond de l'âme. C'est comme ça que les gens ont compris qu'il y en avait des quantités d'autres enfouis sous l'eau. »

Kostas sentait la rondeur et la densité impeccables du verre qu'il tenait en équilibre entre ses paumes, regardant à travers le liquide cramoisi. Pas pour observer ses compagnons de table, mais une part de son cœur qu'il avait tenue close si longtemps. Il y découvrit d'anciens chagrins, les siens, ceux du pays de sa naissance, désormais inséparables, couchés et comprimés comme des formations rocheuses.

Relevant la tête, il demanda à Maria-Fernanda : « Vous avez travaillé dans d'autres pays ?

— Oh, partout dans le monde. Yougoslavie. Cambodge. Rwanda. L'an dernier j'ai participé aux exhumations et aux travaux des médecins légistes en Irak.

— Et comment vous vous êtes rencontrées, Defne et vous ? »

C'est Defne qui répondit. « Je connaissais Maria-Fernanda de réputation, je lui ai écrit. Elle m'a répondu très aimablement, et m'a invitée en Espagne. Cet été-là, j'ai obtenu une subvention, et je suis allée lui rendre visite. Elle et son équipe s'occupaient de trois exhumations : en Estrémadure, aux Asturies et à Burgos. Chaque fois, les familles espagnoles offraient à leurs morts de magnifiques funérailles. C'était très touchant. Quand j'ai rejoint le CMP après mon retour à Chypre, nous avons invité Maria-Fernanda pour qu'elle nous apprenne ses méthodes. Et voilà, elle est ici. »

Maria-Fernanda glissa une olive dans sa bouche, la mâcha lentement.

« Defne était étonnante. Elle venait avec moi parler aux familles, elle pleurait avec eux. J'étais tellement émue. On n'a pas de langue commune, vous vous dites, et puis vous saisissez, le chagrin est une langue. Nous nous comprenons entre nous, tous ceux qui ont un passé tourmenté. »

Kostas prit une longue, profonde inspiration, et il lui sembla que la salle le berçait – ou peut-être étaient-ce ces paroles. « Est-ce qu'elles vous apparaissent en rêve, les choses que vous voyez dans la journée ? Pardonnez-moi si c'est une question trop personnelle.

— Non, ça va. Je faisais souvent des rêves très perturbants. »

Maria-Fernanda retira ses lunettes pour se frotter les yeux.

« Mais plus maintenant. Ou peut-être que je n'arrive plus à m'en souvenir.

— *Injuriarum remedium est oblivio,* dit David. L'oubli est le remède des blessures.

— Mais nous avons besoin de nous rappeler pour guérir », objecta Defne. Elle se tourna vers Maria-Fernanda et lui dit avec de la tendresse dans la voix : « Parle-leur de Burgos.

— Burgos était le cœur du franquisme. Il n'y a pas eu de lignes de front là-bas. Ça signifie que tous les corps que nous avons trouvés dans les charniers étaient ceux de civils. La plupart du temps les familles ne voulaient pas parler du passé. Ils voulaient juste donner à leurs morts une sépulture décente – de la dignité. »

Maria-Fernanda but une gorgée d'eau avant de poursuivre.

« Un jour, j'ai pris un taxi pour aller sur un site de fouilles. J'étais en retard. Le chauffeur avait l'air sympathique – amical, enjoué. Au bout d'un moment nous sommes passés près de cet endroit, Aranda de Duero. Une ville charmante. Il m'a regardée dans son rétroviseur et il a dit : "Ici c'est Aranda la rouge, un nid d'agitateurs. Nos gars ont exécuté plein de gens, des vieux, des jeunes, c'était nécessaire." Et brusquement je me suis avisée que cet homme avec qui je parlais de la pluie et du beau temps, ce père de trois enfants, dont les photos de famille s'affichaient fièrement sur son tableau de bord, était partisan des meurtres en masse de civils.

— Qu'est-ce que vous avez fait ? demanda David.

— Je ne pouvais pas faire grand-chose. Nous étions seuls sur la route. Je ne lui ai pas parlé pendant le reste du trajet. Pas un seul mot. Quand nous sommes arrivés, je lui ai payé sa course et je suis partie sans même le regarder. Il a compris pourquoi, bien sûr. »

David alluma sa pipe et souffla, faisant signe à Defne à travers la fumée. « Qu'est-ce que tu aurais fait, dans cette situation ? »

Tous regardèrent Defne. À la lueur des bougies, ses yeux luisaient comme du bronze doré.

Elle répondit : « Je n'ai pas envie de jouer les moralistes. Pardon si ça en a l'air. Si ça m'arrivait, je crois que je dirais à cette crapule d'arrêter sa putain de voiture et de me laisser descendre ! Ensuite je serais peut-être obligée de faire du stop – peu importe. J'y penserais après. »

Kostas scruta son visage, certain qu'elle disait la vérité. À cet instant fugitif, comme un voyageur nocturne aperçoit une forme éloignée à la lueur de l'éclair, il revit la jeune fille qu'elle était autrefois, sa fureur face à l'injustice, son sens de la droiture, sa passion pour la vie.

David tira sur sa pipe. « Mais tout le monde n'a pas besoin d'être un guerrier, ma chère. Autrement nous n'aurions plus de poètes, d'artistes, de chercheurs...

— Je ne suis pas d'accord, dit Defne à son verre de vin. Il y a des moments dans la vie où chacun doit devenir une sorte de guerrier. Si tu es poète, tu combats avec tes mots ; si tu es peintre, tu combats avec tes toiles... Mais tu ne peux pas dire : "Désolé, je suis poète, je passe mon chemin." Tu ne dis pas ça quand il y a tellement de souffrance, d'inégalité, d'injustice. »

Elle vida son verre et le reremplit.

« Et toi, Kostas, qu'est-ce que tu aurais fait ? »

Il se retint de respirer sous le poids de son regard. « Je ne sais pas. Jusqu'à ce que je me trouve dans cette situation, je ne crois pas que je puisse vraiment savoir. »

Un demi-sourire flotta sur le visage de Defne. « Tu as toujours été raisonneur, logique. Un observateur minutieux des merveilles de la nature et des erreurs de l'espèce humaine. »

Il y avait du tranchant dans sa voix, impossible de ne pas le remarquer. L'humeur autour de la table s'assombrit.

« Hé, abstenons-nous de nous entre-juger, dit David avec un geste désinvolte de la main. Je serais probablement resté dans la voiture jusqu'au bout et j'aurais continué à bavarder avec le chauffeur. »

Mais Defne n'écoutait pas. Elle regardait Kostas et uniquement lui. Et Kostas vit que derrière son éclat de colère il y avait tous les mots qui étaient restés muets, tourbillonnant dans son âme comme des flocons agités dans un globe en verre.

Il posa les yeux sur ses mains, vit combien elles avaient changé au fil des ans. Jadis elle adorait se vernir les ongles, chacun paré de nacre rose. Elle ne le faisait plus du tout. Ses mains n'étaient pas très soignées, les ongles courts et irréguliers, les cuticules qui pelaient. Quand il releva les yeux, il vit qu'elle l'observait.

La poitrine se soulevant et retombant à chaque courte bouffée, Kostas se pencha en avant et dit : « Il y a une autre question que nous devrions examiner, peut-être plus difficile. Qu'aurions-nous fait, chacun de nous, si nous étions des jeunes gens vivant à Burgos autour de 1930, piégés au milieu de la guerre civile ? C'est facile de dire avec le recul que nous aurions fait preuve de droiture. Mais la vérité, c'est qu'aucun de nous ne sait comment il réagirait quand l'incendie fait rage. »

Le serveur arriva alors avec leur plat principal, rompant le silence qui s'était installé : brochettes d'agneau grillé à la menthe et feta, marmite de poisson au vin blanc, crevettes rôties au beurre d'ail, poulet aux sept épices et ragoût de feuilles de jute à la libanaise...

« Chaque fois que je viens à Chypre, je prends cinq kilos, dit David en se tapotant le ventre. Ça au moins c'est un point qui peut mettre d'accord les Grecs et les Turcs. »

Kostas sourit, même si à cet instant il se dit qu'ils buvaient tous trop vite. Surtout Defne.

Comme si elle lisait dans ses pensées, le verre pointé dans sa direction, elle dit : « D'accord. Changeons de sujet – trop lugubre. Alors dis-nous, Kostas, qu'est-ce qui t'a ramené ici ? Tes arbres adorés ou tes mousses et tes lichens ? »

Ainsi, tout comme il avait récolté des informations sur elle pendant toutes ces années, elle s'était renseignée sur ce qu'il faisait dans la vie. Elle était au courant de ses livres.

Prudemment, il répliqua : « En partie le travail. Je cherche à savoir si, et comment, les figuiers peuvent aider à réparer la perte de biodiversité autour de la Méditerranée.

— Les figuiers ? » Maria-Fernanda haussa les sourcils.

« Oui, ils protègent l'écosystème plus que pratiquement toute autre plante, je dirais. Les figues ne nourrissent pas seulement les humains, mais aussi les animaux et les insectes sur des kilomètres à la ronde. À Chypre, la déforestation est un grave problème. Par-dessus le marché, quand on a asséché les marais au début du XXe siècle pour combattre le paludisme, on a planté des quantités d'eucalyptus et d'autres plantes australiennes. Ce sont des espèces non indigènes envahissantes qui causent d'énormes dégâts ici dans les cycles naturels. Je regrette que les autorités n'aient pas accordé plus d'intérêt au figuier local... Mais bon, je ne vais pas vous ennuyer avec les détails de mes recherches. » Comme toujours, Kostas craignait que les gens trouvent son travail terne.

« Tu ne nous ennuies pas du tout, dit David. Continue, dis-nous-en un peu plus. Un fait concernant un figuier l'emporte haut la main sur une exhumation de masse.

— Les papillons se nourrissent de figues, n'est-ce pas ? » glissa Defne. Ce disant, elle dénoua la bande de cuir enroulée à son poignet, dévoilant un petit tatouage sur la face interne du bras.

« Oh, comme c'est joli ! s'enthousiasma Maria-Fernanda.

— Ça c'est une belle-dame », dit Kostas, en s'efforçant de masquer sa surprise.

La dernière fois qu'ils s'étaient vus, elle ne portait pas le moindre petit tatouage.

« Chaque année elles arrivent d'Israël et font une halte à Chypre. Ensuite certaines vont en Turquie, d'autres en Grèce. Et d'autres volent directement d'Afrique du Nord en Europe centrale. Mais cette année il se produit un phénomène inhabituel. Celles qui venaient d'Afrique du Nord ont changé de parcours. Personne ne comprend pourquoi. Tout ce que je sais, c'est qu'elles se dirigent vers l'île, et qu'elles vont rejoindre celles dont c'est le parcours normal. Si nos hypothèses sont correctes, on va assister à une migration massive de papillons dans les jours qui viennent. Je pense qu'il y en aura partout le long de la côte – côté grec et côté turc. Des millions.

— C'est fascinant, dit Maria-Fernanda. J'espère qu'ils arriveront avant mon départ. »

*

Ils avaient fini leur dessert, bu leur café, mais Defne avait commandé une autre bouteille de vin et ne semblait pas prête à ralentir.

« La dernière fois que je t'ai vue, tu ne buvais pas, tu ne fumais pas », dit Kostas, les tempes gagnées par une lente pulsation.

Une amorce de sourire au coin des lèvres, elle le regarda, les yeux dans le vague. « Bien des choses ont changé depuis ton départ.

— Allez, je t'accompagne, dit David, en faisant signe au serveur de lui apporter un autre verre de raki.

— Mais vous, vous ne buvez pas beaucoup, fit remarquer Maria-Fernanda à Kostas. Vous ne fumez pas, j'ai l'impression que vous ne mentez pas… Vous ne faites jamais rien de mal ? »

Defne émit un léger bruit qui pouvait exprimer l'incrédulité ou l'acquiescement. Une rougeur lui teinta les joues quand elle vit que les autres la regardaient.

« Eh bien, si, ça lui est arrivé une fois, dit-elle avec un petit haussement d'épaules. Il m'a quittée. »

Une expression affolée passa sur le visage de Maria-Fernanda. « Oh, je suis navrée. Je ne savais pas que vous étiez ensemble.

— Moi non plus. » David leva les mains.

« Je ne t'ai pas quittée ! dit Kostas, avant de s'apercevoir, trop tard, qu'il avait élevé la voix. Tu n'as jamais répondu à mes lettres. Tu m'as dit de ne plus te contacter. »

La rougeur de ses joues s'accentuant, Defne balaya sa riposte d'un revers de main. « Ne t'inquiète pas, je plaisantais. Tout ça, c'est de l'histoire ancienne. »

Personne ne dit mot pendant plusieurs secondes.

« Eh bien, buvons à la jeunesse, alors », dit David en levant son verre.

Tous se mirent au diapason.

Defne posa son verre. « Dis-nous, Kostas, est-ce qu'ils ont des os ?

— Pardon ?

— Les papillons. Ils ont des os ? »

Kostas déglutit, la gorge à vif. Il fixa la bougie, qui était réduite à un chicot.

« Le squelette du papillon n'est pas logé dans son corps. Ils n'ont pas de structure ferme sous les tissus mous comme nous ; en fait c'est leur peau tout entière qui est un squelette invisible, on pourrait dire.

— Quelle impression ça fait, je me le demande, dit Defne, songeuse. De transporter ses os à l'extérieur. Imaginez que Chypre soit un immense papillon ! Du coup on n'aurait plus besoin de creuser le sol à la recherche de nos disparus. Nous saurions que nous en sommes couverts. »

Les années pouvaient bien passer, Kostas n'oublierait jamais cette image. Une île papillon. Belle, captant le regard, parée de splendides couleurs, s'efforçant de prendre son essor vers le ciel et traverser librement la Méditerranée mais alourdie, chaque fois, par ses ailes encastrées dans des os brisés.

*

Quand ils quittèrent tous quatre la taverne, en manque d'air frais, ils errèrent dans les rues serpentines, aspirant les arômes de cèdre et de jasmin. La lune, drapée dans un léger tulle nuageux, serait pleine dans quelques jours. Longeant des maisons de pierre à fenêtres grillagées, ils avaient l'air de silhouettes découpées pour un théâtre d'ombres sous la lumière anémique des réverbères.

Cette nuit-là, de retour dans sa chambre d'hôtel, Kostas fit lui aussi un rêve troublant. Il était dans une ville anonyme qui pouvait se situer n'importe où – l'Espagne, le Chili, Chypre. Au-delà des dunes se dressait un figuier et derrière l'arbre, une rue vide jonchée apparemment de détritus. Il s'approcha pour vérifier de quoi il s'agissait et découvrit avec horreur que c'étaient des poissons agonisants. Fiévreusement, il saisit un seau d'eau, fit des allers et retours au pas de course, s'efforçant de ramasser le plus de poissons possible, mais ils ne cessaient de lui glisser entre les doigts, battant de la queue, suffoquant.

Au loin il aperçut un groupe de gens qui le fixaient. Ils portaient tous des masques en forme de papillon. Defne n'était en vue nulle part. Mais lorsque Kostas s'éveilla en pleine nuit, le cœur battant à tout rompre, il était sûr qu'elle se cachait quelque part dans son rêve, derrière un de ces masques, en train de l'observer.

Esprit tourmenté

Chypre, début des années 2000

De bonne heure le lendemain matin, Kostas trouva l'équipe sur le site, tous déjà absorbés dans leur travail. Le comité avait reçu un nouveau tuyau la veille, et dès qu'ils auraient terminé ici, ils se mettraient à creuser dans un lit de rivière asséché à environ quatre-vingts kilomètres de Nicosie. À écouter leurs échanges, Kostas sentit qu'ils étaient plus à l'aise au fond des bois et dans les zones rurales. Dans les villes petites ou grandes, il y avait toujours des passants pour les observer, poser des questions, faire des commentaires, parfois intrusifs, ou même incendiaires. S'ils trouvaient quelque chose, l'émotion montait. Une fois, une femme s'évanouit, et ils durent s'occuper d'elle. Les membres du CMP préféraient travailler seuls, au sein de la nature, avec des arbres pour seuls témoins.

Pendant une pause café, Kostas et Defne s'assirent ensemble près d'un buisson sauvage de laurier-rose, écoutant le crissement des cigales dans la chaleur croissante. Defne sortit une blague à tabac et se roula une cigarette. Kostas remarqua qu'elle avait sur elle la tabatière en argent de David. Un poing lui serra la poitrine quand il lui vint à l'esprit qu'ils avaient peut-être passé la nuit ensemble. Pendant le dîner il avait noté à maintes reprises comment David la regardait. Il tenta d'apaiser son esprit tourmenté. De quel droit s'intéressait-il à la vie amoureuse de Defne alors qu'ils étaient devenus étrangers non seulement l'un à l'autre, mais à la personne qu'ils étaient chacun jadis ?

Elle inclina la tête vers lui, si proche qu'il distinguait les mouchetures bleues de ses yeux sombres, un cobalt vif. « David a cessé de fumer aujourd'hui.

— Vraiment ?

— Oui, et pour le prouver, il m'a donné sa tabatière. Je suis sûre qu'il va me la redemander d'ici la fin de l'après-midi. Il s'arrête tous les trois ou quatre jours. »

Kostas ne put réprimer un sourire. Il prit une gorgée de café et demanda : « Alors tu comptes faire ce travail pendant combien de temps ?

— Aussi longtemps qu'il faudra.

— Qu'est-ce que ça signifie ? Jusqu'à ce que tu découvres la dernière victime ?

— Ça ne serait pas formidable ? Non, je ne suis pas aussi naïve. Je sais qu'il y en a beaucoup des deux bords qu'on ne retrouvera jamais. » Son regard se fit distant. « Mais ce n'est peut-être pas inconcevable. Pense donc – quand on était jeunes, si quelqu'un nous avait dit que l'île serait divisée par des frontières ethniques et qu'un jour nous devrions chercher des tombes anonymes, on ne l'aurait pas cru. Aujourd'hui nous ne croyons pas qu'elle puisse jamais être réunifiée. Ce que nous estimons impossible change à chaque génération. »

Il l'écoutait tout en émiettant une petite motte de terre entre ses doigts. « J'ai remarqué qu'il y a plus de femmes que d'hommes qui font ce travail.

— Nous sommes nombreux – Grecs et Turcs. Certains fouillent, d'autres travaillent au labo. Et puis il y a aussi des psychologues qui vont parler aux familles. La plupart de nos volontaires sont des femmes.

— Pourquoi cela, à ton avis ?

— C'est évident, non ? Ce que nous faisons ici n'a rien à voir avec la politique ou le pouvoir. Notre travail a trait au chagrin – et à la mémoire. Et les femmes sont meilleures que les hommes sur ces deux terrains.

— Les hommes se souviennent aussi, dit Kostas. Les hommes souffrent aussi.

— Vraiment ? »

Elle scruta son visage, nota le tremblement de sa voix.

« Peut-être que tu as raison. Mais en moyenne, les hommes qui perdent leur épouse se remarient beaucoup plus vite que les femmes dans la même situation. Les femmes portent le deuil, les hommes remplacent. »

Elle rangea une mèche de cheveux qui s'était dénouée derrière son oreille. Il sentit une si forte envie de la toucher qu'il dut croiser les bras, comme s'il craignait de les voir agir de leur propre chef. Il pensait à leurs rendez-vous secrets, entourés par la nuit ample, les oliviers luisant tout gris au lever de la lune. Il se rappela comment, une nuit à la taverne, elle lui avait demandé de l'eau, et comment il l'avait laissée seule une minute, quand la bombe du Figuier Heureux avait explosé. Cette nuit-là, soupçonnait-il maintenant, leur vie avait changé à jamais.

Il regarda la cigarette qu'elle avait à la main. « Mais pourquoi tu fumes, *ashkim* ? Tu ne sais donc pas qu'il s'agit de quelques bouffées qui disparaissent dès que tu souffles ? »

Les yeux de Defne se rétrécirent. « Quoi ?

— Tu ne te rappelles pas, n'est-ce pas ? C'est ce que tu m'as dit la seule fois où tu m'as vu fumer. »

Il vit alors à son expression que si, elle s'en souvenait. Prise par surprise, elle tenta d'écarter cela d'un sourire.

« Pourquoi tu n'as jamais répondu à mes lettres ? » demanda Kostas.

Un silence. « Il n'y avait rien à écrire. »

Kostas avala la boule qui lui bloquait la gorge. « Une personne du passé a pris contact avec moi récemment, un médecin… »

Il étudia son visage, mais son expression était difficile à déchiffrer.

« Le docteur Norman a trouvé mes coordonnées après avoir vu mon nom dans un journal. Une interview que j'avais donnée sur mon nouveau livre, et c'est comme ça qu'il a appris qui j'étais. Nous nous sommes rencontrés, nous avons parlé. Une allusion m'a fait comprendre qu'il s'était passé des choses pendant l'été 1974 dont j'ignorais tout. Il fallait que je vienne à Chypre – pour te voir.

— Le docteur Norman ? » Elle haussa légèrement un sourcil. « Qu'est-ce qu'il t'a raconté ?

— Pas grand-chose, à vrai dire. Mais j'ai additionné deux et deux. Il m'a dit que tu avais écrit un mot qu'il devait me donner en cas de malheur. Il le gardait dans sa poche mais malheureusement il l'a perdu. Il ignorait ce que ce mot disait, il ne l'avait jamais lu puisque c'était une affaire privée. Je ne suis pas sûr de le croire. Alors maintenant j'essaie de comprendre pourquoi une jeune femme consulterait un gynécologue au cours de l'été 1974 – une époque où l'île était à feu et à sang, avec des soldats partout... à moins d'un événement inattendu... urgent... Une grossesse non désirée. Un avortement. » Il la regarda avec chagrin. « Je veux que tu le saches, depuis que j'ai deviné, ça me torture. Je me sens coupable. Je suis tellement désolé. J'aurais dû être auprès de toi. Pendant toutes ces années je n'en avais pas la moindre idée. »

À cet instant précis, quelqu'un de l'équipe appela Defne. Une nouvelle tranche de travail allait commencer.

Après une dernière bouffée, Defne écrasa la cigarette sous son talon. « Allez, on se remet au travail. Comme je l'ai dit hier, nous étions jeunes. À cet âge-là, on commet des erreurs. Des erreurs horribles. »

Un frisson le traversa. Il se leva, fit un pas vers elle mais eut du mal à trouver ses mots.

« Écoute, dit-elle, je n'ai pas envie d'en parler. Il faut que tu comprennes, quand un pays ou une île vit une épreuve atroce – un abîme s'ouvre entre ceux qui partent et ceux qui restent. Je ne dis pas que c'est facile pour ceux qui sont partis, je suis sûre qu'eux aussi vivent des moments difficiles, mais ils n'ont aucune idée de ce qu'ont subi ceux qui sont restés.

— Ceux qui sont restés traitent les blessures, puis les cicatrices, et ce doit être affreusement douloureux, dit Kostas. Mais pour nous... les fuyards, tu pourrais nous appeler comme ça... nous n'avons jamais eu la possibilité de guérir, les blessures restent toujours ouvertes. »

Elle pencha la tête, pesant ses propos, puis dit hâtivement : « Désolée, il faut que j'y aille. »

Il la regarda s'éloigner pour rejoindre les autres. Il craignait que ce ne soit la fin – leur fin. À l'évidence, elle ne souhaitait pas discuter du passé. Elle voulait sans doute que leur relation reste distante, quoique cordiale. Il pensa qu'il devait reprendre ses recherches, puis repartir pour l'Angleterre, vers sa vie d'avant, les répétitions et les rythmes qui le suffoquaient peu à peu, mais jamais assez vite. Et c'est ce qui aurait pu se produire si à la fin de l'après-midi, après des heures de fouille et de nettoyages, des boucles de cheveux bruns s'échappant de son bandana, la peau lisse olivâtre de son front tachée de boue, elle n'était venue à sa rencontre pour lui dire avec un calme parfait : « Voyons, et si je te sortais ce soir ? Rien que nous deux. À moins que tu n'aies d'autres projets ? »

Elle savait, bien sûr, qu'il n'en était rien.

Pique-nique

Chypre, début des années 2000

Le soleil se couchait quand ils se retrouvèrent ce soir-là. Elle avait changé sa tenue de travail pour une longue robe blanche brodée de minuscules fleurs bleues sur la poitrine. La lumière déclinante lui caressait le visage, posant sur ses joues des teintes subtiles comme des coups de pinceau, parsemant sa chevelure châtain d'éclats cuivrés. Elle avait un panier à la main.

« On va marcher un peu, ça ne te gêne pas ? demanda Defne.

— J'aime bien la marche. »

Ils passèrent devant des boutiques de souvenirs et des maisons aux façades ornées de rosiers grimpants. Les murs blanchis à la chaux, naguère barbouillés de slogans, brillaient désormais propres et lustrés des deux côtés de la chaussée. Tout semblait calme, paisible. Les îles ont des ruses pour faire croire aux gens que leur sérénité est éternelle.

Laissant derrière eux les rues animées, bientôt ils se frayaient un chemin vers les faubourgs de la ville, les yeux rivés au sentier semé d'aiguilles de pin devant eux, comme s'ils affrontaient un vent rude et brûlant. Mais la brise de ce soir était on ne peut plus douce, et l'air empli de promesse. Bien que son esprit batte la campagne, que sa langue lutte en quête des mots qu'il voulait dire, Kostas se sentait inondé de bien-être. Il apercevait des touffes d'ail de Naples, du sénevé, des cardousses, des câpriers dont les racines se forçaient un passage à travers le sol aride. Il se concentra sur les arbres, comme toujours quand il se sentait à la dérive : olivier, bigaradier, myrte, grenadier... et là-bas, un caroubier. Les paroles de sa mère lui tintèrent aux oreilles : « Qui a besoin de chocolat quand on a des caroubiers, *agori mou* ? »

Il remarqua que Defne marchait vite, et que visiblement elle aimait ça. Les femmes qu'il avait courtisées autrefois n'appréciaient guère pour la plupart les longues randonnées. C'étaient des citadines, toujours affairées, toujours pressées. Même celles qui se disaient séduites à l'idée d'une balade en étaient vite lassées. À maintes reprises, au cours de ces sorties, Kostas s'était senti agacé que ses partenaires ne soient pas habillées pour la marche – vêtements trop fins, chaussures inadaptées.

Maintenant, tandis qu'il essayait de suivre le rythme de Defne, il était surpris de la voir foncer de l'avant sur ses sandales à semelles plates. Elle filait entre les routes à ornières et les chemins de terre, les buissons de bruyère à fleurs pourpres et les genêts jaunes qui agrippaient l'ourlet de sa jupe. Il suivait, attentif au moindre petit signe qu'elle émettait – le tintement de son rire, la profondeur de ses silences –, se demandant si dans une partie quelconque de son cœur elle l'aimait encore.

Une perdrix sortit d'un buisson avec un bruit de crécelle. Une buse bondrée glissa et resta en suspens portée par une ascendance thermique, scrutant le sol en quête de petits mammifères. Des milliers d'yeux maillaient le feuillage, petits détecteurs de lumière capables de distinguer des longueurs d'onde variées, télescopant leurs réalités, rappelant à Kostas que les humains ne voient qu'un seul monde parmi tous ceux qui existent.

Une fois parvenus au sommet de la colline, ils firent halte pour admirer la vue. De vieilles maisons de pierre leur faisaient signe au loin, des toits de tuiles rouges, un ciel sans borne, généreux. S'il exista jamais un centre du monde, il devait être ici. C'est cela qu'avaient dû voir d'innombrables voyageurs, pèlerins, expatriés, pensa Kostas, et c'est pour cela qu'ils étaient restés.

Defne ouvrit le panier qu'elle n'avait pas voulu lui laisser porter. Il contenait une bouteille de vin, deux verres, une jatte de figues, et de minuscules sandwiches aux garnitures variées qu'elle avait préparés chez elle.

« J'espère que ça ne t'embête pas de faire un petit pique-nique avec moi », dit-elle en étalant une couverture sur le sol.

Il s'assit auprès d'elle, souriant, touché qu'elle ait pris le temps de préparer tout cela. Tout en mangeant, lentement, savourant chaque bouchée, exactement comme lors de leur première visite ensemble au Figuier Heureux, Kostas décrivit à Defne la vie qu'il menait en Angleterre. Un nœud se forma dans sa gorge quand il lui raconta la mort de Panagiota, sa propre relation difficile avec son frère cadet, qui s'était distendue au fil des années, son incapacité pendant tout ce temps à revenir dans l'île, comme s'il redoutait ce qu'il pourrait y rencontrer ou le sortilège qui le retiendrait sur place. Il ne lui dit pas que, tout en étant satisfait du cours de ses travaux, il se sentait souvent très seul, mais il eut le sentiment qu'elle le savait déjà.

« Tu avais raison. C'était bien une grossesse, dit Defne après l'avoir écouté en silence, pensive. Mais je m'interdis d'y penser depuis tellement longtemps que je ne suis pas sûre d'en avoir envie maintenant. Je préférerais laisser tout ça derrière. »

Il s'appliqua à ne rien dire, ne posa pas de question, cherchant seulement à comprendre, à se tenir à son écoute.

Defne se mordilla la lèvre, arrachant une mince pellicule de peau. « Tu m'as demandé aussi combien de temps je comptais travailler avec le CMP. Idéalement, jusqu'à ce que je retrouve Yusuf et Yiorgos. Ils ont risqué leur vie pour moi, ces deux hommes. Je ne crois pas que tu en étais conscient.

— Non, dit Kostas, sentant s'affaisser les coins de sa bouche.

— Ça me rend folle de ne pas savoir ce qui leur est arrivé. Tous les deux ou trois jours j'appelle le labo pour demander s'ils ont trouvé quelque chose. Il y a une chercheuse, là, Eleni – elle est très gentille mais probablement excédée par mes appels. »

Elle rit, un son friable. Empreint d'une aspérité et d'une dureté qui rappelaient à Kostas des dalles fendues, fracturées comme des tuiles brisées.

Defne continua : « Je ne voulais pas te dire ça, c'est tellement embarrassant, mais ma dingue de sœur pense qu'on devrait aller voir un médium. Meryem a pris rendez-vous avec je ne sais quelle extralucide farfelue. Apparemment, cette femme aide les familles en deuil à retrouver leurs disparus – tu te rends compte ? À Chypre, c'est devenu une profession.

— Tu as envie d'y aller ?

— Pas vraiment », dit-elle en se penchant pour creuser la terre et libérer une tige d'oseille.

La longue racine pivotante pendait entre ses doigts. Le trou profond et étroit qu'elle avait laissé semblait creusé par une balle. Elle enfonça un doigt dans la cavité, et déglutit laborieusement, le souffle coincé dans sa gorge. « Seulement si tu m'accompagnes toi aussi.

— Je t'accompagnerai. » Kostas se pencha vers elle et lui caressa les cheveux avec une douceur infinie.

Autrefois, il croyait qu'ils pourraient dominer les circonstances, lancer leurs racines vers le ciel, sans entraves et libérés de la gravité, comme des arbres dans un rêve. Il aimerait tant maintenant pouvoir les ramener tous deux à cette époque pleine d'espoir.

« Je t'accompagnerai n'importe où », dit-il. Sa voix sonna différemment, plus pleine, comme si elle montait d'une profondeur cachée en lui.

Et même s'il soupçonnait qu'avec son cynisme habituel elle refuserait de le croire, elle ne semblait pas non plus vouloir douter de lui, mais se retirait dans l'espace liminal entre foi et doute – tout comme lors de cette autre nuit dans ce qui semblait maintenant une autre vie.

Defne se rapprocha encore, enfouit la tête dans son cou. Sans l'embrasser, ni donner aucun signe qu'elle désirait qu'il l'embrasse, elle le tint serré, d'une étreinte forte et sincère, et c'est tout ce dont il avait besoin. La sensation d'elle à son côté le submergeait, le battement de cœur contre sa peau. Elle effleura la cicatrice de son front, si ancienne qu'il en avait oublié la cause, une marque imprimée le jour de la vague de chaleur quand il avait trébuché sur une caisse en voulant à tout prix sauver les chauves-souris.

« Tu m'as manqué », dit-elle.

À cet instant, Kostas sut que l'île l'avait attiré dans son orbite avec une force qu'il ne pouvait surmonter, et qu'il ne retournerait pas en Angleterre de sitôt, pas sans elle à son côté.

Encens numérique

Londres, fin des années 2010

La veille de Noël, le dos tourné aux branches décorées – un faisceau de brindilles que Kostas avait ramassées dans le jardin, peint à la bombe et orné de babioles en guise d'alternative à l'arbre festif –, Meryem était affalée sur le divan, silencieuse comme rarement et repliée sur elle-même. Elle ne cessait de vérifier l'écran de son portable avec la mine blessée de quelqu'un qui a subi une injustice.

« Tu attends toujours ton rendez-vous avec cet exorciste ? » interrogea Ada en passant près d'elle.

Meryem releva la tête, à peine. « Non, ça c'est fait. Ils nous attendent ce vendredi.

— Eh bien, merci de ne m'avoir rien dit. » Ada lui lança un coup d'œil, mais sa tante était trop perturbée pour le remarquer.

« Tout va bien ? demanda-t-elle.

— Hmmm, j'ai perdu quelque chose et je n'arrive pas à remettre la main dessus. Je déteste la technologie ! »

Ada se laissa tomber à l'autre bout du divan, un roman à la main – on lui en avait beaucoup parlé. Elle avait commencé à le lire la veille au soir. Elle souleva le livre de manière à dissimuler une bonne partie de son visage, les yeux de Sylvia Plath plongeant dans ceux de Meryem depuis la couverture.

Une minute s'écoula. Meryem soupira.

« Tu as besoin d'aide ? demanda Ada.

— Tout va bien », répondit sèchement Meryem.

Ada se replongea dans son livre. Pendant un moment, elles gardèrent toutes deux le silence.

« Oh, mais pourquoi je m'entête ? Elle est partie ! » Meryem se massa les tempes. « D'accord, donne-moi un coup de main, s'il te plaît, mais ne me juge pas.

— Pourquoi je te jugerais ?

— Je disais ça comme ça. »

Meryem posa son téléphone entre elles deux.

« J'ai effacé une appli par erreur. Je crois que c'est ça qui s'est passé. J'essaie de la récupérer, mais je n'ai pas envie de repayer tout cet argent. Qu'est-ce qu'il faut faire ?

— Voyons un peu. Comment elle s'appelle ?

— Je ne sais pas. Il y a un truc bleu dessus.

— Ça ne va pas beaucoup nous aider. Elle sert à quoi ? »

Meryem lissa les plis de sa jupe. « Oh, je m'en sers pour écarter le mauvais œil. »

Les sourcils d'Ada firent un bond. « C'est sérieux ? Il y a une appli qui fait ça ?

— Je savais que tu allais me juger.

— J'essaie juste de me faire à l'idée.

— Eh bien, nous vivons dans un monde moderne. Tout le monde est très occupé. Des fois tu es pressée, tu n'as pas le temps d'allumer de l'encens. Ou bien tu n'as pas de sel sous la main. Ou bien tu es parmi des gens bien élevés et tu ne peux pas cracher. L'appli fait tout ça pour toi.

— Tu veux dire qu'elle fait brûler de l'encens, répand du sel numérique et crache en l'air numériquement ?

— Oui, à peu près. »

Ada secoua la tête. « Et tu as payé combien pour cette arnaque ?

— C'est un abonnement, je le renouvelle tous les mois. Et je ne te dirai pas le montant. Quoi que je dise, tu trouveras que c'est trop.

— Bien sûr que oui. Tu ne vois pas qu'ils te mènent en bateau ? Toi et des centaines, peut-être des milliers de gens crédules ! »

Une recherche rapide révéla des dizaines d'applications similaires, certaines pour se protéger, d'autres pour attirer la bonne fortune, d'autres pour lire dans le marc de café, les feuilles de thé ou la lie de vin. Ada dénicha l'application enfuie et la téléchargea de nouveau – sans rien débourser.

« Oh, merci, dit Meryem, la contrariété s'effaçant de ses traits. Quand Dieu veut plaire à un pauvre homme, Il lâche son âne dans la nature, et puis Il l'aide à le retrouver. »

Ada traçait des lignes sur la couverture de son livre, suivait la reliure du bout du doigt.

« Parle-moi de ma grand-mère. Elle était comme toi ? Elle craignait tout le temps qu'il arrive un malheur ?

— Pas vraiment, dit Meryem, le regard brillant à ce souvenir, puis se voilant aussitôt. Ma mère disait souvent : "Même si le monde entier devient fou, les Chypriotes resteront sains d'esprit." Parce que nous lavions les bébés les unes des autres, nous moissonnions les uns pour les autres. Les guerres éclatent entre des étrangers qui ne connaissent pas les noms de ceux d'en face. Rien ne peut arriver ici. Alors, non, ta grand-mère n'était pas craintive comme moi. Elle n'a rien vu venir. »

Ada examina sa tante, nota le léger affaissement de ses épaules.

« Tu sais ce que je pense ? J'ai ce devoir d'histoire à faire, peut-être que tu pourrais m'aider.

— Vraiment ? » Meryem posa la main sur sa poitrine comme si elle était flattée de ce compliment inattendu. « Mais est-ce que je connaîtrai les réponses ?

— Ce n'est pas un test. Plutôt un genre d'entretien. Je te poserai juste quelques questions sur l'endroit d'où tu viens, comment c'était quand tu étais jeune fille, ce genre de truc.

— Ça je peux le faire, mais tu ne crois pas que tu devrais demander à ton père ? dit Meryem avec précaution.

— Papa ne me parle pas beaucoup de Chypre. Mais toi tu peux. »

Sur ces mots, Ada s'adossa aux coussins et reprit son livre. De derrière les pages de *La Cloche de détresse*, sa voix s'éleva, rude et retranchée.

« Sinon je ne t'accompagne pas chez cet exorciste. »

Médium

Chypre, début des années 2000

Deux jours plus tard, tandis que la prière du soir retentissait depuis les mosquées voisines de Nicosie, Kostas retrouva Defne et Meryem devant le Büyük Han. À sa grande surprise, l'auberge historique – construite par les Ottomans pour en faire un caravansérail, convertie par les Britanniques en prison municipale – était devenue un centre commercial d'art et d'artisanat. Dans un café à l'intérieur de l'ancienne cour, ils prirent chacun un verre de tilleul.

Meryem soupira tout en lançant à Kostas un regard de côté. Elle gardait un silence inhabituel depuis qu'ils s'étaient rejoints, mais ne put se contenir plus longtemps. « Imagine ma surprise quand Defne m'a dit que tu étais de retour. Je ne pouvais pas en croire mes oreilles. Je lui ai dit de ne pas s'approcher de toi. Je te le redis en face. Ne t'approche pas d'elle. Dieu sait à quel point tu me rends nerveuse, Kostas Kazantzakis. Tu l'as quittée alors qu'elle était enceinte… »

Les yeux étincelants, Defne s'interposa. « *Abla*, arrête. Je t'ai dit de ne pas aborder le sujet.

— D'accord, d'accord. » Meryem leva les deux mains en l'air. « Alors, Kostas, pardon de te poser cette question, je sais que c'est impoli, mais quand repars-tu pour l'Angleterre ? Bientôt, j'espère.

— *Abla !* Tu m'avais promis que tu serais gentille avec lui. C'est moi qui l'ai invité ici.

— Eh bien, je *suis* gentille, c'est ça mon problème. »

Meryem coinça un morceau de sucre entre ses dents et aspira fort avant de poursuivre. « C'est toujours moi qui vous ai servi d'alibi à tous les deux. »

Kostas acquiesça. « Je t'en serai toujours reconnaissant. Je suis désolé si je te rends nerveuse. Je sais que tu nous as beaucoup aidés dans le passé.

— Ouais, et regarde où ça nous a menés.

— *Abla*, pour la dernière fois ! »

Meryem agita la main, soit pour balayer soit pour accepter la réprimande, c'était difficile à dire. Elle se redressa. « Bon, pour le rendez-vous d'aujourd'hui, avant d'y aller mettons-nous d'accord sur les règles. Le médium qui va nous recevoir – Mme Margosha – est une personne importante. Elle s'est fait une réputation au sein de la communauté des voyants. Quoi que vous disiez, ne l'offensez pas. Cette femme est très puissante. Elle a des contacts partout, et par là je veux dire aussi dans l'autre monde. »

Defne posa les coudes sur la table. « Comment tu sais ça ? Tu ne peux pas le savoir. »

Meryem continua sans relever ses objections. « Elle est russe, née à Moscou. Tu sais pourquoi elle est venue à Chypre ? À cause d'un rêve qu'elle a fait. Elle a vu une île pleine de tombes inconnues. Elle s'est réveillée en larmes. Et elle s'est dit : "Il faut que j'aide ces gens à retrouver leurs êtres chers." C'est pour ça qu'elle est ici. Les familles vont la voir pour lui demander de l'aide.

— Comme c'est magnanime de sa part, marmonna Defne. Et combien elle fait payer chaque geste de générosité ?

— Je sais que tu ne crois pas à ces choses-là – et Kostas non plus – mais n'oublie pas que tu fais ça pour tes amis. Tu veux savoir ce qui est arrivé à Yusuf et Yiorgos, n'est-ce pas ? Et moi je fais ça pour toi. Alors vous deux vous allez me promettre de ne pas lui manquer de respect.

— Je te le promets », dit Kostas tendrement.

Defne ouvrit les mains en souriant. « Je ferai de mon mieux, sœurette, mais *moi* je ne promets rien. »

*

La voyante vivait dans une maison de deux étages aux fenêtres grillagées non loin de la « ligne verte », sur une route qu'on appelait Shakespeare Avenue sous le mandat britannique. Après la partition, les Turcs l'avaient rebaptisée avenue Mehmet Akif, du nom d'un poète nationaliste. Mais aujourd'hui la plupart des gens l'appelaient Dereboyu Caddesi – l'avenue au Bord du fleuve.

La première chose qui les frappa à leur entrée dans la maison, ce fut l'odeur – pas franchement désagréable, mais âcre, pénétrante. Bois de santal et encens de myrrhe mêlés au poisson frit et pommes de terre au four du déjeuner, à la rose et au jasmin aspergés en abondance par quelqu'un qui aimait les parfums lourds.

D'un geste sec, l'assistant de la voyante – un adolescent dégingandé – les guida à l'étage vers une pièce presque vide de meubles, au plancher moucheté par les derniers rayons du soleil qui filtraient à travers les grandes fenêtres en vitrail.

« Je reviens dans une seconde, asseyez-vous », dit le garçon dans un anglais lourdement accentué.

Quelques instants plus tard il revint leur annoncer que Mme Margosha était prête à les recevoir.

« Peut-être que je devrais y aller seule ? » dit Meryem d'une voix anxieuse.

Defne haussa les sourcils. « Décide-toi. Tu m'as traînée jusqu'ici et maintenant tu veux y aller seule ?

— C'est bon, vas-y, dit Kostas. Nous t'attendrons. »

Mais à peine Meryem avait-elle disparu au bout du couloir qu'elle revint en hâte, les joues enflammées. « Elle veut vous voir tous les deux ! Et devinez quoi ? Elle a su tout de suite qu'on était sœurs. Et l'écart d'âge entre nous. Elle savait que Kostas est grec.

— Et ça t'a impressionnée ? dit Defne. Son assistant a dû lui dire. Il m'a entendue t'appeler *abla* et appeler Kostas par son nom – son nom *grec.*

— Peu importe, dit Meryem. Dépêchez-vous, s'il vous plaît. Je n'ai pas envie de la faire attendre. »

La pièce à l'autre extrémité du hall était bien éclairée et spacieuse, quoique surchargée d'objets qui avaient dû être accumulés au cours d'une longue vie itinérante : lampadaires aux abat-jour en soie ornés de pompons, sièges dépareillés, portraits compassés sur les murs, tapisseries et tentures, crédences chargées de livres à reliure de cuir et de parchemins, statues d'anges et de saints, poupées biscuit aux yeux de verre, vases en cristal, chandeliers d'argent, encensoirs, gobelets en étain, statuettes en porcelaine…

Au milieu de ce bric-à-brac se tenait une svelte femme blonde aux pommettes saillantes. Tout chez elle était net et anguleux. Clignant lentement de ses yeux bleu-gris, la couleur d'un lac gelé, elle leur fit un signe de tête. Elle portait une perle rose en pendentif, de la taille d'un œuf de caille. À chacun de ses mouvements, il reflétait la lumière.

« Bienvenue ! Asseyez-vous. C'est bien de vous voir tous les trois ensemble. »

Meryem se percha sur une chaise, tandis que Defne et Kostas choisissaient des tabourets proches de la porte. Mme Margosha s'installa dans un large fauteuil derrière un bureau en noyer.

« Alors, qu'est-ce qui vous amène ici ? Amour ou perte ? En général, c'est l'un ou l'autre. »

Meryem s'éclaircit la gorge. « Ma sœur ici, et Kostas, là, avaient deux bons amis il y a des années. Yiorgos et Yusuf. Ils ont tous deux disparu au cours de l'été 1974. Leurs corps n'ont jamais été retrouvés. Nous voulons savoir ce qui leur est arrivé. Et s'ils sont morts, nous voulons trouver leur tombe afin que leurs familles puissent leur offrir une sépulture décente. C'est pour cela que nous avons besoin de votre aide. »

Mme Margosha plaça ses doigts en clocher, et tourna lentement le regard de Meryem à Defne, puis de Defne à Kostas.

« Donc vous êtes ici pour une perte, mais quelque chose me dit que vous venez aussi pour une histoire d'amour. »

Lèvres pincées, Defne croisa les jambes, puis les décroisa.

« Tout va bien ? demanda la voyante.

— Oui… non. Ce n'est pas un peu trop évident ? dit Defne. Bon, qui n'a pas perdu quelque chose et qui ne cherche pas l'amour ? »

Meryem glissa sur le bord de sa chaise. « Désolée, madame Margosha, s'il vous plaît, ne faites pas attention à ma sœur.

— C'est très bien, dit la voyante, le regard concentré sur Defne. J'apprécie les femmes qui disent ce qu'elles pensent. D'ailleurs voilà ce que nous allons faire. Je ne vous facturerai rien si vous n'êtes pas satisfaits à la fin de la séance. Mais si vous l'êtes, je doublerai mon tarif.

— Mais nous ne... tenta d'intervenir Meryem.

— Marché conclu ! dit Defne.

— Marché conclu ! » dit Mme Margosha en tendant une main parfaitement manucurée.

Pendant un instant, les deux femmes se tinrent liées par une poignée de main tandis qu'elles gardaient les yeux fixés l'une sur l'autre, s'évaluant.

« Je vois le feu dans votre âme, dit Mme Margosha.

— Je n'en doute pas. » Defne retira sa main. « Et maintenant, on peut se concentrer sur Yusuf et Yiorgos ? »

Avec un hochement de tête, Mme Margosha fit tourner et retourner l'anneau d'argent qu'elle portait au pouce.

« Il y a cinq éléments qui nous aident dans nos quêtes les plus profondes. Quatre plus un : le Feu, la Terre, l'Air, l'Eau, et l'Esprit. Lequel aimeriez-vous que je convoque ? »

Tous trois échangèrent un regard vide.

« À moins que vous n'ayez un autre avis, je vais choisir l'Eau », dit Mme Margosha. Fermant les yeux, elle s'adossa à son fauteuil. Ses paupières presque transparentes étaient parcourues de fins capillaires bleus.

Pendant une longue minute, personne ne dit mot, personne ne bougea. Au milieu du silence inconfortable, la voyante parla doucement :

« À Chypre, la plupart des disparus sont cachés près d'un bord de rivière ou une colline qui domine la mer ou parfois à l'intérieur d'un puits... Si nous pouvons persuader l'eau de nous aider, nous trouverons les indices qu'il nous faut. »

Meryem retint son souffle, s'approchant encore plus près du bord de son siège.

« Je vois un arbre, dit Mme Margosha. Qu'est-ce que c'est – un olivier ? »

Kostas se pencha vers Defne. Il n'avait pas besoin de la regarder pour deviner ce qu'elle pensait : c'était parier sans risque de parler d'oliviers dans un lieu comme ici, où il y en avait en abondance.

« Non, pas un olivier, peut-être un figuier... Un figuier, mais il est à l'intérieur, pas dehors – comme c'est étrange, un figuier à l'intérieur d'une pièce ! C'est très bruyant, par là – de la musique, des rires, tout le monde parle en même temps... Qu'est-ce que c'est que cet endroit ? Un restaurant ? De la nourriture, quantité de nourriture. Oh, les voilà, vos amis ! Je les vois maintenant, ils sont proches l'un de l'autre, est-ce qu'ils dansent ? Je crois qu'ils s'embrassent. »

Malgré lui, Kostas sentit un frisson sur sa nuque.

« Oui, ils s'embrassent... Je vais appeler leur nom et voir s'ils réagissent. Yusuf... Yiorgos... »

La respiration de Mme Margosha ralentit, un son râpeux sortit de sa gorge. « Où sont-ils passés ? Ils ont disparu. Je vais réessayer : Yusuf ! Yiorgos ! Hé, je vois un bébé maintenant. Quel beau petit garçon ! Comment s'appelle-t-il ? Voyons... Ah, je comprends, il s'appelle Yusuf Yiorgos. Il est assis sur un divan, entouré de coussins. Il mâchonne un anneau de dentition. Tellement mignon... Oh, non ! Oh, pauvre petit... »

Mme Margosha ouvrit les yeux et fixa Defne. Elle seule. « Vous êtes sûre de vouloir que je continue ? »

*

Un quart d'heure plus tard, ils étaient tous trois de retour sur l'avenue au Bord du fleuve. Defne filait devant, les lèvres étroitement serrées, Kostas suivait à pas mesurés, et à la traîne derrière eux, Meryem, la mine défaite. Ils s'arrêtèrent devant une bijouterie, fermée à cette heure. Les néons de la vitrine, mêlés aux reflets scintillants des bracelets, gourmettes et colliers, aiguisaient leurs traits.

« Pourquoi tu as fait ça ? demanda Meryem en s'essuyant les yeux du revers de la main. Tu n'avais pas besoin de la mettre en colère. Elle allait nous le dire.

— Non, sûrement pas. » Defne repoussa ses cheveux en arrière. « Cette femme est un charlatan. Elle nous resservait les informations que nous lui avons fournies. Elle nous dit : “Je vois une grande cuisine bien éclairée, ça pourrait être une maison ou un restaurant...” Et toi tu te précipites : “Ça doit être une taverne.” Alors elle confirme : “Oui, oui, c'est une taverne.” Et toi ça te suffit pour être convaincue ? »

Meryem détourna les yeux. « Tu sais ce qui me fait le plus mal ? Ta façon de me traiter comme si je n'avais pas une once de cervelle. Tu es intelligente, d'accord, et moi pas. Je suis pétrie de conventions, de traditions. Meryem la Ménagère ! Tu me rabaisses, moi et toute ta famille. Tes propres racines ! Baba t'adore, mais il n'a jamais été assez bien pour toi.

— Ce n'est pas vrai. » Defne posa la main sur le bras de sa sœur. « Écoute... »

Meryem recula, la poitrine haletante. « Je ne veux rien entendre. Pas maintenant. J'ai besoin d'être seule, s'il te plaît. »

Elle partit d'un pas rapide, les lumières de l'avenue caressant sa longue chevelure auburn.

Seule avec Kostas, Defne le regardait, à moitié dissimulé dans l'ombre, plongé dans ses pensées. Elle leva les mains en l'air.

« Je m'en veux tellement. Pourquoi je fais toujours ça ? J'ai tout gâché, n'est-ce pas ? Meryem a raison. Après ton départ, chez nous ça n'allait plus du tout. J'étais tout le temps malheureuse et je me défoulais sur mes parents. On se disputait sans arrêt. Je leur disais qu'ils étaient vieux jeu, qu'ils avaient l'esprit étroit. »

Kostas se balançait d'un pied sur l'autre.

« Allez, je vais t'offrir un verre, dit Defne quand elle comprit qu'il ne répondrait rien. Allons nous soûler en beauté ! J'ai tout cet argent qu'on n'a pas payé à la voyante. »

Kostas la dévisagea avec une concentration absolue. « Tu ne penses pas que tu devrais me le dire ?

— Quoi ?

— Cette femme a parlé d'un petit garçon – Yusuf Yiorgos. J'ai du mal à imaginer un enfant sur cette île qu'on baptiserait d'un nom grec et turc. Sauf si c'est toi qui l'as mis au monde... »

Elle détourna les yeux, à peine une seconde.

« Quand j'ai su pour la grossesse, j'ai supposé qu'il y avait eu un avortement. Mais maintenant je comprends que je me trompais. Avortement ou pas ? Parle-moi, Defne.

— Pourquoi tu me poses toutes ces questions ? » Elle prit une cigarette dans son sac, sans l'allumer. « Ne dis pas que tu crois ces sornettes de médium. Tu es un scientifique ! Comment tu peux prendre ça au sérieux ?

— Je m'en fiche, du médium, je m'inquiète de ce qui est arrivé à notre bébé. »

Elle eut un mouvement de recul à ces paroles, comme si elle avait touché un fer brûlant.

« Tu n'avais pas le droit de me cacher cette grossesse, dit Kostas.

— Pas le droit ? Vraiment ? » Le regard de Defne se durcit. « J'avais dix-huit ans. J'étais toute seule. Terrifiée. Je n'avais nulle part où aller. Si mes parents l'apprenaient, je ne savais pas ce qu'ils auraient fait. J'avais honte. Tu imagines ce que ça fait d'apprendre que tu es enceinte et que tu ne peux même pas sortir pour demander de l'aide ? Il y avait des soldats partout. Dans une ville divisée, au pire moment, avec la radio qui glapissait jour et nuit : "Restez chez vous !" et des nouvelles règles de sécurité à chaque heure, tu ne sais pas ce qui se passera le lendemain, tout le monde panique, les gens se battent et s'entre-tuent... Tu imagines ce que c'est d'essayer de cacher une grossesse quand le monde menace de s'effondrer et que tu n'as personne à qui parler ? Tu étais où ? Si tu n'étais pas là à ce moment-là, tu n'as pas le droit de me juger maintenant.

— Je ne te juge pas. »

Mais elle était déjà loin.

Sous la lumière rude des néons du magasin, Kostas resta figé, pris d'un sentiment d'impuissance si fort que pendant une seconde le souffle lui manqua. Son regard absent tomba sur la vitrine devant lui, enregistrant l'or et l'argent rangés avec soin sur les présentoirs de verre : bagues, bracelets, colliers achetés pour marquer un mariage, un anniversaire, des noces de corail – tout ce qu'ils avaient manqué pendant tout ce temps.

Elle ne voulait pas lui parler mais il avait besoin de connaître la vérité. Demain à la première heure, il appellerait le docteur Norman pour lui demander ce qui s'était passé l'été 1974 quand il se trouvait à des milliers de kilomètres.

Ce n'est pas ton djinni

Londres, fin des années 2010

Après le passage de l'ouragan, le ciel s'était décoloré en gris pâle, encore terni sur les bords comme une photographie jetée au feu. Dans l'après-midi, Ada et sa tante sortirent sous prétexte d'aller faire des courses, mais en fait pour se rendre chez l'exorciste.

« Je n'arrive pas à croire que j'aie pu accepter ça, murmura Ada tandis qu'elles se dirigeaient vers la station de métro.

— Nous avons beaucoup de chance qu'il veuille bien nous recevoir, dit Meryem dans un claquement de ses talons compensés.

— Bon, ce n'est quand même pas comme si ce type avait une liste d'attente.

— Si, justement. Le premier rendez-vous libre était dans deux mois et demi ! J'ai dû jouer de tous mes charmes au téléphone. »

Elles descendirent à Aldgate East, où elles firent une courte escale dans un café et commandèrent deux boissons – chai latte pour Ada, moka au chocolat blanc double crème pour Meryem.

« Rappelle-toi, pas un mot à ton père. Il ne me le pardonnerait jamais. Promis ?

— Ne t'inquiète pas, je ne lui en parlerais pour rien au monde ! Papa serait très déçu s'il apprenait que je gaspille mon énergie pour ce genre d'esbroufe. Nous sommes liées par la honte et le secret ! »

Le temps qu'elles arrivent à destination, il était presque 15 heures, le soleil même pas une possibilité dans un ciel de plomb.

La rue bourdonnante était bordée de platanes effeuillés. Il y avait des appartements neufs, des maisons du curry, des chaînes de pizza, des restaurants hallal, des étalages de pashminas et de saris, des magasins qui avaient appartenu à des vagues successives d'émigrants, depuis les huguenots français et les juifs d'Europe de l'Est jusqu'aux communautés de Bangladais et de Pakistanais. Dans les boutiques de kebab, les morceaux de viande tournaient lentement en devanture, perdus dans leur transe comme les derniers invités d'une soirée qui a trop duré. Meryem étudiait les alentours avec fascination, à la fois ravie et perplexe à la vue de ce Londres dont elle ignorait l'existence.

Marchant dans le sens opposé à la circulation, elles arrivèrent à une maison mitoyenne en brique rouge. Il n'y avait pas de sonnette, juste un heurtoir de bronze en forme de scorpion à la queue dressée, qu'elles manièrent fermement.

« Un type qui se la pète, dit Ada en inspectant le heurtoir fantaisie avec une moue dégoûtée.

— Chut, surveille ton langage, chuchota Meryem. On ne plaisante pas en présence des saints hommes. »

Avant qu'Ada ne riposte, la porte s'ouvrit. Une jeune femme les accueillit. Elle portait un foulard de tête vert citron et une robe assortie qui lui descendait jusqu'aux chevilles.

« *Assalamu alaikum*, dit Meryem.

— *Walaikum salaam*, dit la femme avec un signe de tête sec. Entrez. Nous vous attendions plus tôt.

— Panne de métro », dit Meryem, oubliant de mentionner les boutiques qu'elle avait tenu à voir en route.

Des chaussures de toutes tailles étaient rangées proprement près de l'entrée, toutes pointant vers le seuil. De l'étage leur parvenaient les bruits d'une querelle d'enfants, la frappe rythmée d'un ballon. Un bébé pleurait quelque part au bout du couloir. Une odeur subtile flottait dans l'air – de cuisine, ancienne et récente.

Les pas de Meryem s'interrompirent brusquement. Sa mine s'assombrit.

Ada lui jeta un regard curieux. « Qu'est-ce qui t'arrive ?

— Rien. Je viens juste de me rappeler que j'avais emmené ta mère consulter cette voyante réputée à Chypre, il y a très longtemps. Ton père nous avait accompagnées.

— J'y crois pas ! Sans blague... Papa a accepté de venir ? »

Mais elles n'eurent pas le temps de poursuivre. On les fit entrer dans une pièce du fond. À l'intérieur, des rangées de chaises en plastique regardaient vers l'avant, des prières en arabe encadrées étaient accrochées au mur. Une famille de quatre personnes se serrait dans un coin, parlant entre eux à voix étouffée. Assise près de la porte, une femme âgée tricotait ce qui avait l'air d'un pull – si petit qu'il devait être destiné à une poupée. Ada et Meryem prirent place à côté d'elle.

« Première fois, c'est ça ? dit la femme avec un sourire avisé. C'est pour la petite ? »

Meryem fit un petit signe de tête. « Et vous ?

— Oh, nous ça fait des années qu'on vient ici. On a tout essayé – médecins, pilules, thérapies. Aucun effet. Et puis quelqu'un nous a recommandé cet endroit. Qu'Allah les récompense.

— Alors vous dites que ça marche ? demanda Meryem.

— Oui, ça marche, mais il faut que vous soyez patients. Vous êtes entre de bonnes mains. C'est ici qu'on guérit tous les *majnun*. »

Le bruit d'un hurlement dans la pièce voisine traversa l'air.

« Ne vous inquiétez pas. C'est mon fils, dit la femme en tirant sur sa pelote de laine. Il crie aussi la nuit dans son sommeil.

— Alors peut-être que ça ne marche pas », suggéra Ada.

Meryem fronça légèrement les sourcils.

Mais la femme ne parut pas offensée. « Le problème, c'est qu'il y avait plus d'un djinni qui le harcelait. Le sheik en a chassé dix, béni soit-il, mais il en reste encore un. Après ça mon fils sera libre.

— Ouaahh, fit Ada. Dix djinns, encore un qui reste. Il aurait pu monter son équipe de foot. »

Le froncement de sourcils de Meryem s'accentua.

Mais à nouveau, la femme ne semblait pas fâchée. Il vint alors à l'esprit d'Ada qu'aux yeux de cette inconnue, elle aussi faisait partie des *majnun*, que donc elle pouvait dire des choses folles et en faire des encore plus folles, tout lui serait pardonné. Quelle latitude ! Peut-être que dans un monde contraint par des lois et des règlements qui n'avaient pas grand sens, et ne privilégiaient en général que très peu de gens sur un grand nombre, la démence était la seule véritable liberté.

Peu après, elles furent convoquées devant l'exorciste.

*

La pièce était peu meublée – un sofa rouge le long d'un mur, sur un tapis aux teintes jade et bleu. Disposés ici et là, des coussins brodés. Une table basse accroupie au centre, et à côté un panier rempli de bouteilles et de pots en verre.

Sur le mur opposé, une cheminée semblait être une addition plus tardive, ses carreaux de faïence ébréchés, sa tablette une dalle de marbre fendue. Un kilim décoratif était suspendu au-dessus, représentation tissée d'un bazar : des étagères couvertes d'épices ; un paon qui se pavanait, déployant la magnificence de son éventail de plumes ; des hommes en costume oriental perchés sur des tabourets en bois, certains buvant du café, d'autres tirant sur un narguilé. Le tableau ressemblait moins à un lieu véritable qu'à une vue imaginaire du Moyen-Orient.

L'homme assis jambes croisées au centre de la scène devait être l'exorciste. Ses yeux creux et son visage anguleux étaient encadrés par une courte barbe ronde. Il ne se leva pas pour les accueillir. Ni ne leur serra la main. D'un hochement de tête, il leur fit signe de pendre place sur le tapis, en face de lui.

« Alors, qui est la patiente ? »

Meryem s'éclaircit la gorge. « Ma nièce, Ada, a eu quelques problèmes à l'école. L'autre jour elle a hurlé devant toute la classe, sans pouvoir s'arrêter. »

Ada haussa les épaules. « C'était en histoire. Tout le monde a envie de hurler quand Mrs Walcott fait cours. »

Si l'exorciste saisit la plaisanterie, il ne daigna pas sourire.

« Ça pourrait être l'œuvre des djinns, dit-il solennellement. Ils sont rusés. D'abord ils s'emparent du corps. Le maillon le plus faible. Les gens font des choses inattendues – certains parlent en charabia au milieu d'une réunion de travail, d'autres dansent au milieu d'une rue passante, ou comme vous, ils hurlent... Si on ne les soigne pas, ça empire. Les djinns conquièrent l'esprit. Et là, c'est la dépression qui s'installe. Anxiété, accès de panique, pensées suicidaires. Puis les djinns s'en prennent à l'âme. Ça, c'est la dernière forteresse. »

Ada jeta un coup d'œil à sa tante et vit qu'elle écoutait attentivement.

« Mais Dieu est miséricordieux, là où il y a maladie, il y a traitement », dit l'exorciste.

Comme en réponse à un signal, la porte s'ouvrit et la jeune femme de l'accueil entra, portant un plateau chargé d'accessoires : une coupe en argent remplie d'eau, un flacon d'encre noire, un morceau de papier aux bords jaunis, une pincée de sel, un brin de romarin et une plume. Elle déposa le plateau devant l'officiant et se retira dans un coin, évitant de croiser leur regard. Était-elle l'apprentie de l'exorciste, se demanda Ada, et quel genre de métier était-ce – genre assistante de magicien, sans les paillettes et les applaudissements ?

« Il faut te concentrer, dit l'exorciste, tenant Ada à l'œil. Je veux que tu observes l'eau de cette coupe – quand tu m'entendras prier, ne bouge pas, ne cligne pas des yeux, reste immobile. Avec un peu de chance, tu verras le visage du djinni qui te persécute. Tâche de découvrir son nom. C'est important. Une fois que nous connaîtrons le coupable, nous pourrons aller au fond du problème. »

Les yeux d'Ada s'étrécirent. Une part d'elle avait envie de partir en courant. Une autre part était curieuse de voir ce qui allait se passer.

Pendant ce temps, l'exorciste trempa la plume dans l'encre, et gribouilla sept fois une prière. Il plia le papier et le plongea dans la coupe avant d'y verser le sel et le romarin. Sortant un chapelet d'ambre de sa poche, il en palpa les grains tout en priant, sa voix montant et descendant à chaque inspiration.

Ada fixait l'eau assombrie maintenant par des volutes d'encre, et s'efforçait de ne pas cligner des yeux, attendant un signe, le dévoilement d'un mystère. Rien ne se produisit. Le bruit des enfants qui jouaient à l'étage, le cliquetis des grains de chapelets, le sifflement régulier des murmures en arabe… Cela semblait vain de rester assis là à espérer un miracle. Pire, absurde. Elle ferma la bouche, mais trop tard. Un gloussement nerveux, bruyant, s'échappa de sa gorge.

L'exorciste s'interrompit. « Ça ne sert à rien. Elle est incapable de se concentrer. Les djinns l'en empêchent. »

Meryem se rapprocha d'Ada. « Tu as vu quelque chose ?

— J'ai vu un coffre plein de trésors, chuchota Ada. Je sais où l'or est enterré. Filons !

— Comme je l'ai dit, les djinns sont astucieux, déclara l'exorciste. Ils jouent avec son esprit. Ils savent qu'ils peuvent dominer les humains seulement si nous les craignons. C'est pour ça qu'ils se cachent. »

Ada pensa alors à son père, qui disait toujours que le savoir est l'antidote de la peur. Peut-être que l'exorciste et le scientifique pourraient s'accorder au moins sur ce point.

« Nous allons essayer une autre méthode. » Il fit signe à la jeune fille dans son coin. « Jamila, viens ici. »

Il fit asseoir les deux filles sur des coussins face à face et posa un châle sur leurs deux têtes, les couvrant jusqu'aux épaules. De chaque côté, il répandit des copeaux de bois fumants, imbibés d'huile parfumée, qui diffusaient une odeur forte d'oud et de musc.

Sous le châle, Ada examina sa voisine toute proche, comme si c'était son reflet dans un miroir déformant. Elle reconnut une part d'elle chez Jamila, une trace de sa propre gaucherie. Elle détectait maintenant une ressemblance avec l'exorciste. Ils étaient père et fille. Comment ne l'avait-elle pas remarqué auparavant ? Dans un univers parallèle elles auraient pu naître chacune dans la famille de l'autre : la fille du scientifique et la fille de l'exorciste. Et dans ce cas, serait-elle une personne complètement différente ou toujours la même ?

Jamila souffrait-elle comme Ada d'accès de tristesse et de dépréciation ? Les générations suivantes commençaient-elles inéluctablement là où leurs devancières avaient renoncé, absorbant toutes leurs déceptions et leurs rêves inassouvis ? L'instant présent n'était-il que le prolongement du passé, chaque mot un épilogue à ce qui avait déjà été dit ou gardé pour soi ? Bizarrement l'idée la réconfortait autant qu'elle la troublait, la soulageant d'un fardeau. Peut-être est-ce pour cette raison que les gens veulent croire à la destinée.

« Bien, dit l'exorciste, d'un ton plus autoritaire, maintenant. C'est à toi que je parle, créature du feu sans fumée. Laisse Ada tranquille ! S'il te faut une proie, prends Jamila à sa place. »

Ada bondit. « Quoi ? » D'un geste vif, elle retira le châle de sa tête, cilla des yeux. « Qu'est-ce qui se passe ?

— Tais-toi, mon enfant, dit l'exorciste. Remets le châle en place. Fais exactement ce que je te dis.

— Mais pourquoi vous avez dit : "Prends Jamila" ?

— Parce que je veux que ce djinni entre en elle. Parce qu'elle sait comment se comporter avec cette engeance.

— Pas question que j'accepte. Ce n'est pas juste. Pourquoi ce serait à elle de régler mon problème ?

— Ne t'inquiète pas. Jamila l'a déjà fait. Elle est bien entraînée. »

Ada se remit sur pied. « Non, merci. Je garde mon djinni.

— Ce n'est pas *ton* djinni, riposta l'exorciste.

— Eh bien, peu importe, je ne vais pas vous laisser transférer ma créature mauvaise à votre fille juste parce qu'on vous paie. Je n'ai plus rien à faire ici ! »

Une fois debout, chassant la fumée d'encens d'un revers de main, Ada crut saisir sur le visage de l'autre jeune fille un infime sourire.

« C'est le djinni qui parle, ne faites pas attention à elle », dit l'exorciste.

Meryem soupira. « J'en doute. Ça m'a bien l'air d'être Ada tout craché. »

*

Elles durent quand même payer la séance en totalité. Que le djinni soit exorcisé ou pas, c'était le tarif.

Dehors, une pluie douce tombait, en apparence anodine, trop légère pour vous mouiller, même si elle le fait toujours. Des mares d'eau luisaient sur les trottoirs, les phares de voiture se réfléchissaient sur l'asphalte, ravivant les couleurs sur leur passage, le monde devenu plus liquide. L'odeur moisie des feuilles mortes flottait dans l'air.

« Tu as froid ? interrogea Meryem.

— Pas du tout, dit Ada. Désolée, je t'ai fait honte.

— Oui, j'aurais dû m'y attendre. Ça ne s'était pas bien passé non plus la fois où j'ai emmené tes parents chez un médium. » Meryem remonta le col de son manteau. Son visage s'adoucit. « Tu sais... un moment, dans cette pièce, j'ai cru revoir ta mère. Tu étais exactement comme elle. »

Il y avait une telle tendresse dans la voix de sa tante qu'Ada sentit son cœur se contracter. Personne ne lui avait jamais dit cela. Pour la première fois il lui vint à l'esprit que son père devait voir la même chose ; jour après jour, il devait déceler dans ses gestes, ses paroles, sa colère et sa passion des reflets de sa mère défunte. Si c'était le cas, ça devait à la fois lui réchauffer le cœur et le briser.

« Tante Meryem, je ne crois pas du tout que j'aie un djinni caché à l'intérieur.

— Tu as sans doute raison, *canim*. C'est peut-être seulement... tu sais, tu as vécu des moments très difficiles. Peut-être que nous donnons d'autres noms au chagrin parce que nous en avons trop peur pour l'appeler par son nom. »

Les yeux d'Ada s'emplirent de larmes. Elle se sentit soudain plus proche de cette femme qu'elle ne l'aurait jamais cru possible. Pourtant, quand elle ouvrit la bouche, ce qui sortit était bien différent : « Je ne te pardonnerai jamais de ne pas être venue à l'enterrement de ma mère. Je veux savoir pourquoi.

— Je comprends, dit Meryem. J'aurais dû ; je ne pouvais pas. »

Elles marchaient d'un même pas, dépassées à droite et à gauche par des gens pressés. De temps à autre, elles mettaient le pied sur un pavé instable qui les aspergeait de boue et laissait des taches, qu'elles ne remarquaient ni l'une ni l'autre sur leurs vêtements.

Âme antique

Chypre, début des années 2000

De retour à l'hôtel Afrodit, Kostas ne put trouver le sommeil, son esprit repassant tout ce qu'avait dit Defne... et ce qu'elle avait tu. À l'approche de l'aube, il s'habilla et descendit, en quête d'une tasse de thé. Il n'y avait personne à la réception ; juste le chat lové dans son panier, chassant des lièvres dans ses rêves. Déverrouillant la porte, il se glissa dehors. Le riche parfum de la terre lui parvint comme un soulagement après l'odeur de renfermé de sa petite chambre.

Au loin, près des collines vallonnées, il aperçut des acacias. Des arbres à croissance rapide, au parfum sucré. Une espèce étrangère invasive venue d'Australie. On en avait planté des quantités dans toute l'île, avec de bonnes intentions, sans doute, mais une connaissance médiocre de l'écosystème local et de son réseau complexe d'eaux souterraines, qu'ils étaient en train de modifier et détruire sans bruit. Kostas savait que les bureaucrates peu instruits en matière d'écologie n'étaient pas les seuls responsables du problème. Les acacias avaient aussi la faveur des braconniers d'oiseaux qui persistaient à en planter dans ce seul but.

Une brume lente montait du sol, mince et prompte à s'évanouir comme des espoirs infondés.

Il sentait venir une migraine et pressa le pas, espérant que l'air frais lui ferait du bien. Ce n'est qu'en arrivant à proximité des arbres qu'il vit, suspendus en face de lui, des filets aux mailles fines et – accrochés à eux comme de sinistres banderoles – des passereaux pris au piège.

« Oh, non ! Oh, Seigneur ! »

Kostas se lança au pas de course.

Le filet était plombé de fauvettes, pouillots, pinsons, moineaux, hochequeues, traquets, et ces vaillantes alouettes allègres, d'excellentes chanteuses, toujours les premières dans le chœur matinal… Ils s'étaient fait prendre dans les profondeurs de la nuit. Kostas tira de toutes ses forces sur le filet, mais il était solidement fixé par ses quatre coins et refusait de céder. Seul un coin lâcha. Kostas scruta fiévreusement les arbres alentour. Partout il vit de la glu étalée sur les branches hautes et basses. Il était entouré de passereaux morts, leurs ailes ouvertes, entremêlées et immobiles, les yeux vitreux, comme figés dans du verre.

Trois mètres plus loin sur le sentier, il trouva un rouge-gorge collé tête en bas à une brindille, la poitrine d'un roux tendre, le bec entrouvert, inerte, mais qui respirait encore. Doucement, il tenta de libérer l'oiseau, mais l'adhésif était trop fort. Ses tripes se nouèrent tant il se sentait impuissant, ne pouvant rien, ne voulant pas renoncer. Quand au bout de quelques secondes il vit que le cœur de l'oiseau ne battait plus, un soulagement coupable l'envahit.

Là-bas à Londres, il était toujours surpris de l'ardeur que mettaient les rouges-gorges à se faire entendre par-dessus le vacarme citadin, leurs trilles se faufilant à travers les bruits de voitures, de trains et d'équipements de chantier. Un effort constant avec peu de repos. Trompés par les lumières vives pendant les heures nocturnes, quantité d'oiseaux supposaient qu'ils devaient continuer à chanter. Quand l'un commençait, les autres suivaient pour défendre leur territoire. Ça leur coûtait une énergie considérable de ne pas pouvoir distinguer où finissait le jour et où commençait la nuit. Il comprenait combien la vie pouvait être épuisante pour les oiseaux en ville, et cela semblait d'autant plus cruel de les voir mourir ici dans ce cadre idyllique.

Il savait, bien sûr, que la pratique avait cours dans toute l'île. *Ambelopoulia*, le caviar de Chypre : des passereaux cuisinés – grillés, frits, confits dans le vinaigre, bouillis. Considéré comme un mets fin, un plat populaire. Au sud. Au nord. Sur le territoire des Nations unies. Dans la zone militaire britannique. Parmi les insulaires, la génération des aînés y voyait une tradition inoffensive et les jeunes, une façon de prouver leur valeur. Kostas se rappelait les mains de sa mère, son visage, tandis qu'elle alignait proprement les oiseaux sur le plan de travail avant de les mettre en conserve dans des bocaux. *Fais pas ça, maman. Je veux plus en manger.*

Mais ce dont il était témoin ici dépassait de loin les coutumes locales. Pendant ses années d'absence, un marché noir s'était développé – le trafic d'oiseaux morts était devenu un business rentable pour des gangs internationaux et leurs collaborateurs. Les oiseaux capturés à Chypre passaient en contrebande dans d'autres pays où ils étaient vendus au prix fort. Italie, Roumanie, Malte, Espagne, France, Russie, et jusqu'en Asie... Certains restaurants les affichaient sur leur menu ; d'autres les servaient à la sauvette à des prix spéciaux. Et les clients appréciaient ce privilège, se faisaient une fierté du nombre qu'ils pouvaient absorber en un seul repas. Ainsi on continuait sans discrimination à braconner et assassiner les oiseaux. Plus de deux millions d'oiseaux chanteurs se faisaient tuer à Chypre chaque année.

Et pas seulement les passerins ; d'autres se faisaient prendre aussi dans les filets – chouettes, rossignols, même des faucons. Après le lever du soleil, sans se presser, les braconniers venaient vérifier leurs prises – un par un, ils passaient les oiseaux en revue, et les tuaient d'un coup de cure-dent en pleine gorge. Ceux qui rapportaient de l'argent étaient rangés dans des conteneurs. Quant à ceux qui ne valaient rien, on les jetait.

Les braconniers n'avaient pas besoin de tirer sur les oiseaux, ils les leurraient avec leurs propres chants. En dissimulant des haut-parleurs derrière les buissons en plein champ, ils jouaient des sons aviaires pré-enregistrés pour attirer leur proie. Et les oiseaux accouraient ; en quête d'un des leurs, ils volaient droit dans le piège, la nuit se refermait sur eux. Entre l'heure la plus sombre et la première lueur, emmêlés dans le filet, une foule d'oiseaux se brisaient les ailes dans leur effort frénétique d'évasion.

*

De retour à son hôtel, Kostas donna le coup de téléphone qu'il avait en tête depuis la veille. Comme personne ne décrochait, il laissa un message sur le répondeur.

« Bonjour, docteur Norman, ici Kostas… Je suis à Chypre, j'ai pris la décision de faire le voyage à la suite de notre conversation. Merci d'être venu me voir ce jour-là, ça comptait beaucoup pour moi.

Si seulement j'avais su bien plus tôt ce que je sais maintenant ! Mais il y a encore des choses que je n'arrive pas à saisir. J'ai revu Defne et... docteur Norman, s'il vous plaît, est-ce qu'on peut se parler ? C'est important. Rappelez-moi, s'il vous plaît. »

Il laissa son numéro et raccrocha. Il prit une douche, l'eau froide sur sa peau lui faisant l'effet d'un baume. Après un petit déjeuner rapide, il se rendit à pied au commissariat le plus proche.

« Je veux signaler un incident. »

Ils crurent d'abord qu'il faisait allusion à un crime ou un cambriolage, et traitèrent sa visite avec sérieux. Quand ils entendirent son nom et comprirent qu'il était grec, ils devinrent soupçonneux, et méfiants quant à ses intentions. Mais quand ils apprirent que sa plainte portait sur le meurtre de passereaux, l'amusement gagna le visage des policiers. Ils lui promirent qu'ils allaient enquêter sur « l'affaire » et revenir vers lui, mais Kostas savait qu'il ne fallait pas attendre de réponse d'ici longtemps.

Plus tard cette après-midi-là, il alla rendre visite à la base militaire souveraine britannique. Le préposé, affligé d'un tic à l'œil, se montra plus accueillant, mais aussi peu coopératif.

« C'est un gâchis épouvantable, je le crains. Ça se passe sous notre nez. Illégal, en principe, mais ça n'arrête pas les braconniers. C'est une industrie énorme. Le mois dernier ils ont coincé un contrebandier à l'aéroport. Ils ont trouvé trois mille cinq cent vingt-neuf oiseaux dans sa valise. Ce type s'est fait prendre, mais la plupart échappent aux sanctions.

— Alors vous n'allez rien faire pour empêcher ça ? demanda Kostas.

— Ce sont des sujets sensibles. Notre présence ici est délicate, il faut que vous le compreniez. Nous ne pouvons pas froisser les populations locales. Je vais être honnête avec vous. Les gens n'apprécient pas qu'on se mette à leur poser des questions à propos des passereaux. »

Kostas se leva ; il en avait assez entendu.

« Écoutez, vous détruisez un filet, ils en installeront un neuf ailleurs, dit le préposé. Il faut que je vous prévienne, certains de ces gangs sont dangereux. Là on parle de très grosses sommes d'argent. »

*

Une fois revenu à son hôtel, Kostas demanda à la réceptionniste s'il y avait des messages pour lui, espérant qu'il y en aurait un de Defne. Rien. Il resta dans sa chambre toute la soirée, la plupart du temps assis sur son balcon, essayant de lire mais incapable de se concentrer, observant le paysage, sachant qu'elle était là quelque part, partie loin de lui peut-être pour quelques jours, peut-être à jamais. Quand la nuit descendit, il pensa aux filets qu'on devait être en train de poser, invisibles à l'œil, légers et fins comme la barbe de maïs, mortels.

Après minuit il ressortit, équipé d'un couteau et d'une rame de papier. Dissimulé dans l'ombre, il détruisit tous les pièges qu'il put trouver, en prenant soin de taillader les fibres. Il recouvrit de papier la colle étalée sur les branches, et quand il eut épuisé ses réserves, il utilisa du feuillage. Il travaillait vite, la sueur coulant en ruisselets le long de son dos. Quand il ne trouva plus de filets et ne put avancer plus loin, il retourna à l'hôtel, s'effondra sur le lit et s'endormit d'un profond sommeil sans rêve.

La nuit suivante il ressortit, mais cette fois il se fit prendre. Les braconniers étaient cachés dans les buissons, curieux de voir qui détruisait leurs pièges.

Ils étaient sept, l'un d'eux tellement jeune que c'était encore presque un collégien. Ils n'éprouvaient pas le besoin de se masquer le visage. Kostas vit la dureté de leur regard avant qu'ils ne se mettent à le frapper et le bourrer de coups de pied.

*

Le lendemain, cloué au lit à contempler une fissure du plafond, il n'aurait peut-être pas répondu au téléphone s'il n'avait espéré un appel du docteur Norman. Se mouvant avec difficulté, il décrocha. C'était la réceptionniste.

« Monsieur Kazantzakis, bonjour. Vous avez de la visite. Il y a quelqu'un ici qui veut vous voir. Elle dit qu'elle s'appelle Defne. »

Quand il tenta de s'asseoir, une douleur lui transperça le thorax. Un gémissement lui échappa.

« Ça ne va pas ?

— Si, râla Kostas. Vous pouvez lui demander de monter ?

— Désolée, les couples non mariés ne sont pas autorisés dans les chambres. Il faut que vous descendiez.

— Mais… » Kostas hésita. « Bien. Dites-lui que je serai en bas dans quelques minutes. »

Pas à pas, il se déplaça en respirant à petites bouffées, le moindre mouvement déclenchant un spasme de douleur le long de sa hanche.

Quand il arriva dans le hall, la réceptionniste suffoqua sous le choc. Kostas était rentré si tard la veille qu'il avait réussi à se traîner jusqu'à sa chambre sans que personne ne remarque son état pitoyable.

« Monsieur Kazantzakis ! Qu'est-ce qui vous est arrivé ? Oh mon Dieu. Qui vous a fait ça ? » Elle agita fiévreusement les mains. « Voulez-vous que j'appelle un médecin ? Vous avez mis de la glace dessus ? Il faut mettre de la glace !

— Je vais bien, ce n'est pas aussi grave que ça en a l'air », dit Kostas, en essayant de croiser le regard de Defne par-dessus la tête de la femme.

S'avisant qu'elle lui obstruait la vue, la réceptionniste s'écarta. Kostas s'avança vers Defne qui l'observait, le visage empreint de pur chagrin. Elle ne parut pas surprise, et il se demanda si elle s'attendait à ce qu'il lui arrive quelque chose, à ce qu'il se mette dans les ennuis. Elle fit un pas en avant, effleura sa lèvre fendue et enflée, caressa tendrement l'ecchymose fraîche qu'il avait sous l'œil gauche, de la couleur d'une prune abandonnée au soleil.

« Ça fait ressortir la couleur de tes yeux », dit-elle, un minuscule sourire lui chatouillant le coin des lèvres.

Il rit, ce qui lui fit mal, la fente de sa lèvre le brûlait.

« Oh, chéri », dit-elle, et l'embrassa.

Un tel flot de pensées lui traversa l'esprit à cet instant, suivi par un sentiment de calme et de lumière si pur qu'il s'abandonna en la laissant piloter. L'odeur de ses cheveux, la chaleur de sa peau, encore aussi familières que si leurs chemins ne s'étaient jamais écartés, le temps à peine un souffle de vent.

*

Plus tard, à la nuit tombée, Defne parvint à se faufiler dans sa chambre, la réceptionniste ayant mystérieusement disparu, peut-être par coïncidence, peut-être par gentillesse ou pour la simple pitié qu'ils lui inspiraient.

Cette première fois où ils firent l'amour, ce premier contact après des années de séparation, leur donna le sentiment qu'un rideau de brouillard s'était levé pour dévoiler leur désir nu. Enfin l'esprit, avec ses éternels chagrins, craintes et regrets, s'apaisait en un murmure. Leurs corps, eux, se souvenaient de ce qu'ils avaient oublié si longtemps, vibrant d'une force qu'ils auraient cru n'appartenir qu'à la jeunesse, leur jeunesse. La chair avait une capacité propre de mémoire, des souvenirs tatoués sur la peau, sur chaque épaisseur.

Il ressemble à un atlas, le corps d'un ex-amant, il vous attire dans ses profondeurs et vous rapporte une part de vous-même que vous croyiez avoir laissée derrière vous il y a quelque temps, quelque part. C'est un miroir, aussi, ébréché et fendillé, qui montre tout ce qui a changé en vous ; et comme tous les miroirs, il rêve de redevenir intact.

Plus tard encore, quand ils étaient étendus sur le lit, enlacés, il lui parla du rouge-gorge aux ailes brisées. Il lui expliqua que cinq milliards d'oiseaux volaient vers l'Afrique et le nord de la Méditerranée pour y passer l'hiver, et que parmi eux, un milliard se faisaient assassiner chaque année. Ainsi, chaque petit oiseau qu'elle apercevait dans le ciel était un survivant. Tout comme elle.

Il lui décrivit le contenu des bagages du contrebandier qu'on avait interpellé et fouillé à l'aéroport – trois mille cinq cent vingt-neuf oiseaux au total. C'est au trois mille cinq cent trentième qu'il voulait qu'elle pense. Peut-être une alouette eurasienne, plongeant dans la nuit, à la suite de ses compagnons, mais ralentie à la dernière seconde et prenant une tangente juste au-dessus du filet. Qu'est-ce qui l'avait sauvée et pas les autres ? La cruauté de la vie ne tenait pas seulement à ses injustices, blessures et atrocités, mais aussi à leur caractère aléatoire.

« Il n'y a que les humains qui font cela, dit Kostas. Pas les animaux. Pas les plantes. Oui, parfois des arbres font de l'ombre à d'autres arbres, se battent pour l'espace, l'eau et les nutriments, un combat pour survivre... Oui, les insectes se mangent entre eux. Mais des meurtres de masse pour en tirer un profit personnel, ça c'est un trait particulier de notre espèce. »

Defne avait écouté intensément chaque mot. Elle se souleva sur son coude, cheveux épars sur les épaules, et étudia le visage de Kostas.

« Kostas Kazantzakis... Tu es un homme étrange, je l'ai toujours pensé. Je crois que les Hittites t'ont apporté dans cette île vers la fin de l'âge du bronze et qu'ils ont oublié de te remporter avec eux. Quand je t'ai rencontré, tu étais déjà vieux de plusieurs milliers d'années. Et tu es un nœud de conflits, mon amour, comme tous ceux qui ont vécu aussi longtemps. À un instant tu es si doux et patient et calme que ça me donne envie de pleurer. La minute d'après tu sors risquer ta vie, et tu te fais tabasser par des gangs mafieux. Quand tu me fais l'amour, tu me chantes des histoires de passereaux. Tu es une âme antique. »

Il ne dit rien. Il en était incapable. Elle se pressait contre sa cage thoracique et c'était une torture, mais il ne voulait pas qu'elle bouge, pas même d'un pouce, alors il resta immobile et la serra fort, tentant de chevaucher la vague de souffrance.

« Soit tu es un héros ignoré des épopées, soit tu es un fou céleste, je n'arrive pas à trancher, dit Defne.

— Un fou ignoré, j'en suis sûr. »

Souriante, elle l'embrassa, dessinant du doigt des cercles sur son torse, des petites bouées auxquelles le raccrocher tandis qu'il flottait et nageait dans la tendresse de ce moment. Cette fois quand ils firent l'amour leurs yeux ne se quittèrent pas, leurs mouvements lents et délibérés, s'élevant par vagues régulières.

Il répéta son nom encore et encore. À chaque respiration, ses muscles, ses os, son corps tout entier souffraient et le tiraillaient comme une blessure lancinante, pourtant il se sentait plus vivant qu'il ne l'avait été depuis un temps infini.

Cinquième partie

ÉCOSYSTÈME

Figuier

Le lendemain les papillons arrivèrent. Venus à Chypre plus nombreux que jamais, ils se répandirent dans nos vies, jaillissant et tourbillonnant en une vague mouvante, comme un grand fleuve aérien teinté de l'or le plus brillant. Ils piquetaient tout l'horizon de leurs taches jaunes et noires et de leurs nuances orange sable. Ils se posaient sur les roches couvertes de mousse et les orchidées, surnommés par les gens du coin « les larmes de la Sainte Vierge ». Ils survolaient les fenêtres à croisillons et les girouettes, traversaient la « ligne verte » signalée par son vieux panneau rouillé, « PASSAGE INTERDIT ». Ils atterrissaient sur une île divisée, voltigeant parmi nos pires ennemis comme si c'étaient des fleurs d'où puiser le nectar.

De toutes les *Vanessa cardui* qui vinrent se poser sur mes branches, chacune dotée d'une personnalité distincte, il en est une qui est restée ancrée dans mes souvenirs. Comme bien d'autres, cette belle-dame spéciale avait fait tout le trajet depuis l'Afrique du Nord. Quand elle me fit le récit de ses voyages, je l'écoutai avec respect, connaissant la résilience de ces migrants, qu'on croise aux quatre coins du globe. Ils peuvent parcourir en vol jusqu'à quatre mille kilomètres. Je n'ai jamais compris pourquoi les humains trouvent les papillons fragiles. Optimistes, peut-être, mais fragiles, non, pas du tout !

Notre île avec ses arbres en fleurs et ses prairies verdoyantes représentait l'endroit idéal du point de vue d'un papillon pour se reposer et reprendre des forces. En quittant Chypre, la belle-dame comptait atteindre l'Europe à coup d'ailes, et de là elle ne reviendrait plus, mais un jour ses descendants le pourraient. Ses enfants feraient le voyage de retour, et leurs enfants repartiraient en sens inverse, et ainsi elle continuerait, cette migration perpétuelle, où comptait moins la destination finale que le fait d'être en mouvement, de chercher, changer, devenir.

La belle-dame survola des vergers d'amandiers aux pétales brillants – les blancs produisent des amandes douces, les roses des amandes amères – et franchit des champs de luzerne, suivant la promesse de séduisants buddleias, qu'on appelle communément arbres aux papillons. Pour finir elle trouva un site qui lui parut bien éclairé, accueillant.

C'était un cimetière militaire bien ordonné, avec des sentiers de gravillons courant entre les pierres tombales, si serein dans son isolement qu'il donnait l'impression que rien n'existait hors de lui. C'était le lieu du dernier repos pour les soldats britanniques qui avaient perdu la vie dans le conflit chypriote – excepté les soldats hindous, qui pour la plupart avaient été incinérés.

La partie sud du cimetière était supervisée par la garde nationale chypriote grecque. Le nord et l'ouest étaient contrôlés par l'armée turque. Et les deux côtés étaient gérés par des soldats du poste d'observation des Nations unies. Ils s'entre-surveillaient, et peut-être que les morts les observaient tous. Les pierres tombales, délabrées et en ruine, avaient grand besoin d'être remises en état. Dans le passé, quand une équipe de maçons chypriotes grecs fut envoyée pour les réparer, l'armée turque s'était opposée à leur présence. Et quand on fit venir une équipe d'ouvriers chypriotes turcs, ce fut le côté grec qui protesta. Pour finir, on laissa les tombes s'effriter lentement.

Le soleil lui caressant les ailes, la belle-dame sautait d'une stèle à une autre, regardant les noms gravés dessus. Et les âges. Comme ils étaient jeunes, tous ces soldats venus de si loin pour mourir ici. Premier bataillon des Gordon Highlanders. Premier régiment d'infanterie Royal Norfolk.

Puis elle s'arrêta à une tombe plus imposante – Capitaine Joseph Lane, assassiné par deux tireurs de l'EOKA en 1956. L'inscription disait qu'il avait embrassé sa femme et son bébé de trois mois à l'heure de partir travailler, quelques instants avant qu'on lui tire dans le dos.

Une quantité d'arbres poussaient par ici – pins, cèdres, cyprès. Un eucalyptus étalait ses feuilles au-dessus d'un coin écarté. Des « faiseurs de veuve », c'est comme ça qu'on les appelait. Les eucalyptus, en dépit de leur charme, ont la manie de lâcher des branches entières, blessant, parfois tuant, les campeurs assez sots pour planter leur tente en dessous. Le sachant, la belle-dame vola dans la direction opposée. Et c'est alors qu'elle fit une découverte inattendue : des rangées entières de tout-petits. Environ trois cents bébés britanniques avaient péri dans cette île, arrachés aux bras de leurs parents par un mal mystérieux que personne n'est parvenu à expliquer vraiment.

Quand le papillon me fit part de cette nouvelle, je fus surpris. On ne s'attend pas à trouver des bébés dans un cimetière militaire. Je me demandai alors combien de familles revenaient en Méditerranée pour se recueillir sur ces tombes. Quand les insulaires rencontrent des touristes, on suppose qu'ils sont venus profiter du soleil et de la mer, jamais on ne soupçonnerait que parfois certains partent à des kilomètres de chez eux simplement pour pouvoir pleurer leurs morts.

C'est dans cette zone du cimetière que la belle-dame croisa un groupe de jardiniers. Prudemment, elle se posa sur un géranium robuste, d'où elle les tint sous son œil vigilant. Ils plantaient des fleurs dans les plates-bandes – crocus, jonquilles, chrysanthèmes couronnés –, rationnant l'eau avec soin, car elle était rare.

Au bout d'un moment, les jardiniers firent une pause. Ils étalèrent une couverture sous un pin, assez sages pour éviter l'eucalyptus, et s'assirent jambes croisées sur le sol, parlant à voix basse par respect pour les morts. L'un d'eux sortit de son sac une pastèque qu'il découpa en tranches minces. Enhardie par l'arôme suave, la belle-dame s'approcha et vint se percher sur une tombe voisine. Tout en attendant une occasion de goûter le fruit sucré, elle regarda alentour. La tombe portait une inscription :

À NOTRE BÉBÉ CHÉRI
EN SOUVENIR DE YUSUF YIORGOS ROBINSON
JANVIER 1975 NICOSIE – JUILLET 1976 NICOSIE

Quand la belle-dame me conta cela, je lui fis tout répéter deux fois. Était-il possible que, distraite par la promesse de pastèque, elle ait pu en conserver un souvenir inexact ? Mais je savais que les papillons sont d'excellents observateurs, attentifs au moindre détail. Pour racheter ma grossièreté, je lui offris ma figue la plus mûre. Goûteuse et tendre, car un papillon ne peut « manger » que du liquide.

Ce jour-là, des milliers de lépidoptères emplirent les cieux de Chypre, et l'un d'entre eux se posa brièvement sur une de mes branches. C'est alors que j'appris un fait particulier qui depuis m'assombrit à jamais. Je commençais à rassembler divers éléments manquants de l'histoire, bien conscient de l'identité de cet enfant et de la raison qui l'avait fait prénommer Yusuf et Yiorgos. Parce que dans la vraie vie, à la différence des livres d'histoire, les récits ne nous arrivent pas complets mais par pièces et morceaux, segments brisés et échos partiels, une phrase entière ici, un fragment là, un indice caché entre les deux. Dans la vie, à la différence des livres, nous devons tisser nos histoires à l'aide de fils aussi fins que les capillaires des ailes de papillon.

Énigmes

Chypre, début des années 2000

Quand Kostas s'éveilla le lendemain, ce fut au bruit de la sonnerie du téléphone. À côté de lui, Defne s'étira, les narines en alerte comme si elle avait saisi une odeur dans son sommeil. Tendant le bras avec précaution au-dessus de la dormeuse, il prit l'écouteur.

« Allô ? murmura Kostas.

— Ah bonjour. Ici le docteur Norman. »

Kostas se redressa aussitôt, tout à fait réveillé maintenant. Il sortit du lit et se dirigea vers le balcon, tirant le fil aussi loin que possible. Il s'assit sur le sol, l'écouteur coincé entre la joue et l'épaule.

« Désolé d'avoir manqué votre appel, dit le docteur Norman. Nous étions dans notre maison de campagne... Je n'ai reçu votre message qu'aujourd'hui.

— Merci, docteur. Quand nous nous sommes parlé, à Londres, je n'étais pas au courant de certains faits et je n'ai pas pu vous poser les bonnes questions. Mais maintenant... »

Il se tut, remarquant que Defne avait roulé sur le côté, le soleil se glissant entre les rideaux pour caresser son dos nu. Il inspira rapidement avant de poursuivre. « Quand nous nous sommes rencontrés, vous m'avez dit que vous aviez essayé d'aider Defne, mais sans me donner de détails. Cela signifiait que vous aviez pratiqué un avortement, je suppose. Je me trompe ? »

Le silence s'étira avant que le docteur Norman ne reprenne la parole. « Je crains de ne pouvoir vous répondre. Je suis lié par le secret professionnel. J'ignore ce que Defne vous a dit exactement, mais je n'ai pas le droit de divulguer des informations personnelles sur mes patients. Peu importe le nombre d'années écoulées.

— Mais, docteur…

— Je suis sincèrement désolé, je ne peux pas vous aider sur ce point. Si vous permettez à un homme plus âgé de vous parler franchement, je vous conseillerais de laisser cette question derrière vous. Tout cela remonte à très longtemps. »

Quand Kostas raccrocha, après une minute ou deux de bavardage gêné, il resta immobile, contemplant la parcelle d'horizon à travers les grilles du balcon.

« À qui tu parlais ? »

Saisi, il se retourna vivement. Elle était sortie du lit, pieds nus, le corps à demi couvert par un drap. Dès qu'il vit son visage, il comprit qu'elle avait tout entendu.

« C'était le docteur Norman. Il n'a rien voulu me dire. »

Elle s'assit sur l'unique chaise du balcon, indifférente au couple à la réception qui pouvait l'apercevoir depuis le patio en bas.

« Tu as une cigarette ? »

Il fit non de la tête.

« Je sais que tu ne fumes pas, dit Defne, l'air distrait, mais j'espérais que tu avais un paquet caché au fond de ta valise. Les gens font parfois des choses contraires à leur nature.

— S'il te plaît, Defne... »

Il lui prit la main, suivit du pouce les lignes de sa paume comme s'il recherchait la chaleur qu'il y avait trouvée la nuit précédente.

« Plus d'énigmes. J'ai besoin de savoir ce qui s'est passé après mon départ de Chypre. Qu'est-ce qui est arrivé à notre bébé ? »

Dans ses yeux, il vit une émotion en surmonter une autre.

« Il est mort, dit Defne, d'une voix plate comme le mur. Je suis désolée. J'ai cru qu'il serait en sécurité dans cette famille.

— Quelle famille ?

— Un couple anglais. Des gens fiables, corrects. Ils mouraient d'envie d'avoir un enfant. Ça paraissait une bonne solution. Ils ont promis qu'ils en prendraient le plus grand soin, et je savais qu'ils disaient vrai. C'était un bébé heureux. Ils me permettaient de venir le voir. Ils racontaient à tout le monde que j'étais sa baby-sitter. Ça ne me gênait pas, du moment que je pouvais passer du temps avec lui. »

Les larmes se mirent à ruisseler sur ses joues, alors même que son visage restait immobile, comme si elle ne se rendait pas compte qu'elle pleurait.

Kostas posa la tête sur ses genoux, l'enfouissant dans son parfum. Defne passa les doigts dans ses cheveux. L'espace entre eux s'amincit, une tendresse se déployant là où s'était logée la souffrance.

« Tu veux bien me dire – tout ? » demanda-t-il.

Et cette fois, elle le fit.

*

Été 1974. Sur les routes poussiéreuses et rudes, la conduite était pénible, le soleil brûlant, du genre de chaleur qui s'insinue dans vos pores et y reste.

Elle avait tout essayé. Soulevé chaque meuble lourd qu'elle avait pu trouver dans la maison, sauté du haut de murs élevés, pris des bains bouillants et bu tasse sur tasse d'écorce d'orme rouge dont le goût amer lui arrachait la gorge. Quand une méthode échouait, elle se lançait dans la suivante. Vers la fin de la semaine, excédée, elle utilisa une aiguille à tricoter, poussant la pointe aiguisée à l'intérieur de son abdomen, la douleur si inattendue qu'elle se plia en deux, les genoux fléchissant sous son poids. Ensuite, elle resta étendue sur le sol de la salle de bains, tremblant, sanglotant, la voix dentelée comme une scie la tailladant au plus intime de son être. Elle savait qu'il y avait des sages-femmes dans la communauté capables de provoquer une fausse couche, mais comment obtenir leur aide sans que ses parents l'apprennent ? Et que se passerait-il quand ils sauraient ? Être enceinte c'était déjà honteux, mais d'un Grec, c'était au-delà du concevable.

Quand elle sortit en titubant de la salle de bains, sa sœur avait l'oreille collée au transistor. Meryem lui lança un coup d'œil de côté.

« Ça va ? Tu as l'air d'une épave.

— Mon estomac, dit Defne, le visage empourpré. J'ai dû manger un truc mauvais. »

Mais Meryem ne faisait pas attention à elle.

« Tu as entendu les nouvelles ? L'armée turque est ici. Ils ont débarqué à Kyrenia, ils arrivent.

— Quoi ?

— Les Grecs ont envoyé deux torpilleurs de la marine pour les intercepter, mais ils ont été bombardés par les forces aériennes turques. Nous sommes en guerre ! »

Defne ne parvint pas sur-le-champ à saisir la portée de la nouvelle, son esprit partit en vrille, incrédule. Mais elle comprit que bientôt les rues seraient envahies de soldats, de milices paramilitaires, de véhicules blindés. Elle savait que si elle voulait avorter, c'était maintenant sa seule chance d'en trouver encore le moyen. Dans quelques jours, les routes seraient barrées, peut-être un couvre-feu imposé pour une durée indéterminée. Il n'était plus temps de réfléchir, de douter. Ayant empoché tout l'argent qu'elle trouva dans la veste de son père, vidé le bocal de pièces de la cuisine, elle quitta la maison sans la moindre idée de l'endroit où elle pouvait aller. Il y avait des médecins turcs dans le coin, mais elle craignait que quelqu'un n'avertisse sa famille. Avec ces barrières neuves qui surgissaient entre des quartiers entiers, c'était presque impossible d'accéder à un médecin grec. Sa seule chance, c'était d'aller voir un médecin britannique, mais tout le personnel soignant étranger quittait l'île.

*

« Je ne peux pas vous prendre comme patiente », dit le docteur Norman.

Il l'avait examinée, en posant le moins de questions possible. Il était gentil et prévenant et semblait comprendre dans quel pétrin elle se trouvait. Mais il ne pourrait pas l'aider.

« J'ai de l'argent, dit Defne, en ouvrant son sac. S'il vous plaît, c'est tout ce que j'ai. Si ce n'est pas assez, je travaillerai et je vous paierai, je vous le promets. »

Il prit une longue inspiration laborieuse. « Rangez-moi ça. Ce n'est pas une question d'argent. Nos consultations sont fermées. Nous n'avons pas l'autorisation de travailler. Mes deux infirmières sont reparties en Angleterre et je pars demain matin.

— Je vous en prie. » Ses yeux s'emplirent de larmes. « Je n'ai nulle part où aller. Ma famille ne me pardonnera jamais.

— Je suis désolé, je ne peux pas prendre votre cas en charge, répéta-t-il, la voix plus lourde.

— Docteur... » Elle se lança dans une explication, puis s'interrompit, la poitrine contractée. Avec un signe de tête sec, elle empoigna son sac, lui tourna le dos et se dirigea vers la porte, la pièce soudain trop petite pour elle.

Il la regarda quelques secondes, la pression s'accentuant sous ses paupières palpitantes.

« Attendez. » Le docteur Norman soupira intérieurement. « Il y a un autre avion dans deux jours. Je suppose que je pourrais le prendre. »

Elle fit halte, le visage empreint d'une sorte de soulagement, mais pas tout à fait. Elle lui prit les mains, en larmes, la tension accumulée en elle trouvant enfin une issue.

« Calmez-vous, mon enfant. »

Il la fit asseoir, lui apporta un verre d'eau. Une pendule dans l'entrée faisait entendre son tic-tac régulier, chaque coup un battement de cœur.

« J'ai une sœur qui a traversé une épreuve similaire quand elle avait à peu près votre âge. » Son front se plissa tandis que le souvenir remontait à la surface. « Elle était follement amoureuse, projetait de se marier. Il s'est révélé que l'homme avait déjà une famille – une femme et cinq enfants, vous pouvez croire ça ? Quand il a appris qu'elle était enceinte, il a aussitôt coupé tous les ponts avec elle. C'était la semaine avant les élections générales de 1950, en hiver. Ma sœur ne m'a rien dit, pas avant longtemps. Elle est allée seule se faire charcuter sur une table de cuisine. Ils l'ont traitée brutalement. Il y a eu des complications qui ont changé sa vie pour toujours. Elle n'a jamais pu avoir d'enfant. Je veux vous aider parce que j'ai peur, sinon, que vous ne finissiez au fin fond d'une ruelle. »

En l'écoutant, Defne sentit la tête lui tourner.

« Il y a un problème, pourtant, dit le docteur Norman, la voix encore douce mais chargée d'une intensité neuve. Nous avons reçu l'ordre de fermer tous les bureaux. Je dois rendre les clefs ce soir. Je ne peux pas procéder ici. »

Elle hocha la tête, lentement. « Je crois que je connais un endroit. »

*

Le lendemain, tôt dans la soirée, l'arrière-salle du Figuier Heureux fut transformée en clinique de campagne. Yiorgos et Yusuf avaient rangé les chaises, aligné trois tables et posé dessus des nappes lavées de frais, s'appliquant à tout rendre aussi propre et confortable que possible. Cela faisait une semaine entière que le lieu était fermé aux clients. En dépit des nouvelles d'affrontements militaires et de blessés civils, l'exode des habitants des deux bords de l'île et les rumeurs de partition permanente, les deux hommes, partenaires de longue date, étaient restés sur place, incapables de quitter Nicosie. Étant donné qu'ils ne voulaient pas se séparer, où iraient-ils – nord ou sud ? Plus le chaos autour d'eux accélérait, plus ils s'enfonçaient dans un état de torpeur. Quand Defne leur fit part de la situation, ils offrirent aussitôt leur aide.

Debout au milieu de la pièce, le docteur Norman préparait le chloroforme qu'il comptait utiliser comme anesthésiant. Il ne donnerait pas la dose habituelle à Defne, elle était trop pâle et troublée, il craignait que son corps fragile, déjà fort éprouvé, ne le supporte pas. Il stérilisait les instruments quand elle se mit à pleurer.

« Du courage, mon enfant, dit le docteur. Tout ira bien. Je vais vous donner un sédatif ; vous ne sentirez rien. Mais s'il vous plaît, réfléchissez une dernière fois, vous êtes sûre que c'est bien ce que vous voulez ? Il n'y a aucune possibilité d'en parler à vos parents ? Peut-être qu'ils comprendraient. »

Elle fit signe que non tandis que les larmes lui roulaient le long des joues.

« Oh, Defne, ma chérie, ne p-p-pleure pas. » Yusuf, à ses côtés, lui caressa les cheveux. « Tu n'es pas ob-b-bligée de faire ça. Écoute, nous on peut s'occuper du bébé. Tu seras toujours sa mère, p-p-personne n'en saura rien. Ça sera un s-s-secret. Yiorgos et moi on en prendra soin. On t-t-trouvera un moyen. Tout ira bien. Q-q-qu'est-ce que tu en dis ? »

Mais ses paroles tendres la firent pleurer encore plus fort.

Yiorgos fila dans la cuisine et revint avec un verre de jus de caroube. Defne refusa, la simple vue lui rappelait Kostas.

Ils fermèrent les fenêtres, puis les rouvrirent, la chaleur était suffocante malgré les ventilateurs du plafond. L'air à l'extérieur sentait la citronnelle qu'ils avaient plantée pour chasser les moustiques. Chico, enfermé dans sa cage pour ne déranger personne, brailla quelques mots collectés en des jours plus heureux.

« Salut, bisou-bisou. Oh la la ! »

Et c'est alors qu'ils entendirent un bruit de moteur. Une voiture approchait, les pneus crissant sur le gravier. Puis une autre. Les clients ne roulaient jamais aussi près de la taverne car elle était nichée entre des bosquets d'oliviers, ils préféraient se garer dans la clairière à une trentaine de mètres et gravir la colline à pied.

« Je vais vérifier, dit Yiorgos. Ça doit être un de nos habitués qui espère se faufiler pour boire un coup en douce. Je vais lui dire de revenir une autre fois.

— Attends-moi », dit Yusuf, et il le rejoignit.

Mais ce n'étaient pas des clients loyaux en quête d'un verre à leur buvette favorite. C'était un groupe d'inconnus – jeunes, crasseux, renfrognés, qui roulaient sans but, pour se défouler, prêts à la bagarre, l'haleine empestant l'alcool. Ils descendirent de voiture – tous sauf un. Ils avaient en main des gourdins et des massues, qu'ils tenaient maladroitement, comme s'ils ne savaient plus pourquoi ils s'en étaient armés.

« Nous sommes fermés, dit Yiorgos, une note réservée dans la voix tandis qu'il essayait de deviner leurs intentions. Vous cherchiez quelque chose ? »

Aucun des hommes ne dit mot. Leur expression se durcit tandis que leurs yeux passaient en revue la taverne, la rage l'emportant sur la désinvolture. C'est alors que Yusuf remarqua un détail qui lui avait échappé au début. L'un d'eux tenait un seau de peinture d'où émergeait un pinceau.

Yusuf ne pouvait arracher son regard de la peinture. Elle était rose vif, la couleur du chewing-gum qu'il avait trouvé un jour collé à la porte avec un message de menace. La couleur des baies qui poussaient sur les buissons à feuilles persistantes, en position précaire sur les falaises, périlleusement accrochées au vide.

Figuier

Parmi tous les animaux de mon écosystème, il y en a certains que j'admirais et d'autres que je détestais en silence, mais je ne me rappelle pas avoir jamais regretté d'en rencontrer aucun, car j'essayais de comprendre et de respecter toute forme de vie. Sauf une fois, à vrai dire. Sauf elle. J'aurais aimé ne jamais la connaître, ou au moins, trouver un moyen de l'effacer de mes souvenirs. Elle a beau être morte depuis longtemps, je l'entends encore, ce bruit suraigu, une vibration sinistre de l'air comme si elle approchait à toute allure, bourdonnant dans l'obscurité.

Les moustiques sont la némésis de l'humanité. Ils ont tué la moitié des êtres humains qui ont habité la terre. Ça me sidère toujours que les gens aient une peur bleue des tigres, des crocodiles et des requins, sans parler des vampires et zombies imaginaires, en oubliant que leur ennemi le plus mortel n'est autre que le minuscule moustique.

Avec ses marais, marécages, tourbières et cours d'eau, Chypre était leur éden. Famagouste, Larnaca, Limassol... il fut un temps où ils étaient partout. Sur une ancienne tablette d'argile trouvée ici on pouvait lire : « Le démon moustique babylonien est maintenant sur ma terre ; il a tué tous les hommes de mon pays. » L'énoncé serait plus exact s'il disait « elle a tué », car c'est la femelle de l'espèce qui cause le carnage, mais je le parie, ce n'est pas la première fois que les femmes sont évincées de l'histoire.

Ils sont là depuis toujours, quoique depuis moins longtemps que nous les arbres. Partout dans le monde on trouve des moustiques depuis la Préhistoire, piégés dans notre résine ou notre sève pétrifiée, dormant paisiblement dans leur sein d'ambre. Chose remarquable, ils charrient encore le sang de reptiles, mammouths, tigres à dents de sabre, rhinocéros laineux…

La malaria. La maladie qui a décimé indifféremment des multitudes de soldats et de civils. Jusqu'à ce que Ronald Ross – le médecin écossais prognathe à la moustache en pointe – fasse une découverte que ses confrères négligeaient depuis l'époque d'Hippocrate. Dans un modeste laboratoire en Inde, Ross a ouvert l'estomac d'un anophèle et la voilà, la preuve qu'il cherchait. Ce n'est pas le gaz des marais qui véhicule la malaria, mais un parasite. Armé de ce savoir, il entreprit d'éradiquer la maladie dans tout l'Empire britannique. Ce fut par un jour fatidique de 1913 que Ross se rendit à Chypre.

Pourtant, le combat contre les moustiques devrait attendre jusqu'à la fin de la Deuxième Guerre mondiale qu'un médecin turc, Mehmet Aziz, lance une campagne radicale. Ayant souffert de la fièvre des marais dans son enfance, il avait pu voir en première ligne combien elle était pernicieuse. Soutenu par la Fondation de développement colonial, il se dédia à la cause. Ce que je trouve admirable chez lui, c'est qu'il n'a tenu aucun compte des divisions ethniques et religieuses qui déchiraient l'île pour s'occuper exclusivement de sauver des vies humaines. En commençant par la péninsule de Kapras, Aziz fit vaporiser d'insecticide toutes les zones de reproduction, puis une seconde fois, pour éliminer toute possibilité de larves. Il lui fallut quatre années de labeur, mais il finit par triompher.

Depuis, il n'y a plus de paludisme à Chypre. Pourtant cela ne voulait pas dire que les moustiques avaient été éradiqués. Ils continuaient à se reproduire dans les caniveaux et les cloaques. Comme ils adorent traîner autour des figuiers et montrent un penchant pour les fruits mûrs ou pourrissants, j'ai lié connaissance avec bon nombre d'entre eux au fil des années.

À la taverne, ils étaient là tous les soirs, malmenant les clients. Rapides comme l'éclair, ils passaient en sifflant, fonçaient sur leur proie et repartaient entre deux battements de cœur. Pour les tenir à distance, Yusuf et Yiorgos plaçaient un pot de basilic, de romarin ou de citronnelle sur chaque table. Et quand ça ne suffisait pas, ils brûlaient des grains de café. Mais à mesure que la soirée avançait et que les convives suaient de chaleur et d'alcool, diffusant de l'acide lactique, les insectes pestilentiels lançaient une nouvelle invasion. Leur flanquer des claques n'était pas non plus une solution. Les mains malhabiles d'un homme ne peuvent pas concourir avec la vitesse de leurs ailes. Et même dans ce cas, ils ne prennent pas de risque. Ils se remémorent l'odeur de la personne qui a essayé de les tuer et ils l'évitent un moment, laissant juste le temps à leur cible d'oublier leur présence. Ils ont cette sorte de patience, d'attendre le bon moment pour boire du sang.

Ils s'attaquent aussi aux animaux. Bétail, moutons, chèvres, chevaux... et perroquets. Piqué du bec jusqu'aux griffes, le pauvre Chico se plaignait sans arrêt. Franchement, rien de tout cela ne me gênait à l'époque. J'acceptais les moustiques tels qu'ils étaient, sans penser plus loin, jusqu'à ce jour d'août 1976 où je l'ai rencontrée, elle. Ça faisait deux ans que Le Figuier Heureux était fermé, et Chico était parti depuis longtemps. Il ne restait plus que moi à l'intérieur de la taverne. J'attendais encore le retour de Yiorgos et Yusuf. J'attendais fidèlement. Cet été-là, j'ai donné la plus belle de toutes mes récoltes. Nous sommes comme ça, nous les arbres, capables de pousser parmi les gravats, d'étendre nos racines sous les débris de la veille. Mes figues, débordantes de saveur, attendaient en vain sur mes branches d'être cueillies, d'être ramassées sur le sol, où elles attiraient toute sorte d'animaux et d'insectes.

La femelle moustique est sortie de nulle part en pleine nuit, et m'a trouvé, seul, désolé, me languissant du passé. Elle se percha sur une de mes branches, jeta un coup d'œil nerveux à la ronde quand elle détecta dans l'air une odeur de citronnelle. Aussitôt elle décolla pour échapper à l'odeur et se posa sur une autre branche du côté opposé.

Elle me parla de ses enfants. On peut penser ce qu'on veut des moustiques femelles, mais on ne peut pas nier que ce sont de bonnes mères. Elles arrivent à se gorger de sang jusqu'à tripler le poids de leur propre corps et à l'utiliser comme supplément prénatal. Mais la moustique me dit que ces derniers temps elle ne pouvait plus alimenter correctement ses œufs car elle était infectée par l'infâme parasite. En s'évertuant à nourrir sa progéniture, elle finissait par nourrir l'ennemi intérieur.

Et ainsi j'ai appris que le nombre de cas de paludisme avait augmenté récemment tout autour de la Méditerranée, augmentation due au dérèglement climatique et aux vols internationaux. Les moustiques avaient développé une résistance au DDT, et les parasites à la chloroquine. Je n'en fus pas très surpris, pourtant. Les humains perdent facilement leurs buts de vue. Plongés dans la politique et les conflits, ils se laissent distraire, et c'est alors que les maladies et les pandémies explosent. Mais je fus stupéfait de ce que me confia ensuite cette moustique. Elle me parla d'un bébé qu'elle avait mordu plusieurs fois – Yusuf Yiorgos Robinson. Je sentis un froid glacé se répandre du bout de mes branches jusqu'à mes racines latérales.

Des centaines de bébés britanniques sont morts à Chypre dans les années 1960, de causes restées inconnues. Et quand le fils de Defne, adopté par un couple anglais, succomba à une détresse respiratoire due au parasite que portait l'insecte, on l'enterra au même endroit, près des autres nourrissons qui avaient perdu la vie dans cette île une décennie plus tôt.

Une vague de tristesse me submergea à cette découverte. Je m'efforçai de ne pas haïr l'insecte. Je me rappelai qu'elle aussi était une victime du parasite, et que parfois celui qu'on appelle l'auteur du crime n'est qu'une victime non reconnue. Mais je ne voyais pas les choses sous cet angle. Je ne parvins pas à maîtriser l'amertume et la colère qui m'envahirent. Encore aujourd'hui, chaque fois que j'entends ce bourdonnement dans l'air, mon tronc se raidit, mes rameaux se tendent et mes feuilles frissonnent.

Soldats et bébés

Chypre, début des années 2000

Sur le balcon de l'hôtel, quand Defne se tut, Kostas se leva et l'entoura de ses bras, sentant la douleur qu'elle avait en elle le pénétrer. Ils restèrent tous deux un moment à regarder en silence l'île qui s'étendait à leurs pieds. Un faucon poussa son cri, chevauchant les courants aériens, à des kilomètres au-dessus de la terre.

« Tu veux que je descende te chercher des cigarettes ?

— Non, mon amour, je veux terminer. Je veux tout te raconter – une seule fois – et ne plus jamais reparler de ce jour-là. »

Il retourna s'asseoir sur le sol, reposa la tête sur ses genoux. Elle continua à lui caresser les cheveux, lui tracer des cercles sur la nuque du bout des doigts.

« J'étais restée à l'intérieur de la taverne avec le docteur Norman. Au début, on ne faisait pas attention à ce qui se passait dehors. Nous pensions que ça ne prendrait qu'une minute, quelle que soit la raison. Nous avons entendu un remue-ménage. Des voix en colère. Des cris. Des jurons. Et là ça faisait vraiment peur. Le docteur m'a dit de me cacher sous une table, et il a fait pareil. Nous avons attendu, en nous appliquant à ne faire aucun bruit. Et ne va pas croire que je ne me suis pas donné des coups pour ma lâcheté depuis toutes ces années. J'aurais dû sortir, venir en aide à Yiorgos et Yusuf. »

Kostas allait dire quelque chose, mais elle lui coupa la parole d'un geste brusque. Avec un mouvement impatient de la tête, elle poursuivit, le débit plus rapide cette fois.

« Comme les bruits devenaient plus forts, Chico a paniqué. Le pauvre oiseau s'est agité, il s'est mis à hurler, à se cogner contre sa cage. C'était affreux. J'ai dû sortir de ma cachette et le libérer. Chico avait fait tellement de raffut que les hommes dehors ont dû l'entendre. Ils ont voulu entrer pour vérifier. Mais Yiorgos et Yusuf leur ont bloqué le passage. Il y a eu une bagarre. Un coup de feu est parti. Mais nous avons continué à attendre sans bouger, le docteur et moi. Combien de temps, je ne sais pas, j'avais les jambes engourdies. Quand nous sommes sortis, le ciel était sombre, et tout autour de nous il y avait ce silence sinistre. Je savais tout au fond de moi qu'il s'était passé quelque chose de terrible et que je n'avais rien fait pour l'empêcher.

— Qu'est-ce qui s'est passé, d'après toi ?

— Je crois que ces crapules surveillaient la taverne depuis quelque temps. Ils savaient que Yusuf et Yiorgos étaient un couple homo et ils voulaient leur donner une leçon. Ils ont probablement cru que l'endroit était fermé. Ils comptaient le vandaliser, enfoncer les fenêtres, casser quelques objets, écrire des saloperies sur les murs et filer. Vu l'état de chaos dans l'île, ils étaient sûrs que personne ne prendrait la peine d'enquêter sur un incident aussi mineur et qu'ils s'en tireraient indemnes. Mais les choses ne se sont pas passées comme prévu. Ils ne s'attendaient pas à trouver les propriétaires sur place. Ni à se voir opposer une résistance. »

La main qui dessinait sur son cou fit une pause.

« Et ni Yusuf ni Yiorgos ne se seraient battus comme ça, il n'y avait pas d'hommes plus doux. Je crois qu'ils ont voulu les empêcher d'entrer pour me protéger ; ils ont dû craindre que ces types me trouvent avec le docteur. Comment on aurait pu leur expliquer ce qu'on faisait là ? Qu'est-ce qu'ils nous auraient fait ? C'est pour ça que Yusuf a essayé de bloquer le passage, Yiorgos a couru à l'intérieur chercher son pistolet – et tout est parti en vrille.

— Quand vous êtes sortis, ils n'étaient plus là ?

— Non. Il n'y avait plus personne. Nous avons cherché partout. Le docteur ne cessait de dire qu'il fallait partir, c'était dangereux d'être dehors à une heure aussi tardive. Mais je m'en fichais. Je suis restée assise là, hébétée. Je claquais des dents, je me rappelle, pourtant je n'avais pas froid ni rien. Cette idée folle que le figuier avait dû tout voir, c'est la seule chose que j'avais en tête. J'ai cru devenir folle. Je suis revenue le lendemain, et le jour d'après… tous les jours du mois j'ai marché jusqu'à la taverne et attendu le retour de Yiorgos et Yusuf.

J'apportais toujours de la nourriture pour Chico, ces biscuits qu'il aimait tant, tu te rappelles ? Il n'allait pas trop bien. Je comptais le ramener à la maison, mais je n'avais pas encore parlé à mes parents de ma propre *situation*, je ne savais pas comment ils réagiraient. Un matin je suis venue à la taverne, et Chico n'était plus là. On ne pense jamais à la façon dont les animaux sont affectés par nos guerres et nos querelles, mais ils souffrent tout comme nous. »

Il vit son regard s'éloigner, sa mâchoire se durcir, ses joues se creuser. Il pouvait lire sur la ligne mince que formaient ses lèvres que mentalement elle était ailleurs, dans une grotte sombre, étroite qui la tenait sous son emprise, le mettant à distance.

La gorge serrée, il demanda : « Ces hommes, ils étaient grecs ou turcs ? »

En guise de réponse, elle répéta les mots qu'elle lui avait dits il y a quelques jours, la première fois où ils s'étaient retrouvés après toutes ces années. « C'étaient des gens de l'île, Kostas, tout comme nous.

— Tu n'as plus jamais revu Yusuf et Yiorgos ?

— Plus jamais. J'ai décidé de garder le bébé, au diable les conséquences. Ma sœur était déjà au courant pour nous deux. Je lui ai dit que j'étais enceinte. Meryem estimait qu'il était impossible de dire toute la vérité à nos parents. Qu'on devait laisser ton nom en dehors de tout ça. Alors entre nous, nous avons élaboré un plan. Le plus doucement qu'elle pouvait, Meryem a annoncé la nouvelle à la famille. Mon père était mortifié. À ses yeux, j'avais déshonoré notre nom. Je n'ai jamais vu personne porter sa honte comme ça, comme si elle était devenue sa peau, inséparable. Cet homme qui avait les jambes paralysées… Il avait perdu son emploi et ses amis, il en souffrait physiquement, mentalement, financièrement, mais pour lui son honneur était tout, et quand il a découvert que je n'étais pas la fille qu'il croyait, ça l'a détruit. Il ne voulait plus me regarder en face, ne voulait plus me parler, et ma mère… je ne sais pas si sa réaction était meilleure ou pire. Elle était hors d'elle, hurlait tout le temps. Mais je crois que le silence de mon père a fini par me frapper plus durement.

Et tu as encore une autre raison de me haïr : Meryem et moi nous leur avons dit que c'était le bébé de Yusuf, que nous comptions nous marier mais qu'il avait mystérieusement disparu. Ma mère est allée le chercher à la taverne, mais bien sûr il n'y avait plus personne. Elle a même appelé la famille de Yusuf, en leur demandant où il était, et les a accusés de choses dont ils n'avaient même pas idée. Et pendant tout ce temps-là je gardais le silence et je me méprisais d'avoir sali le nom d'un homme bon – alors que je ne savais même pas s'il était mort ou vivant.

— Oh, Defne... »

Elle fit un geste vague de la main, ne lui permit pas d'ajouter quoi que ce soit. Sans bruit, elle se leva, retourna à l'intérieur et commença à s'habiller.

« Tu t'en vas ? demanda Kostas.

— Je vais marcher un peu, dit-elle sans le regarder. Tu veux venir avec moi ? J'aimerais t'emmener dans un cimetière militaire.

— Pourquoi ? Qu'est-ce qu'il y a là-bas ?

— Des soldats, dit-elle doucement. Et des bébés. »

Figuier

Après la disparition de Yusuf et Yiorgos, et la fermeture du Figuier Heureux, Chico sombra dans une profonde dépression. Il arrachait ses plumes et se mâchonnait la peau – cartographie rouge d'une souffrance étalée sur sa chair à vif. Ça arrive aux perroquets, comme aux humains, ils succombent à la mélancolie, perdent toute joie et tout espoir, trouvent chaque jour plus insupportable.

L'oiseau ne se nourrissait pas bien, même s'il avait une quantité de nourriture. Il pouvait facilement vivre sur les réserves de fruits et de noix, d'insectes et d'escargots, en déchirant les sacs rangés dans le cellier, sans parler des biscuits que lui apportait Defne. Mais il n'avait guère d'appétit. J'essayais de l'aider, m'avisant seulement maintenant qu'au fond je le connaissais peu. Pendant toutes ces années nous avions vécu dans la même taverne, partagé un même espace, perroquet exotique et figuier, sans jamais être proches. Nos personnalités ne concordaient pas vraiment. Mais par temps de crise et de désespoir les êtres les plus dissemblables peuvent devenir amis ; ça aussi, je l'ai appris.

Des amazones à tête jaune, une espèce menacée originaire du Mexique, on en voit rarement à Chypre. On ne croise pas de parents à elles par ici. Ni parmi les milliers d'oiseaux passerins qui embellissent notre ciel chaque année. La présence de Chico était une anomalie et je l'acceptais comme telle, sans vraiment me soucier de savoir où Yusuf l'avait trouvé.

Quand je l'ai interrogé sur son passé, Chico me dit qu'il vivait jadis dans un manoir de Hollywood. Je ne l'ai pas cru, bien sûr. Ça m'avait tout l'air d'être du pipeau. Il a dû remarquer mon scepticisme, car il s'est fâché. Il a cité le nom d'une actrice de cinéma américaine célèbre pour ses formes voluptueuses et ses rôles variés dans des grands classiques. Il a dit qu'elle adorait les oiseaux exotiques, qu'il y en avait toute une collection dans son jardin. Et chaque fois qu'il apprenait un mot nouveau, l'actrice le récompensait par une friandise. Elle applaudissait en disant : « Mon chéri, comme tu es intelligent ! »

Chico m'a raconté qu'après une liaison torride avec un chef mafieux qui l'emmena en croisière sur un yacht privé en Méditerranée, l'actrice se prit d'affection pour Chypre. Elle aimait particulièrement Varosha, « la Riviera française de la Méditerranée orientale », où elle acheta une villa spectaculaire. Elle n'était pas la seule célébrité à découvrir ce coin de paradis. Par un jour ordinaire vous pouviez voir Elizabeth Taylor sortir d'un hôtel étoilé, Sophia Loren descendre de voiture, la jupe remontée au-dessus des genoux, ou Brigitte Bardot se promener sur la plage, regard plongé dans les profondeurs marines comme si elle attendait que quelqu'un en sorte.

L'actrice décida de passer plus de temps ici. L'endroit lui convenait – le climat, le charme chic – mais il y avait un problème : ses perroquets lui manquaient ! Alors elle prit des dispositions pour les faire venir. Dix au total. Logés dans des conteneurs malodorants, étouffants, trimballés d'un avion à un autre, ils firent tout le trajet de Los Angeles jusqu'à Chypre. Et voilà comment Chico et ses copains ont fini sur notre île.

Le voyage ne fut pas facile pour les oiseaux. Comme ils sont photosensibles, le trajet à travers les océans les éprouva terriblement. Ils cessèrent de boire et de s'alimenter, souffrant du mal du pays dans leur cage de cuivre ouvragé. L'un d'eux mourut. Mais les survivants, quand ils atteignirent enfin leur destination, s'adaptèrent très vite à leur nouvelle demeure de Varosha, le quartier sud de Famagouste. Magasins fastueux, casinos clinquants, marques exclusives, on trouvait ici tout le dernier cri... La musique braillait dans le sillage de décapotables aux vives couleurs qui glissaient le long des avenues principales. Des yachts de luxe et des bateaux de tourisme dansaient sur les eaux du port. Sous la lune, la mer luisait dans le rayonnement des discothèques, ses eaux sombres festonnées comme des chars de carnaval.

Les touristes affluaient des quatre coins du globe à Varosha pour y célébrer lunes de miel, diplômes, anniversaires de mariage... Ils économisaient afin de passer quelques jours dans cette station balnéaire réputée. Ils sirotaient des cocktails au rhum et dînaient en piochant les mets de buffets exquis ; ils surfaient, nageaient, se faisaient dorer sur les plages de sable, en quête du bronzage parfait, la nappe d'horizon bleue et claire devant leurs yeux. Si c'était bien le paradis, ils savaient par les journaux qu'il y avait du grabuge sur les confins, entendaient les récits de tensions entre les communautés turque et grecque. Mais à l'intérieur de la station, le spectre de la guerre civile restait invisible, et la vie semblait toute fraîche, éternellement jeune.

Chico m'a raconté que neuf d'entre eux partageaient le même espace – quatre couples plus lui. Il était le seul oiseau sans partenaire. Il se sentait blessé, exclu. Les perroquets sont strictement monogames. Loyaux et aimants, ils s'unissent pour la vie. Quand ils ont des petits, ils les élèvent ensemble, mâles et femelles se partagent le travail. Ce sont d'excellents parents. Ce qui ne faisait nullement l'affaire de Chico. Quand les autres s'accouplaient, il restait seul. Il n'avait personne qui l'aime, personne à aimer. Et pour aggraver encore la situation, l'actrice, qui avait un nouveau compagnon et un nouveau film en chantier, était plus occupée que jamais. Elle passait des jours et des semaines entières loin de chez elle, confiant ses perroquets à la gouvernante, avec de longues listes d'instructions détaillées collées au réfrigérateur – ce qu'elle devait donner à manger aux oiseaux, quand ils devaient prendre leurs gouttes, comment vérifier que leurs ailes étaient vierges d'ectoparasites. Des listes qui se dessécheraient sans être lues.

La gouvernante n'aimait pas les perroquets, qu'elle trouvait bruyants, turbulents et trop gâtés. Ils étaient pour elle une corvée et elle ne s'en cachait pas. Les autres oiseaux, pris par leur famille, n'en souffraient pas trop. Mais Chico si, esseulé et vulnérable comme il l'était. Un matin, il s'enfuit par la fenêtre ouverte, laissant derrière lui ses frères de race et toute cette nourriture de gourmet. Ne sachant où aller, il vola sans faire de pause, parcourut tout le trajet jusqu'à Nicosie, où Yusuf, par un coup du destin, le trouva perché sur un mur, croassant de détresse, et l'emmena chez lui.

Chico s'inquiétait, maintenant que Yusuf, lui aussi, était parti. Les humains sont tous pareils, se disait-il. Indignes de confiance et égoïstes jusqu'au trognon.

Protestant de toutes mes forces, je tentai de lui expliquer que ni Yusuf ni Yiorgos ne disparaîtraient simplement comme ça, il était sûrement arrivé quelque chose qui les empêchait de venir, mais j'étais de plus en plus étreint moi aussi par un sentiment d'angoisse.

Aucun de nous ne savait alors que dans quelques semaines seulement le sort de Varosha serait scellé. Au cours de l'été 1974, après l'entrée de l'armée turque, plus de trente-neuf mille personnes, la population entière de la ville, prendraient la fuite, laissant derrière elles toutes leurs possessions. Parmi ces gens, il y avait sûrement la gouvernante. Je l'imagine en train de remplir un sac, se ruer dehors et évacuer les lieux à la suite des autres. Avait-elle pensé à emmener les perroquets avec elle ? Ou au moins à les libérer ? Pour être honnête, elle comptait probablement revenir dans quelques jours. C'est ce qu'ils pensaient tous.

Pas un seul n'est revenu. Les femmes en bottes vernies, minijupes, robes baby doll, jeans évasés ; les hommes arborant des chemises aux teintes dégradées, chaussures en cuir souple, pantalons pattes d'eph, vestes en tweed. Les vedettes de cinéma, producteurs, chanteurs, joueurs de foot et les paparazzi qui leur couraient après. Les DJs, barmen, croupiers, go-go danseuses. Et les nombreuses, si nombreuses familles du cru qui vivaient là depuis des générations et n'avaient nul autre endroit où trouver un toit. Les pêcheurs qui apportaient leur poisson frais dans des restaurants raffinés où on les revendrait dix fois leur prix, les boulangers qui travaillaient la nuit pour préparer des pains fourrés au fromage et les vendeurs de rue qui arpentaient le front de mer en proposant des ballons, de la barbe à papa, des glaces aux enfants et aux touristes. Ils sont tous partis.

Les plages de Varosha furent clôturées par des fils barbelés, des murets de ciment et des pancartes interdisant aux visiteurs d'approcher. Lentement, les hôtels se réduisirent à des réseaux de câbles d'acier et de pylônes en béton ; les bistrots désertés moisirent, les discothèques s'effondrèrent ; les maisons avec leurs pots de fleurs sur l'appui des fenêtres sombrèrent dans l'oubli. Cette station connue du monde entier, jadis opulente et très courue, devint une ville fantôme.

Je me suis toujours demandé ce qui était arrivé à ces perroquets amazones qu'une actrice de Hollywood avait fait venir à Chypre. J'espère qu'ils ont réussi à sortir de la villa par une fenêtre ouverte. Les perroquets vivent longtemps, et ils avaient de bonnes chances de survivre en se nourrissant de fruits et d'insectes. Peut-être que si vous longiez aujourd'hui les barricades de Varosha, vous saisiriez un éclair vert vif parmi les immeubles abandonnés et les décombres, et entendriez une paire d'ailes battant comme une voile déchirée dans la tempête.

*

Chico connaissait une quantité de mots. Avec un talent exceptionnel, il était capable d'imiter des sons électroniques, des sons mécaniques, des cris d'animaux, des bruits humains… Il pouvait identifier des dizaines d'objets, pulvériser des coquillages ou même résoudre des énigmes, et si vous lui donniez un caillou, il savait comment s'en servir pour casser des noix.

Dans la taverne vide, au fil des jours où nous attendions tous les deux le retour de Yusuf et Yiorgos, Chico me faisait une démonstration de ses talents.

« Viens, viens mon p'tit poussin », criait-il depuis la chaise derrière la caisse où Yusuf s'asseyait chaque soir pour accueillir les clients, qui était maintenant recouverte de plusieurs centimètres de poussière.

« *S'agapo* », gazouillait Chico en grec, « Je t'aime », des mots qu'il avait entendu Yiorgos murmurer à Yusuf. Et soudain, quand la vérité s'imposait à lui et qu'il savait que personne ne viendrait, il arrachait une plume supplémentaire à sa chair meurtrie et se répétait un mot turc qu'il avait appris : « *Aglama* » – « Ne pleure pas. »

Ammonite

Chypre, début des années 2000

Après leur visite au cimetière militaire, où Kostas vit pour la première fois la tombe de son fils, ils marchèrent en silence, en se tenant par la main. Ils traversèrent des champs de chrysanthèmes couronnés aux pâles fleurs orange caressées par le vent, chardons et ronces écorchant leurs chevilles nues.

Dans l'après-midi, ils louèrent une voiture et se rendirent au château de Saint-Hilaire. Elle leur fit du bien, cette longue ascension difficile du flanc de colline pentu et sinueux, le pur effort physique de la montée. Quand ils parvinrent au sommet, ils observèrent le paysage depuis une fenêtre gothique taillée dans l'ancienne structure, le souffle court, le pouls battant.

Ce soir-là, après la fermeture du château et le départ des touristes et des gens du coin, ils flânèrent dans les parages, pas encore tout à fait prêts à repartir se mêler aux autres. Ils s'assirent sur un rocher, lissé par des siècles de passage, où un saint s'était reposé autrefois.

Progressivement, le crépuscule glissa dans la nuit. Quand l'obscurité s'épaissit autour d'eux, ne pouvant plus redescendre par le sentier qu'ils avaient gravi, ils décidèrent de passer la nuit sur place. Comme c'était une zone militaire, ils prenaient des risques en demeurant après les heures d'ouverture. Près d'un parterre de safran des prés, qui luisait blanc-rosé sous une pâle frange de lune, ils firent l'amour. D'être nus comme cela en plein air, sous le dais d'un ciel infini, ce fut l'expérience la plus effrayante, la plus proche de la liberté qu'ils aient vécue depuis longtemps.

Ils grignotèrent un plein sachet de noisettes et de mûres séchées, l'unique nourriture qu'ils avaient sur eux. Ils burent l'eau des gourdes qu'ils avaient apportées dans leur sac à dos, puis du whisky. Kostas ralentit après quelques gorgées, mais pas Defne. Une fois de plus, il remarqua qu'elle buvait trop, et trop vite.

« Je veux que tu viennes avec moi, dit Kostas, le regard attaché à elle comme s'il craignait de la voir disparaître entre deux clignements d'œil.

— Où ça ?

— En Angleterre. »

Juste alors, la lune se précipita derrière un nuage, lui laissant à peine le temps de voir son expression s'altérer. Un moment de surprise, puis le retrait. Il reconnut cette façon qu'elle avait de se replier sur ses défenses.

« Nous pouvons tout recommencer, je te le promets », dit Kostas.

Quand le nuage s'écarta, il la vit absorbée dans ses pensées. Maintenant elle l'observait avec attention, surveillant ses lèvres, la coupure pas encore cicatrisée, les ecchymoses autour des yeux qui changeaient lentement de couleur.

« Est-ce que… Attends, c'est une demande en mariage ? »

Kostas déglutit, fâché de ne pas s'être mieux préparé. Il aurait dû apporter une bague. Il se rappela la bijouterie devant laquelle ils s'étaient arrêtés après leur visite au médium. Il aurait dû y retourner le lendemain, mais trop occupé à pister les passereaux, il n'en avait pas eu l'occasion.

« Je ne suis pas très doué quand il s'agit de parler, dit Kostas.

— Je m'en doutais.

— Je t'aime, Defne. Je t'ai toujours aimée. Je sais qu'on ne peut pas remonter le cours des années – je n'essaie pas d'escamoter ce qui s'est passé, ta souffrance, notre perte – mais je veux que nous nous donnions mutuellement une seconde chance. »

Se rappelant qu'il avait toujours le fossile dans la poche de sa veste, il le sortit.

« Est-ce que ce serait un impair terrible si je t'offrais une ammonite au lieu d'une bague ? »

Elle rit.

« Cette créature marine a vécu il y a des millions d'années, imagine un peu. À mesure qu'elle prenait de l'âge, elle ajoutait de nouvelles cavités à sa coquille. Les ammonites ont survécu à trois extinctions massives, et elles n'étaient même pas bonnes nageuses. Mais elles avaient une aptitude fascinante à s'adapter, la ténacité, c'était leur point fort. »

Il lui tendit le fossile. « Je veux que tu viennes avec moi en Angleterre – veux-tu m'épouser ? »

Elle referma les doigts sur le coquillage dont elle sentit le dessin délicat. « Pauvre Meryem, elle avait raison de s'inquiéter quand elle a appris que tu étais de retour. Si nous faisons cela, ma famille ne me pardonnera sans doute jamais. Mon père, ma mère, mes cousins…

— Laisse-moi leur parler.

— Pas une bonne idée. Meryem est déjà au courant pour nous, mais mes parents n'en savent rien.

Je vais tout leur dire, j'en ai assez de me cacher. Ils vont apprendre que je leur ai menti toutes ces années en leur faisant croire que Yusuf était le père de mon bébé... Qu'ils avaient encore plus de raisons de me renier... Je ne suis pas sûre qu'ils m'absolvent jamais d'avoir terni l'honneur d'un Turc pour protéger mon amant grec, quel gâchis j'ai causé. » Elle se passa la main dans les cheveux et laissa glisser les mots entre ses mâchoires serrées. « Mais ta famille ne sera pas ravie non plus. Ton frère cadet, ton oncle, tes cousins... »

Son front se rida. « Ils comprendront.

— Non, sûrement pas. Après tout ce qu'elles ont traversé, nos familles ne verront là qu'une trahison.

— Le monde n'est plus le même aujourd'hui.

— Les haines tribales ne meurent pas, dit-elle en lui montrant l'ammonite. Elles ajoutent de nouvelles couches aux coquilles endurcies. »

Un silence ténu s'étira. La brise soufflait entre les arbres, ébouriffant les buissons alentour, et elle frissonna malgré elle.

« Sans soutien familial, sans un pays à nous, nous serons très esseulés, dit-elle.

— Tout le monde est seul. Nous en serons juste plus conscients.

— C'est toi qui m'as fait lire Cavafy – tu as oublié ton poète préféré ? Tu penses que tu peux quitter ton pays natal parce que tant de gens l'ont fait, alors pourquoi pas toi ? Après tout, le monde est plein de migrants, de fugitifs, d'exilés... Encouragé, tu brises tes liens et tu pars le plus loin possible, et puis un beau jour tu regardes en arrière et tu comprends que ton pays t'a toujours accompagné, comme une ombre. Partout où nous irons elle nous suivra, cette ville, cette île. »

Il lui prit la main, mit un baiser sur ses doigts. Elle transportait le passé si près de la surface, la douleur lui courait sous la peau comme le sang.

« Nous en sommes capables si nous y croyons tous les deux.

— Je ne suis pas très douée quand il s'agit de croire, dit-elle.

— Je m'en doutais », répliqua-t-il.

Il savait, même à l'époque, qu'elle était encline à des accès de mélancolie. Ils lui venaient par vagues successives, flux et reflux. Quand arrivait la première vague, lui effleurant à peine les orteils, c'était un clapotis si léger et translucide qu'on était en droit de le juger insignifiant, de croire qu'il partirait vite, sans laisser de trace. Mais venaient ensuite une autre vague, et la suivante, qui montaient jusqu'aux chevilles, et celle d'après qui couvrait les genoux, et avant qu'on s'en rende compte, elle était plongée dans une douleur liquide, jusqu'au cou, où elle se noyait. C'est ainsi que la dépression l'aspirait.

« Tu es sûr que tu as envie de m'épouser ? dit Defne. Parce que je ne suis pas facile à vivre, tu le sais, et j'ai... »

Il lui posa un doigt sur les lèvres, l'interrompant pour la première fois. « Je n'ai jamais été plus sûr de quoi que ce soit de toute ma vie. Mais il n'y a aucun problème si tu as besoin de plus de temps pour réfléchir – ou me dire non. »

Elle sourit alors, un soupçon de timidité se glissant dans sa voix. Elle se pencha vers lui, son souffle lui caressa la peau. « Je n'ai pas besoin de réfléchir, chéri. J'ai toujours rêvé de t'épouser. »

Et parce qu'il ne restait plus rien à dire, du moins c'est ce qu'ils ressentaient, ils gardèrent le silence un moment, à l'écoute de la nuit, attentifs au moindre crissement ou froissement.

« Il y a encore une chose que je veux faire avant de quitter l'île, dit enfin Kostas. Je veux retourner à la taverne et voir comment se porte le vieux figuier. »

Figuier

Parmi tous les insectes, s'il en est un qu'il est impossible d'ignorer quand on raconte l'histoire de l'île, c'est bien la fourmi. Nous les arbres nous lui devons beaucoup. Les humains aussi, d'ailleurs. Pourtant ils jugent les fourmis insignifiantes, comme ils le font si souvent pour tout ce qui se trouve sous leurs pieds. Ce sont les fourmis qui maintiennent, aèrent et améliorent le sol pour lequel les Grecs et les Turcs se sont si farouchement battus. Chypre leur appartient aussi à elles.

Les fourmis sont endurantes et laborieuses, capables de porter vingt fois leur propre poids. Avec une durée de vie plus longue que celle de la plupart des insectes, elles sont aussi à mon avis les plus futées. Les avez-vous jamais regardées traîner un mille-pattes, ou s'attaquer en troupe à un scorpion, ou dévorer un gecko entier ? C'est à la fois fascinant et terrifiant, chaque geste parfaitement synchronisé. Que se passe-t-il alors dans l'esprit d'une seule fourmi ? Comment parvient-on à ce niveau de confiance en soi, de fermeté face à un ennemi bien mieux équipé pour le combat ? Grâce à leur mémoire olfactive, les fourmis peuvent repérer une piste, renifler un intrus d'une autre colonie, et quand elles sont loin de leur fourmilière, se rappeler le chemin de retour. Si des obstacles surgissent en route, failles dans le sol ou chute de brindilles, elles savent faire un pont de leur corps en s'agrippant les unes aux autres comme des acrobates entraînés. Tout ce qu'elles apprennent, elles le transmettent à la génération suivante. Le savoir n'appartient à personne. Vous le recevez, vous le redonnez. De cette manière, une colonie se rappelle ce que ses membres individuels ont oublié depuis longtemps.

Les fourmis connaissent notre île mieux que quiconque. Elles en connaissent les roches ignées, les calcites, les pièces anciennes de Salamine, et elles sont expertes dans les usages de la résine qui coule des troncs d'arbres. Elles savent aussi où sont enterrés les disparus.

L'année où Kostas Kazantzakis est revenu à Chypre, une colonie de fourmis s'était installée entre mes racines. Je m'y attendais car je venais d'être infesté de pucerons, ces insectes minuscules qui sucent la sève des feuilles et répandent des virus, causant un stress violent aux arbres. Si Yusuf et Yiorgos avaient été présents, ils n'auraient jamais permis cela. Chaque jour ils vérifiaient mes branches en quête d'insectes nuisibles, vaporisaient doucement mes feuilles de vinaigre de cidre, prenant grand soin de moi, mais maintenant j'étais seul, sans défense. Quand les aphidés apparaissent, les fourmis suivent de près, avides de collecter leurs crottes sucrées. Mais ce n'était pas l'unique raison qui les avait conduites à établir toute une colonie ici. Elles adorent les figues trop mûres, et maintenant que personne ne venait les récolter, les miennes étaient toutes blettes. Une figue n'est pas tout à fait un fruit, voyez-vous. C'est un sycone – une structure fascinante qui dissimule des fleurs et des graines dans sa cavité, avec une ouverture à peine visible, l'ostiole, qui permet aux guêpes d'entrer et de déposer leur pollen. Et parfois, sautant sur l'occasion, des fourmis se glissent aussi à l'intérieur et mangent tout ce qu'elles peuvent.

Alors je me suis habitué à entendre le carillon de milliers de pieds menus courant de long en large. Une colonie est une société de classes régie par un ordre strict. Tant que chacun de ses membres accepte l'inégalité comme étant la norme et se soumet à la division du travail, le système fonctionne sans accroc. Les ouvrières récoltent la nourriture, veillent à la propreté des espaces de vie et parent aux besoins perpétuels de la reine ; les soldats protègent la communauté contre les prédateurs et autres périls ; les drones contribuent à perpétuer l'espèce et meurent peu après l'accouplement. Ensuite viennent les princesses – les futures reines. La pyramide sociale doit être préservée à tout prix.

Une nuit, alors que j'étais près de m'endormir, j'ai entendu un bruit insolite. Avec seulement quelques dames de compagnie dans son sillage, la reine grimpait le long de mon tronc raboteux.

Encore essoufflée par cette ascension ardue, elle entreprit de me raconter son histoire. Elle me dit qu'elle était née près d'un vieux puits, pas très loin. Elle avait grandi là et en gardait de bons souvenirs. En tant que princesse, elle savait que le moment propice venu, on lui demanderait de quitter son lieu de naissance pour créer son propre royaume. La colonie était prospère, la population augmentait. Ayant besoin de plus d'espace, elles avaient élargi leur village par des passages souterrains et des tunnels, reliant les nouvelles chambres à des nids. Mais par une terrible erreur d'ingénierie, les ouvrières avaient rongé trop profondément la paroi. Une après-midi, le côté est du puits plia et s'effondra. Le temps d'un battement de cœur, l'eau qui s'enfuit les noya par centaines. Certaines espèces de fourmi savent nager, mais pas celle-ci. Les survivantes s'éparpillèrent dans toutes les directions, cherchant partout un abri. Après cette catastrophe, dit la reine, elle se devait de partir le plus vite possible pour entamer une nouvelle vie.

Pendant le vol nuptial, elle garda la tête haute et fila très vite devant les drones qui s'efforçaient de la suivre. Ils franchirent une piste de sable, en escaladant les empreintes de pneus. Ils traversèrent les ruines de la taverne. Dès qu'elle me vit, chargé de fruits, elle sut que c'était ici qu'elle établirait son royaume. Ici elle s'accoupla et mangea ses ailes, comme pour se défaire d'une robe de mariée, de sorte qu'elle ne pourrait plus jamais voler. Elle se convertit en machine tout équipée à pondre des œufs.

Les traits déformés de tristesse, elle dit alors qu'au moment où les parois s'étaient effondrées, elles avaient trouvé, là au fond du puits, deux hommes morts. Elle ignorait qui ils étaient jusqu'à ce qu'elle me rencontre et m'entende parler des propriétaires du lieu.

Je laissai mes branches choir tandis que l'affreuse vérité me pénétrait. Observant ma détresse, elle m'assura qu'elles n'avaient pas touché Yusuf et Yiorgos. Elles les avaient laissés couchés là sans les déranger. Quelqu'un les découvrirait bientôt, maintenant qu'ils étaient presque à ciel ouvert.

Une fois la reine et sa cour de fidèles parties, je sombrai dans une agitation étrange qui empira au fil des jours suivants. Je me sentais mal. Comme tout être vivant, un figuier peut souffrir d'une multitude de maladies et d'infections, mais cette fois je n'avais presque plus de force pour les combattre. L'extrémité de mes feuilles se recroquevillait, mon tronc commençait à peler. La chair de mes figues prit une teinte verdâtre malsaine et se réduisit horriblement en poudre.

À mesure que mon immunité s'affaiblissait et que mes forces diminuaient, je devins la proie d'un de mes pires ennemis – une perce-figuier, un gros scarabée à corne, le *Phryneta spinator*. Comme un cauchemar, elle s'est abattue sur moi et a déposé ses œufs au pied de mon tronc. Impuissant et rongé par la peur, j'attendis, sachant que les larves allaient bientôt le transpercer pour se nourrir de moi, creuser des galeries dans mes branches, me détruire de l'intérieur, petit à petit.

Les dégâts causés par ce scarabée sont souvent irréparables. Les figuiers qui en sont gravement infestés doivent être détruits.

J'étais mourant.

Racines portables

Chypre, début des années 2000

Quand Defne et Kostas approchèrent du Figuier Heureux, ils le trouvèrent enfoui sous les broussailles, les fragments de carrelage et les décombres disséminés, comme des ruines après le passage d'un ouragan. Sachant que Kostas allait revoir le lieu pour la première fois depuis des années, Defne ralentit le pas, lui laissant le temps de s'habituer au spectacle.

Kostas poussa la porte d'entrée au bois pourrissant qui pendait de ses gonds. À l'intérieur, les mauvaises herbes s'étaient forcé un passage par les fentes du plancher, les carreaux de mosaïque étaient salis de lichen, et les murs couverts de mildiou, noir comme le fer. Dans un coin, le grillage d'une fenêtre, dont la vitre était fendillée depuis longtemps, grinçait lentement au gré de la brise. Il régnait une odeur fétide, de moisi et de putréfaction.

Au moment où il entra, tout lui revint en foule. Les soirées parfumées d'odeurs délicieuses, mets fumants et pâtisseries tièdes, les bavardages et les rires des clients, la musique et les applaudissements, le cliquetis des assiettes à mesure que la nuit avançait... Il se rappela les après-midi où il grimpait la colline chargé de flacons de liqueur de caroube, et ces barres de sésame au miel que Yiorgos appréciait tant, et combien sa mère était heureuse de l'argent qu'il rapportait à la maison... Ses yeux brillèrent au souvenir de Chico battant des ailes, de Yiorgos racontant des blagues à un couple fraîchement marié, et de Yusuf veillant à tout avec son silence et son regard attentifs habituels. Ils étaient si fiers de ce qu'ils avaient créé ensemble. Cette taverne était leur foyer, leur refuge, leur univers tout entier.

« Tu te sens bien ? » dit Defne en le prenant dans ses bras.

Ils se tinrent immobiles une minute, lui ralentissant le souffle pour l'harmoniser à celui de Defne, jusqu'à ce que ses battements de cœur s'apaisent.

Defne inclina la tête et regarda autour d'elle. « Imagine-toi, le figuier a été témoin de tout. »

Avec douceur, Kostas se détacha de ses bras et se rapprocha du *Ficus carica*. Son front se rida. « Oh, cet arbre n'est pas en bonne forme. Elle est malade.

— Quoi ?

— Elle est contaminée. Regarde, ça s'est répandu partout. »

Il indiqua les branches percées de petits trous, la pulpe de sciure sèche à la base du tronc, les feuilles mortes cassantes qui jonchaient le sol.

« Tu ne peux pas le soigner ?

— Je vais voir ce que je peux faire. Viens, on va chercher du matériel. »

Ils revinrent une heure plus tard, chargés de plusieurs sacs. À l'aide d'un marteau de forgeron, Kostas abattit des pans du mur sud de la taverne, criblé de moisissure. Il voulait s'assurer que l'arbre aurait plus de soleil et d'oxygène. Puis il trancha les branches malades avec une scie d'élagage. Ensuite il injecta de l'insecticide avec une seringue dans les galeries creusées par les larves. Pour empêcher les insectes mortels de redéposer leurs œufs, il entoura la partie inférieure du tronc d'un grillage, et emplit de mastic les blessures purulentes de l'arbre.

« Il va guérir ? demanda Defne.

— Elle – cet arbre est femelle. » Kostas se redressa, s'essuya le front du dos de la main. « Je ne sais pas si elle va se remettre. Les larves sont partout.

— J'aimerais tant qu'elle puisse venir avec nous en Angleterre, dit Defne. J'aimerais que les arbres soient portables. »

Kostas plissa les yeux tandis qu'une pensée inédite lui traversait l'esprit. « On pourrait faire ça. »

Elle lui jeta un coup d'œil incrédule.

« Tu peux faire pousser un figuier à partir d'une bouture. Si on la plante tout de suite à Londres, et qu'on la soigne bien, il y a une chance qu'elle survive.

— Tu parles sérieusement ? Tu peux faire ça ?

— Ça peut se faire, dit Kostas. Le climat ne lui plaira pas, mais elle se portera peut-être bien. Demain matin je viendrai voir comment elle va. Je couperai une bouture sur une branche saine. Ensuite elle pourra faire le voyage avec nous. »

Figuier

Le lendemain, alors que j'attendais tout excité le retour de Kostas, une abeille que je connaissais depuis quelque temps vint me rendre visite. J'avais un profond respect pour sa famille. Aucune autre espèce n'incarne le cycle de la vie tout à fait comme les apidés. S'ils devaient disparaître un jour, le monde ne pourrait pas se remettre de cette perte. Chypre était leur paradis, mais ce paradis n'était pas facile à gagner. Utilisant le soleil comme boussole, les infatigables butineuses visitaient jusqu'à trois cents fleurs au cours d'un seul vol, ce qui faisait au total plus de deux mille fleurs en un seul jour.

Telle était la vie de l'abeille – boulot, boulot, boulot. Parfois elle dansait un peu, mais ça aussi, ça faisait partie du travail. Quand elle tombait sur une bonne source de nectar, elle faisait une petite danse frétillante en retournant à la ruche pour informer les autres de la direction qu'elles devraient prendre ensuite. Mais parfois elle dansait parce qu'elle était reconnaissante d'être en vie. Ou parce qu'elle était défoncée, ayant par accident ingéré trop de nectar imbibé de caféine.

Les humains ont des idées rebattues sur les abeilles. Demandez-leur d'en dessiner une – et là-dessus les tout-petits et les adultes font étonnamment pareil –, ils vous griffonneront une tache ronde grassouillette couverte d'un épais duvet rayé jaune et noir. Mais en réalité il existe une grande variété d'abeilles – certaines orange vif, terre de sienne brûlée ou violet somptueux, certaines chatoient en vert ou bleu métallique, d'autres ont un appendice caudal rouge vif ou blanc pur qui brille au soleil. Comment peuvent-elles paraître toutes identiques à l'œil humain alors qu'elles sont d'une variété si envoûtante ? D'accord, c'est merveilleux qu'on loue les oiseaux et leur énorme liste de dix mille espèces, mais pourquoi remarque-t-on rarement que les abeilles en comptent le double et juste autant de personnalités différentes ?

L'abeille m'a dit que pas très loin de la taverne il y avait un champ de fleurs à ambroisie et de plantes opulentes en pleine floraison. Elle volait souvent par là car, en plus des pâquerettes et des pavots, il y poussait les plus jolis bleuets, de la marjolaine, et sa préférée, l'orpin, avec ses teintes douces et ses minuscules pétales succulents en forme d'étoile, tous serrés ensemble. À l'extrémité du site se dressait un bâtiment blanc banal. Une pancarte sur le mur disait :

LABORATOIRE CMP – NATIONS UNIES
ZONE PROTÉGÉE

Elle était passée maintes fois devant ce bâtiment lors de ses allées et venues. À l'occasion, par fantaisie, elle se détournait de son parcours et volait droit à l'intérieur par une fenêtre ouverte. Elle aimait bien bourdonner autour de la pièce, observer les gens qui y travaillaient et repartir par le même chemin. Mais aujourd'hui, quand elle pénétra dans le bâtiment, sans projet ni plan, il se passa une chose inattendue. L'un des membres de l'équipe, Dieu sait pourquoi, décida que ce serait une bonne idée de fermer toutes les fenêtres. L'abeille se retrouva prise au piège !

Ne voulant pas céder à la panique, y cédant malgré tout, elle se jeta contre chaque vitre, dérapa sur les surfaces de verre, incapable de trouver une issue. De son point d'observation elle apercevait les fleurs dehors, si proches qu'elle en goûtait presque le nectar, mais elle avait beau tout essayer, impossible de les atteindre.

Frustrée et épuisée, l'abeille se posa sur le haut d'un placard pour reprendre son souffle. Elle fixa son attention sur la pièce qui était devenue sa prison. Quatorze spécialistes de médecine légale étaient employés ici – Chypriotes grecs et turcs – et depuis le temps elle les connaissait tous. Chaque jour de la semaine les Grecs faisaient le trajet depuis le sud et les Turcs depuis le nord, et ils se rencontraient dans ce territoire neutre. C'est ici qu'aboutissaient à la longue tous les restes humains découverts au cours des exhumations pratiquées en divers points de l'île.

Tout ce que les équipes de fouilles déterraient, les scientifiques du labo le nettoyaient et le triaient, détachant des os durs d'autres os, séparant un ensemble de restes humains d'un autre. Ils travaillaient seuls ou par petits groupes, penchés sur de longues tables étroites où ils disposaient en puzzle des squelettes – colonnes dorsales, omoplates, têtes de fémur, vertèbres, dents maxillaires... Ils les assemblaient, pièce par pièce manquante, associant des fragments à des morceaux plus grands. C'était une tâche terriblement lente, qui ne tolérait pas d'erreurs. La reconstitution d'un simple pied, composé de vingt-six os individuels, pouvait prendre des heures. Ou d'une main – vingt-sept os, un millier de touches et de caresses désormais perdues. Enfin, comme émergeant d'eaux sombres, l'identité de la victime faisait surface – sexe, taille, âge approximatif.

Certains des ossements étaient trop brisés pour être de quelque utilité, ou ne contenaient plus d'ADN, détruit par des bactéries nocives. Les fragments non identifiés étaient rangés avec l'espoir que dans un avenir relativement proche, grâce aux progrès de la science et de la technologie, il serait possible d'en résoudre le mystère.

Les chercheurs rédigeaient des rapports détaillés de leurs découvertes, incluant des descriptions précises des vêtements et biens personnels, des objets qui, bien que périssables, pouvaient avoir une durée de vie surprenante. Une ceinture de cuir à la boucle de métal gravée, un collier d'argent orné d'une croix ou d'un croissant, des chaussures de cuir écorchées aux talons usés... Une fois un portefeuille fut livré au labo. À l'intérieur, à côté de quelques pièces et d'une clef destinée à une serrure inconnue, il y avait des photos d'Elizabeth Taylor. La victime devait être un fan de l'actrice. Les descriptions de ces objets étaient destinées autant aux proches des disparus qu'aux archives du CMP. Les familles voulaient toujours connaître ces détails. Mais ce qu'elles voulaient vraiment savoir c'est si l'être aimé avait souffert.

Après un moment, l'abeille s'endormit, à bout de fatigue. Elle était habituée à piquer des sommes dans des positions bizarres. Parfois elle faisait une petite sieste dans la corolle d'une fleur. Elle en avait besoin car les butineuses en manque de sommeil ont du mal à se concentrer ou à retrouver leur chemin pour rentrer. Même dans la ruche, elles font leur sieste sur les bords de celle-ci, tandis que les ouvrières, qui nettoient et nourrissent les larves, occupent les cellules proches du centre. Ainsi mon amie avait le sommeil léger par nature.

Quand elle s'éveilla, il était midi. Les membres de l'équipe étaient partis déjeuner – tous sauf un. Une jeune femme grecque continuait à travailler. L'ayant observée à maintes reprises, l'abeille savait qu'elle aimait bien rester seule avec les ossements, que parfois elle leur parlait. Mais cette après-midi, seule au labo, la chercheuse prit le téléphone et composa un numéro. Tout en attendant la sonnerie, elle jetait des regards anxieux aux tables à sa droite et à sa gauche, sur lesquelles étaient disposés des os et des crânes.

« Allo, dit-elle dans le combiné. Salut, Defne. Ici Eleni. Oui je t'appelle du labo. Bien, merci. Comment se passent les fouilles sur le site ? »

Elles parlèrent un moment, du bavardage humain ennuyeux, jusqu'à ce qu'une phrase d'Eleni pique l'attention de l'abeille.

« Écoute, euh, le couple que tu cherchais, tes amis... Nous les avons peut-être trouvés. Les ADN correspondent, pour les deux. »

Intriguée, l'abeille se rapprocha pour mieux entendre.

« Oh, non ! » Eleni poussa un hurlement et saisit un journal qu'elle agita frénétiquement. Qui aurait deviné qu'elle avait une peur bleue des abeilles, cette femme qui passait ses journées entre des cadavres et des squelettes ?

Ma pauvre amie, une fois de plus incomprise et jugée pour ce qu'elle n'était pas, reçut un coup sur la tête. Elle bascula dans un gobelet à café, heureusement vide à part quelques gouttes au fond.

En se remettant sur pattes, faible et étourdie, elle entendit Eleni murmurer : « Où est-ce qu'elle est passée... ? Pardon, Defne, il y avait une abeille dans la pièce. J'en ai un peu la frousse. »

Un peu ? se dit mon amie. Si les humains agissent comme ça quand ils ont un peu peur, vous imaginez ce qu'ils sont capables de faire sous le coup d'une grosse panique ? Elle parvint à se hisser jusqu'au bord du gobelet et se sécher les ailes.

« Oui, bien sûr, tu peux venir voir, disait maintenant Eleni. Ah, vraiment, tu pars demain pour l'Angleterre ? Je comprends. C'est parfait. Tout à l'heure, très bien. Entendu, nous parlerons quand tu seras là. »

*

Une demi-heure plus tard, alors que les autres chercheurs n'étaient pas encore revenus de leur déjeuner, la porte s'ouvrit et une femme se rua à l'intérieur.

« Oh, Eleni, merci de ton appel.

— Salut, Defne.

— Tu es certaine que c'est eux ?

— Je crois bien. J'ai comparé deux fois les résultats de leur ADN avec les références de leur famille pour être sûre, et les deux fois ils étaient au-dessus du seuil.

— Où est-ce qu'on les a trouvés, tu le sais ?

— À Nicosie. »

Eleni fit une pause, hésitant à partager la suite de ses informations.

« À l'intérieur d'un puits.

— Un puits ?

— Oui, je le crains.

— Pendant tout ce temps, c'est là qu'ils étaient ?

— En effet. On les avait enchaînés l'un à l'autre, ils ne pouvaient pas remonter à la surface. On nous a dit que le puits s'était effondré récemment, et quand les maçons se sont mis au travail, ils ont trouvé les restes, dit Eleni, la voix assourdie. Toutes mes condoléances pour la perte de tes amis. Je dois dire que nous n'avons jamais rien vu de pareil jusqu'à présent. D'habitude, c'est un Chypriote grec enterré par ici, un Chypriote turc enterré par là. Tués séparément. Enterrés séparément. Mais jamais un Grec et un Turc assassinés ensemble. »

Defne était immobile, les mains en suspens au-dessus de la table avant de s'accrocher au rebord.

« Quand comptes-tu informer leur famille ?

— Je pensais demain. Une famille vit au nord, l'autre au sud.

— Alors maintenant ils vont être séparés, dit Defne. » Sa voix était douce, flûtée. « On ne peut pas les enterrer côte à côte. Quelle tristesse – on les cherche depuis tout ce temps et peut-être que ça aurait été mieux si on ne les avait jamais trouvés... s'ils avaient pu rester disparus ensemble. »

Eleni lui posa gentiment une main sur l'épaule.

« Oh, avant que j'oublie... » Elle alla vers le bureau et en sortit une boîte en plastique. « Ils ont trouvé ça aussi. »

Une montre de gousset.

Defne baissa les yeux. « Elle appartenait à Yiorgos. Un cadeau d'anniversaire de Yusuf. Il doit y avoir un poème à l'intérieur... de Cavafy. » Elle s'interrompit. « Désolée, Eleni... J'ai besoin d'air frais. On peut ouvrir ? »

Aussitôt l'abeille se redressa. C'était sa chance, peut-être la seule. Dès qu'elles ouvrirent la fenêtre, mon amie rassembla ses forces et partit en zigzag vers la sortie. Elle vola aussi vite qu'elle put et sans faire halte avant d'avoir atteint la sécurité des champs de fleurs.

Petits miracles

Chypre – Londres, début des années 2000

Quand Kostas revint, il examina avec soin le *Ficus carica*. Avec une paire de sécateurs il fit une entaille droite et une en diagonale sur une branche saine. Une seule. Même s'il savait qu'il vaudrait mieux faire plusieurs boutures au cas où certaines ne survivraient pas, l'arbre était en si mauvais état qu'il ne pouvait en prélever qu'une, qu'il enveloppa soigneusement puis rangea dans sa valise.

Ce serait difficile, mais pas tout à fait impossible. Des petits miracles arrivaient parfois. Tout comme l'espérance peut jaillir des profondeurs du désespoir, ou la paix germer parmi les ruines de la guerre, un arbre peut grandir cerné par la maladie et le déclin. Si cette bouture de Chypre devait prendre racine en Angleterre, elle serait génétiquement identique mais pas tout à fait pareille.

*

À Londres, ils plantèrent la bouture dans un pot de céramique blanche et l'installèrent sur une table près de la fenêtre du petit appartement de Kostas, avec vue sur un square paisible et feuillu. C'est là qu'ils avaient appris que Defne était enceinte, assis tous deux jambes croisées sur le sol de la salle de bains, tête penchée sur un test de grossesse. L'ampoule du plafond sifflait et clignotait avec des sautes d'intensité. Defne n'oublierait jamais la joie qui envahit le visage de Kostas, ses yeux rayonnant d'une émotion proche de la gratitude. Elle aussi était heureuse, non sans un peu d'appréhension et de crainte. Pourtant la joie de Kostas était si pure que ce serait une sorte de trahison de lui parler des aiguilles d'angoisse qui lui piquaient la peau, fendaient son cerveau. L'un de ses rêves récurrents au cours de cette période la faisait errer dans une épaisse forêt sombre, un bébé dans les bras, se cognant aux arbres, incapable de trouver la sortie, tandis que les branches lui heurtaient les épaules et lui écorchaient le visage.

Une seule fois, environ un mois plus tard, elle lui demanda : « Et si jamais ça se passe mal ?

— Ne te mets pas de pareilles idées dans la tête.

— Je suis un peu âgée pour avoir un bébé, nous le savons tous les deux, et s'il y a des complications…

— Tout ira bien.

— Mais je ne suis plus une jeune femme.

— Arrête de dire ça.

— Et s'il se trouve que je suis une mauvaise mère ? Si j'échoue ? »

Elle vit au serrement de sa mâchoire l'effort qu'il faisait pour trouver les mots qui l'apaiseraient, combien il avait besoin de croire à l'avenir qu'ils construisaient ensemble. Et elle s'appliquait. Certains jours elle était pleine de confiance et d'espoir, d'autres elle se comportait bien, mais il y avait aussi des jours, et surtout des nuits, où elle entendait quelque part au loin retentir avec la régularité d'un métronome l'approche pas à pas d'une mélancolie familière. Elle se sentait coupable et se blâmait, se jugeait, pestait sans fin contre ce qu'elle éprouvait. Pourquoi ne pouvait-elle pas tout simplement apprécier cette surprise que la vie lui offrait et vivre pleinement l'instant ? À quoi bon se faire autant de souci ? S'inquiéter de savoir si elle serait une bonne mère pour un bébé encore à naître, c'était comme d'avoir le mal du pays pour un lieu qu'elle n'avait même pas encore visité.

Kostas découvrit alors que la bouture sortait de nouvelles feuilles. Il était aux anges. De plus en plus il avait la conviction que tout s'arrangeait pour lui, pour eux, sa vie tout entière composée de morceaux de puzzle entrelacés qui s'accordaient finalement. Ses travaux de botaniste et de naturaliste commençaient à lui valoir l'attention de gens dans son domaine et en dehors, il recevait des invitations à donner des séminaires et des conférences, à contribuer à des revues, et sans bruit, il entreprit d'écrire un nouveau livre.

Defne prit la résilience de la bouture comme un heureux présage. Sa grossesse la rendait étonnamment superstitieuse, faisant ressortir un aspect d'elle qui rappelait beaucoup sa sœur, même si elle refusait de l'admettre. Elle cessa de boire. Elle cessa de fumer. Elle se remit à la peinture. À partir de là, le destin du bébé et le destin de l'arbre se confondirent dans son esprit. À mesure que son ventre prenait de l'ampleur, le figuier aussi avait besoin de plus d'espace. Kostas rempota la plante dans un récipient plus grand, vérifiant son état chaque jour. Ils s'installèrent dans une maison du nord de Londres. Le *Ficus carica* avait pris suffisamment de forces pour être transplanté dans le jardin, et c'est ce qu'ils firent.

Malgré la cheminée qui fumait et les fuites du toit, les fissures qui couraient le long des murs et les radiateurs qui ne chauffaient jamais à fond, ils étaient heureux dans cette maison, tous les deux. Ada vint au monde début décembre, prématurée de deux mois. Ses poumons étaient faibles et il fallut la garder en couveuse pendant plusieurs semaines. Pendant ce temps, la jeune pousse n'était pas non plus en grande forme, forcée de se battre avec ce nouveau climat. Il fallait l'envelopper de toile de jute, la recouvrir de carton, l'isoler. Mais avant l'été, ils étaient en bonne santé et poussaient bien, le figuier et l'enfant.

Figuier

Le dernier animal de mon écosystème à me rendre visite avant mon départ définitif fut un mulot. Il existe une vérité fondamentale qui, malgré sa pertinence universelle, digne d'être reconnue, n'apparaît dans aucun livre d'histoire. Partout où l'humanité a livré des guerres, transformant des champs fertiles en champs de bataille, détruisant des habitats entiers, des animaux viennent toujours occuper le vide qu'ils laissent derrière eux. Des rongeurs, par exemple. Quand les hommes dévastent les bâtiments qui leur donnaient jadis joie et fierté, les souris vont discrètement en faire leur propre royaume.

Au fil des ans j'en ai vu des quantités – femelles, mâles, petits souriceaux rose vif, car ils raffolent tous des figues. Mais ce mulot était un cas inhabituel, car il avait vu le jour et grandi dans un lieu iconique – le Ledra Palace.

« L'un des plus beaux hôtels du Moyen-Orient ! » C'est ce qu'annonçait la publicité quand l'hôtel fut construit vers la fin des années 1940. Pourtant les investisseurs n'étaient pas vraiment satisfaits de ce slogan. Le Moyen-Orient n'était pas, selon eux, une destination attractive pour des touristes occidentaux. « L'un des plus beaux hôtels d'Europe ! » Ça ne sonnait pas très attrayant non plus, pas quand le spectre de la Deuxième Guerre mondiale rôdait encore sur le continent européen. « L'un des plus beaux hôtels du Proche-Orient ! » Ça marchait beaucoup mieux. « Proche » semblait à portée de main confortable, « Orient » ajoutait une pointe d'exotisme. « Proche-Orient » était assez oriental ; juste assez, mais pas trop.

Conçu par un architecte juif allemand, survivant de l'Holocauste, le Ledra Palace allait coûter deux cent quarante mille livres chypriotes et deux années de chantier. Les candélabres étaient importés d'Italie, les fresques de marbre de Grèce. L'emplacement était idéal – proche du centre médiéval de Nicosie, pas très éloigné des murs d'enceinte vénitiens, dans une rue qui portait jadis le nom du roi Édouard VII. Avec ses deux cent quarante chambres, il dominait les maisons trapues et les rues étroites de la vieille ville. Chaque chambre avait même des toilettes et une salle de bains – le seul hôtel à l'époque qui offre un tel luxe. Il y avait des bars, des salons, des courts de tennis, une aire de jeux pour les enfants, des restaurants de première classe, un grand bassin où plonger sous le soleil implacable et une élégante salle de bal dont on parlerait bientôt dans toute la ville.

Le jour de l'ouverture, en octobre 1949, tout le monde était là : officiers coloniaux britanniques, notables locaux, dignitaires étrangers, célébrités en germe… Maintenant que la Deuxième Guerre mondiale était terminée, les gens avaient besoin d'être assurés que le sol sous leurs pieds était ferme, que les bâtiments qu'ils érigeaient étaient solides, et que ça ne se reproduirait jamais, les ruines, les atrocités. Belle année pour l'optimisme, 1949 !

Au cours de ma longue vie j'ai observé, à maintes reprises, ce pendule psychologique qui conduit la nature humaine. Toutes les décennies et quelques ils penchent vers une zone d'optimisme sans frein et insistent pour tout voir à travers un filtre rose, tout cela pour être défiés par les éléments et renvoyés à leur apathie coutumière et leur indifférence paresseuse.

La bonne humeur qui accompagnait la naissance du Ledra Palace dura aussi longtemps qu'elle le put. Ah, les splendides soirées qu'on donnait à l'époque ! La majestueuse salle de bal retentissait des bruits de talons hauts, bouchons qui sautaient, frottement d'un briquet Ronson présenté devant la cigarette d'une dame, claquement des doigts quand l'orchestre jouait *Smooth Sailing* aux petites heures, concluant toujours la nuit par *Que sera sera*. Des scandales éclataient sous le plafond sculpté, et les cancans, comme le champagne, coulaient à flots. C'était un endroit joyeux. Une fois qu'ils avaient franchi le seuil, les visiteurs se sentaient glisser dans une autre dimension, où ils pouvaient déposer les soucis de la journée, oublier la violence et les conflits ethniques à quelques mètres d'eux à peine derrière les murs de l'hôtel.

Même si à l'intérieur du Ledra Palace chacun faisait de son mieux pour occulter le monde réel, ils ne pouvaient pas toujours l'empêcher d'entrer par effraction, comme la fois où ils trouvèrent des tracts rédigés en anglais impeccable répandus dans le hall comme si le vent les avait soufflés là : « NOUS AVONS ENTAMÉ LA LUTTE POUR RENVERSER LE JOUG ANGLAIS : LA MORT OU LA VICTOIRE ! » Ou cette fois en novembre 1955 quand l'EOKA lança une attaque contre l'hôtel dans le but d'assassiner le gouverneur britannique, Sir John Harding, qui était en train de prendre un verre. Ils lancèrent deux grenades : la première explosa, causant de sérieux dégâts, mais pas la deuxième car l'attaquant avait oublié de retirer la goupille. Un officier ramassa la grenade intacte, la mit dans sa poche et sortit. Et l'orchestre continua à jouer – *Learnin' the Blues* de Frank Sinatra. Même quand l'entrée de l'hôtel fut barrée par des sacs de sable et des tonneaux, que les craintes d'une nouvelle attaque hantaient les vestibules, la musique n'arrêtait jamais.

Au fil des ans, toute sorte de personnalités ont fréquenté l'hôtel : politiciens, diplomates, écrivains, mondains, prostituées, gigolos et espions. Des chefs religieux, aussi. C'est ici que l'archevêque Makarios rencontrait le gouverneur britannique. Et c'est ici que les négociations intercommunautaires s'ouvrirent en 1968, pour échouer lamentablement. Pendant l'escalade de la violence, les reporters internationaux qui couvraient « l'épisode chypriote » venaient en foule avec leur machine à écrire et leurs carnets de notes. Puis arrivèrent les soldats – les forces de maintien de la paix des Nations unies.

Tout au long de ces manœuvres, l'hôtel continua à fonctionner – jusqu'à l'été 1974. Les clients somnolaient sur des chaises longues, sirotant des cocktails au soleil vespéral quand ils reçurent la consigne d'évacuer les lieux, ce qu'ils firent dans une telle peur panique qu'ils se contentèrent de saisir ce qu'ils pouvaient et partirent. Leur facture leur fut postée par la suite, avec ce message :

Nous espérons que vous avez fait un bon voyage de retour, et que votre séjour au Ledra Palace Hotel a été plaisant, jusqu'au moment regrettable où l'invasion turque a commencé le samedi

20 juillet 1974, dont je suis sûr que nous garderons tous une expérience mémorable... Veuillez trouver ci-joint votre facture d'hôtel d'un montant de... que nous vous serions reconnaissants d'acquitter sans délai[1].

Après quoi des tirs de mortiers creusèrent des cratères dans les murs et les balles firent des trous qui vous fixaient comme des orbites vides. Un silence troublant régnait dans les couloirs. Mais sous la surface, une pléthore de sons tourbillonnaient : des coléoptères xylophages creusaient des tunnels dans les balustrades, la rouille rongeait les candélabres en cuivre, et la nuit, les planchers crépitaient de vieillesse, un bruit comme le vernis qui se craquelle. Et puis il y avait les trottinements des cafards, les roucoulades des pigeons nichés dans la toiture, et surtout, les murmures des souris.

Les rongeurs vivaient dans les crevasses du hall d'entrée, couraient sur le luxueux plancher de chêne, faisaient des glissades sur les garde-fous. Quand l'envie les en prenait, ils escaladaient le candélabre de la salle de bal, et pendus en équilibre par la queue, ils se balançaient d'un côté à l'autre puis sautaient dans le vide. Ils étaient très doués pour le saut en altitude.

Ils n'étaient jamais affamés car il y avait beaucoup à grignoter dans l'hôtel jadis grandiose – pelures de papier mural, tapis moisis, plâtre humide. L'architecte qui avait dessiné le bâtiment avait inclus à l'arrière un salon de lecture spacieux, empli de livres, magazines et encyclopédies. C'est dans cette bibliothèque que le mulot passait

1. D'après une lettre originale publiée dans *The Observer*, Londres, 15 septembre 1974.

le plus clair de son temps, mâchonnant son chemin à travers les pages, laissant l'empreinte de ses incisives sur quantité de volumes reliés en cuir. Il traversa à pleines dents les vingt-quatre volumes de l'*Encyclopaedia Britannica*, savourant la reliure en bougran de teinte bourgogne et ses lettres d'or sur le dos. Il dévorait aussi les classiques : Socrate, Platon, Homère, Aristote… Les *Histoires* d'Hérodote, l'*Antigone* de Sophocle, la *Lysistrata* d'Aristophane.

Le mulot serait resté là jusqu'à la fin de ses jours si les lieux n'avaient connu un regain d'activité inattendu. Des Chypriotes grecs et turcs avaient commencé à se réunir au rez-de-chaussée du Ledra Palace sous les auspices de la délégation des Nations unies qui était logée à l'hôtel. Pour la première fois les deux communautés progressaient vers la paix et la réconciliation.

Les membres du CMP étaient assis dans des salles attribuées, s'écoutaient mutuellement, débattaient des gens qu'il convenait d'inclure dans les statistiques de la violence. Aucun camp ne souhaitait voir les nombres augmenter, car quel message cela enverrait-il au monde qui les observait ? Mais la question restait posée : fallait-il compter les opposants grecs qui avaient été tués par des ultranationalistes grecs parmi les disparus ? De même fallait-il inclure aussi les opposants turcs tués par des ultranationalistes turcs ? Des communautés qui n'avaient pas encore pu venir à bout de leur propre extrémisme seraient-elles jamais prêtes à reconnaître ce qu'elles avaient fait subir à leurs propres dissidents ?

J'appris par le mulot sylvestre que Defne avait participé elle aussi à ces réunions, qui avaient contribué à établir une confiance intercommunautaire avant que les fouilles puissent vraiment démarrer.

Après avoir partagé toutes ces nouvelles avec moi, et s'être gorgé de mes figues, le mulot reprit sa route. Je ne l'ai jamais revu. Mais avant son départ, il me dit que le dernier livre qu'il avait grignoté de part en part était d'un certain Ovide. Il avait pris plaisir à ses mots, et parmi les milliers de lignes qu'il avait traversées, une en particulier lui était restée en mémoire :

Un jour cette douleur te sera utile.

J'espérais qu'il avait raison, et qu'un jour, dans un avenir pas trop éloigné, toute cette douleur serait utile aux générations futures nées sur cette île, aux petits-enfants de ceux qui avaient vécu ces temps troublés.

*

Si vous allez à Chypre aujourd'hui, vous trouverez encore des tombes de veuves grecques et de veuves turques, gravées dans des alphabets différents mais formulant la même requête :

SI VOUS TROUVEZ MON MARI,
VEUILLEZ L'ENTERRER PRÈS DE MOI.

Sixième partie

Comment déterrer un arbre

Interview

Londres, fin des années 2010

Pour le réveillon du Nouvel An, ils avaient prévu un dîner tranquille, rien de trop compliqué, mais aucun dîner ne pouvait être simple s'il était cuisiné par Meryem. Résolue à conclure une année pénible en mettant un goût plaisant dans leur bouche et de la chaleur dans leur ventre, elle utilisa tous les ingrédients qu'elle put trouver dans les placards pour leur préparer une fête. Quand les pendules sonnèrent minuit, que les feux d'artifice éclatèrent devant les fenêtres, Ada permit aux adultes de la serrer dans leurs bras, et elle sentit leur amour l'envelopper, doux mais solide comme une étoffe tissée avec les fibres de plantes robustes.

Le lendemain, Meryem commença à faire ses bagages, mais avec tous les achats qu'elle avait faits dans le quartier est de Londres, elle avait du mal à fermer ses valises à l'effigie de Marilyn Monroe. Elle passa l'après-midi entière dans la cuisine avec Ada, voulant à tout prix lui enseigner les bases de l'art des fourneaux et lui dispenser quelques avis « de femme ».

« Écoute, Adacim, tu as besoin d'un bon modèle féminin dans ta vie. Alors je ne suis peut-être pas un modèle très valable à tes yeux, mais ça fait des années et des années que je suis une femme, d'accord ? Tu peux m'appeler à n'importe quelle heure. Et moi je t'appellerai souvent, si ça te va.

— Bien sûr.

— On peut parler absolument de tout. Je ne connaîtrai peut-être pas les réponses. Comme on dit, si un chauve connaissait un remède contre la perte des cheveux, il le frotterait sur sa propre tête. Mais je serai toujours là pour toi à partir de maintenant, je ne serai plus jamais absente comme avant, je te le promets. »

Ada lui adressa un long regard pensif. Elle demanda : « Et notre interview ? Tu veux la faire avant de partir ?

— Tes devoirs d'école ? Oui, j'avais oublié. On s'en occupe maintenant ! » Meryem dénoua ses cheveux et les retressa rapidement. « Mais d'abord on va faire du thé, d'accord ? Sinon je suis incapable de penser clairement. »

Quand le samovar se mit à bouillir, emplissant la cuisine d'une brume vaporeuse, Meryem sortit deux petits verres. Elle les remplit de thé à mi-hauteur, puis en compléta un avec de l'eau chaude, l'autre avec du lait, fronçant légèrement le sourcil en opérant cette dernière addition.

« Merci, dit Ada, bien qu'elle n'ait jamais raffolé du thé. Prête ?

— Prête. »

Ada mit en route l'enregistreur de son téléphone et ouvrit le carnet posé sur ses genoux. « Bien, raconte-moi quel genre de vie tu menais quand tu étais petite fille. Vous aviez un jardin ? À quoi ressemblait votre maison ?

— Oui, nous avions un jardin, dit Meryem, son visage s'illuminant. Nous avions des mimosas et des magnolias. Je faisais pousser des tomates dans des pots... Il y avait un mûrier dans la cour.

Mon père était parti de rien. Il est devenu un chef réputé, même s'il faisait rarement la cuisine chez nous. C'était un travail de femme. Baba n'était pas du tout cultivé, mais il a toujours encouragé l'éducation de ses filles. Il nous a envoyées Defne et moi dans les meilleures écoles. Nous avons reçu une éducation anglaise. Nous croyions faire partie de l'Europe. Il se trouve que les Européens n'étaient pas d'accord.

— C'était une enfance heureuse ?

— Mon enfance a été divisée en deux. La première moitié était heureuse. »

Ada inclina la tête. « Et la deuxième moitié ?

— Les choses changeaient, on le sentait dans l'air. Les gens avaient l'habitude de dire : "les Grecs et les Turcs sont comme chair et ongle. On ne peut pas séparer sa chair de son ongle." Apparemment ils se trompaient. C'était possible. La guerre est une chose terrible. Toutes les sortes de guerre. Mais les guerres civiles sont sans doute les pires, quand d'anciens voisins deviennent des ennemis nouveaux. »

Ada écouta attentivement Meryem lui parler de son île – comment ils dormaient dehors pendant les nuits les plus chaudes de l'été, étalant leurs matelas sur la véranda, elle et Defne protégées par un mince filet blanc contre les moustiques, comptant les étoiles au-dessus de leur tête ; quel plaisir c'était quand leur voisin grec leur offrait des coings confits, mais leur grand favori c'était le gâteau du Nouvel An, *vasilopita*, avec une pièce de monnaie cachée à l'intérieur ; et comment sa mère, estimant que le plat d'un voisin ne devait jamais repartir vide, le remplissait de loukoum aromatisé à l'eau de rose ; comment, après la partition, il y avait des sacs de sable et des postes de garde dans les rues là où autrefois ils jouaient et se promenaient ; et comment les enfants bavardaient dehors avec des soldats irlandais, canadiens, suédois, danois, acceptant les troupes des Nations unies comme un élément inévitable de la vie quotidienne...

« Imagine un peu, Adacim, un soldat blond au teint pâle qui n'a jamais vu le soleil vient d'un endroit à des kilomètres et se plante là, juste pour s'assurer que tu ne vas pas tuer ton vieux voisin, où qu'on ne va pas te tuer. Qu'est-ce qu'il peut y avoir de plus triste ? Pourquoi on ne peut pas tous vivre en paix sans soldats et sans mitraillettes ? »

Quand elle eut fini de parler, son regard, qui s'était perdu dans le lointain pendant quelques minutes, se concentra sur sa nièce. « Dis-moi, est-ce qu'ils vous parlent de Chypre à l'école ?

— Pas vraiment.

— Je pensais bien que non. Tous ces touristes qui vont passer leurs vacances en Méditerranée, ils veulent le soleil et la mer et les calamars frits. Mais il ne faut pas leur parler d'histoire, c'est déprimant. » Meryem but une gorgée de thé. « Autrefois ça me mettait en colère. Mais aujourd'hui, je me dis qu'ils ont peut-être raison, Adacim. Si tu pleures sur tous les malheurs du monde, à la fin tu n'auras plus d'yeux. »

Ce disant, elle s'adossa à sa chaise avec un petit sourire – qui disparut complètement quand elle entendit la question suivante d'Ada.

« Je comprends à peu près pourquoi les gens âgés de ma famille ont pu trouver si difficile d'accepter le mariage de mes parents. C'est une génération différente. Ils ont subi beaucoup d'épreuves, probablement. Ce que je ne comprends pas, c'est pourquoi mes propres parents n'ont jamais parlé du passé même après s'être installés en Angleterre. Pourquoi ce silence ?

— Je ne suis pas sûre de pouvoir répondre à ça, dit Meryem, un soupçon de réserve dans la voix.

— Essaie. » Ada se pencha en avant et arrêta l'enregistreur. « Ce n'est pas pour l'école, au fait. C'est pour moi. »

Silences

Londres, début des années 2000

Neuf mois après la naissance d'Ada, Defne décida de retourner travailler pour le Comité des personnes disparues. Même si elle était à plus de trois mille kilomètres de Chypre, elle pensait qu'elle pouvait encore contribuer aux recherches. Elle entreprit de rendre visite aux communautés d'immigrants venus de Chypre établies dans divers faubourgs et banlieues de Londres. Elle voulait parler en priorité avec les plus âgés qui avaient vécu les troubles et accepteraient peut-être en approchant de la fin de leur vie de partager quelques secrets.

Presque chaque jour cet automne-là elle enfilait son trench-coat bleu et partait arpenter les rues ponctuées d'enseignes en grec et en turc, la pluie martelant les pavés et courant le long des caniveaux. Quasiment chaque fois, après une conversation amicale, quelqu'un lui indiquait telle ou telle maison, suggérant qu'elle y trouverait peut-être ce qu'elle cherchait. Les familles qu'elle rencontrait de cette manière étaient en général chaleureuses et hospitalières, lui offraient du thé et des pâtisseries, pourtant un voile de méfiance subsistait entre eux, muet mais tangible pour tous ceux qui étaient dans la pièce.

Parfois, remarqua Defne, un grand-père ou une grand-mère parlait volontiers quand il n'y avait pas d'autre membre de la famille à proximité. Car ils se rappelaient. Des souvenirs aussi fugitifs et ténus que des touffes de laine chassées par le vent. Un grand nombre de ces anciens qui étaient nés et avaient grandi dans des villages mixtes parlaient grec et turc, et quelques-uns, atteints d'Alzheimer, glissaient sur les pentes du temps dans une langue qu'ils n'utilisaient plus depuis des décennies. Certains avaient été personnellement témoins d'atrocités, certains en avaient entendu parler, et puis il y en avait d'autres qui se montraient évasifs.

C'est durant ces conversations laborieuses que Defne s'avisa que les mains étaient la partie la plus honnête du corps humain. Les yeux mentaient. Les lèvres mentaient. Les visages se dissimulaient derrière mille masques. Mais les mains le faisaient rarement. Elle observait les mains des plus vieux, posées sagement sur leurs genoux, fanées, ridées, marquées de taches brunes, tordues et veinées de bleu, des créatures dotées d'un esprit et d'une conscience autonomes. Chaque fois qu'elle posait une question embarrassante, elle voyait les mains répondre dans leur propre langue, s'agiter, faire des petits gestes, se triturer les ongles.

Tout en essayant d'encourager ses interlocuteurs à se confier, Defne prenait soin de ne pas leur demander plus qu'ils n'étaient prêts à donner. Elle était pourtant troublée de relever des failles profondes entre les générations d'une même famille. Bien trop souvent, la première vague des survivants, ceux qui avaient le plus souffert, gardaient leur douleur proche de la surface, des souvenirs comme des échardes logées sous la peau, certaines saillantes, d'autres complètement invisibles à l'œil nu. Cependant, la deuxième génération choisissait de supprimer le passé, autant ce qu'ils en savaient que ce qu'ils en ignoraient. Par contraste, la troisième génération était prompte à creuser et à déterrer les silences. C'était si étrange que dans des familles meurtries par les guerres, les déplacements forcés et les agressions brutales, ce soient les plus jeunes qui semblent garder la mémoire la plus ancienne.

Derrière les nombreuses portes où elle frappa, Defne croisa une foule d'objets familiaux apportés de l'île. Elle était touchée à la vue de ces courtepointes matelassées, napperons au crochet, statuettes de porcelaine, pendules de cheminée, transportés avec amour par-delà les frontières. Mais elle prit conscience aussi de la présence de biens culturels qui semblait tout à fait incongrue – icônes religieuses volées, trésors passés en contrebande, débris de mosaïque, pillage de l'histoire. Le public international se souciait rarement de la manière dont des objets d'art et des antiquités arrivaient sur le marché. Les clients des capitales occidentales les achetaient volontiers sans s'interroger sur leur provenance. Parmi les acheteurs il y avait des chanteurs renommés, des artistes, des célébrités.

La plupart du temps, Defne faisait seule ces visites à domicile, mais parfois une collègue du CMP l'accompagnait. Une fois elles furent traitées si grossièrement par le fils aîné d'un survivant âgé de quatre-vingt-douze ans – il les accusa de fouiller indûment au lieu de laisser le passé enterrer le passé, d'être les pions des puissances occidentales, de leurs groupes de pression et de leurs valets, de donner de leur île une image épouvantable dans l'arène internationale – qu'elle et sa collègue grecque quittèrent les lieux très secouées. Elles firent halte sous un réverbère pour reprendre leur souffle, le visage fripé sous l'éclat du sodium.

« Il y a un pub tout près, dit sa collègue. Et si on prenait un verre rapide ? »

Elles trouvèrent une table au fond, l'odeur de tapis imprégnés de bière et de manteaux humides étrangement apaisante. Defne rapporta deux verres de vin blanc du bar. C'était le premier verre d'alcool qu'elle buvait depuis qu'elle avait appris qu'elle était enceinte. Maintenant elle nourrissait le bébé au sein. Avec une sorte de soulagement sur le visage, elle serra le verre entre ses paumes, sentant la fraîcheur tiédir lentement. Elle fut prise d'un rire nerveux et en un rien de temps, les deux femmes riaient aux éclats, si fort, les larmes aux yeux, que les autres clients leur jetèrent des regards désapprobateurs, se demandant ce qu'il y avait de si drôle, sans se douter que c'était de la douleur qu'elles libéraient.

*

Ce soir-là Defne rentra tard et trouva Kostas endormi sur le divan avec le bébé auprès de lui. Il se réveilla en sursaut quand il entendit son pas.

« Désolée, chéri, je t'ai réveillé.

— Ce n'est pas grave. » Il se leva lentement, étira les bras.

« Comment va Ada ? Tu lui as donné le lait que j'avais laissé ?

— Ouaip, mais elle s'est réveillée deux heures après en pleurant. Alors j'ai essayé une autre formule. Sinon impossible de la faire taire.

— Oh, je suis désolée, répéta Defne. J'aurais dû rentrer plus tôt.

— C'est bon, ne t'excuse pas, tu avais besoin de faire une pause, dit Kostas en scrutant son visage. Tout va bien ? »

Elle ne répondit pas, et il n'était pas sûr qu'elle l'ait entendu.

Elle déposa un baiser sur le front du bébé, sourit à la vue de son visage plissé, sa bouche en bouton de rose, puis elle dit : « Je ne veux pas qu'Ada porte le fardeau de ce qui nous a fait du mal. Je veux que tu me le promettes, Kostas. Tu lui en diras le moins possible de notre passé. Juste quelques détails élémentaires, mais c'est tout, rien de plus.

— Trésor, tu ne peux pas empêcher les enfants de poser des questions. En grandissant, elle deviendra curieuse. »

Dehors, un camion se frayait un chemin dans la rue, à cette heure si tardive, son ronflement emplit le vide qu'occupaient leurs voix à l'instant.

Elle fronça le sourcil, méditant les paroles de Kostas. « La curiosité est passagère. Elle va et vient. Si Ada essaie de fouiller plus loin, tu peux toujours répondre sans répondre pour de bon.

— Allons, Defne... » Il lui prit le bras.

« Non ! » Elle se détacha de lui.

« Il est tard, parlons-en demain, dit Kostas, la froideur de sa réaction et son geste brusque le tailladant comme la lame d'un couteau.

— Pas de condescendance, s'il te plaît. » Ses yeux sombres étaient indéchiffrables. « J'y pense depuis tellement longtemps. J'ai vu comment ça fonctionne. Je parle tout le temps avec des gens. Ça ne s'en va pas, Kostas. Une fois qu'elle est entrée dans ta tête, qu'il s'agisse de ta mémoire ou celle de tes parents, cette foutue douleur devient une part de ta chair. Elle reste en toi et elle te marque à vie. Elle affecte ta psychologie et elle façonne ton opinion de toi et des autres. »

C'est alors que le bébé remua, et ils s'en approchèrent tous deux, craignant d'avoir fait trop de bruit. Mais quel que soit le rêve où elle baignait, Ada ne l'avait pas quitté, son expression d'un calme lumineux comme si elle écoutait à distance.

Defne s'assit sur le divan, les bras pendant de part et d'autre, telle une poupée inerte. « Promets-le-moi, c'est tout ce que je demande. Si nous voulons que notre enfant ait un bel avenir, il faut la couper de notre passé. »

Kostas sentit son haleine chargée d'alcool. Un léger arôme cuivré dans l'air lui rappela un soir lointain, où il était assis immobile et impuissant, devant des bocaux de merles en conserve. Est-ce qu'elle s'était remise à boire ? Il se dit qu'elle avait besoin d'une soirée de sortie, un peu de temps libre pour elle-même après des mois de grossesse et ceux qui avaient suivi la naissance. Il s'ordonna à lui-même de ne pas s'inquiéter. Ils étaient une famille maintenant.

Cuisine

Londres, fin des années 2010

La veille du jour fixé pour son départ, Meryem, désireuse de poursuivre sa tâche, augmenta la cadence de ses conseils, lâchant à la volée des astuces de cuisine et de ménage.

« Alors n'oublie pas, utilise du vinaigre pour enlever le calcaire sur le pommeau de douche. Essaie de frotter la baignoire avec un demi-pamplemousse. Asperge-la d'abord de gros sel. Elle sera propre comme un sou neuf !

— D'accord. »

Les yeux de Meryem passèrent la cuisine en revue tandis qu'elle pivotait sur ses talons. « Voyons, j'ai détartré la bouilloire, nettoyé l'argenterie. Tu sais comment faire partir la rouille ? Tu frottes avec un oignon. Et quoi d'autre ?… Ah oui, j'ai enlevé les taches de café sur la table. C'est simple, il faut juste un peu de dentifrice. Et toujours avoir du bicarbonate de soude dans la maison, ça fait des miracles.

— C'est noté.

— Bien, dernière chose, est-ce que tu as une pâtisserie préférée que tu aimerais que je te fasse avant mon départ ?

— Je ne sais pas. » Ada haussa les épaules. Des replis de sa mémoire remonta une saveur qu'elle n'avait pas goûtée depuis longtemps. « Peut-être un *khataifi* ? »

Meryem parut à la fois contente et contrariée à ces mots. « Pas de problème, on va en faire, mais ça s'appelle un *kadayif*, dit-elle, traduisant le grec en turc.

— *Khataifi, kadayif*, dit Ada, qu'est-ce que ça change ? »

Mais pour Meryem la différence importait quand elle corrigeait les noms avec le zèle d'un professeur de grammaire confronté à une anacoluthe : pas *halloumi* mais *hellim* ; pas *tzatziki* mais *cacik* ; pas *dolmades* mais *dolma* ; pas *kourabiedes* mais *kurabiye*... et ainsi de suite sans arrêt. En ce qui concernait Meryem, le « baklava grec » était du « baklava turc », et si les Syriens ou les Libanais ou les Égyptiens ou les Jordaniens ou n'importe qui d'autre revendiquaient son dessert chéri, manque de bol, il ne leur appartenait pas non plus. Si la plus petite altération de son lexique alimentaire pouvait la mettre de mauvaise humeur, c'était l'étiquette « café grec » qui l'exaspérait particulièrement, car pour elle c'était, ce serait toujours du « café turc ».

Ada avait eu le temps de s'apercevoir que sa tante était pétrie de contradictions. Même si elle avait une empathie et un respect émouvants pour d'autres cultures, une conscience aiguë du danger des animosités culturelles, elle se transformait automatiquement en ardente nationaliste dans la cuisine, une patriote culinaire. Ada s'amusait de voir qu'une adulte pouvait être aussi susceptible quant à l'usage des mots, mais elle gardait ces pensées pour elle-même. Elle dit pourtant, sur le ton de la plaisanterie : « Bon sang, qu'est-ce que tu es sensible dès qu'il s'agit de nourriture !

— La nourriture est un sujet sensible. Elle peut causer des querelles. Tu sais ce qu'on dit, mange ton pain frais, bois ton eau claire, et si tu as de la viande dans ton assiette, raconte à tout le monde que c'est du poisson. »

Si la nourriture était un sujet délicat, le sexe arrivait en deuxième parmi les thèmes risqués sur la liste de Meryem. Jamais elle n'abordait la question de front, préférant tourner autour en cercles flous.

« Tu n'as donc pas d'amies à l'école ?

— Si. Ed, par exemple.

— Ed, c'est le diminutif d'Edwina ?

— Non, Edward. »

Les sourcils de Meryem firent un bond. « Ça c'est le coton qui joue avec le feu. Les garçons ne sont pas des "amis" à ton âge. Peut-être quand ils seront vieux et fragiles et n'auront plus une seule dent en bouche... Mais maintenant ils ne pensent qu'à une chose. »

Un éclair de malice traversa le visage d'Ada. « Et c'est quoi, cette chose ? »

Meryem agita la main. « Tu sais de quoi je parle.

— Je voulais juste que tu le dises clairement. Alors comme ça les garçons ont envie de sexe, mais pas les filles. C'est ça ?

— Les femmes sont *différentes*.

— Différentes parce que nous n'éprouvons pas de désir sexuel ?

— Parce que nous sommes très occupées ! Les femmes ont des choses plus importantes à faire. Prendre soin de nos familles, nos parents, nos enfants, notre communauté, faire en sorte que tout roule sans heurt. Les femmes portent le monde sur leurs épaules, nous n'avons pas de temps pour la bagatelle. »

Ada serra les lèvres, réprimant un sourire.

« Qu'est-ce qu'il y a de si drôle ?

— Toi. La façon dont tu parles. On croirait que tu n'as jamais regardé un documentaire sur la nature. Tu devrais avoir une petite conversation avec mon père, il te parlera des antilopes, des abeilles, des dragons de Komodo... Tu seras peut-être surprise d'apprendre que les femelles s'intéressent beaucoup plus au sexe que les mâles.

— Pour avoir des bébés, *canim*. C'est la seule raison. Les dames animales n'apprécient pas le sexe autrement.

— Et les bonobos ?

— Jamais entendu parler. »

Sortant son téléphone, Ada montra une photo à sa tante.

Mais Meryem ne parut pas impressionnée. « C'est un singe, nous sommes des humains.

— Nous avons quatre-vingt-dix-neuf pour cent de notre ADN en commun avec les bonobos. » Ada remit le téléphone dans sa poche. « De toute façon, je crois que tu en demandes trop aux femmes. Tu veux qu'elles se sacrifient au bonheur des autres, qu'elles essaient de faire plaisir à tout le monde et se conforment à des critères de beauté qui n'ont aucun fondement dans la réalité. Ce n'est pas juste.

— Le monde est injuste, répliqua Meryem. Si une pierre tombe sur un œuf, c'est mauvais pour l'œuf ; si un œuf tombe sur une pierre, c'est encore mauvais pour l'œuf. »

Ada étudia un moment le visage de sa tante. « Je pense que rien ne nous oblige, nous les femmes, à être si dures envers nous-mêmes.

— Eh bien, ne dis jamais amen à une prière impossible.

— Ce n'est pas impossible ! Qu'est-ce qui nous empêche d'être comme les bernaches du Canada ?

Les mâles et les femelles sont presque identiques. Et à propos, la plupart des oiseaux femelles n'ont même pas de plumes voyantes. D'habitude c'est le mâle qui est le plus haut en couleur. »

Meryem secoua la tête. « Désolée, ça ne prend pas. Pour nous les humains, les règles sont différentes. Une femme a besoin d'un joli plumage.

— Mais pourquoi ?

— Parce que sinon, une autre femelle va foncer sur son compagnon et le lui voler. Et crois-moi, quand une dame oiseau atteint mon âge, elle n'a aucune envie d'être seule dans son nid. »

Ada mit un terme à ses questions, non parce qu'elle était d'accord avec les opinions de sa tante, mais parce qu'elle avait senti encore une fois à quel point, sous ses discours enjoués et sa personnalité péremptoire, cette femme était en réalité timide et vulnérable.

« Je vais garder ça en tête, dit Ada. Alors, est-ce que tu as d'autres trucs de ménage à m'apprendre ? »

Manières de voir

Londres, fin des années 2010

Kostas tapait sur son ordinateur dans son bureau – anciennement un appentis –, le visage creusé par la lumière bleue de l'écran. Il s'était installé un refuge ici, sa table couverte de documents, de livres et d'articles spécialisés. De temps en temps il jetait un coup d'œil par la fenêtre, autorisant son regard à se poser sur le jardin. Après le passage de la tempête Hera, il y avait du neuf dans l'air, cette sensation de paix fragile qui vient après un combat acharné. Dans quelques semaines, le printemps serait là et il pourrait déterrer le figuier.

La semaine où mourut Defne, il était en Australie lors d'un voyage de recherche, à la tête d'une équipe de scientifiques. Après les incendies qui avaient ravagé des hectares de forêt, lui et ses collègues voulaient comprendre si les arbres qui avaient connu la sécheresse ou la canicule dans le passé, ou ceux dont les ancêtres avaient pu endurer des traumatismes similaires, réagissaient aux feux actuels différemment des autres.

Ils avaient pratiqué de nombreuses expériences sur des plantes pérennes dans des sols riches en cendre mais se concentraient en priorité sur l'espèce commune *Eucalyptus grandis*. En soumettant les semis des survivants à des feux à haute intensité dans des conditions de laboratoire, ils constatèrent que les arbres dont les ancêtres avaient subi des épreuves réagissaient plus rapidement et produisaient un supplément de protéines, qu'ils utilisaient ensuite pour protéger et régénérer leurs cellules. Ces découvertes confirmaient des études antérieures montrant que des espèces génétiquement identiques de peupliers cultivés dans des conditions similaires réagissaient différemment aux traumatismes, par exemple des épisodes de sécheresse, selon le lieu d'où ils venaient. Cela signifiait-il que non seulement les arbres ont une forme de mémoire, mais qu'ils la transmettent à leur progéniture ?

Il appela Defne, tout excité à l'idée de lui faire partager ses découvertes, mais il ne parvint pas à la joindre. Il retéléphona plus tard dans la journée, puis essaya à la fois la ligne fixe et le mobile d'Ada, mais chaque fois, sans obtenir de réponse.

Il ne put dormir cette nuit-là, la poitrine nouée comme si un serpent l'enserrait de ses anneaux. À 3 heures du matin, le téléphone près de son lit sonna. La voix d'Ada était presque méconnaissable, ses hoquets entre les mots aussi désespérés que ses sanglots. Se forçant un passage entre les épais rideaux, l'enseigne au néon devant sa chambre d'hôtel clignotait en orange et blanc, puis noir de poix. Dans la salle de bains tandis qu'il se lavait le visage, les yeux qui le fixaient dans le miroir étaient ceux d'un inconnu terrifié. Abandonnant l'expérience et l'équipe, il se rendit en taxi à l'aéroport et prit le premier vol pour Londres.

*

Depuis son enfance, les arbres le consolaient, lui offraient un sanctuaire privé, et c'est à travers les couleurs et la densité de leurs racines et de leur feuillage qu'il percevait la vie. Cependant sa vive admiration pour les plantes l'affligeait aussi d'un étrange sentiment de culpabilité, comme si en prêtant trop d'attention à la nature il négligeait une chose qui sans être plus cruciale était tout aussi urgente et exigeante – la souffrance humaine. Même s'il adorait le monde arboréen et son écosystème complexe, est-ce qu'il n'évitait pas par ce biais les réalités quotidiennes de la politique et des conflits ? Une part de lui comprenait que les gens, surtout là d'où il venait, pouvaient voir les choses sous cet angle, mais une part plus grande rejetait furieusement ce point de vue. Il était convaincu depuis toujours qu'il n'existe pas – ou ne devrait pas exister – de hiérarchie entre la souffrance humaine et la souffrance animale, ni préséance des droits humains sur les droits animaux, ni de droits des hommes sur les plantes, à cet égard. Il savait que nombre de ses compatriotes seraient profondément offensés s'il exprimait cette opinion à voix haute.

De retour à Nicosie, tandis qu'il observait les méthodes de travail du Comité des personnes disparues, une pensée impossible à dire lui avait traversé l'esprit. C'était une pensée pacifique, du moins en ce qui le concernait. Les corps des disparus, si on les exhumait, seraient pris en charge par leurs proches et recevraient les funérailles convenables qu'ils méritaient. Mais même ceux qu'on ne retrouverait jamais n'étaient pas vraiment abandonnés. La nature prenait soin d'eux. Le thym sauvage et la marjolaine poussaient dans le même sol, la terre s'ouvrant comme une fissure sur une vitre pour ouvrir la voie au possible. Des myriades d'oiseaux, de chauves-souris et de fourmis transportaient ces graines au loin, là où elles produiraient une végétation nouvelle. De diverses façons on ne peut plus surprenantes, les victimes continuaient à vivre, car c'est ce que la nature impose à la mort, elle transforme les fins brutales en un millier de nouveaux commencements.

*

Defne comprenait les sentiments de Kostas. Au fil des années il leur était arrivé d'être en désaccord, mais chaque fois ils en étaient venus à respecter leurs différences. Ils formaient un couple insolite, non pas parce qu'elle était turque et lui grec, mais à cause des dissemblances frappantes entre leurs deux personnalités. Pour elle la souffrance humaine était primordiale et la justice le but ultime, tandis que pour lui l'existence humaine, bien que précieuse au-delà des mots, n'avait pas de priorité particulière dans la chaîne écologique.

Sa gorge se serra tandis qu'il regardait la photo encadrée sur son bureau, prise lors d'un voyage en Afrique du Sud, rien qu'eux trois. Du bout de l'index, il effleura le visage de sa femme, dessina le sourire confiant de sa fille. Defne les avait quittés mais Ada était bien là, et il se tourmentait à l'idée qu'il lui faisait défaut. Il s'était montré renfermé et taciturne cette année, un nuage de léthargie planant sur tout ce qu'il disait ou ne pouvait dire.

Ils étaient si proches autrefois, Ada et lui. Tel un barde insufflant du suspense à chaque conte, il lui parlait des gouttes de chocolat, les *Berlandiera lyrata*, qui fleurissent la nuit, des plantes-cailloux, les lithops, à croissance lente, qui ressemblent étrangement à des galets, et du *Mimosa pudica*, une fleur si timide qu'elle se recroqueville au moindre contact. La fascination constante de sa fille envers la nature lui réchauffait le cœur ; il répondait toujours patiemment à ses questions. À l'époque, la force du lien entre eux était telle que Defne, qui ne plaisantait qu'à moitié, s'en plaignait : « Je suis jalouse. Regarde comment Ada t'écoute ! Elle t'admire, mon chéri. »

Cette phase de la vie d'Ada – car c'était une phase, peu importe la durée – était terminée. Aujourd'hui quand sa fille l'observait, elle voyait ses faiblesses, ses échecs et ses incertitudes. Peut-être qu'un jour, une phase plus joyeuse suivrait. Mais ils n'en étaient pas encore là. Kostas ferma les yeux, pensant à Defne, l'intelligence de son regard, son sourire pensif, ses brusques éclats de colère, son sens exacerbé de la justice et de l'égalité... Que ferait-elle si elle était à sa place en ce moment ?

« *Bats-toi, ashkim... Bats-toi pour sortir de là.* »

Pris d'un élan, Kostas se leva et s'éloigna de sa table. Il franchit le couloir qui reliait son bureau à la maison, les yeux un peu irrités par le changement de lumière. Arrivé à la chambre d'Ada, il trouva la porte ouverte. Les cheveux retenus par un crayon, la tête plongée dans son téléphone, le visage tendu par une concentration muette, elle affichait une nervosité pensive qui rappelait à Kostas sa femme.

« Salut, trésor. »

Elle cacha aussitôt son téléphone. « Salut, papa. »

Il fit semblant de ne pas s'en rendre compte. Inutile de se lancer dans un discours contre l'usage excessif des gadgets.

« Comment ça avance, les devoirs ?

— Bien, dit Ada. Comment ça avance, ton livre ?

— J'aurai bientôt fini.

— Ouaaahh, c'est formidable, félicitations.

— Oh, je ne sais pas s'il vaut grand-chose... »

Il fit une pause, s'éclaircit la voix. « Je me demandais si tu aimerais le lire et me dire ce que tu en penses. Ça compterait beaucoup pour moi.

— Moi ? Mais je ne connais rien aux arbres.

— Ça ne fait rien, tu en sais tellement long sur tout le reste. »

Elle sourit. « D'accord, cool.

— Cool. »

Kostas tambourina sur la porte, jouant un rythme qu'il avait entendu plus tôt dans la journée. Il mentionna un artiste qu'Ada adorait écouter, jour et nuit. « Il n'est pas mauvais. Très bon, en fait. Un vilain garçon avec des mélodies qui tuent... »

Ada réprima un sourire, amusée par la tentative maladroite de son père de trouver un terrain d'entente grâce au rap emo, dont il ignorait tout. Peut-être qu'elle devrait plutôt essayer de parler son langage à lui.

« Papa, tu te souviens, tu me racontais comment les gens qui regardent un arbre ne voient jamais la même chose ? J'y pensais l'autre jour mais je n'arrivais pas à me rappeler exactement. C'était quoi ?

— En effet, je crois qu'il est possible de déduire le caractère de quelqu'un à partir de la première chose qu'il remarque sur un arbre.

— Continue.

— Ça ne s'appuie pas sur une méthodologie scientifique ni sur une recherche empirique...

— Je sais bien ! Vas-y.

— Ce que je voulais dire, c'est que certains sont devant un arbre et la première chose qu'ils remarquent, c'est le tronc. Ceux-là ont pour priorité l'ordre, la sécurité, les règlements, la continuité. Ensuite il y a ceux qui regardent les branches avant tout. Ils rêvent de changement, de liberté. Et puis il y a ceux qui sont attirés par les racines, bien qu'elles se cachent sous le sol. Ils ont un profond attachement émotionnel à leur héritage, l'identité, les traditions…

— Alors toi tu es dans quel groupe ?

— Ne me demande pas ça, j'étudie les arbres pour gagner ma vie. » Il se lissa les cheveux. « Mais pendant longtemps, je pense que je faisais partie du premier groupe. Je rêvais d'ordre, de sécurité.

— Et maman ?

— Deuxième groupe, aucun doute. Elle voyait les branches en premier, toujours. Elle adorait la liberté.

— Et tante Meryem ?

— Ta tante fait probablement partie du troisième groupe. Les traditions.

— Et moi ? »

Kostas sourit, planta son regard dans le sien. « Toi, mon amour, tu es d'une tout autre tribu. Quand tu repères un arbre, tu veux relier le tronc, les branches et les racines. Tu veux les tenir tous dans ta vision. Et c'est un grand talent, ta curiosité. Ne la perds jamais. »

*

Cette nuit-là dans sa chambre, en écoutant le chanteur que son père s'évertuait tant à aimer, Ada ouvrit les rideaux et fixa l'obscurité qui faisait une canopée au jardin. Il avait beau être invisible, elle savait que le figuier était là, qu'il poussait, changeait, se souvenait – tronc et branches et racines tout ensemble.

Figuier

Les anciens croyaient qu'un mât traversait l'univers, reliant les enfers à la terre et au ciel, et qu'au centre de ce mât se dressait, puissant et magnifique, le grand arbre cosmique. Ses branches soutenaient le soleil, la lune, les étoiles et les constellations, et ses racines plongeaient jusque dans l'abîme. Mais quand il s'agissait de définir exactement le type de plante dont il s'agissait, les humains se livraient d'âpres querelles. Pour certains, cela ne pouvait être qu'un peuplier baumier. D'autres estimaient que c'était un tamarin. D'autres encore affirmaient que c'était un cèdre ou un caryer ou un baobab ou un santal blanc. C'est ainsi que l'humanité s'est divisée en nations hostiles, en tribus guerrières.

C'était un grave manque de sagesse à mon avis car tous les arbres sont indispensables, tous méritent attention et louanges. On pourrait même dire qu'il existe un arbre pour chaque humeur et chaque moment. Quand vous possédez un bien précieux à offrir à l'univers, un chant ou un poème, vous devriez le partager d'abord avec un chêne doré de Chypre. Si vous vous sentez découragé et sans défense, cherchez un cyprès méditerranéen ou un marronnier d'Inde en fleur. Ils sont tous deux étonnamment résistants, et ils vous parleront de tous les incendies auxquels ils ont survécu. Et si vous voulez sortir de vos épreuves plus fort et plus aimable, cherchez un tremble pour vous servir de maître – un arbre si tenace qu'il parvient même à repousser les flammes qui tentent de le détruire.

Si vous êtes malheureux et n'avez personne qui veuille vous écouter, ça vous ferait du bien de passer du temps près d'un érable à sucre. Si au contraire vous avez une trop haute estime de vous, allez donc rendre visite à un cerisier et observez ses fleurs, fort jolies incontestablement, mais pas moins éphémères que la vanité. Le temps de repartir, vous vous sentirez peut-être un peu plus humble, mieux arrimé au sol.

Pour vous remémorer le passé, allez vous asseoir près d'un buisson de houx ; pour rêver à l'avenir, choisissez plutôt un magnolia. Et si ce sont les amis et les amitiés qui occupent vos pensées, le compagnon le plus approprié serait un épicéa ou un ginkgo. Quand vous arrivez à un carrefour et ne savez pas quel chemin prendre, la contemplation silencieuse d'un sycomore peut vous aider.

Si vous êtes un artiste en panne d'inspiration, un flamboyant bleu ou un mimosa au doux parfum peuvent stimuler votre imagination. Si vous êtes en quête de renouveau, cherchez un orme, et si vous êtes trop chargé de regrets, un saule pleureur vous consolera. Quand vous êtes en difficulté ou au plus bas, et n'avez personne à qui vous confier, l'aubépine serait un choix avisé. Il y a bien une raison si les aubépines servent d'abri aux fées et sont connues pour protéger les jarres de trésor.

Pour la sagesse, essayez un hêtre ; pour l'intelligence, un pin ; pour la vaillance, un sorbier ; pour la générosité, un noisetier ; pour la joie, un genévrier ; et quand vous devez apprendre à lâcher prise sur ce que vous ne pouvez contrôler, un bouleau avec son écorce blanc argenté qui pèle et répand ses couches comme des peaux usées. Et enfin, si c'est l'amour que vous cherchez, ou que vous avez perdu, venez près du figuier, toujours le figuier.

L'invisible

Londres, fin des années 2010

Le soir du départ de sa tante, Ada se coucha de bonne heure, ses règles lui donnaient des crampes. Une bouillotte serrée sur l'estomac, elle essaya de lire, mais un tourbillon de pensées lui agitait l'esprit, rendant la concentration difficile. Par la fenêtre, elle apercevait les illuminations de Noël du voisin qui clignotaient encore, moins brillantes, moins festives maintenant que la période des fêtes était passée. Il régnait une sensation de choses touchant à leur fin, presque une expiration.

Les crampes n'étaient pas sa seule cause de préoccupation. Les propos de sa tante, comme quoi il manquait un modèle féminin dans la maison, avaient réveillé dans son âme un souci récurrent : l'idée qu'un jour proche son père se remarierait. Depuis la mort de sa mère ce soupçon lui était devenu aussi familier que ses battements de cœur. Mais ce soir elle n'avait pas envie de se laisser reprendre dans les toiles d'araignée d'anxiété qu'elle n'était que trop habile à tisser.

Elle sortit dans le couloir. Un rai de lumière filtrait sous la porte de son père. Il devait veiller tard – une fois de plus. Jadis, ses parents brûlaient souvent l'huile de minuit ensemble, courbés aux deux extrémités de la table, la tête enfouie dans leurs livres, le fantôme de Duke Ellington chantant en sourdine.

Elle frappa à la porte, l'ouvrit. Kostas était devant son ordinateur, le front pris dans sa lueur, les yeux fermés, la tête inclinée sur le côté, une tasse de thé refroidissant sur la table.

« Papa ? »

L'espace d'un instant elle eut peur qu'il ne soit mort, cette terreur larvée de le perdre, lui aussi, et ce n'est qu'en voyant sa poitrine se soulever et s'abaisser qu'elle put se détendre un peu.

Elle glissa d'un pied sur l'autre, faisant craquer le plancher.

« Ada ? » Réveillé en sursaut, Kostas se frotta les yeux. « Je ne t'avais pas entendue entrer. » Il chaussa ses lunettes et lui sourit. « Trésor, pourquoi tu ne dors pas ? Tout va bien ?

— Ouais, c'est juste... d'habitude tu me faisais des croque-monsieur, pourquoi tu n'en fais plus ? »

Il haussa les sourcils. « Notre frigo est bourré des restes de cuisine de ta tante, et tu regrettes mes croque-monsieur ?

— Ça c'est différent, dit Ada. Comme on faisait avant. »

C'était un de leurs secrets coupables. En dépit des objections de Defne, ils se régalaient tous les deux de croque-monsieur devant la télévision tard dans la nuit, sachant bien que ce n'était pas la conduite la plus saine mais y prenant plaisir malgré tout.

« En fait, j'en mangerais bien un aussi », dit Kostas.

*

La cuisine, baignée par le clair de lune, sentait vaguement le vinaigre et le bicarbonate de soude. Ada râpa le fromage pendant que Kostas beurrait des tranches de pain et les plaçait sur le gril.

Les mots jaillirent avant qu'Ada puisse les arrêter. « Je me doute bien qu'un jour tu auras peut-être envie de rencontrer quelqu'un… et je pense que je serai d'accord. »

Il se tourna vers elle, la scruta des yeux.

« Ça finira par arriver, dit Ada. Je veux juste que tu saches que ça m'ira très bien si tu recommences à fréquenter quelqu'un. Je veux que tu sois heureux. Maman aurait voulu que tu sois heureux. Sinon, quand j'irai à l'université, tu seras très seul.

— Et si on passait un marché ? Je continue à te faire des croque-monsieur et tu arrêtes de te faire du souci pour moi. »

Quand la nourriture fut prête, ils s'installèrent l'un en face de l'autre à la table de cuisine, l'air nocturne condensé en gouttelettes d'eau sur la vitre.

« J'aimais ta mère. Elle était l'amour de ma vie. »

Il n'y avait plus trace de lassitude dans sa voix. Mais une brillance, comme un fil d'or qui se déroulait.

Ada contemplait ses mains. « Je n'ai jamais compris pourquoi elle a fait ça. Si elle tenait à moi… à toi… elle ne l'aurait pas fait. »

Ils n'avaient jamais parlé ouvertement de la mort de Defne. C'était un charbon ardent au centre de leur vie, impossible à toucher.

« Ta mère t'aimait tendrement.

— Alors pourquoi… Elle buvait beaucoup, ça tu le sais. Elle prenait des quantités de pilules quand tu étais en voyage, même si elle devait bien savoir que c'était dangereux. Tu as dit que ce n'était pas un suicide. Le médecin légiste a dit que ce n'était pas un suicide. Mais alors, c'était quoi ?

— C'était hors de son contrôle, Aditsa.

— Désolée, j'ai du mal à croire ça. Elle a choisi de le faire, n'est-ce pas, même si elle savait ce que ça nous ferait à nous ? C'était complètement égoïste. Je ne peux pas lui pardonner. Tu n'étais pas là, j'étais seule à la maison avec elle. Toute la journée elle est restée dans sa chambre. Je croyais qu'elle dormait, genre. J'essayais de ne pas faire de bruit. Tu te souviens comment elle était, des fois… tellement fermée. Pendant toute l'après-midi, aucun signe de sa part. J'ai frappé à la porte – pas un bruit. Je suis entrée et elle n'était pas dans son lit… Elle a dû partir, j'ai pensé bêtement. Peut-être qu'elle est sortie par la fenêtre et qu'elle m'a quittée… Et là je l'ai vue, étendue sur le tapis comme une poupée brisée, les genoux serrés dans ses bras. » Ada cligna furieusement des yeux. « Elle avait dû tomber du lit. »

Kostas baissa la tête, traçant les lignes de sa paume du bout du pouce. Quand il releva les yeux, ils exprimaient sa douleur, mais aussi une émotion proche de l'apaisement.

« Quand j'étais jeune botaniste, un universitaire de l'Oxfordshire m'a appelé. C'était un érudit, professeur de langues et littératures classiques, mais il ne connaissait rien aux arbres, et il avait ce châtaignier dans son jardin, qui était en mauvaise santé. Il ne comprenait pas ce qui n'allait pas, et il me demandait mon aide. J'ai examiné les branches, les feuilles, j'ai prélevé des échantillons d'écorce, vérifié la qualité du sol. Tous les tests étaient bons. Mais plus je l'observais, plus je me disais que le professeur avait raison. L'arbre se mourait. Je ne comprenais pas pourquoi. Pour finir, j'ai empoigné une pelle et je me suis mis à creuser. Et là, j'ai appris une leçon que je n'ai jamais oubliée. Tu vois, les racines de l'arbre encerclaient la base du tronc, étranglant le flux d'eau et de nutriments. Personne ne s'en était rendu compte parce que c'était invisible, sous la couche de terre...

— Je ne saisis pas, dit Ada.

— Ça s'appelle l'annélation. Elle peut avoir plusieurs causes. Dans le cas du châtaignier, il avait poussé dans un conteneur circulaire avant d'être replanté comme un jeune arbre. Le problème, c'est que l'arbre était étranglé par ses propres racines. Et comme ça se passait sous terre, c'était indétectable. Si les racines circulaires ne sont pas repérées à temps, elles mettent une telle pression sur l'arbre que ça devient trop lourd à supporter. »

Ada garda le silence.

« Ta mère te chérissait, plus que tout au monde. Sa mort n'a rien à voir avec une absence d'amour. Elle était épanouie et nourrie par ton amour, et j'aimerais le croire, par le mien, mais en dessous, quelque chose l'étranglait, le passé, les souvenirs, les racines... »

Ada se mordit la lèvre inférieure sans dire mot. Elle se rappela comment, à l'âge de six ans, elle s'était cassé le pouce et il avait doublé de taille, la chair enflant et faisant pression sur elle-même. C'est l'effet que lui faisaient les mots à l'intérieur de sa bouche en ce moment.

Kostas prit son assiette, comprenant qu'elle ne désirait plus parler. « Allons voir si on trouve un film qui nous tente. »

Cette nuit-là, Ada et Kostas mangèrent leurs croque-monsieur devant la télévision. Ils ne purent se mettre d'accord sur un film, mais c'était doux d'être assis là à en chercher un, et léger, aussi, ce moment, tout le temps qu'il dura.

Faucon cynique

Londres, fin des années 2010

Le premier jour du trimestre, Ada s'éveilla de bonne heure, trop nerveuse pour dormir. Elle s'habilla en vitesse, alors qu'elle avait tout son temps, vérifia le contenu de son sac à dos, alors qu'elle l'avait préparé soigneusement la veille. N'ayant guère d'appétit, elle se contenta d'un verre de lait en guise de petit déjeuner. Elle mit du fond de teint sur quelques boutons qui avaient surgi pendant la nuit, puis craignit que ça ne les rende encore plus visibles. Elle essaya de mettre un peu d'eye-liner et de mascara, changea d'avis à mi-chemin et passa les dix minutes suivantes à se frotter le visage. Voyant sa panique, son père insista pour la conduire en classe

Quand Kostas s'arrêta devant l'école, Ada retint son souffle, immobile comme une statue de marbre, refusant de descendre de voiture. Ensemble ils regardèrent les élèves attroupés devant les grilles, formant et brisant des groupes comme les morceaux mobiles d'un kaléidoscope. À travers les vitres fermées, ils entendaient leurs bavardages et leurs éclats de rire.

« Tu veux que j'entre avec toi ? » demanda Kostas.

Ada fit signe que non.

Tendant le bras, Kostas prit la main de sa fille. « Tout ira bien, Ada *mou*. Tu vas y arriver. »

Ada fit la moue mais ne dit rien, les yeux fixés sur les feuilles collées aux essuie-glaces.

Kostas ôta ses lunettes et se frotta les yeux. « Est-ce que je t'ai déjà parlé des geais bleus ?

— Non, papa. Je ne crois pas.

— Des oiseaux remarquables. Très intelligents. Leur comportement intrigue beaucoup les ornithologues.

— Pourquoi ?

— Parce que ces petits oiseaux, environ vingt-cinq centimètres de long, sont très doués pour imiter les rapaces. En particulier la buse à épaulettes. »

Ada se tourna de côté, s'adressant à son propre reflet sur la vitre. « Pourquoi ils font ça ?

— Eh bien, les chercheurs pensent que la mimique est destinée à leurs confrères geais, pour les avertir qu'il y a un rapace à proximité. Mais certains estiment qu'il y a une autre explication, qu'il pourrait s'agir d'une stratégie de survie ; quand l'oiseau a peur, ça rassure ses nerfs d'incarner un faucon. De cette façon, le geai effraie ses ennemis et se sent plus brave. »

Ada jeta un coup d'œil à son père. « Tu me conseilles de faire semblant d'être quelqu'un d'autre ?

— Ce n'est pas *faire semblant*. Quand le geai bleu se lance dans le ciel en poussant des cris de buse, à cet instant-là, il en devient une. Autrement il ne pourrait pas faire le même bruit. Tu comprends ce que je veux dire ?

— D'accord, papa, message reçu. Je vais aller faire le tour de la classe en battant des ailes comme un faucon.

— Un faucon cynique, dit Kostas en souriant. Je t'aime. Je suis fier de toi. Et s'ils te mènent la vie dure, ces gosses, on trouvera une façon de régler le problème. Je t'en prie, ne t'inquiète pas. »

Ada tapota la main de son père. Il y avait un reste d'enfance dans ce besoin d'histoires qu'ont les adultes. Ils continuent à croire naïvement qu'en racontant une anecdote édifiante – la bonne fable au bon moment – ils peuvent alléger l'humeur de leurs enfants, les enthousiasmer pour de grands projets, et simplement changer la réalité. Il ne sert à rien de leur dire que la vie est plus compliquée et les mots moins magiques qu'ils ne le supposent.

« Merci, papa.

— Je t'aime, répéta Kostas.

— Moi aussi je t'aime. »

Empoignant son sac et l'écharpe tricotée que sa tante lui avait donnée en cadeau, Ada descendit de voiture. Elle marchait lentement, les jambes de plus en plus lourdes à mesure qu'elle approchait du bâtiment. À quelques pas devant elle, elle aperçut Zafaar, adossé à une balustrade, en train de bavarder avec un groupe de garçons. Elle sentit une pointe aiguë de douleur en se rappelant comment il s'était moqué d'elle. Elle accéléra le pas.

« Hé, Ada ! » Il l'avait vue, et quitté ses amis pour venir lui parler.

Elle fit halte, les muscles du dos tendus.

« Comment ça va ?

— Bien.

— Écoute, j'ai eu de la peine pour toi quand ce truc est arrivé.

— Tu n'as pas besoin d'avoir de la peine pour moi. »

Zafaar se balança d'un pied sur l'autre. « Non, sérieusement. J'ai appris pour ta mère. Je suis désolé.

— Merci. »

Zafaar attendit qu'elle ajoute quelque chose, mais comme elle ne disait rien, il enfonça les mains dans les poches de son blazer. Ses joues s'empourprèrent.

« Eh bien, à plus tard », dit-il rapidement.

Elle le regarda s'éloigner, un élan neuf dans sa démarche tandis qu'il retournait vers ses amis.

*

En classe, Ada bavarda un moment avec Ed, écoutant d'une oreille ce qu'il lui expliquait sur la manière de mêler les rythmes en utilisant deux platines. Puis elle alla s'asseoir à sa place habituelle près de la fenêtre, faisant semblant de ne pas remarquer les regards curieux et les murmures furtifs, les gloussements sporadiques.

Du bureau voisin, Emma-Rose la regardait avec une sorte de détachement inquisiteur. « Tu te sens mieux ?

— Je vais bien, merci. »

Elles furent distraites par des bruits venant du côté opposé de la pièce – un groupe de garçons qui se serraient la gorge comme s'ils étouffaient ou hurlaient en silence, la bouche grande ouverte, les yeux formant un pli serré, le visage rouge de leur malice réprimée.

« Ignore-les, c'est une bande d'imbéciles, dit Emma-Rose, dont le froncement de sourcil se mua d'un coup en sourire. Oh, tu es au courant ? Zafaar a dit à Noah qu'il a le béguin pour quelqu'un de notre classe.

— Vraiment ?… Et tu sais qui c'est ? demanda Ada, en s'efforçant de paraître indifférente.

— Pas encore. Il faut que je continue à chercher. »

Ada sentit ses joues la brûler. Elle ne comptait pas que ce soit elle, mais après tout peut-être, juste peut-être qu'il y avait une chance.

Quelques minutes plus tard, Mrs Walcott fit son entrée.

« Bonjour tout le monde. Quel plaisir de vous voir tous ! J'espère que vous avez eu une bonne période de détente. Je pars du principe que vous avez tous interviewé un parent âgé et appris beaucoup de choses sur leur vie. S'il vous plaît, sortez vos copies, je vais passer parmi vous pour les ramasser. »

Sans attendre leur réponse, Mrs Walcott enchaîna directement avec son cours. Ada se retourna vers Emma-Rose et la vit qui roulait des yeux. Elle ne put retenir un sourire en observant ce geste puéril, repensant aux commentaires de sa tante. Elle survola ses notes d'interview et sa rédaction, avec un élan de fierté à la pensée que Mrs Walcott allait lire la vie de Meryem.

*

Sa tante appela dans la soirée.

« Adacim, ça s'est passé comment à l'école ? Ils t'ont mené la vie dure ?

— Ça s'est plutôt bien passé, en fait. Étonnamment bien.

— Superbe.

— Ouais, je suppose, dit Ada. Est-ce que tu portes tes vêtements de couleur ? »

Un gloussement. « Pas encore.

— Commence par la jupe vert pistache. »

Ada fit une pause. « Tu sais quoi, l'été prochain, après le Sommet de la Terre, Papa a promis de m'emmener à Chypre.

— Vraiment ? » La voix de Meryem monta d'un cran. « C'est une nouvelle formidable. J'ai toujours espéré que ça arriverait. Oh, vivement que tu viennes. Je te ferai visiter. Je t'emmènerai partout… Mais attends, vous irez de quel côté ? Bon, il n'y a aucun mal à voir les deux, mais vous choisirez lequel en premier ? Nord ou sud ?

— Je vais venir dans l'île, dit Ada, un ton nouveau dans la voix. Je veux juste rencontrer des insulaires, comme moi. »

Comment déterrer un figuier en sept étapes

1. Repérez précisément l'endroit du jardin où vous avez enterré le figuier il y a des semaines ou des mois.
2. Enlevez doucement les couches isolantes que vous aviez empilées par-dessus.
3. Creusez et retirez toute la terre et les feuilles, en prenant soin de ne pas blesser l'arbre avec votre pelle ou votre râteau.
4. Examinez votre figuier et vérifiez si le froid l'a endommagé.
5. Redressez votre arbre avec précaution et dénouez les cordes qui l'attachaient. Quelques branches risquent de se briser ou se courber, mais l'arbre réagira bien et sera heureux d'être de nouveau debout.
6. Tassez le sol autour des racines pour vous assurer que votre arbre est bien soutenu et prêt à affronter le printemps.
7. Dites quelques mots aimables à votre figuier pour lui souhaiter la bienvenue à son retour dans le monde.

Figuier

Je sens que le rude hiver commence à relâcher son emprise, la roue des saisons s'est remise à tourner. Perséphone, la déesse du printemps, revient sur terre, une couronne de pétales argentés ceignant sa chevelure dorée. Elle marche légère au-dessus du sol, tenant dans une main un bouquet de pavots rouges et des gerbes de blé, dans l'autre un balai pour repousser la neige, retirer la boue et le givre. J'entends des souvenirs solides se dissoudre en liquide et de l'eau tomber en gouttes des auvents, déclarant sa propre vérité, *ploc-ploc-ploc*.

Tout ce qui se trouve dans la nature parle en même temps. Roussettes, abeilles, chèvres sauvages, couleuvres… Certains chuintent, d'autres piaulent, d'autres encore grisollent, trompettent, croassent ou gazouillent. Les roches ronflent, les vignes bruissent. Les lacs salés racontent des histoires de guerre et de retour au foyer ; les champs de roses chantent à l'unisson quand le *meltemi* souffle ; les vergers d'agrumes récitent des odes à l'éternelle jeunesse.

Les voix de notre terre natale ne cessent d'éveiller des échos dans nos esprits. Nous les emportons avec nous partout où nous allons. Aujourd'hui encore, ici à Londres, enterré dans cette tombe, j'entends les mêmes sons, et je m'éveille tremblant comme un somnambule qui comprend les dangers qu'il a courus pendant la nuit.

À Chypre, toutes les créatures, petites et grandes, s'expriment – toutes sauf, à vrai dire, les cigognes. Même si l'île n'est pas exactement sur leur route migratoire, de temps en temps, des cigognes solitaires, chassées de leur trajet par les courants aériens, passent quelques jours ici avant de reprendre leur voyage. Elles sont grandes, gracieuses, et à la différence de tous les autres oiseaux, incapables de chanter. Mais les Chypriotes vous diront que ce ne fut pas toujours le cas. Il fut un temps où ces oiseaux qui se dandinent sur leurs longues pattes sifflaient des mélodies charmantes à propos de royaumes lointains et de destinations inconnues, ensorcelant leurs auditeurs par des contes d'odyssées et d'aventures héroïques au-delà des mers. Ceux qui les entendaient étaient si envoûtés qu'ils oubliaient d'arroser leurs cultures ou tondre leurs moutons ou traire leurs vaches ou bavarder à l'ombre avec leurs voisins, et la nuit, ils oubliaient même de faire l'amour à leur chérie. Pourquoi se fatiguer au travail ou échanger des ragots ou offrir votre cœur à quelqu'un quand tout ce dont vous rêvez c'est de partir à la voile vers des rivages écartés ? La vie s'arrêtait. À la fin, irritée de voir l'ordre des choses ainsi perturbé, Aphrodite s'en mêla, comme elle le fait toujours. Elle lança un sort à toutes les cigognes qui survoleraient Chypre. À compter de ce jour les oiseaux se turent, quoi qu'ils puissent voir ou entendre ici-bas.

Des légendes, peut-être, mais je ne les sous-estime pas.

Je crois aux légendes et aux secrets tacites qu'elles tentent doucement de transmettre.

Même ainsi, prenez tout ce que j'ai raconté avec un grain de sel, et aussi tout ce que j'aurais omis de vous dire, car je ne suis peut-être pas le narrateur le plus impartial qui soit. J'ai mes propres partis pris. Au fond, je n'ai jamais trop apprécié les dieux et les déesses, leurs inimitiés et leurs rivalités constantes.

J'ai trouvé touchant que Meryem, bénie soit-elle, construise une tour de pierres dans le jardin cette nuit-là, un pont fait de chants et de prières, pour me permettre de quitter sereinement ce monde et aborder le suivant, s'il en existe un. C'était un joli vœu, autant qu'un vœu peut l'être. Mais ma sœur et moi nous avons toujours eu des opinions opposées. Alors qu'elle voulait me faire migrer vers l'au-delà, avec l'espoir de franchir les portes du paradis, je préférais de loin rester où je suis, enracinée dans la terre.

Après ma mort, quand le vide m'a absorbée tout entière comme une immense gueule béante, j'ai flotté sans but pendant quelque temps. Je me suis vue allongée sur un lit d'hôpital où je suis restée dans le coma, et je savais que c'était triste mais que je ne pouvais pas ressentir cette tristesse ; comme si une paroi de verre avait été dressée entre mon cœur et le chagrin environnant. Mais alors la porte s'est ouverte et Ada est entrée avec des fleurs à la main, son sourire plein d'espoir s'évanouissant à chaque pas timide, et je n'ai pas pu supporter de la regarder plus longtemps.

Je n'étais pas prête à les quitter. Et je n'étais pas capable de me retransplanter, une fois de plus. Je voulais garder mon ancrage dans l'amour, la seule chose que les humains n'ont pas encore détruite. Mais où pouvais-je bien résider maintenant que je n'étais plus en vie et qu'il me manquait un corps, une coquille, une forme ? Et puis j'ai su. Le vieux figuier. Où chercher refuge ailleurs sinon dans son étreinte arboréenne ?

En suivant les funérailles, regardant la fin du jour s'évader et la lumière se muer en noire tranquillité, j'ai glissé vers le haut et dansé en cercle autour de notre vieille *Ficus carica*. Je me suis infiltrée dans ses tissus vasculaires, j'ai absorbé l'eau de ses feuilles et aspiré la vie de nouveau à travers ses pores.

Pauvre figuier. Quand je me suis métamorphosée en elle, la voilà qui s'est retrouvée profondément éprise de mon mari, mais je n'y voyais pas d'inconvénient ; cela m'a rendue heureuse, en fait, et je me suis demandé ce qui se passerait si un jour Kostas venait à lui rendre son amour – si un humain pouvait s'éprendre d'un arbre.

Les femmes, là d'où je viens, au moins, et pour des raisons propres à elles, se sont souvent fondues dans la flore locale. Defne, Dafne, Daphné… Pour avoir eu l'audace de rejeter Apollon, Daphné est devenue un laurier. Sa peau s'est durcie en écorce protectrice, ses bras allongés en branches fines, et sa chevelure déroulée en feuillage soyeux tandis que, nous dit Ovide, « des racines immobiles collent au sol son pied, naguère si agile ». Alors que Daphné a été changée en arbre pour échapper à l'amour, je me suis métamorphosée en arbre pour me tenir liée à l'amour.

L'air se réchauffait, le ciel au-dessus de Londres d'un bleu des plus timides. Je sens un pâle rayon de soleil ratisser la terre à une lenteur éprouvante. Il va prendre du temps, le renouveau. Elle va prendre du temps, la guérison.

Mais je sais et j'ai la certitude que d'un moment à l'autre mon bien-aimé Kostas va descendre dans le jardin, une pelle à la main, vêtu peut-être encore de sa vieille parka bleu marine, celle que nous avions achetée ensemble dans une friperie de Portobello Road, il creusera et me sortira du sol, me tenant avec douceur dans ses bras, et au fond de ses yeux si beaux, gravés dans son âme, les vestiges d'une île aux confins de la mer Méditerranée, les vestiges de notre amour.

Note au lecteur

Nombre d'histoires de disparus évoquées au cours du roman reposent sur des récits de faits réels. *Beneath the Carob Trees : The Lost Lives of Cyprus* par Nick Danziger et Rory MacLean, lancé par le Comité des personnes disparues, Programme des Nations unies pour le développement (PNUD), constitue une ressource profondément touchante pour ceux qui souhaitent continuer à lire.

Pendant que je faisais des recherches pour ce roman, les exhumations pratiquées en Espagne et en Amérique latine ont joué un rôle important pour moi. L'histoire du chauffeur de taxi est une fiction, mais elle s'inspire d'un fait réel – une remarque glaçante adressée aux représentants de la Croix-Rouge par leur guide, partisan de Franco – que j'ai trouvé rapporté dans l'excellent livre de Layla Renshaw, *Exhuming Loss : Memory, Materiality and Mass Graves of the Spanish Civil War.*

L'exécution du grand-père de Kostas par des soldats pendant le couvre-feu fait écho à une tragédie similaire rapportée par Mark Symmons dans *The British and Cyprus : An Outpost of Empire to Sovereign Bases, 1878-1974.* Autre ouvrage éclairant, celui de James Ker-Lindsay, *The Cyprus Problem : What Everyone Needs to Know.*

L'article que lit Kostas en août 1974 s'inspire d'un article paru un an plus tard, le 8 août 1975, dans *Science*, « *Are we on the brink of a pronounced global warning ?* », du climatologue et géochimiste américain Wally Broecker, qui fut l'un des premiers à nous avertir du lien entre les émissions humaines de gaz carbonique et la hausse des températures.

Les informations sur les fermes florales et les couronnes mortuaires des soldats britanniques défunts, ainsi que plusieurs détails frappants sur l'île sont tirés du merveilleux *Sweet and Bitter Island : A History of the British in Cyprus* de Tabitha Morgan. Les *Citrons acides* (*Bitter Lemons*) de Lawrence Durrell projettent un point de vue éclairant, personnel et judicieux sur Chypre entre 1953 et 1956. *British Imperialism in Cyprus : The Inconsequential Possession* d'Andrekos Varnava fournit un compte rendu spectaculaire de la période allant de 1878 à 1915, tandis que l'anthologie *Nicosia Beyond Borders : Voices from a Divided City*, dirigée par A. Adil, A. M. Ali, B. Kemal et M. Petrides, représente brillamment à la fois les voix des écrivains chypriotes grecs et chypriotes turcs. Pour les anecdotes personnelles, les mythes et l'histoire, Colin Thubron offre un récit passionnant dans *Journey into Cyprus*.

J'ai trouvé la lettre envoyée aux clients du Ledra Palace (parue dans *The Observer* du 15 septembre 1974) dans le *Sarajevo's Holiday Inn on the Frontline of Politics and War* de Kenneth Morrison.

Au cours de mes recherches sur les moustiques, c'est le livre de Timothy C. Winegard *The Mosquito : A Human History of Our Deadliest Predator* qui m'a particulièrement frappée.

Pour des instructions détaillées sur la manière d'enterrer un figuier, consulter https://www.instructables.com/Bury-a-Fig-Tree/

Les commentaires sur l'« optimisme » et le « pessimisme » des plantes s'inspirent d'un article de Kouki Hikosaka, Yuko Yasumura, Onno Muller et Riichi Oguchi dans *Trees in a Changing Environment ; Ecophysiology, Adaptation and Future Survival*, dirigé par M. Tausz et N. Grulke. Sur la question stimulante de l'hérédité épigénétique et la transmission des souvenirs entre générations, non seulement chez les plantes mais chez les animaux, reportez-vous à *What a Plant Knows : A Field Guide to the Senses* de Daniel Chamovitz.

Le passage sur les humains qui ne voient pas les arbres a été filmé au cours de l'initiative Countdown (« compte à rebours »), par le TED de Cannes, sur le réchauffement climatique et les manières de réduire les émissions de gaz à effet de serre.

Pour plus d'information concernant les expériences sur les arbres, consulter https://www.sciencedaily.com/releases/2011/07/110711164557.htm

Pour un précieux aperçu sur le monde remarquable des figuiers, voir *Gods, Wasps and Stranglers : The Secret History and Redemptive Future of Fig Trees* de Mike Shanahan. *Figs : A Global History* de David Sutton, *The Cabaret of Plants* de Richard Mabey, et *The Forest Unseen : A Year's Watch in Nature* de D. G. Haskell lui font aussi des compagnons de prix. Le titre d'un des ouvrages de Kostas s'inspire du *Entangled Life : How Fungi Make Our Worlds, Change Our Minds and Shape Our Futures* de Merlin Sheldrake.

Quantité d'éléments de ce livre se fondent sur des faits et des événements historiques, y compris le destin de Varosha / Famagouste, la mort mystérieuse de bébés britanniques et la chasse illégale aux passereaux… Je voulais aussi rendre hommage au folklore chypriote et aux traditions orales. Mais tout ici est fiction – un mélange de merveilleux, de rêves, d'amour, de chagrin et d'imagination.

Glossaire

Abla : sœur aînée (turc)
Agori mou : mon garçon (grec)
Ambelopoulia : plat de passereaux grillés, frits, marinés ou bouillis (grec)
Ashkim : mon amour (turc)
Ayip : honte (turc)
Canim : ma chérie, mon âme (turc)
Caravansérail : auberge avec une cour centrale pour les voyageurs (du perse *karwan-sarai*)
Chryso mou : mon tout doré (grec)
Cigerimin kösesi : le coin de mon foie – terme d'affection (turc)
Hammam : bain (turc)
Kapnistiri : encensoir (grec)
Kardoula mou : mon petit cœur (grec)
Karidaki glyko : noix confite (grec)
Karpuz : pastèque (turc)
Khataifi : un dessert populaire (grec ; *kadayif* en turc)
Komboloi : chapelet antistress (grec)
Kourabiedes : un genre de biscuit sablé (grec ; *kurabiye* en turc)
Levendi mou : mon vaillant jeune homme
Majnun : un fou (arabe)
Mána : mère (grec)
Manti : petites boulettes (plat traditionnel turc)
Ma'rifah : savoir / savoir intime (arabe)
Mati : mauvais œil (grec)
Melitzanaki glyko : conserve à base de mini-aubergines (grec)
Meze (*mezze, mazza*) : sélection de hors-d'œuvre servis dans diverses régions du Moyen-Orient, Balkans, Afrique du Nord, Grèce, Turquie, et pays du Levant

Moro mou : mon bébé (grec)

Mugumo : un figuier tenu pour sacré par les Kikouyous du Kenya

Nazar : mauvais œil (turc)

Paidi mou : mon enfant (grec)

Palikari mou : mon jeune costaud (grec)

Pallikaria : jeunes gens robustes (grec)

Pastelli : barre au sésame, un en-cas (grec)

Tespih : rosaire (turc)

Xematiasma : rituel pour chasser la malédiction du mauvais œil (grec)

Yassou : bonjour (grec)

Figuier de barbarie poussant à travers les fils barbelés sur la ligne de démarcation de Nicosie.
© Constantine Markides

Remerciements

Quand j'ai quitté Istanbul pour la dernière fois, il y a maintenant bien des années, j'ignorais que je ne reviendrais pas. Si je l'avais su, qu'est-ce que j'aurais emporté dans ma valise, je me le suis souvent demandé depuis. Un recueil de poèmes, un carreau de céramique verni turquoise, un bibelot en verre, un coquillage vide charrié par les vagues, le cri d'une mouette dans le vent ? Avec le temps, je me suis mise à penser que j'aurais aimé emporter un arbre avec moi, un arbre de Méditerranée aux racines mobiles, et c'est cette image, cette pensée, cette peu vraisemblable possibilité, qui a donné forme à cette histoire.

Mon immense gratitude va à Mary Mount pour sa brillante direction éditoriale, son attention aiguë aux détails et sa foi inébranlable dans la littérature. Mes remerciements chaleureux à Isabel Wall, qui a la façon la plus douce qui soit d'armer les écrivains. Je travaille avec des femmes aimables, aimantes et fortes chez Viking, et de cela je suis sincèrement reconnaissante.

Jonny Geller, mon merveilleux agent, merci d'écouter, d'être toujours là à mes côtés, même quand le conte me fait traverser des vallées d'angoisse et des fleuves de dépression. Aux employés splendides, industrieux de Curtis Brown, merci.

Mille remerciements à Stephen Barber, un ami cher et une âme de la Renaissance – j'apprends tellement de nos conversations, des gardénias aux fossiles moléculaires. Toute mon affection et un grand merci à Lisa Babalis – comment puis-je exprimer ma gratitude, *se ef haristo para poli*, Lisa. Mes remerciements et mon respect affectueux à Gülden Plümer KüÇük et à ses collègues du Comité des personnes disparues pour tout ce que vous avez fait dans le but de promouvoir la paix, la réconciliation et la coexistence.

Mes remerciements sans bornes à vous, Karen Whitlock, pour votre soin méticuleux et votre générosité du cœur, c'est une joie et une bénédiction de travailler avec vous. Toute mon estime à Donna Poppy, Chloe Davis, Elizabeth Filippouli, Hannah Sawyer, Lorna Owen, Sarah Coward et Ellie Smith, ainsi qu'à Anton Mueller qui, par ses paroles et son enthousiasme, continue à m'inspirer de l'autre côté de l'Atlantique.

Merci, Richard Mabey, pour votre amour de la nature, Robert Macfarlane pour votre amour de la terre, Jonathan Drori pour votre amour des arbres, et James Ker-Lindsay pour votre amour d'une île proche de nos cœurs.

Comme toujours, aux membres de ma famille, dont l'amour et le soutien m'inspirent, qui ne manquent jamais de corriger mes innombrables fautes de prononciation, *tesekkür ediyorum yürekten*.

Par-dessus tout, je tiens à remercier les insulaires qui ont patiemment répondu à mes questions et partagé leurs expériences et leurs sentiments, en particulier les jeunes Chypriotes grecs et turcs dont j'espère que le courage, la vision et la sagesse sauront construire un meilleur monde que celui que nous leur avons donné.

Table

13796

Composition
NORD COMPO

Achevé d'imprimer à Barcelone
par CPI Black Print
le 4 février 2025

Dépôt légal avril 2023
EAN 9782290380680
OTP L21EPLN003380-652850-R3

ÉDITIONS J'AI LU
82, rue Saint-Lazare, 75009 Paris

Diffusion France et étranger : Flammarion